高尔基公园

GORKY PARK

〔美〕马丁·克鲁兹·史密斯/著
(Martin Cruz Smith)
刘小霞/译

重庆大学出版社

版贸核渝字(2011)第231号

图书在版编目(CIP)数据

高尔基公园/(美)史密斯(Smith, M.C.)著;刘小霞译.—重庆:重庆大学出版社,2014.9

书名原文:Gorky Park

ISBN 978-7-5624-7629-0

Ⅰ.①高… Ⅱ.①史…②刘… Ⅲ.①侦探小说—美国—现代 Ⅳ.①I712.45

中国版本图书馆CIP数据核字(2013)第184109号

Gorky Park

高尔基公园

Gaoérji Gongyuan

〔美〕马丁·克鲁兹·史密斯(Martin Cruz Smith) 著

刘小霞 译

责任编辑:张家钧 版式设计:张家钧

责任校对:关德强 责任印制:赵 晟

*

重庆大学出版社出版发行

出版人:邓晓益

社址:重庆市沙坪坝区大学城西路21号

邮编:401331

电话:(023) 88617190 88617185(中小学)

传真:(023) 88617186 88617166

网址:http://www.cqup.com.cn

邮箱:fxk@cqup.com.cn(营销中心)

全国新华书店经销

自贡兴华印务有限公司印刷

*

开本:890×1240 1/32 印张:12.375 字数:345千

2015年1月第1版 2015年1月第1次印刷

ISBN 978-7-5624-7629-0 定价:36.00元

本书如有印刷、装订等质量问题,本社负责调换

他说，我喜欢雪，因为雪可以掩埋尸体。

他说，让我来救你。当时我就想这样救我弟弟。

她说，只要能到美国，干什么我都愿意。

他说，我是个俄国人，永远都是。

莫斯科

Moscow

1

如墨的夜色中，有刺眼的白色灯光射来，仿佛要为这个寒冬增添几分暖意。

灯光来自一辆大篷车，它颠簸着开到一座雪堆前停下。从车上跳下一群人，他们是凶杀案的侦缉队员。不远处还有一群穿羊皮大衣的人也走了过来，他们应该是在附近巡逻的民警，一个个皱着眉，神色凝重。这里似乎有案情发生。两群人中有个人格外显眼，因为他没穿军服。他是探长阿卡迪·伦科，皮肤白皙，身材瘦弱。现在，当事民警开始向伦科探长叙述案情：自己是公园里执勤的民警，半夜想要小解，于是走到偏离人行道的这里——突然，几具尸体出现在他眼前！……他一定被吓得很惨，在这个寒夜既受了惊又受了凉。听完他的叙述，伦科探长指挥侦缉队员们顺着大篷车的灯光继续往前搜寻，想找到有用的线索。

伦科暗自想着，这三具尸体，哦，不，这三个人，原本可以凑在一起买伏特加喝的，可惜现在已经变成尸体了。在这里，伏特加是要被征税的，所以价格不断上涨。性价比较高的办法是一次买三瓶，这样既能喝过瘾，又不算太贵，能够充分展示共产主义的优越性。所以，“三”在当地可以说是个幸运数字。

又有灯光从对面射过来，树影静静地扫过雪地。这次是两辆黑色的伏尔加轿车，从车上下来的是一群克格勃便衣，为首的那个人个子不高，微微发福，他是普里布鲁达少校。雪地里实在太冷了，下了车的克格勃和现场的民警们都跺着脚取暖，他们的帽子和衣领上已经结上了一层薄薄的冰凌，用“呵气成霜”来形容他们的状态正合适。

现场的这些人有他们各自的分工。民警，是归属内政部管理的警察，他们主要负责指挥交通，维护城市治安（如驱赶闹事的醉鬼）以及处理日常死亡者的尸体。克格勃，即国家安全委员会，他们肩负的使命更重要，也更细分化。他们需要对付国内和国际上的阴谋主义者、走私者以及政治反对派。本来克格勃的人有专门的军装，但是他们穿便衣工作更方便——这样不容易被认出。民警和克格勃之间有时会在工作中出现分歧，不过现在普里布鲁达少校一脸微笑，也许这样可以让彼此的关系有所缓和。

“伦科！”他看到了探长。

“是我。”伦科回了一句，然后朝尸体走去，把普里布鲁达抛在身后。

第一个发现尸体的民警在雪地上走了几步，在离尸体还有一段距离的地方停了下来，再次观察尸体的状态。阿卡迪点上了一支廉价的普力玛香烟——按说他作为一名探长应该抽更好的名牌烟，但是他已经习惯了普力玛香烟的味道。在处理命案之前，阿卡迪总会先抽上几口。地上的三具尸体正安静地躺在雪堆下面，他们的姿势甚是巧妙：中间那个人仰卧，双手呈环抱状，像是在参加一个严肃的葬礼；另外两个人各自侧卧，手臂自然伸开，看上去很像两座硬硬的石雕。三具尸体有个共同点——都穿着溜冰鞋。

普里布鲁达把阿卡迪拉到一边说：“我先看看这个案子是否跟国家安全有关，确认了不在我的职责范围之后，你再开始调查吧。”

“国家安全？少校，这只不过是醉倒在公园里的三个普通人……”

少校招手叫来一个拍照的克格勃便衣。那人每按下一次快门，雪地连同地上的尸体就会闪过一片蓝光，造成一种尸体被蓝光笼罩的艺术效果。他的相机是进口货，拍下就可以取照片。他得意地抽出一张照片，递给阿卡迪，可惜照片上的尸体几乎看不见，因为雪地反光。

“你怎么看？”

“你很快就会知道。”阿卡迪把照片还给他。这群克格勃把尸体周围的雪踩踏得更紧了，阿卡迪心想，真烦人。他一边抽着烟，一边用修长的手指梳理了一下自己浓密的黑发，眼睛正好看到少校和那个拍照的克格勃都没穿长筒靴。这样正好，他想着，让雪地把他们的脚弄湿，这样这群添乱的人就可以快点离开了。按照死者的状况，阿卡迪推断在尸体周围的雪地里可能散落着几个空酒瓶。他身后的顿河修道院方向，遥远的天际,晨光渐渐扩散。民警中的病理学家列文站在空地上,正斜着眼看向这里。

“看上去,这些尸体已经摆在这里很久了。”阿卡迪说,“半小时后,专家会把他们挖出来仔细检查。”

“有一天你也是这下场。”普里布鲁达嘟哝着,指了指近处的一具尸体。

阿卡迪不敢相信自己的耳朵,他觉得普里布鲁达怎么敢当面这样说!车灯映照下的雪地里,那些亮晶晶的东西是冰块,还有两个一闪一闪的东西,是普里布鲁达的两只眼睛,又小又黑像两颗种子。他的脸在车灯的光线下晃来晃去,一会儿在灯光下,一会儿在黑影中,然后,他突然摘下手套。

“我要怎么做,不用你来告诉我。”普里布鲁达跨过一具尸体,开始动手挖雪,像狗刨一样把挖出的雪垒到尸体两边。

尸体完整的形状渐渐映入大家的视野,人头也显露出来,上面有一副令人百思不得其解的死人面孔。伦科探长从来没有见过这样的尸体。很多人以为,他对命案已经麻木。曾经有一个这样的案发现场,那是一间淌着血的厨房,血从天花板一直流到地上。那是一个炎热的夏天,房间里充满血腥味,谁都受不了那样的情景,但是他无所谓。现在是凛冽的寒冬,在这样冷的天气遇到命案,他本也无所谓。可是,今天的尸体很奇怪。探长完全想不到,这将成为他后来的人生中一连串转折的开端。

“是谋杀。”阿卡迪判断。

普里布鲁达表现得处变不惊。他继续把另外两具尸体上的雪清理了,这两个人和第一具尸体一样,都有张诡异的面孔。少校骑在尸体上,使劲敲击尸体上的外衣,结了冰的外衣被他砸破了。他撕开死者的外衣,然后继续砸破了尸体上的内衣。

“应该是吧。”他笑道,“你还看出了什么吗,她应该是个女的。”

“她是被枪击致死。”阿卡迪说。他看到女死者的两个乳房之间有一个黑色伤口,可以断定是被子弹击穿后留下的。“少校,你这样做是在破坏现场证据。”

普里布鲁达不理会他，把另外两具尸体的衣服也砸破了。他像个盗墓的人一样，兴奋地喊着："枪击！都是枪击！"

他虽然叫喊着，却没停下手上的动作，一只手拽着死者的头发，另一只手伸进死人的嘴里，抠出一颗子弹。这一幕正好被他的摄影师拍了下来。阿卡迪发现，这几具尸体的特征已经被毁坏得差不多了。脸被切走了，无法辨认长相，除此之外，手指的末节也被切走，这样，连指纹都无法获取了。

"两名男死者的头部也遭到了枪击。"普里布鲁达一边抓雪搓洗双手一边说，"正好三具尸体，凑成了一个幸运数字。探长，最脏最累的活儿我已经替你干完了。"他叫上他的摄影师，"我们也差不多该走了。"

"你干的活儿一向很脏。"阿卡迪看着摄影师离开。

"什么意思?"

"你能确定雪地就是这三个人被害死的第一现场？少校，这种愚蠢的事情只有你们干得出来，你根本没有把事情的来龙去脉搞清楚就破坏了现场，这是想让我好好调查案子吗？谁知道接下来还会发生什么事?"

"接下来还能发生什么事?"

"现在已经说不清楚了，少校，你明白吗？现在倒好，你怎么不让你的人继续做这里的工作，让我和我的人离开?"

"因为现在没有证据证明此案和国家安全相关，所以这只是一起普通的案子嘛。只不过从现场来看，比一般的案子复杂点而已。"

"复杂是因为有人破坏了证据!"

"工作人员会把我的报告和照片送到你的办公室，"普里布鲁达细心地戴上手套，"刚才我做了那么多工作，受益的人是你!"他提高声音，以周围人都能听到的分贝继续说，"当然，如果你在调查中发现此案与国家安全相关，请马上让检察官通知我。伦科探长，听清楚了吗？不管你需要多长时间破案，一旦发现与国家安全相关的信息，必须，立刻，通知我!"

"听清楚了，"阿卡迪也提高声音，"我会努力跟你合作的!"

普里布鲁达的车开走了，阿卡迪不由得想到一堆总在夜间猖獗活动的动物——猎狗、乌鸦、苍蝇、寄生虫。天快亮了，他几乎能感觉到地球转动的方向。他又抽了支烟，大口吞吐，只为了把普里布鲁达的气息扔出去。在这个国家，烟和酒一样，都算得上是支柱产业。话说回来，这里什么不是国家的产业呢？连他自己都是国家的。现在，雪花开始飘落，清晨即将到来。空地上的尸体静静地躺着，死人的脸随着雪的融化慢慢露出来，民警们还在围观。

"这案子现在成了我们的责任，"阿卡迪说，"我们得做点什么。"

他指挥大家用警戒线把现场围起来，然后用卡车中的电台呼叫人手增援，并让增援的人带上铁锹、探测仪等工具。阿卡迪有信心，自己的这队人马是能够破案的。

"那我们现在……"病理学家列文欲言又止。

"现在我们继续跟进这个案子，除非有新的命令。"

"真是个美好的早晨。"列文自嘲地笑了笑。

这位病理学家是个上了点年纪的犹太人，他披着民警队长的大衣，正看到侦缉小组的达尼娅在盯着几具尸体上被挖走的面部。阿卡迪让达尼娅先把空地的情况画成一张图，并标注上尸体的位置。

"被那位伟大的少校破坏之前的位置吗？"列文帮她问了一句。

"没错，"阿卡迪说，"当他没来过。"

现在，侦缉队的生物学家开始在尸体附近的雪地里寻找血液取样。远处，莫斯科河的堤岸上，第一缕阳光正从国防部大楼顶上透出来，为这堵暗褐色的墙增添了一抹亮色。近处，雪地周围的树木也渐渐变得清晰，像一只只清晨觅食的小鹿。现在，飘落的雪花在阳光的照射下闪着彩光，像红蓝交错的缎带。阿卡迪心想，这真是一个好天气，好得可以融化整个冬天。

"真倒霉。"他又看了看尸体。

侦缉队的摄影师到了，他问阿卡迪，克格勃是不是已经来拍了照。

"那当然，他们最擅长的就是给自己做过的工作留下纪念，但是我敢肯定，"阿卡迪说，"他们拍的照绝不是为了让我们更好地破案。"

摄影师谄媚地笑了，以示附和。

很好，阿卡迪心想，你再笑大声些试试。

探长的公务车是一辆已用了五年的旧车，莫斯科维奇牌的，比普里布鲁达的伏尔加差了不少档次。公务车里，一名便衣侦探探出头，他叫帕沙·巴甫洛维奇，体魄健壮，有一半鞑靼人血统，乌黑的头发向斜后方梳起来绑在一处，极富浪漫主义气息。

"发现三具尸体，两男一女，"阿卡迪上了车，"都冻僵了，死了得有一个星期吧，甚至一个月，哦，也可能有五个月。别的什么都没发现，证件财产一应物品都没有。他们的心脏都遭到了枪击，还有两个人头部也被枪击。你可以去看看他们的脸。"

帕沙下了车。今年的气候很奇怪，四月中旬就有了暖意，要是在以往，冬天的寒冷气候至少要持续到六月。如果不是天气热得这么快，如果不是雪被升高的温度融化了，如果不是那个执勤的民警要小解，如果不是他小解的时候雪地被月光照亮了……如果不是这该死的一切，阿卡迪现在应该还在梦乡吧。

帕沙看完尸体回来了，他愤愤不平地说："什么人这么疯狂，干出这样的杀人案？"

阿卡迪叫他上车，然后说："普里布鲁达刚才来过。"

他一边说这句话，一边观察帕沙的脸。果然，这句话让帕沙的表情有了微妙变化，他的目光转向空地，看了一眼后又转向阿卡迪，就好像觉得外面那三具尸体不仅仅代表一个犯罪案件，还代表一个复杂的问题。总之，他的表情变得有些害怕，当然，害怕的原因也许是因为眼前尸体的情形让他这个好人感到受不了。

"这个案子也许不该我们管，"阿卡迪继续说道，"我们先做一些调查，就会有人接管的，不要担心。"

"但是案子发生在高尔基公园。"帕沙说这句话的时候显得心烦意乱。

"这个案子的确有些蹊跷。现在你得按我说的去做，先开车到公园派出所，让他们提供几张滑雪路线图，然后，我需要所有民警的名单。还有，今年冬天在公园卖小吃的贩子的名单也要。这件事捅得越大越好，这才是最重要的。"阿卡迪下了车，靠在车窗上，"对了，上头有分配新的侦探给我吗？"

“有,费特。”

“不认识。”

帕沙吐了口痰:“那就是只学舌的鹦鹉,除了重复,啥也不会。”

“行,”上头总会安置这种人在案子里,探长已经见惯不惯,“只要大家齐心协力,我们应该很快就能破案的。”

帕沙走了,增援的民警学员带着工具,分别乘坐两辆卡车进了公园。达尼娅在雪地上画了纵横线,形成一个个格子方便大家排查。案发时间离现在已经很久,但是,还是不能放过一丝蛛丝马迹。其实,阿卡迪已经不指望在这里发现什么线索,他只是想把事情捅大,这样,普里布鲁达听到风声就会回来。

即便如此,这种大规模的现场排查还是让民警们摩拳擦掌。他们中的大多数是交警,参与这样的案情调查让他们很兴奋。很多民警入伍前生活在农场,他们一旦退伍,民警机构就会鼓励他们参加民警,因为参加民警可以居住在莫斯科这样的大都市。在当时,这是一项非常优厚的条件,比从事核研究的科学家所能获得的居住条件还好,的确让人有些匪夷所思。所以后来,住在莫斯科的民警越来越多,莫斯科市民们觉得他们是城市入侵者,而民警又觉得市民们是骄奢淫逸的腐败分子,或是精明的奸商,双方的矛盾一度扩大。但是尽管如此,来莫斯科居住的民警还是没有减少,因为没有人愿意再回到农场去住。

越升越高的太阳开始散发出热量,不像冬天的太阳,冷得像个幽灵。民警学员们在暖阳下吹着微风,干活的节奏也懒散起来。这样一个带着暖意的好天气,空地上的尸体实在让他们目不忍视。

凶手选择把尸体藏在高尔基公园,这是一个疑点,毕竟高尔基公园不是莫斯科最大的公园。伊兹梅洛沃公园、捷尔任斯基公园、索科尔尼基公园都比它大。纵观高尔基公园,只有两公里长,最宽的地方不过一公里。不过,这里虽小,却是市民们最喜欢的公园。它是十月革命后修建的第一个公园,南靠大学,北临河流,与克里姆林宫隔河相望。这里有摩天轮、喷泉、儿童剧场,可供市民散步的广场,还有俱乐部大楼,每天有很多人来这个公园:附近工作的职员来这里用餐、奶奶带孙子来玩、男生陪女生来散心……到了冬天,这里可以溜冰、滑雪。

费特到了。他戴着金边眼镜,蓝色眼珠在眼镜下不停地转动,看上去年龄和那些民警学员相差无几。

“你负责让这些雪融化,”阿卡迪指着不断累积上新雪花的雪堆,“看看还有什么线索。”

“这些东西在哪里化验呢?”费特问。

“别管这么多,你用热水浇雪就行。”为了让对方听明白,阿卡迪又加重语气说了一句,“记住我的要求,一片雪花都不能放过。”

安排完工作,阿卡迪开走了费特开来的警车。他驾驶黄红相间的警车通过克里姆斯基桥,向莫斯科的北边开去。冰冻的莫斯科河发出裂开前的闷响,现在已经是上午 9 点了。从起床到现在的两个小时里,阿卡迪除了抽烟,什么都没吃。过桥后,车流停了下来,他向指挥交通的警察扬起他的红色证件,这是他的特权,可以加速通过。

阿卡迪是一位资深的凶杀案侦查员,堪称专家。这个国家很少发生高智商犯罪和技术性犯罪,一般的刑事案件中,受害者多半是女人。男的酗酒,然后用斧头砸自己的女人,一次又一次,也许砸十次也就命中这一次。以阿卡迪经手的案件来看,被抓的罪犯大多数就是这样的“醉犯”,“醉犯”这个词在这里可能比“罪犯”更合适。在他看来,不管是跟酗酒的人交朋友还是嫁给酗酒的人,都是不安全的。但是这样的人还真不少,于是整个国家都被他们弄得醉醺醺。

阿卡迪开着车一路狂奔,穿过滴水成冰的屋檐,穿过左右躲闪的路人。今天还好,前两天的路况更糟糕,路上的车和人像是阴魂不散,完全躲不开。他路过了马克思大街的克里姆林宫,驶入彼得罗夫大街,又接连穿过三条环道,终于到达莫斯科民警司令部。这是一栋六层的黄色大楼,阿卡迪把车停在车库,乘电梯来到三楼。

报纸上一般是这样描述民警的指挥中心的:“它位于莫斯科的中心,可以在几秒之内对突发事件作出应急处理,保证这个城市的安全。”事实上,报纸没有报道的指挥中心的布局是这样的:一面墙上挂着大幅的莫斯科市区地图,地图上的莫斯科市有 30 个区,划分有 135 个辖区派出所管理,分别用135个小灯来代表。通信台上布满无线电转发器,民警们呼叫时都用辖区名称或者直接用代号,比如:“伏尔加呼叫奥姆斯克”,或者“伏尔加呼叫59号”。

这里应该是莫斯科最有秩序的一个房间,它的运作将统筹学和电子技术发挥到了极致。但是,这里也有一些可笑的旧制度:一个值班民警汇报的案件数量是有规定的,如果某个民警汇报得太多,就意味着汇报得少的其他人太差;另外,他们需要以辖区为单位统计案件数量,但是这些数量必须能够说明莫斯科的犯罪率已经有所下降。这些制度营造了犯罪率逐步降低的虚假繁荣。

现在,地图上只有一个灯在闪烁,灯的位置代表高尔基公园。这表示在这座拥有七百万居民的城市里,目前只有高尔基公园这一起案件汇报。身材魁梧的警察局局长盯着闪烁的灯出神,他穿着灰色的将军服,衣服上有金色的穗带,还有勋章和绶带。同时盯着灯光的还有警察局副局长和两位上校。与他们整齐的衣装相比,穿便服的阿卡迪显得形单影只。

“将军同志,探长伦科报告。”阿卡迪一边说,一边想起自己的胡子好像没刮,于是伸手摸了摸下巴。

将军微微颔首。一位上校说:“将军知道你是刑侦专家,他相信你有专业的现代化手段来破案。”

“将军还想知道你对案件的看法,”另一位上校说,“尽快破案的可能性大吗?”

“我们的民警是最优秀的民警,人民是最优秀的人民,有他们的支持,我们一定能够成功破案!”阿卡迪回答得铿锵有力。

首先说话的那位上校又问:“那为什么不按照程序向各个辖区询问死者的情况?”

“因为我们没有在死者身上发现任何线索,没有证件,有肢体残缺,我们无法判断死者身份。而且他们已经冻僵,无法判断死亡时间。”

另一位上校望了望将军,问道:“查勘案情时,现场有没有国安部门的代表?”

“有。”

将军终于开口："我实在搞不懂，为什么案子会发生在高尔基公园。"

离开指挥中心后，阿卡迪在军人服务室吃了一个甜面包卷，喝了杯咖啡，这就是他的早餐了。然后，他在公用电话的投币口投入一枚两戈比的硬币，给妻子的单位打了个电话："请问伦科老师在吗？"

"伦科同志现在很忙，正在跟区党委委员谈话。"

"哦，我本来约了她一起吃午餐。麻烦转告伦科同志，她丈夫晚上再来看她。"

挂掉电话之后，阿卡迪拿到并研究起新来的费特侦探的简历。原来费特主要是为克格勃感兴趣的案件效劳的。

离开民警司令部，阿卡迪开车去了趟法医的化验室。心急的他直接开车穿过了彼得罗夫卡大街前面的院子，吓得民警和购物归来的女人们四处躲闪。到达化验室之后，他向门卫打了个招呼，径直走了进去。

走到解剖室门口时，他停住了脚步，开始点烟。

里面的列文听到了划火柴的声音，问道："你是觉得恶心吧？"

"好吧，我不恶心了，免得影响你工作。我可不像有些人那样，老是觉得自己比别人高级。"这句话有点讽刺列文的意思，因为作为一位解剖死人的病理学家，列文的工资比那些给活人看病的医生还高出25%。因为尸体上有更多的病菌和有害生物，所以多出来的工资又被称为"消毒费"。

"我们这个工作，随时可能被感染，"列文说，"比如手术刀一个不留神……"

"得了，这些尸体早就冻僵了，你最多感染个感冒。说难听点，你的奖金就是建立在别人死亡的基础上。"阿卡迪狠狠地抽了口烟，让鼻子和肺都感受到烟雾缭绕。

阿卡迪休息准备停当，走进了解剖室。房间里弥漫着甲醇的味道，三具尸体生前的性格或许不同，但是现在他们却是惊人的相似：皮肤苍白，肩上淡青，身上有鸡皮疙瘩，胸前有子弹窟窿，没有末节的手指，以及——没有脸！从发际线到下巴，从左耳到右耳，三张脸几乎都是被整块割走，眼睛被挖掉，恐怖的脸上只剩下骨头和黑色的已经凝固的血液。被发现的时候，他们的脸已经是这样。列文的乌兹别克籍助手被冻得鼻涕长流，正在用锯子切割死者的胸膛，一会儿切割，一会儿放下锯子搓手取暖。

列文问阿卡迪："如果你看到死人都恶心，还谈什么破案？"

"我的主要任务是抓活人。"

"这有什么好骄傲的？"

阿卡迪没理会他，拿起桌上的尸检报告文档开始念：

死者性别：男。籍贯：欧洲。头发：棕色。眼睛：无。年龄：20~25岁。死亡时间：2周到6个月。尸体性状：冻僵，无明显腐烂。肢体细节：面部软组织遭切割，双手第三节指骨遭切割。死因：枪击。致命伤：2处。A处：子弹呈45度角穿过大脑，从颅骨后上方直冲唇部附近，被击中后，上颚撕裂。B处：子弹从胸骨左边2厘米处射入心脏，主动脉破裂。子弹在胸膛内发现，编号GP1-B。

死者性别：男。籍贯：欧洲。头发：棕色。眼睛：无。年龄：20~30岁。死亡时间：2周到6个月。肢体细节：面部软组织遭切割，双手第三节指骨遭切割。致命伤：2处。A处：子弹从前往后穿透大脑，唇部附近被击，上颚裂开，门牙脱落，子弹在后颅骨内留下痕迹。颅腔中发现子弹一颗，编号GP2-A（普里布鲁达取出的那颗）。B处：子弹击中胸椎左3厘米处，并穿透心脏。子弹在左肩胛骨中发现，编号GP2-B。

死者性别：女。籍贯：欧洲。头发：棕色。眼睛：无。年龄：22~23岁。死亡时间：2周到6个月。死因：枪击。伤口：子弹击中胸椎左3厘米处，穿透心脏，右心室与上腔静脉裂开，子弹从背部射出，位置在脊柱左2厘米的第4肋骨和第3肋骨间。子弹在衣服里发现，编号GP3。肢体细节：脸和手的情况同前。孕否：死者未怀孕。

阿卡迪念完后一直不说话，只顾抽烟。

然后，他盯着手中的材料问："你是怎么判断出死者年龄的？"

"牙齿磨损的程度。"

“用牙科的理论?”

“对,还画了图,但是意义不大,文档中的第二个男性死者做过烤瓷牙。”列文耸了耸肩。

他的助理拿来一只盒子和几张牙齿结构图,盒子里装着几颗被子弹击碎的牙齿,牙齿跟子弹一样做了记号。

“少了一颗。”阿卡迪数了数。

“对,那颗被子弹打成了粉末,放在另一只盒子里了。我还有些东西,刚才的尸检报告里没有的,你可能更感兴趣。”

解剖室的水泥墙又湿又冷,地上的水管旁全是水渍印迹,天花板上的日光灯发出嗡嗡的杂音,照射着苍白的尸体,连尸体上的阴毛都被映照得分外清晰。阿卡迪强迫自己不受眼前情景的影响,可是这三具尸体好像在盯着他看,有个声音似乎从地狱中冒出来:谁害死了我们?

这时,列文开始了他的叙述:“你也看到了,第一个男性死者肌肉发达,生前应该很健康。第二个嘛,身体可能不那么好,他的左腿胫骨应该骨折过。还有啊,更好玩的是,”列文用手抓了抓第二具男尸的头发,“这个头发是染过色的,它本来应该是红色。在最后的报告里,我会把这些信息加进去。”

“我也希望如此。”阿卡迪说完,一分钟也不想多待地转身就走。

列文紧跟着阿卡迪走进电梯,离开解剖室,上了阿卡迪的车。他曾经在莫斯科做外科医生,做到了主任医师级,正当风生水起时,斯大林下令把犹太医生逐出医疗行业,列文也就没法再做下去了。其实,他对医疗事业是有感情的,不过,不必同情他的遭遇,他不会领情的。在他看来,同情的表情就跟面瘫差不多。

列文告诉阿卡迪:“现在还得增加一个侦查员,一起跟进这个案子。这个案子很复杂,我们猜不到罪犯的心态,只有他们自己知道为什么要这么做。这个案件很像当年的克里亚兹马河案。”

“如果你的尸检报告被认可,受害者牵涉了外国人,那么明天克格勃就会来接手,这是国际案件。你还有什么可担心的么?”

列文打开车门下了车:“你就没有什么可担心的么?”他反问道,然后在关车门前重复了一句,“这真的很像当年的克里亚兹马河案啊。”

阿卡迪来到弹道研究室,这里有一个四米长的大水箱,几乎把整个研究室占满。他把死者身上发现的子弹放在这里,然后去了法医实验室。跟其他地方相比,这里显得古色古香,木地板、云纹桌、绿色写字板,还有带仕女图的灰盘。工作人员们正在研究云纹桌上的死者衣物,负责人是民警上校柳金,他头发锃光发亮,双手很厚实。

柳金见阿卡迪过来,微笑道:“除了血,目前什么线索都没有。”

其他工作人员也抬起头,向探长行注目礼。柳金的一个工作人员在用吸尘器清理死者衣服的口袋,另一个在处理死者溜冰鞋上的残渣。他们身后有个大药柜,里面放着各种颜色的试剂,还有碘结晶、硝酸银溶液、凝胶等,让药柜看起来五彩缤纷。

“能还原出衣服本来的样子吗?”阿卡迪问。他想,如果能看出死者穿的是高质量的进口衣服,就可以判断他们涉嫌走私,于是,克格勃就无可推脱,必须接手调查。

“你来看,”柳金让阿卡迪看一件夹克的商标,上面印着“工作服”“国产棉”字样,这种商标的衣服在本地很常见,跟阿卡迪想象的高端进口货相差很远。柳金指着另一张云纹桌:“再看这件女人的内衣,根本不是进口货。”

听了他的话,阿卡迪不无失望。而他失望的表情反而使柳金得意起来,因为探长越失望,就意味着越需要法医专家在案件中继续发挥重要作用。阿卡迪注意到,穿着隔离衣的柳金系着一根绣花的宽领带,而这种领带不是一般市民能买到的。

柳金继续说:“这只是初步判断,我们还要做取样化验。取样化验很复杂,要用到气体色层分离法,还有分光仪,这个费用可不低,”他摊开双手,“还有计时收费的计算机租金。”

装模作样,阿卡迪在心里冷哼了一声。

“上校,预算控制上对法医是没有限制的。”他顺口提醒道。

“没错,但是得有人给我签字,否则我不敢擅自做主呀。”

阿卡迪只好给他签预算。他心里清楚,在他签完字之后,柳金会在他签字的表格上再添加一些根本不会做的化验。这样柳金就可以借此领出这些化验所需的药品,偷偷拿出去卖钱。这位技术专家经常干这种事,阿卡迪对此也只能睁一只眼闭一只眼。

签完预算表,阿卡迪回到弹道研究室。这时,工作人员已经开始在显微镜的帮助下检查子弹。

“发现什么了?”

阿卡迪也凑过去看。显微镜的左目镜下放了一颗子弹,右目镜下也放了一颗。阿卡迪发现其中一颗子弹虽然因为穿透骨头而严重受损,但是两颗子弹有很多共同点,它们有相同的左旋来复线,弹道也有共同点。

“是同一支枪打出来的吧?”

“对,”工作人员确认道,“这里一共五发子弹。我还从没见过这种7.65毫米口径的子弹呢。”

五发?可是自己从列文那里分明只带过来四发。阿卡迪疑惑着,取出显微镜下的子弹,发现有一颗子弹没做标记。

工作人员解释道:“这颗是金属探测器在公园里发现的,刚刚送到。”

阿卡迪把以上信息连贯起来:罪犯在一片宽阔的空地上射杀了三个人,用的同一支枪,然后又用刀割掉死者的脸和手指。

他再次想到了普里布鲁达,还有克里亚兹马河案。

这里是位于莫斯科河南岸的莫斯科检察院,它所在的新库兹涅茨克大街修建于十九世纪,现在配套设施已经趋于完善。检察院有两栋楼:黄色的双层大楼和灰色的三层大楼。从黄色大楼上往下看,只能看到一个死气沉沉的小公园,公园里的花床都正好跟坟墓差不多大小,旋转架上的花盆也是空的。到检察院接受审讯的市民但凡在公园里坐坐,便会觉得更加郁闷。另一座灰色大楼略好些,往下看是一块球场。

阿卡迪走进检察院,迅速来到二楼。在大厅,他看到了负责特别案件侦查的首席侦查员丘金和负责工业案件侦查的彼洛夫。

“雅姆斯科伊要见你。”丘金说。

阿卡迪像没听见似的,直接进了自己的办公室。彼洛夫也跟了进来,这位资格最老的侦查员一直很欣赏阿卡迪的能力。阿卡迪的办公室有四米见方,松木家具,棕色的墙上开着双扇窗,挂着标注了街道和港口的地图,还挂着一张列宁坐在草地座椅上的照片,这张照片倒是不多见。

“你用不着那样对待丘金的。”彼洛夫劝道。

“他就是个蠢货。”

“他也是为了工作。”彼洛夫抹了一下头发稀少的平头,“我们做的都是自己分内的事。”

“我没说过蠢货就不需要工作。”

“我主要想说,其实这个人很擅长和社会上的混混打交道。”

伏西沃洛德·彼洛夫说得不无道理。对于社会问题,他是很有发言权的。他参加过伟大的卫国战争,而且又有丰富的社会阅历。他的性格中有保守的一面,但是他也绝不吝惜把自己知道的信息告诉你。比如,如果他开始抱怨“外国的歹徒”的时候,一定是边境又在备战了;如果他提到了“犹太人”,那一定是犹太人那边又有什么事情发生了,比如,犹太教堂关门了。所以,只要对社会或局势有什么疑惑,都可以去问彼洛夫。

想到这里,阿卡迪问道:“你觉得,社会上哪种人会染发,而且穿的运动衫上的外国牌子是假的?”

“不幸的人,”彼洛夫不无同情地说,“那些搞音乐的混混,弄摇滚、爵士的那帮人,可能性比较大。不过,他们恐怕不会配合你的调查。”

“你的意思是,他们是些混混?”

“你这么聪明,应该不难猜到吧。那些化妆、染发、穿假名牌的人,如果不是流氓混混,也至少是不入流的。”

“我提醒你一下,案发现场的三个死者身上,能辨认身份的东西都没有了。打死他们的是同一把枪。尸体被发现时,普里布鲁达首当其冲跑来干涉。根据这些,你能想到什么?”

彼洛夫把手托在下巴上,脸皱成了一团。

“你不能因为部门间的分歧而影响了自己的判断。”

“你是不是已经想到了什么?”

“我想,”彼洛夫顾左右而言他,“帮派斗争也跟社会上的混混有关系。”

“帮派枪战？怎么可能？发生在西伯利亚或者亚美尼亚都有可能，但是，莫斯科怎么可能？”

“我明白你的意思，”彼洛夫坚持道，“但是作为一名探长，你不能妄自揣测。你必须用事实、用证据说话。”

阿卡迪释然。他把手放在桌上，笑着说：“谢谢您，大叔，您的话我会记住的。”

“那就好，”彼洛夫放心了，他准备离开办公室，“最近去看过你父亲吗？”

“没有。”阿卡迪把尸检报告放在桌上，然后去搬打字机。

“如果去看他，记得代我问候。”

“记得的。”

彼洛夫走了，留在办公室的阿卡迪开始用打字机写他的初步调查报告：

俄罗斯苏维埃联邦社会主义共和国，莫斯科，莫斯科检察院

罪行：谋杀。受害者：2男1女，身份不明。地点：十月市区高尔基公园。报案人：民警。

6点30分，巡视高尔基公园西南角的巡逻民警发现雪堆呈人形，该雪堆在平行于顿河街和莫斯科河的人行道往北约40米处的空地上。

7点30分，民警（包括本人）和克格勃对三具已冰冻的尸体展开调查。

尸体已冻僵，目前只能判断遇害事件发生于今年冬天。三位死者均遭到枪击，心脏中弹，其中两名男性死者还有头部中弹。

子弹共5发，由同一支枪射出，手枪口径7.65毫米，子弹壳未找到。

三名死者都穿溜冰鞋，未找到能证明身份的物件。脸和手

指末端被切割，暂时无法鉴定身份。

正在进行更深入的关于血液、牙齿、弹道等的检测和现场检查，详细检查报告随后完成。目前公园现场的排查工作已经开始。

初步判断，此案件为谋杀案。在这个城市最繁华的公园，凶手用同一把枪杀害了三个人，清理了受害者的个人物品，同时施以极端残忍的手段阻碍警方鉴定死者身份。

备注：两名男性死者中，一人染发，另一人穿假冒进口货，两人有反社会嫌疑。

A.V.伦科

探长

写完报告，阿卡迪自己浏览了一遍，真是一份毫无价值的文件。这时费特和帕沙都来了，帕沙手里还拎着公文包。

“我出去一下，”阿卡迪穿上外套，“帕沙，你们该干嘛干嘛。”

检察官雅姆斯科伊要见他，他必须先下楼才能走进检察官所在的另一栋楼。检察官的责任是对所有刑事案件的调查进行监督，他们的权力很大，逮捕嫌疑人必须获得他们同意，法庭判决也必须接受他们的查验。大案小案他们都可以管，大到地方政府的指令，小到民事诉讼，或是工厂之间的经济纠纷，都在他们的权力范围内。不管是官员、企业法人、市民还是罪犯，都得接受检察官的管辖，而检察官只接受总检察长的指令。

阿卡迪进了雅姆斯科伊的办公室，坐在办公桌后面那位就是检察官。粉红色的光头，佩戴了将军勋章的深蓝色制服又宽又大，一看就是为他量身定做的。他满脸堆肉，厚厚的嘴唇好像被脂肪撑成了白花花的颜色。

“稍等。”他没有理会阿卡迪，继续看文件。

阿卡迪站在离办公桌三米远的地毯上打量办公室。办公室里到处都挂着检察官的照片：这张是他带着检察官代表团和勃列日涅夫总书记一起照的，应该是出席某次正式会议；这张是和总书记握手；这张是他在发言，好像是在巴黎国际检察官大会上；这张是他在游泳，应该是在银林湖；

这张更是了不得,他正精神抖擞,面对最高法院委员会,为一位被误判成杀人罪的工人上诉。雅姆斯科伊身后有扇窗,窗帘是褐色的意大利天鹅绒,把办公室遮得透不进阳光,却遮不住检察官头顶上的斑。

"说吧。"雅姆斯科伊好像终于看完了他的文件,抬起头,用亮晶晶的灰眼睛盯着阿卡迪,说话声音轻得几乎听不见。阿卡迪早就知道,听眼前的这个人说话必须打起十二分精神,否则你根本不知道他在说什么。

阿卡迪走上前,把自己的初步报告放在办公桌上,然后退回原地。他又提醒自己,跟这个人说话要打起精神,而且,要见机行事。

"普里布鲁达去过现场,怎么报告里没说?"检察官发话了。

"怎么,他不想我负责这个案子吗?是,他到过现场,做的事可多了,除了没在三具尸体上撒尿,别的都做了。"

雅姆斯科伊盯着阿卡迪:"他为什么会不想你负责这个案子?你可是凶杀侦缉队的探长,阿卡迪·瓦西里耶维奇!"

阿卡迪自觉语失,回道:"之前我们可能有点误会。"

"什么误会不误会的?克格勃已经明确,这不在他们的权限范围。我说得很清楚了。"

"哦,案情是这样的,高尔基公园里有三个人被枪杀。您知道的,这里的普通人只有7.62毫米或者9毫米的军用枪,但是从子弹判断,凶手的枪是7.65毫米口径的,凶手线索暂时无从判断;而且,死者的脸和手指末端都被割走了。所以,现在我的报告还没有准确的结论。"

"关于哪方面的结论?"雅姆斯科伊挑了挑眉。

"关于一切。"阿卡迪在短暂的沉默之后说。

"谢谢。"雅姆斯科伊的这句话等同于"送客"。

阿卡迪知趣地退出。走到门口时,检察官突然说:"别忘了履行法律义务。这个案子在调查的过程中,你也许会顺藤摸瓜查出一些反对派,这些反对派才是对国家的威胁,你知道该怎么做。"

阿卡迪点头离开。

回到自己的办公室,费特和帕沙已经把与案情相关的地图、现场图、照片和尸检报告贴在墙上了。阿卡迪坐下来,打开一包烟,点烟时,前两根火柴没划燃就搓断了,划到第三根时才把烟点上。他把三根火柴放在办公桌上代表三具尸体,又把墙上的尸体照片摘下来放进抽屉,他实在不想看到照片上那些没有脸的尸体。费特一直皱着眉看着他做完这一连串的动作。现在阿卡迪又坐下来,一边摆弄桌上的火柴一边问:

"找人调查了吗?"

帕沙翻开笔记本:"已经问了十个民警了,一无所获。再这么问下去,我看今年冬天我一直待在那片空地滑冰得了。"

"再问问旁边那些卖小吃的吧。有些事情,民警不一定关注,但是那些卖小吃的老太太没准看得一清二楚。"

费特完全不赞同这么做。阿卡迪诧异地看着他,这个年轻人长着一对招风大耳,从建筑学的角度来看,正好可以支撑他的那副金属框架的眼镜。

阿卡迪问他:"最后一颗子弹被发现的时候,你在场吗?"

"对,最后一颗子弹代号 GP1-A,当时是在一号尸体头骨下面的地里发现的。一号尸体就是报告上的第一个男死者。"

"不要一号尸体二号尸体地叫,你,去给那些尸体起个代号。"

帕沙走过来,找阿卡迪拿了支烟抽。

阿卡迪再问:"想想看,起个什么代号?"

帕沙只顾抽烟:"借个火。"

费特想了想:"那就叫,高尔基公园一号,高尔基公园二号……"

"算了,"帕沙听得直摇头,"你还是免开尊口吧。"

他点上烟,吸了一口,一边喷云吐雾一边说:"高尔基公园一号指的是那个魁梧的大个子?叫他'肌肉男'行不行?"

"不够贴切,"阿卡迪说,"干脆叫'野兽',那女的叫'美女',还有个小个子的男人,叫'瘦子'得了。"

帕沙说:"他的头发染成了红色,不如叫'红毛'。"

"'美女''野兽''红毛',记住,这是我们破案的第一步,费特,"阿卡迪说,"法医那边,检查死者的溜冰鞋有没有发现什么?"

"溜冰鞋可能是假象,"费特说,"在高尔基公园这种地方,一个人行凶杀死三个人还是很不容易的。凶手很可能是在别处杀了人,然后给死者穿上溜冰鞋,运到高尔基公园,制造第一现场的假象。”

“没错,在高尔基公园用枪不可能不被人听到,”阿卡迪说,“但是,人死了才给他们穿溜冰鞋也很难,不信你自己去试。还有,高尔基公园这种繁华地段,我敢说无论在什么时间,凶手都没机会把死尸运到这儿。”

“我说的只是一种可能性,我还是想听听你的推测。”费特说。

“这种可能性的确不排除,”阿卡迪同意,“我们先看看柳金那边的进展。”

他给位于基赛尔尼街的实验室打电话。电话铃足足响了20声,终于接通了接线台,再由接线台把电话转给柳金。

“上校,我……”刚开口电话就断了,再回拨过去,怎么都打不通。现在才4点20分,接线台关总机的时间应该是5点,这帮懒人,就这么急不可耐地要下班?看起来,他的侦查员们也急着要下班呢,下了班,帕沙就可以去练举重,而费特就可以去找他母亲,或者,去找普里布鲁达也说不定呢。

电话打不通,阿卡迪只得继续跟面前的人讨论案情:“死者的确可能在其他地方遇害,凶手趁着夜色把尸体运到这里。”他把桌上的火柴挪动了一下。

费特针锋相对:“你刚才还说凶手没机会运尸体。还有,最后一颗子弹就是在高尔基公园的地下找到的,那里应该就是第一现场。”

“这只能说明,死者的头是在高尔基公园被射穿的,但是,射穿头部的时候,谁知道他是活着的还是已经死了?”阿卡迪拿起一根火柴,放回挪动前的位置,“如果是第一现场,子弹壳呢?子弹壳也应该在地上,但是我们并没有找到。”

费特反驳:“子弹壳也许被凶手收走了。”

“凶手收子弹壳做什么?子弹壳收走了还有子弹头,我们有了子弹头更好判断凶手的武器,凶手没必要专门收走子弹壳。”

“可能凶手开枪的位置很远。”

“不可能。”阿卡迪马上否定。

"凶手觉得子弹壳散落在地上容易被发现,人们一旦发现子弹壳就会猜到附近有尸体,于是收走了子弹壳?"

"注意,凶手的枪肯定不会拿在手里,他会藏在衣服外套里,"阿卡迪思考着说,"所以,藏在衣服里的枪被捂热了,开枪的时候,子弹壳因为爆炸再次受热,这样的结果是,子弹壳能融入雪地之下,又被雪掩埋。但是有一点我很好奇,"他问费特,"你刚才说一个人杀死三个人,你怎么知道凶手是一个人?"

"因为是同一把枪啊。"

"没错,子弹是从同一把枪射出的,但是如果只有一个凶手,要打死三个人,除非那三个人挨个站好,等着他来打死……这个不可能。那么,符合逻辑的可能性是,凶手还有帮凶。还有,看起来死者就这么乖乖赴死了,没有逃走或是挣扎求救的痕迹,难道他们当时已经绝望到巴不得早死?只有抓到凶手,这一切才会水落石出。现在,故事刚刚开始,后面我们还会经历很多事情。我发誓一定要抓住那个可恶的胖子!"

费特想问:"为什么是个胖子?"但他忍住了。

阿卡迪开始总结陈词:"漫长的一天总算结束了,你们下班吧。"

费特迅速离开了办公室。

帕沙一边往外走一边说:"鹦鹉走了。"

"他要真是只鹦鹉就好了。"

现在只有阿卡迪还留在办公室。他征求了民警委员会委员的同意,找民警司令部要了一份关于乌拉尔以西范围的所有被枪杀者的情况报告。然后给妻子的学校又打了个电话,但接电话的人告诉他,妻子正主持家长批判会,暂无法接听。

办公楼里的其他侦查员也穿上外套准备下班了。真是一群忠诚的工作人员,阿卡迪冷眼观察着他们。他自己还不饿,不过到了饭点总得吃东西,顺便可以散步。于是他也穿上外套往外走。

他一直往南走,走到巴威列夫斯基火车站的一家小饭馆里。这家饭馆的醋熘土豆和白鱼做得不错。阿卡迪到柜台要了杯啤酒。一群铁道工人也坐在这里吃饭,还有几个脸色阴郁的战士在喝香槟酒。

老板端来了他的啤酒，一起送来的还有奶油面包和鱼子酱。

“这是什么?”他问。

“来自天堂的美食。”老板说。

“天堂是不存在的。”

“现在我们已经在天堂了。”老板一笑，满口假牙就露了出来。他把鱼子酱放到阿卡迪面前。

“哟，我今天居然忘记看报纸了。”阿卡迪转移话题。

一身白制服的老板娘从厨房走出来，朝着阿卡迪灿烂地笑。她笑起来的时候，腮帮子鼓着，眼睛特别可爱，人们用看美女的眼神看着她，而她的丈夫站在她身边，自豪地享受人们的注目礼。

这对夫妇是维斯科夫·F.N和维斯科娃·I.L。1946年，他们开了一家“淘宝”书店，店里有一些被他们视若珍宝的书籍，例如蒙田、阿波利奈尔、海明威等作家的作品，这些书在当时被列为“禁书”，他们也因为这个原因得了个“设立反动活动站”的罪名。他们获刑“二十五卢布”（这是当时的一种戏谑的说法，实际上就是劳改二十五年）。夫妇俩一度对人生失去了信心，妻子差点自杀。直到1956年，两人终于提前出狱，并获得了再开书店的许可，不过他们没有再开了。

“我记得，你原来在马戏团旁边也开过饭馆?”阿卡迪问。

“对，但是后来违规了，就转到了这里。我妻子不想被人家认出来，现在也是有空才来店里帮忙，”维斯科夫眨眨眼，继续说，“还有儿子，有时候也过来帮忙。”

“多谢你。”维斯科娃说。

阿卡迪感慨不已。这对无辜的夫妇被国家机关误判，在多年的劳改生涯中，身心备受摧残，但是岁月似乎没有改变他们的纯洁和善良。自己作为国家机关的工作人员，只是在这里吃东西，以普通的礼节和他们搭讪，他们却回报以十二分的热情。自己实在没有资格享受他们的热情啊。迅速喝完酒，吃完东西，阿卡迪礼貌地告别。

他的心里充满感恩，浑身热血沸腾，直到走过了好几条马路，才放缓了匆匆的步履。现在是晚上，在一片黑暗中，明亮的灯光从窗户里透出来，充满家的温馨，路上行人的脸也被灯光照得温暖而明亮，远处偶尔传来马蹄踏着泥土的声音。他喜欢这样的时刻，也只有在这样的时刻，他才能够将自己彻底放空，在这个有着五百年历史的城市随心徜徉。他停在一家商店的橱窗前，橱窗中陈列着少先队员款式的玩具娃娃，还有一个通着电的星月模型，绕月旋转的卫星似乎在昭示着一个光明而充满现代气息的未来。

散步之后，阿卡迪回到办公室继续看文件，现在他看到的是关于一起枪杀案的记录。

这起枪杀案说的是：一位工人回家时，将妻子和一名海军军官捉奸在床。接下来免不了一番恶战，争斗中，工人抢了军官的手枪，打死了军官。法庭判决时考虑到如下因素：第一，军官不应该私自携带枪支；第二，工人所在的工会证明了这位工人很模范；第三，工人本人对自己的行为表示了后悔。所以，法庭的判决是对工人处以十年的监禁。

再翻到的是一起恶性凶杀案：两个黑市商人因为分赃不均大打出手。打斗中，其中一人掏出了一支生锈的旧枪，两人都没想到那把枪里居然能射出子弹。子弹击中了另一个人，当场毙命。这起案件之所以定性为恶性案件，是因为起因是不正当的分赃，因此，掏枪的那个人被判处死刑。

还有一起案件，被称为武力袭击案：一个小男孩从一个醉鬼那里抢了五个卢布，他恐吓醉鬼的工具是——一把木枪。男孩被处以五年监禁。

阿卡迪继续寻找凶杀案的案例，他想找的是有精心预谋的、手段残忍的高智商犯罪案件。但是现在看到的文件中，杀人案中的杀人工具大都是刀子、斧头、棍棒、绳子，等等，既谈不上精心预谋，也谈不上高智商。阿卡迪担任探长之前已经做了三年代理探长，现在任探长也有两年时间了，期间遇到的杀人凶手还不到五人，他们要么作案手段幼稚，要么作案后主动自首。想想看，这些杀人犯真的跟“高智商”不沾边，他们就是一根筋，他们也相信，杀人之后一定会被抓起来，他们甚至就是为了能够出名而犯下杀人罪。当然，这些一根筋的人也有好处，比如在战争中，他们可以视死如归，与坦克正面交锋。但是，这种耿直的性格根本不可能成为本案中的高智商杀手。

阿卡迪把档案放回文件柜。

“真无聊!”尼基金没敲门就探头说了句没头没脑的话,然后走进办公室,坐在办公桌上。尼基金探长,现在是政府联络员,脸圆头发少,喝醉的时候眼睛小得几乎看不见。

“你又熬夜工作?”

阿卡迪弄不清他这句话的意思。是夸奖阿卡迪工作认真吗?还是说他工作效率太低?是觉得他很厉害呢?还是说他很费劲?好像这些意思各有一点吧。

阿卡迪回了一句:“彼此彼此。”

“我现在没有在工作,我是在监督你工作。看来我的优点你完全没学到。”

伊利亚·尼基金做探长已经有些年头了,比阿卡迪更资深。不喝酒的时候,他称得上是一位优秀的探长,如果不是因为酗酒,他应该早就荣升检察官了。但是,“如果不是因为酗酒”这句假设对于尼基金不成立,喝酒就跟吃饭、喝水一样,是他生活的必需。他每年都会去港市索契矿泉疗养院待上一段时间,治疗他的黄疸病。

“我一直都很关注你,瓦西里耶维奇。我一直对你和卓娅相当关照。”

的确相当关照,有个周末阿卡迪正好不在家,尼基金差点把卓娅关照到床上去了。当时,阿卡迪回家之后,尼基金立刻坐船逃到了索契,还每天写信表示悔意。

“伊利亚,你喝什么,咖啡?”阿卡迪问。

“你好像对别人的关照很受用。对不起,瓦西里耶维奇,”——为了表现自己的高雅,尼基金坚持称呼他的姓氏——“虽然你心里不愿意承认,但是,我的才华和阅历的确在你之上,至少,我的办法比你多。你也知道,你的资历尚浅。”尼基金歪着头,湿湿的头发贴住了脸,看上去就能让人觉得像闻到畜生的臭味一样恶心。他接着说,“主要原因是,你见识太浅。”

“晚安,伊利亚。”阿卡迪不想再听他啰唆,披上外套准备离开。

“别介意,我不过是说有人比你更有才华嘛,我们应该更团结才是。

你看啊,政策和法律的东西,我比别人更懂。有项法令说,要拆掉工人的房子,修成商店大楼,这样做显然是对工人权利的压迫嘛,工人哪有能力自己盖房子。为这个事情,雅姆斯科伊啊,党的代表啊,市长普罗米斯洛夫啊,他们都来请教我,只有我知道怎么让矛盾得到最好的调和。"

"这样的矛盾还能调和?"阿卡迪已经走到走廊中,尼基金跟了出来。

"你以为我是要调和工人和国家之间的矛盾?幼稚。你看,国家是工人的国家,对吧。所以可以得出结论,对国家好的事情,自然对工人也好。所以,拆工人的房子只要是对国家好,就是对工人好了。你明白了吗?"

"不明白。"阿卡迪开始锁办公室。

"理论上,这个矛盾本来就是不存在的。"尼基金一边下楼一边说,"只是你永远不明白。"

阿卡迪开着一辆公务车,上内环路之后往北开。他自己没有私家车,也不想买,哪怕现在开着的这辆公务车功率很小,速度也慢,极其费事。这会儿夜已深,路上只剩下少量出租车还在营运。他又想到了普里布鲁达,这位少校怎么还不阻止他调查?公务车继续往前,地上的冰依次被压成了碎块。

多数出租车都是去共青团广场火车站方向的,这时已经转弯行驶了,阿卡迪的车兀自继续往前,他的目的地是莫斯科法院。这座旧法院位于卡兰捷夫斯卡亚大街 43 号,老式的砖墙在路灯的照射下显得更加生硬。整个莫斯科市有 15 个法院,不过这里的莫斯科法院和其他法院不一样,重要罪犯的审判都在这里进行,所以,这里设有红军岗哨。两个十多岁的小战士正在台阶上执勤,阿卡迪给他们查验身份证后才进入法院,到了地下室。一个警卫班长正趴在桌上休息,阿卡迪叫醒他,说:

"我要去档案室。"

"现在?"班长一边扣衣服,一边诧异地问。

"怎么,你不方便?"阿卡迪把班长放在桌上的钥匙和手枪拿起来,塞到他手里。

档案室是法院地下室的一个大间,以铁围栏围住,里面分区存放着各个时间段的档案资料。阿卡迪拉开两个抽屉,里面分别装着12月和1月的档案文件。这时他发现门外站着一个人,正用审视的眼光盯着他看,这个人就是警卫班长。警卫班长是上尉军衔,与阿卡迪同等级别。没办法,看就看吧。

阿卡迪想了想,建议道:"不如用电炉烧点水泡茶喝吧。"

他仔细翻阅那些档案资料,试图抓到普里布鲁达在这个案件中的不良动机。三具尸体还摆在那里等待破案,而普里布鲁达当时在案发现场的所作所为实在让人怀疑。阿卡迪仔细查找,按照死者年龄一一核查,把前后几个月的档案都看了,但是,没有发现任何工会、工厂或者家庭有具备这些特征的三个人失踪。

班长依言烧水泡好了茶,阿卡迪喝了杯茶,又开始去查2月的资料。在这个国家,市民的重大犯罪案件(如凶杀案、强奸案、抢劫案)的审判地点都是这里,莫斯科法院,但是一旦案件中涉及政治立场对立的人,那么这也就进入了克格勃的权限范围,这种案子就需要去人民法院审判。对于克格勃来说,在人民法院的审判更方便他们组织和引导观众。地下室很冷,墙上结了冰,亮闪闪的,像一条条泛着光的河流。哦,这个城市里真的有很多河流,莫斯科河、塞顿河、卡缅卡河、索森卡河,还有位于城北外围的克里亚兹马河。

没错,克里亚兹马河,阿卡迪想到了六个星期前发生的故事。在布高鲁瓦附近的克里亚兹马河岸边有一个以种土豆为主要生计的小村庄,距离莫斯科东边大概有两百公里。有一天,人们在这个村子里发现了两具尸体!离村庄最近的城市是弗拉基米尔市,那里自然有责任对此案展开调查。但是,弗拉基米尔市的相关工作人员都不愿意接手,纷纷称病,拒绝跟这个案件发生关系。于是,总检察长安排了阿卡迪这位资深的凶杀案探长来全权负责。

阿卡迪只能接手调查。死者是两名年轻男子,当时天寒地冻,他们的拳头冻僵,睫毛结冰,脸色惨白,横尸在一堆雪中。他们的嘴张开,状貌惊悚,外套和胸部也被割开,留下恐怖的伤口,但是几乎看不到流血的痕迹。

列文对死者进行了解剖,发现死者曾经中弹,凶手取走了体内的子弹;通过解剖和化验还发现,死者的牙齿上有细小颗粒的橡胶,血液中有钠胺化合物。阿卡迪终于知道为什么弗拉基米尔市的工作人员都不愿意碰这个案件了。这不是一起普通的凶杀案。就在离这个村庄不远的地方——这个地方在地图上都查不到——有一所监狱,专门用来关押那些"可怕"的政治犯。人们认为这些政治犯拥有危险的灵魂,他们的思想和语言比传染病还危险,足以传染到整个监狱。所以,这种钠胺化合物在这里就是麻醉剂,专门镇压这些危险人物。阿卡迪意识到,这是一起跟政治相关的案件。

阿卡迪曾经对这个案件有这样的推理:遇害的两个人是监狱中的难友,在获释前夕,被还关在监狱里的同伙杀害。为了求证自己的推理,他需要展开调查,但是监狱的军官拒绝配合。那么,就让这个案子成为一起悬案吧,这本来也是弗拉基米尔市的案子,对阿卡迪的前途没什么影响。但是,当阿卡迪调查了囚犯获释的时间表之后,他有了新的发现:这段时间监狱并没有打算释放囚犯。也就是说,获释前被同伙杀害的推理是错误的。通过调查他还发现,就在死者尸体被发现的前一天,普里布鲁达少校的手下曾经押解过这两名囚犯,并交由克格勃审问过。但是,普里布鲁达少校在电话中坚决否认自己提审过囚犯。

调查工作再次陷入僵局。既然如此,那就停止吧。阿卡迪回到了莫斯科。就在这时,案情又出现了新的疑点。在位于彼得罗夫卡大街的克格勃办公区里,阿卡迪在普里布鲁达的办公桌上发现了两个红色橡皮球,上面有椭圆的牙印!阿卡迪写了张借条,把橡皮球送到了化验室——化验显示,球上的牙印就是死者的!

到了这一步,案情已经很明朗了。普里布鲁达先给两个犯人注射了钠胺化合物,麻醉剂生效后把他们带到河边枪杀,为了不让他们出声,他把橡皮球塞进了他们嘴里。杀害他们之后,他处理了弹壳和子弹,造成了两名死者是被刀刺死的假象。

一切几乎水落石出,现在只剩下逮捕犯罪嫌疑人了,这需要检察官同意。阿卡迪带着起诉普里布鲁达的报告去了雅姆斯科伊的办公室，申请对普里布鲁达展开全面搜查。就在这时，有电话打进了检察官的办公室，声称为了国家安全，克格勃正接手调查克里亚兹马河案，所有资料全部转交给普里布鲁达。

世界突然变得安静了，只剩下砖墙的呜咽。看到了吧，在这座城市里，有很多见不得光的地方，比如地底下的河流，你看不见它，但是它一直奔流着穿越了城市。在冬天，你甚至可以听到这些河流在地下低泣。

阿卡迪的思绪又回到了现实，他把手中的档案放回抽屉。

“找到你想要的资料了吗?”警卫班长抖动了一下身子。

“没有。”

班长说了句吉祥话:“早上再试试吧，人家说早上做事会顺利些。”

离开档案室之后，阿卡迪没有开车回办公楼，而是把公务车开回了家。他从莫斯科西边的塔干斯卡亚大街往回赶，到家时已是后半夜。院子里一片漆黑，只有二楼的木阳台能看清楚。他走进自家所在的单元，尽量轻轻地上了楼，开门进屋。

在盥洗室刷牙，然后脱下衣服，把衣服抱进卧室。在这个家里，卧室就是最大的一个房间了。房间里有张桌子，一台立体声唱片机放在桌上，旁边是一只喝空的葡萄酒瓶和两个玻璃杯。阿卡迪从唱片机上拿起唱片，借着透进窗里的昏暗灯光，看了一眼唱片的标签。

妻子卓娅已经进入了梦乡，她是有一头金色长发的女子，现在，长发变成了一条辫子，松松地搭在肩上，床单上残留着香水味，是“莫斯科之夜”香水。兴许是被阿卡迪上床的声音惊醒，她睁开了眼睛。

“这么晚才回来。”

“抱歉，我在处理一起凶杀案，有三个人死了。”

他说着，深深望着她的眼睛。她这才像听懂了似的反应过来。

“这些流氓，”她嘟哝着，“所以教育要从孩子抓起。不许嚼口香糖，否则他们会从口香糖发展到摇滚乐，再发展到吸毒，再发展到……”

“发展到什么?”他猜，她要说，性交。

“发展到杀人。”她的声音越来越小,然后又睡着了。大概刚才说的那番话也有些神志不清,真是个神奇的女人。

约莫过了一分钟,疲劳渐渐袭向阿卡迪,他开始做一个梦,自己置身于一片黑色的液体中,好像是在游泳。他奋力划水,好像很轻松就到了下游,那里有更黑更深的液体。他想转身离开,突然,视线中出现了一个女子,面容姣好,皮肤白皙,长发乌黑。女子一袭白衣,飘飘欲仙地走过来,同他一起游泳。游泳的过程中他们始终手牵着手。这又是一个神奇的女人。

2

卓娅上身裸露着，手中正在剥橘子。方形脸、蓝眼睛、杨柳腰、小乳房，这个搭配摆在她身上倒显出几分可爱。她那并不飘逸的长发只有绑成一根辫子，才好做她的体操工作。她有一双结实的腿和一声河东狮吼般的大嗓门。现在，这个嗓门正在念一段文字：

"专家认为，苏维埃科学的未来将建立在个体化和创意化的基础上，爸爸妈妈们必须知道，这是一项全新的课题。伟大的社会主义建设需要个性和创意的发展。"她停下来，看了阿卡迪一眼，阿卡迪正坐在窗台上看她。卓娅说："你应该考虑一下锻炼身体了。"

没错，看上去修长瘦弱的阿卡迪其实是有赘肉的。现在，连头发都乱七八糟的不精神，莫非头发也和主人一样，想称病告假，远离工作？

"为了伟大的社会主义事业，我会注意身体的。"他如是说。

卓娅一边嚼着橘子，一边收拢桌上的橘子皮和橘子核，她还在继续看桌上《教师报》上划线的部分。

"个性化，绝不是自私自利，也不是自我膨胀。"她又念了一句，然后看着他，"这话能触动你么？"

"什么自我膨胀，这个词已经说滥了。"

她不由自主地皱眉，准备不理他了。转身时，阿卡迪在她的脊梁上摸了一把。

"干嘛呀，我还要准备发言稿呢。"

"什么时候的发言稿？"

"下周有个全市的大会，区党委要选一个代表发言，今晚就选。你别闹我，我没指望你能给我什么建议。"

"你喜欢施密特吗？"他突然问。

"对，"她思考了一会儿，"我喜欢。"

她去了盥洗室,先刷牙,然后开始在嘴唇上抹口红,一边抹,一边用手轻拍肚子。对着盥洗室的镜子,她又开始了演说:

"家长们,你们有没有想过,你们的责任并不会因为下班而结束?回到家中,你们是否看到你们的孩子正在变得自私自利?你们有没有看过关于独生子女越来越自私的报道和调查统计?"

阿卡迪从窗户下到桌前,浏览卓娅刚才看的划线文件,标题是《家的责任》。卓娅还在盥洗室里整理避孕药,因为她拒绝使用避孕环,所以要避孕的话,只能服用波兰女人常吃的一种口服避孕药。

不过,《家的责任》中并没有要求避孕呀。文中甚至催促俄国人赶紧生育呢。"年轻的俄国人的精子必须与伟大的俄国人的卵子相配,这样才能避免一些劣等民族的血种混入俄国。比如,又黑又丑的土耳其人和亚美尼亚人,无商不奸的格鲁吉亚人和犹太人,要小聪明的爱沙尼亚人和拉脱维亚人,愚昧无知的哥萨特人、塔塔尔人和蒙古人,落后自私的乌兹别克人、奥塞特人、西卡西昂人、卡尔梅克人和丘克吉斯人,这些人怎么配得上有教养的白种俄国人?"文章中还写道:"虽然丁克家庭或独生子女家庭在俄国的一些城市里很受欢迎,但是长远来看,这样的结果就是人种比例失调。万一在将来,连领导层都不以俄国人为主,那简直是社会的灾难。"阿卡迪看着在横木上进行体操锻炼的卓娅,心里越发觉得,她真是个神奇的女人。

"培养学生的创新意识,必须从严格的思想训练开始。"卓娅一边抬起右腿,一边这样说。

阿卡迪还在想她那份文件里的内容。

"一,二,三,四。"卓娅继续做体操,用前额触碰膝盖。

卧室床边的墙上挂着一幅画,画上有三个小朋友,分别代表中国、苏联和非洲,画中写着"全世界的小朋友都是一家人",而当年,画中的那个不太漂亮的苏联小朋友,就是卓娅。那时候,她也算是个名人了。阿卡迪记得,两人第一次见面时,介绍人就说她是"少先队宣传画女孩"。如今时隔多年,她的面容还有当初的痕迹。

她深呼吸了一下,又开始说她的演说词:"不良思想将引发不良冲突,而不良冲突将带来复杂的不良结果。”

“你为什么要去演说?”

“因为,我们中的一个人必须重新认真考虑自己的工作。”她似乎答非所问。

“说得很严重。”阿卡迪靠近她。

“算算吧,你一个月的薪水180卢布,我一个月120卢布,加起来还顶不上一个工厂领班薪水的一半,更顶不上一个修理工搞副业挣的钱的三分之一。我们现在有什么?电视机?洗衣机?且不说这些,我现在连新衣服都买不起。还有车,我们本来可以考虑从克格勃那里买辆二手车。”

“我不喜欢那款车。”

“如果你愿意做一个追求进步的共产党员,现在应该已经是中央委员会的调查员了。”

他伸手,轻轻握住她的嘴唇。她冷冰冰的唇硬得像块石头,傲立的洁白乳房上,粉色的乳头好像也是硬的。

“我们都已经有几个月没有同房了,你还吃避孕药做什么?”

卓娅擦开他的手:“我怕你强奸我呀。”

走出门后,阿卡迪和卓娅一起上了车。院子里的小朋友们躲在木制的长颈鹿周围,悄悄地看他们。点了三次火才成功地发动了车,阿卡迪驱车来到塔干斯卡亚路上。

“娜达莎请我们明天去乡下玩,”卓娅目不斜视地盯着挡风玻璃,“我答应了。”

“上周我就跟你说过,她请我们去乡下玩,但那时候你不是不愿意嘛。”阿卡迪说。

车里的温度比外面还低,卓娅不喜欢开窗,她拉了一下围巾,把嘴蒙起来。这下子,浑身都裹得严严实实了,厚实的外套,兔绒的帽子,宽大的围巾,暖和的靴子,她就这样被一堆衣物包裹着,没再理他。趁着红灯亮起的间隙,阿卡迪一边擦挡风玻璃上结的霜,一边说:“昨天太忙,没时间陪你吃午饭,对不起啊,今天中午行吗?”

她眼睛半眯着,不拿正眼看他。曾经,他们可以在被窝里待着,几个小时都不出来；曾经，他们可以静坐着看车窗上的冰霜，觉得待在车里很温暖；曾经，他们聊着聊着，就过了很久，当时聊的什么来着？他已经忘了。是谁改变了当初的模样，又是谁先丧失了对彼此的信任？

最后，她只说了一句话："我今天要开会。"

"开会需要一整天的时间？所有的老师都要开这个会吗？"

"只有我和施密特博士，我们要讨论在游行过程中，体操俱乐部的表演。"

施密特，施密特。难道她不觉得他们独处的时间太长了吗？好像这也怪不得她，他是区党委书记，兼她所在团委的顾问。体操俱乐部？恐怕是共事太久，两人碰撞出火花了吧？阿卡迪狠狠地控制自己的烟瘾，免得把自己搞得像个吃醋的老公。

到了卓娅工作的第457中学。现在正是上学时间，穿着旧衣服，系着红领巾的学生们正往学校里走。本来学校是有规定要穿校服的，但是大多数学生还是没穿。

"我今天晚点回家。"卓娅下了车。

"哦。"

她没有马上走，而是靠在车门上想了想："施密特说，我们应该找个合适的时间，离婚。"说完这句话，她才关上车门离开。

校门口，有学生在叫伦科老师，卓娅回头，正看见阿卡迪坐在车里点上了一根烟。

荒谬，他心里想着。现在，连表面的和平都被打破了，走着瞧吧。

阿卡迪又开始思考高尔基公园的三具尸体。他觉得应该从苏维埃对所谓"正义"的判断标准来审视这个案子。以学校为例，按照苏维埃对正义的判断标准，站在台上讲课的，就一定是好人。

再以喝酒为例，伏特加不停地涨价，想要销售出去，必然是酗酒的人越多越好。所以，醉鬼被抓以后，通常只是被送到戒酒室，关一晚上就可以回家，没有什么实质性的惩罚。但是，如果酗酒的人主要是由穷人构成，也就是说，如果酗酒的人不能为伏特加的销售做出更大的贡献的时候，政府的标准就变了，他们一定会开展运动，呼吁喝酒有害健康。到这时候，酗酒的人就不仅仅是关一晚上了，他们会被投进监狱。

再比如，在苏维埃的大多数小私企里，常常会有些工人顺手牵羊，搞点小偷小摸。如果因为这个被抓，那么判断标准也不统一：要是在平时没开展什么运动的时候，被抓的人顶多在监狱里被悄悄地关五年；但是如果正好遇到反对小偷小摸的运动，那他就会被公开处死。瞧瞧这判断标准！

克格勃的风格也是如此。弗拉基米尔监狱的设立，本来的目的是为了对那些思想顽固的政治反对派进行教育感化，但是克格勃觉得，这帮顽固分子是不见棺材不掉泪的。所以，对于这群最危险的敌人来说，最好的方法不是教化，而是……阿卡迪终于明白，克里亚兹马河边的尸体就是被克格勃处理掉的顽固分子，他们是克格勃最危险的敌人，一定是这样。

阿卡迪脱口而出："上帝都哭了。"想不起来这句话出自哪里了，总之，这个国家总是被一些所谓"正义"的信仰弄得无比疯狂。比如，在宗教信仰狂热的时期，各地的教堂恢复了宗教职能，圣像交易也形成了专门的市场，于是，政府好像得了被迫害妄想症，开始疯狂镇压宗教信仰，他们把传教士关起来。可是越镇压，大家越热情，直接导致了更多教徒的出现。所以说吧，还是要用狠招，比如，像对待弗拉基米尔的两名政治反对派那样，直接用红色橡皮球封住他们的口，弄出一桩悬案，起到杀鸡儆猴的作用，这样不是挺好的吗？教化的目的肯定达到了，就连冰冻的河流都不敢再造次。

但是这套思路似乎不适合高尔基公园。这个公园不像克里亚兹马河那么偏远，它就在市中心。估计普里布鲁达这个死胖子小时候都经常去逛高尔基公园，在那里谈谈情、说说爱、搞搞野炊。所以，普里布鲁达应该也很清楚，如果要对付政治反对派，暴尸在高尔基公园是不合适的，这个公园只适合娱乐，不适合教化顽固分子。而且从三具尸体的情况来看，应该已经死了几个月了，如果仅仅为了教化反对派就必须灭口，那太可怕了。阿卡迪讨厌这种所谓的"正义"。

柳金已经坐在办公桌后面等他。他像个骄傲的魔术师，而满桌的取样片和照片就像魔术师的铁圈和桌布等道具。

“探长同志，法医们真的很努力，成果一定让你满意。”

你更满意吧，借机吃了不少，阿卡迪想着。柳金一直想经营一间化学药品零售店，可惜货不够多。这次，他应该是中饱私囊，把需要的货都收齐了。

“不要耽误时间了，赶紧出结果。”阿卡迪说。

“你知道的，气体层析法很复杂，气体是运动变化的，而溶液是静止的……”

“别跟我废话，”阿卡迪强调，“赶紧出结果。”

“好吧，”实验室主任柳金叹气，“我们努力吧。目前我们通过层析法发现，三个死者的衣服里都有细小的石膏粉和锯木粉末，GP-2号死者的裤子上还有黄金遗留的痕迹。他们的衣服上有血，因为我们用发光剂喷洒了他们的衣服，结果进暗室之后能看到荧光。衣服上的血主要是死者流的血，但是除此之外还有少量鸡血，也可能是鱼的血。更有意思的是，”柳金拿起一张照片，那是三具尸体刚被发现时拍下的，女尸仰卧，两具男尸侧卧，而在他们周围有一片阴影。他接着分析道，“这片阴影中有碳元素，有动物脂肪，还有单宁酸颗粒，这些东西只在阴影区域被发现，别处没有。所以我推测，这是附近什么地方的炉灰，死者虽然被雪覆盖，但是在他们被枪杀的48小时内，身上沾上了炉灰。”

“炉灰哪儿来的？高尔基皮革厂？”阿卡迪问他。

“肯定是，”柳金笑了笑，“2月3号，奥克托布里斯卡亚区的大部分地区都被高尔基皮革厂的炉灰袭击了。2月1号、2月2号，积雪有30厘米，从2月3号到2月5号，积雪又有20厘米深。在这两个时间的中间，积雪被人为地动过，否则我们看到的炉灰，不会是现在这个样子。这么看来，案发埋尸的时间，应该可以找出一点线索了。”

“不错，”阿卡迪说，“从雪堆还能分析出什么？”

“先说说这些子弹吧。子弹附着了死者的衣物和肌肉组织，GP1-B子弹上还附着了一些棕色皮革，这些皮革不是死者衣服上的。”

“有没有发现黑色的火药？”

柳金回答：“GP1的衣服上没有，GP2和GP3外套上有一点，这说明后者被射击的时候,离枪的距离比前者更近。"

"你错了,这只能说明,他们被枪杀的时候,前者已经死了。"阿卡迪说,"从溜冰鞋能不能分析出什么?"

"溜冰鞋上没什么发现,都是些劣质鞋。"

"我说的是分析。比如,有的人喜欢在溜冰鞋上签名。上校,你仔细检查过吗?要把溜冰鞋擦干净了检查。"

离开实验室,阿卡迪回到自己的办公室。他对帕沙和费特说:"我们现在来假设一下现场,高尔基公园的空地,帕沙是野兽,费特是那个瘦弱的红毛,然后,"他拉出一把椅子,"它是美女。我是凶手。"

"凶手未必只有一个,这可是你说的。"费特说。

"没错,但是现在我们不按自己的猜测去推理,我们反过来,按照场景推测可能的事实。"

"好吧,我的猜测本来也不怎么样。"帕沙说。

"现在是冬天,我们一起去高尔基公园溜冰。我们的关系是朋友,或是熟人。好,现在我们不溜冰了,我们去那片空地,就在溜冰道的附近。但是,我们在溜冰道上是看不到空地的,因为被树遮住了。既然看不到,我们怎么会自己走到那里去?"

"可以是去聊天。"费特说。

"也可以是去吃东西,"帕沙说,"溜冰的人都喜欢这样,溜会儿冰之后休息一下,吃个肉饼、乳酪、面包、果酱什么的,喝点酒,葡萄酒或者伏特加都可以。"

"好吧,继续。我是凶手,我请你们吃东西,"阿卡迪说,"所以,是我要带你们到空地去,我还带了很多吃的,我们就在那里敞开了吃,喝着小酒,很舒服。"

"然后你就从上衣口袋里扣响了扳机?就这样杀了我们?"

"那样开枪,先中枪的是他的脚。"帕沙说,"阿卡迪应该在分析子弹上附着的皮革。你是凶手,你带了吃的来邀请我们,但是这么多吃的,你的口袋放不下,你就拿了个皮包来装它们。"

“那我要从皮包里把吃的拿出来?”

“对,你从皮包里拿吃的,皮包渐渐靠近了我的胸,我对你没有戒备,因为你只是在拿吃的。结果,你对我开枪了,我是三个人里最彪悍的那个。”帕沙努力思考问题的时候,会下意识地点头,“砰!”

“所以子弹上有皮革附着。但是有个问题,他们没有在野兽的外套上发现火药,这不符合逻辑。打第一枪的时候,皮包肯定被打穿,那么再打第二枪的话,火药就会从洞里跑出来,留在他的外套上。”

“还有枪声,别忘了。”费特想站起来发表意见,阿卡迪摆手制止了他,他只得坐下。

“开枪打死野兽的时候,红毛和美女看不到枪,”帕沙也开始兴奋地推理,使劲点着头,“他们还是没有防范。”

“我们的关系如果是朋友,你们就更不会防范。我接下来把皮包挥到红毛胸前,”阿卡迪用手比划成枪,对准费特,“砰!”紧接着他的手对准椅子,“现在,美女应该知道发生了什么。她有时间呼救,但是她没有,我能确定,她甚至跑都不想跑,不知道为什么。”他脑子里又浮现出那具女尸躺在两具男尸中间的样子。“我向她开枪,然后又向你俩补了两枪,补的枪击中了你们的头。”

“干脆,漂亮。”帕沙说。

费特涨红了脸:“这样会有更多的枪声,动静太大了吧?不管怎么样,子弹从嘴那里进去,一枪毙命,这个还是很有难度的。”

阿卡迪把比划成枪状的手指收回来:“侦探,你分析得有道理。所以,我向你身上补了两枪,不是为了打死你,而是为了什么更值得冒险的理由。”

“是什么理由?”帕沙问道。

“我怎么知道。现在我开始毁掉你们的脸,用刀子切割面部肌肉,然后,用大剪刀剪掉你们手指的指尖。最后,我要处理现场,把物证放进包里。”

帕沙似乎又有所悟:“自动手枪的声音比左轮手枪小,你是用自动手枪杀了我们,子弹壳弹回了皮包里,所以雪地里找不到子弹壳。”

“案发时间?”阿卡迪问。

“晚上吧,”帕沙回答,“那个时间,溜冰的人很少会在空地上休息。可能天上正下着雪,人们不容易听到枪声。这个冬天本来就老在下雪,所以案发的时间是一个下着雪的夜晚。”

“所以我把皮包扔进河里了,没人发现。”

“没错!”帕沙击掌。

费特在椅子上坐下来:“什么没错?河水都结冰了!”

“晕!”帕沙沮丧地垂下手。

“走,吃饭了。”阿卡迪突然有了胃口,他已经两天没什么胃口了。

侦查员们有家定点餐厅,就在马路对面。阿卡迪点了一份鱼,又要了酸奶油黄瓜、土豆沙拉、面包和啤酒。彼洛夫也来了,看到阿卡迪,开始聊他父亲的往事。

“很久很久以前,”彼洛夫眨着眼,“我是将军的装甲车 BA-20 的司机。”

阿卡迪知道这段往事,BA-20 是一款已经过气的装甲车,底盘上装着机关枪的炮塔,活像一个塔寺。当时,战争打响才一个月时间,阿卡迪父亲的三辆 BA-20 就被德军困死在距离德军防线一百公里的地方。后来,他们俘获了一个纳粹德国党卫队的指挥官,割下他的耳朵和肩章,冲破围困逃了出来。

关于这耳朵的事情也很荒谬。对于俄国人来说,战争中的各种残酷都是家常便饭,比如,美国军队可以割下人的头皮,德国军队可以吃小孩的肉,这些对于俄国人来说都很正常;但是,当他们听说自己国家的某个人要用人的耳朵来做战利品的时候,他们居然被吓到了。在这个遍布着革命者的国家,他们会觉得,用耳朵来做战利品这件事是一种很没教养的行为,他们不能忍受有人暴露他们没教养的缺点,他们认为这很恐怖。所以在战后,将军一直处于耳朵带来的不利舆论中。

“耳朵这件事,绝对是谣言。”彼洛夫很坚定地说。

可是,阿卡迪真的见过这些耳朵。以前,父亲把这些战利品挂在自己书房的墙上,看上去像挂了一堆馅饼。

“你们真的要我去挨个问当时公园里所有卖小吃的?”帕沙叉起一块肉片,“吉卜赛人要问吗?上头正命令我们赶走公园里的吉卜赛人。”

“要问。现在不是还没赶走吗?我们还有时间,到时候从2月开始问起。”阿卡迪说,“我还需要溜冰场播放的音乐。”

费特突然问:“你有没有经常去看望你的将军父亲?”

“没有。”

阿卡迪吃惊地看着彼洛夫和费特,他们俩的语气,似乎很有默契地同时在指责某个人。

“你们在怪斯大林同志?”

费特的脸刷地一下白了:“没有,我们在怪奥尔加·科尔布特。”

“哎,那三个死者真可怜,居然就死在公园的民警站附近,”帕沙换了个话题,“民警站多舒服啊,有温暖的小木屋,有烧得旺旺的火炉,这么享受的地方,他们当然无心发现林子里的尸体了。就算看到,没准还以为是北极人或者爱斯基摩人呢。”

这时,分管特殊案件的探长丘金来了。他样貌平平,但是气质却带有些酷酷的男人味。他是给阿卡迪带来一个消息的:在死者的溜冰鞋上,柳金发现了一个人的名字。

莫斯科电影制片厂位于莫斯科市外面的列宁山下,是苏联最大规模的电影制片厂。其他制片厂比如列恩制片厂、塔吉克制片厂或是乌兹别克制片厂都不如莫斯科制片厂那么大。这里常常有领导干部来参观,领导的专车一般会顺着浅橘桔黄色的墙走,穿过大门之后左转,那里有一片花园,然后,专车向右转,到达摄影棚的大门。领导将在这里受到手捧鲜花的制片人、导演和女明星们的夹道欢迎。接下来的安排是,领导参观摄影棚、住宿区、放映楼、编剧楼、办公楼、布景棚、暗室和库房,再参观各种道具,鞑靼人的马车、机械化坦克、宇宙飞船,等等,应有尽有。

影视产业需要各种人员的参与,包括但不仅限于懂艺术的、搞技术的、做审查的、当群众演员的——在苏联,拍电影的人喜欢拍很多人的场面,所以对群众演员的数量需求是庞大的。这些庞大的人员需求使得这里的人越来越多,逐渐形成了一个影视产业园区。苏联对影视拍摄的预算控制不严格,所以各个制片厂不用担心钱的问题,人多的场面想怎么拍就怎么拍,这也导致了群众演员的增加,有不少年轻人甚至想借着当群众演员的机会遇到伯乐,成为莫斯科制片厂的正式签约演员。

现在,阿卡迪正独自开车走在莫斯科制片厂里,他不是领导干部,没有人夹道欢迎,只能自己探路。沿着中央摄影棚和办公楼前面的路走下去,他看到一个女孩举着一块黑板,一脸严肃,黑板上写着"静",原来他已经把车开到了一个外景拍摄地。场景中有个花园,土里种着苹果树,投射在苹果树上的聚光灯营造出一个秋日黄昏的情景。花园里有一张精致的白桌子,一个身穿十九世纪华服的男子正坐在桌边看书。他身后有一面假的背景墙,墙上开着窗,窗里有盏灯,可以想象灯是摆在一架钢琴上的。墙角出现了另一个男人,穿着很寒酸,他沿着墙悄悄向看书的男子靠近,拿出左轮手枪对准了他。

看书的男子惊得跳起来:"啊!"

这个场景重拍了很多遍,因为有个地方总是重复出问题。导演和摄影师被折腾得没了心情,开始骂他们的制片助理。挨骂的是几个穿着阿富汗外套的美女,她们又气愤又不敢多言,表情很紧张。周围的人也无聊,都围过来看这出镜头外的花絮。电工、司机、化了妆的蒙古人、温驯的芭蕾舞演员都在安静地围观。有时候,戏外比戏里更精彩。

"啊! 吓我一跳!"扮演看书男子的演员又试了一遍戏。

阿卡迪不想被太多人发现,他低调地站到发电机旁边,根据民警提供的照片和线索悄悄寻找这里的服装助理。就是她了。高个子,黑眼珠,白皮肤,穿着比别人更旧的阿富汗外套,棕色的卷发披在肩上,显得娟秀美丽。她安静得像一张照片,一动不动地站着,手里还握着剧本。阿卡迪盯着她看的时候,她似乎有所察觉,也回望了他一眼。就是这短短的一眼回望,让阿卡迪瞬间觉得触到了电光火石。可是,她很快收回目光,继续她的工作。阿卡迪已经注意到,她的右腮部有一个淡蓝色的斑点。来这里之前,他看过民警提供的她的照片,照片上她的右腮有一块灰色的斑。现在,虽然只看到小小的淡蓝色斑点,但是这个瑕疵在她漂亮的脸上还是显得很突出。

演员还在继续走戏:“啊! 吓我一跳!”看书的男子看着对方的手枪,“你在开什么玩笑?”

“吃午饭!”导演终于忍无可忍,说完就走了。大家已经习惯了这样的节奏,花絮看不成了,他们也迅速离开了现场。服装助理还没走,她用防尘布把花园里的座椅遮起来,把园里一朵已经蔫了的花扯出来,关掉假墙窗户里的灯。她的外套上镶满了补丁,简直像故意用碎布拼剪出的风格;脖子上,一根廉价的橘色围巾随意搭着;脚上,红色的胶质靴子格外醒目。这整套服装看起来如此标新立异,穿在她身上却显得那么协调,说不定别的女人看到她这样穿,还会恍然大悟地学习这样的配搭方式,但是,如果别人这么穿,那一定不可能穿出她这样的气质。聚光灯灭了,花园陷入黑暗,她如释重负地笑了。

“伊莉娜·阿萨诺娃?”阿卡迪试探性地问她。

“你是哪位?”她低沉的嗓音有浓浓的西伯利亚味,“我不认识你,你不是我的朋友。”

“你知道我会来,对吗?”

“你不是第一个打扰我工作的人,”她说话的时候保持微笑,好像一直都是好脾气的样子,“你耽误了我的午餐时间,”她叹了口气,“我又得节食了。有烟吗?”

她的长卷发整齐而柔顺,随意散出来的几缕发丝更增加了几分妩媚。来这里之前,阿卡迪翻过民警档案,知道她叫伊莉娜·阿萨诺娃,今年 21 岁。他递给她一支烟,为她点上。她顺手护了一下点烟的火苗,就在那一刻,他触到了她纤细修长的手指,她的手冰凉如玉。一直以来,阿卡迪对异性间的肢体接触已经见惯不怪了,但是现在,当他碰到伊莉娜的手指时,他同时看到手的主人的一双灵动的眼睛。那双欲语还休的眼睛不管长在怎样的女子脸上,都会摄人心魂的。今天的气氛似乎不同于往日。

“知道吗,专案处那帮人只抽好烟,”她说着,又狠狠地吸了一口,“跟你说话我有风险,说不定会被公司开除。不过,无所谓了,反正我找得到别的工作。”

"我不是专案处的人,也不是克格勃的人,这是我的证件。"阿卡迪拿出证件。

"你的确不是他们,但是你跟那帮人也差不多。"她把证件递回给他,"找我什么事,伦科探长?"

"关于你的溜冰鞋。我们找到了。"

她愣了好一会儿,好像才听明白他在说什么,然后笑了笑:"我的溜冰鞋?你们找到了?那鞋都不见了有几个月了,1月31号左右吧。"

"找到的时候,穿着这双鞋的人已经死了。"

"太好了,死得好!看来,这个世界还是很公平的,他们活该被冻死。你别觉得我说话不好听,我买一双溜冰鞋可不容易,你看看我现在穿的什么鞋,我要花很长时间才能攒够钱的。"

她穿着红色的长筒靴,拉链的位置已经裂开。他正看着她的靴子,伊莉娜突然斜过身子,瞬间倚在了他的肩上。紧接着,她翘起修长的美腿,脱下一只靴子。

"看到了吧,鞋子的内底也磨得高低不平的,"她一边说一边揉脚,"刚才片场上那个导演,你应该看到了。他说过,愿意给我买一双意大利产的真皮长靴,条件是我陪他上床。你说,我要不要答应他?"

一个如此现实的问题。他只能讷讷地说:"冬天都快过了。"

"那倒是。"她又把靴子穿上。

她的性格和她的腿一样,都让阿卡迪一时无法适应。她的风格有些玩世不恭,好像说话做事从来不需要顾忌什么。

"真高兴那些人都死了,"她说,"你能查到,我给溜冰场和民警都报过案,有人偷了我的溜冰鞋。"

"你的确报过案。但是,你的报案时间是2月4号,而你刚才说,溜冰鞋不见的时间是1月31号。它不见了4天之后你才发现吗?"

"这很正常啊,你如果暂时不需要用一样东西,你就一直不会发现它已经丢了。人之常情,探长你应该也是一样。我发现它不见了之后,好不容易才想起来具体是哪天弄丢的,然后我还回溜冰场去找,可惜时间太久了,找不到。"

“但是当时在溜冰场的情形,你应该还有印象吧。在找民警报案的时候,你有没有猜一下,谁的嫌疑最大?”

“我猜,”她停了一下,恶作剧式地说,“大家的嫌疑都很大。”

“同意。”阿卡迪认真地说。

“我们挺有共同语言的,”她笑了,“都喜欢想象。”

他也跟着她一起笑,但是她好像并不领情。她说:“作为一个探长,你来找我不会只是跟我说找到了溜冰鞋吧?我报案的时候,把我能提供的嫌疑人都报告给民警了的。你到底还想知道什么?”

“穿你的溜冰鞋那个女的,被人杀死了,还有两个和她在一起的人,也死了。”

“跟我有关系吗?”

“我以为从你这儿能得到一点消息。”

“如果你想问他们怎么死的,对不起,我不知道。我什么都帮不了你,而且,我大学的专业是法律,你就算想逮捕我,也得带个民警一起来。你是想逮捕我吗?”

“不是。”

“如果不想我被开除,你就赶紧离开这儿。这儿的人不欢迎你,你别再来了。”

阿卡迪惊诧于自己可以耐心地听这个女孩用半撒娇的语气说完这些话。他在心里对自己说,那是因为他很理解她的心情,刚离开大学校园的学生都很珍惜来之不易的工作机会,因为只有在莫斯科有工作,他们才能留在这里,否则就只能回老家。而这个女孩,如果回老家,大概得回到千里之外的西伯利亚。对,一定是这样。

“好,我走了。”他说。

“多谢,”女孩的口气缓和了许多,“走之前,再给我抽支烟好吗?”

“这盒都给你。”

拍摄现场的人渐渐多了起来,拍戏的人都吃完饭了。那个在剧中拿枪的人好像喝醉了,他拿着他的道具枪,对着阿卡迪离去的背影。伊莉娜在阿卡迪身后高声问了一句:“麻烦问一下,你觉得刚才这场戏如何?”

“是契诃夫的作品吗?”他回头,“但是没演好啊。”

“是契诃夫的,”她回答,“但是确实没演好。你是高人。”

从制片厂回来,阿卡迪去了列文的办公室。他没敲门就径直走进了办公室,列文正对着一张棋盘研究国际象棋。

“我推荐一本书给你,关于俄国革命史的,”列文继续低头研究棋局,“我必须让你知道,一个人如果杀人成瘾的话,他就会觉得抢劫只是小儿科,他还会觉得爆粗口无所谓,不敬天不敬人,最后,他就可以像你这样,进屋不敲门。好了,我要走黑棋了。”

“我打扰到你了?”阿卡迪问。

“什么事,快说。”

阿卡迪开始收拾棋盘上的棋子,收拾干净之后,在边上放上三颗黑色的卒子:“这代表美女、野兽和红毛。”

列文的棋盘被他破坏了,很不乐意:“你想干什么?”

“我想告诉你,你忽略了一些信息。”

“你有什么依据?”

“听我说,我们都知道,杀害三个死者的,是同一把枪,他们都是被射穿了胸才死的。”

“还有脑袋也被打了两枪的,你怎么知道先打的胸还是脑袋?”

“这就是杀手的高明之处,”阿卡迪继续说,“他清理了死者身上所有可以辨识身份的东西,包括身份证、口袋里的所有物件、脸上的皮、手指的末端。但是,他还是在两个男死者的脸上补了两枪,其实他知道再出现两声枪响是很危险的事情。”

“那他补枪是为了确保能够打死他们吗?”

“补枪之前,他就可以确定,他们已经死了。但是,有个男死者身上,可以辨识身份的东西还没有清理完,所以凶手必须把那个东西清理掉。”

“那也可能是先打头,再打胸膛的。”

“那为什么他不朝那个女人补枪?其实是因为不需要。他只是想向一名男子的脸开枪,因为男子身上还有可辨识身份的东西。但是,如果只开这一枪，很容易被警察发现他是为了毁掉这名男子的脸，所以，他又打了另外一名男子的脸，这样便于混淆视听。"

"那我问你，"列文站起来，"他为什么不朝那个女的补枪？"

"我也不知道。"

"还是由我这个专家来告诉你，毕竟你不是专家。用来枪杀他们的子弹口径不足以毁坏脸部的所有特征，就算打了枪，也能辨认脸。不过，凶手已经把他们的脸割了，那就更不需要补枪。"

"专家，请你回答，既然不需要补枪，那他多打的这些子弹有什么作用？"

"如果他知道这两个男的已经死了，"列文用双臂做了一个环抱的动作，"那补枪就是为了破坏某个部位，比如牙齿，我检查过。"

阿卡迪沉默了一下。列文打开一个抽屉，拿出两个盒子，上面分别标注着 GP1 和 GP2。他拿着 GP1 盒子往外抖，两颗门牙掉了出来，很完整。

"牙口不错，"列文说，"小核桃都咬得动。"

而那个标注着 GP2 的盒子里，有一颗被打碎了的门牙，碎片和粉末被单独包裹起来了，也放在盒子里。

"这一颗牙齿，我们只找到了这么一点，其他的没找到。根据分析，牙齿碎末中有这些成分：珐琅质、牙质、牙骨质、萎缩了的牙床、烟灰和铅粉。"

"发现补牙齿的材料没？"

"子弹。"列文说，"不错吧？"

"牙齿的主人是红毛，对不对？就是染头发的那个男死者。"

"拜托，他叫 GP2。"

他们去楼下再次查验红毛的尸体，再次把他的尸体推进尸检室。阿卡迪又掏出烟点燃，掩盖自己的阵阵恶心。

"别挡着光线，"列文把他推到身后，"反正你也不想干活。"

红毛上牙的第二颗门牙被枪打碎，留下一个洞，露出的颚骨也被子弹的高温烤成了棕色。列文用小铁凿刨下来一些上颚骨的粉末，放在湿玻片上，然后拿到显微镜下观察。

“你刚才说的那些,是你已经发现了什么,还是自己随便猜的?”他问阿卡迪。

“我猜的。但是,如果不是因为特别的目的,谁会傻到去干冒险的事?”

“懒得理你。”列文用肉眼观察显微镜下的动静,一边看一边摆弄玻片。阿卡迪背对着尸体,在一把椅子上坐下。列文还在继续弄着玻片上的骨头粉末。

“我送了份报告到你办公室,你还没看吧,”列文说,“死者的手指末端是被剪刀剪掉的,从伤口可以看出被剪刀伤过的印记。死者的脸应该是被一把很大的刀割走的,脸部的骨头上还能看到大刀戳过的痕迹,可能是把锋利的猎刀,绝不是那种刀刃很窄的解剖刀。”玻片上的骨头粉末被列文摆弄得七七八八,只留下一颗极小的微粒,他招呼阿卡迪过来看。

显微镜把镜下的物体放大了两百倍,被放大的小微粒就像布满粉色纹路的块状象牙。

“这是什么东西?”

“这颗牙的根部填塞了古塔胶,牙齿变硬了,所以容易碎裂。看来这个死者做过牙根管手术。”

“果然发现了被忽略的信息。”阿卡迪说。

“死者的手术不是在我们这里做的,美国人才用古塔胶,欧洲人不用的。”看到阿卡迪在笑,列文不屑地说,“你只是运气好,猜到了有信息被忽略,这有什么可自满的。”

“我没自满。”

阿卡迪回到新库兹涅茨克的办公室,顾不上脱外衣,就迫不及待地用打字机敲下:

关于高尔基公园凶杀案的报告

经过病理化验发现,死者 GP2 的上门牙中间偏右位置的牙齿中,有古塔胶残留。根据病理学家的了解,此技术在美国已普遍运用，但苏联和欧洲暂无。

死者GP2是那名染发的男性死者。

落款并标注时间之后，他把报告打印出来，再复印了一份留底，然后拿着原件，非常小心地来到旁边的办公室。那是雅姆斯科伊的办公室，检察官现在不在，他便把这份珍贵的报告放在办公桌正中。

下午，帕沙回来了，他看到探长没穿外套，正懒懒地坐着看杂志。帕沙放下录音机，也缩进椅子里。

"你这是提前退休的节奏吗？"帕沙问。

"帕沙，这不是退休，而是——彩色的气泡飞舞在天空，雄鹰可以在阳光下尽情展翅，而某个男人，可以不用再对之前的事情负责了。"

"你什么意思？告诉你，我很快就能破案了。"

"没有案子了。"

阿卡迪说了死者牙齿里的新发现。

"那是个美国特工？"

"管他是美国的什么，帕沙，只要他是美国的就行了。案件变成了一桩国际性的案件，自然就该普里布鲁达接手了。"

"可是同时他也接手了荣誉。"

"今天是个好日子。这个案子本来就应该是他的责任，这种凶杀案一开始就不该由我们负责。"

"克格勃的人就是群又蠢又自大的笨蛋。真可惜，我们前期做了这么多工作，结果功劳都是他们的。"

"这不算什么。我们前期弄了半天还是没有辨明死者身份，抓凶手就更难了。"

"凭什么？他们的工资是我们侦探的两倍，他们有自己的特供店，有自己的体育俱乐部！"帕沙愤愤不平地说，"你说，我哪里不如他们，可是我连休假的机会都没有！难道就因为我祖上是贵族，我就不能翻身了？可是到我这儿已经是第十代了！整整十代啊！说的话都不一样了，我却还得窝在这里捞不着好！"

"说的话是不一样，但是不管说什么，普里布鲁达都巴不得看你的笑话。反正,他自己大概只会说一种语言。"

"我要是有他那样的造化,早学会法语和汉语了。"

"还有德语。"

"德语大多数人都会。这太典型了,我的意思是,我的一生是典型的一生,代表了很大一部分人。现在,我们做了事,功劳却是他们的,本来我们就快要挖出这,这……"

"牙齿的秘密了。"

"去你的!"这句话只是发泄,而不是针对阿卡迪。

帕沙继续愤愤不平着,阿卡迪自己去了尼基金的办公室。办公室里没人,阿卡迪从尼基金的办公桌里找到钥匙,打开了旁边的保险柜,保险柜里只有一本城市黄页和四瓶伏特加酒。他拿了瓶酒回到办公室。

帕沙还在办公室里,阿卡迪继续说:"你不齿克格勃,但是仅仅因为这个,你就要跟他们一样吗?跟他们一样犯傻,而不是好好做你的侦探?"

帕沙很沮丧,看着脚下发呆。阿卡迪拿出两个杯子,倒上刚拿来的伏特加:"干杯。"

"为谁?"帕沙声音很小。

阿卡迪举杯:"为你祖上那位贵族吧。"

帕沙盯着门口,外面是长长的走廊,他的脸红红的,仍然陷在激愤的情绪中。

"那就为沙皇干杯吧。"阿卡迪说。

"拉倒吧。"帕沙把办公室的门关上。

"喝酒吧。"

几杯酒下肚,人会麻木一些,帕沙似乎没有之前那么伤感了。他们开始频频举杯,为法医列文举杯,为苏维埃正义之战举杯,也为海参崴海上通道的通行举杯。

"再为莫斯科唯一的老实人举个杯吧。"帕沙说。

"为谁?"阿卡迪以为他在开玩笑。

"为你。"帕沙自己喝下一杯。

"算是吧,"阿卡迪看着杯子,"这几天我确实有点不老实,干了我们不该管的事。”他这么一说，帕沙侦探的情绪似乎又有些低落，阿卡迪忙改口道，“对了，你说你很快就要破案了，说说吧，什么情况？”

帕沙耸了耸肩，没说话。阿卡迪知道，其实他的意思是希望自己三请四请，执意要他讲，所以阿卡迪就这么坚持了。想想看，帕沙已经在公园附近和那些卖小吃的老太太东拉西扯一整天了，回办公室怎么也该得到点夸赞吧。

“当时，我灵光一闪，”帕沙做出一副很随意的样子，“除了雪的影响，枪声还有可能被别的什么声音给盖住了。而我们之前花了很多时间去找那些卖小吃的人聊天，却没想到去找那个给溜冰场的广播里播放唱片的老太太。我就去找了她。正好，今年冬天正是她在溜冰场播放音乐广播，她住在克里姆斯基纪念馆门口的一个小屋里。我就去问她：‘你放音乐的时候，音量是不是开得很大？’她说：‘我一般给溜冰的人听的是很温和的音乐。’我又问她：‘你放音乐是不是会按照某个顺序播放，这些顺序提前写在了一张纸上？’她回答：‘我又不是电视台的，没有节目单，我放音乐是给溜冰的人听的。这些小老百姓就喜欢听点温和的，我以前是当炮兵的，现在在这儿放音乐，我是了解这些人的。我虽然身体有点残疾，但是我放音乐的时候绝不马虎。’我说：‘这些无所谓，我只想问，你放音乐会不会按照一定的顺序播放？’‘当然会，’她回答道，‘顺序就是，我先放最上面的唱片，从上往下依次放。从头到尾，差不多到最后一张唱片放完的时候，我就可以下班了。’我就让她给我看唱片。这些唱片编了号，从 1~15，共 15 张。我推算了一下，凶手杀人的时间应该是黄昏，按顺序，老太太应该已经快放完唱片了，所以我先拿了放在最下面的唱片来看。最后一张唱片是《天鹅湖》，倒数第二张才奇怪呢，你猜是什么？《1812 年前奏曲》。老太太的审美真奇怪，那音乐你知道的，很闹，有铃声还有枪声。我再一想，老太太为什么要给唱片编号呢？难道她?！于是，我拿了张唱片挡住自己的嘴，压低声音问她：‘你放唱片的时候，音量开到多大？’结果，她完全听不见我在说什么，只是疑惑地看着我。我总算明白了，她失聪了。难怪她说自己身体有点残疾，原来是这个残疾。在高尔基公园播放音乐的人居然是个耳朵听不见的！”

3

这应该是冬天里的最后一场雪了吧，在这个天气自驾到乡下过周末，应该还不错。在雪中驾车，雪花不断地落在车前挡风玻璃上，雨刮器只能拼命地工作，确保驾驶人的视线清晰。车里空调的热风并不太热，大家只能靠喝伏特加来取暖了。

车轮发出独特的噪声，车载收音机里发出的声音也够吵，一会儿是鼓声，一会儿是乐器声，一会儿是铃声。各种声音就像一曲交响乐，汽车就在这样的交响乐中继续向前。

车的后排座椅上坐着卓娅和娜达丽亚·米高扬，驾驶位和副驾驶位分别坐着阿卡迪和他的老朋友米沙·米高扬。阿卡迪和米沙是多年的发小，他们一起入团，一起入伍，一起上大学，一起毕业于法律专业。他们有共同的理想、共同的兴趣、共同喜欢的女人的类型。米沙是个小个子，娃娃脸，黑色的卷发总是一副乱糟糟的样子。他大学毕业后在莫斯科律师委员会工作。辩护律师每个月的正规收入只有200卢布，比不上法官。但是，委托诉讼的当事人私下会付给律师更多的感谢费，所以，灰色收入不少。所以，米沙可以穿高档衣服，可以戴红宝石戒指，可以给娜达莎买皮草，可以买乡间别墅，还可以开着有两个门的小车下乡玩。

娜达莎也是个小个子，大号的童装穿她身上都应该没问题。皮肤黑黑的她是新闻社的撰稿人，她常常帮朋友弄避孕药吃，但是自己从来不用，所以几乎每年都得做一次人流。下乡的路况不错，大家安坐在车上继续往前走。

米沙的乡间别墅在莫斯科往东30公里处。按照老规矩，每次聚会米沙都会邀请七八个朋友。当他带着车上的朋友到达时，已经有朋友先到了。一对年轻的夫妇正在给滑雪板打蜡，见他们来，都表示问候；一个穿紧身T恤的胖子正在烧壁炉。主人刚到不久，又有客人到了，新来的两位是教育电影制片厂的导演和他太太。打过蜡的滑雪板太光滑,放在沙发上老是掉下来,年轻夫妇放弃了继续打蜡。然后,男人们聚在一个房间聊天,女士们聚在另一个房间,还有一些朋友没到。

"一个雪白的清晨,"米沙和阿卡迪来到室外,他觉得很惬意,"雪比卢布更珍贵。"

卓娅和娜达莎待在屋里,娜达莎刚做了人流,还在休养期中,卓娅也不愿意出去。室外,雪停了,但是地上的积雪不会轻易融化。

米沙和阿卡迪滑雪穿过山林,米沙走在前面,心情很不错,阿卡迪也很放松,跟在米沙身后,有时候停下来欣赏山中景色。欣赏之后又滑雪去追米沙,他很轻松地就追上了继续往前的米沙。滑了一个小时之后,他们开始休息了,他们的鞋子和滑板之间已经塞了一些雪,米沙准备把这些雪弄出来,阿卡迪也坐下来,脱下滑板开始弄上面的雪。

天地一片白茫茫,树是白的,雪是白的,天空是白的,就连人的呼吸也是白的。人们提到白桦树的时候喜欢说它"纤细如女子",阿卡迪觉得,白桦树真是诗人们的灵感源泉。

米沙把雪弄出来的样子很严肃,似乎还有点生气,手里的动作很正常,生气的表情很夸张,两者极不协调,就像是小孩偏偏有个大嗓门,或者小船上挂个大帆这么不协调。看上去他好像一个做作的演员,演戏很不到位。

突然,他放下滑板说:"阿卡迪,我遇到麻烦了。"

"又招惹了什么女人?"

"是一个新来的女员工,大概只有19岁。麻烦的是,娜达莎可能开始怀疑我了。但是我就这么点爱好啊,我又不下棋,又不运动,还能有什么爱好?更加麻烦的是,这个女孩是我遇到过的女孩中最纯洁的一个,我觉得自己已经不可自拔了,什么都想依着她。你也知道,多情不是个好品质,但是我是真的想好好对她。对了,"他从夹克里拿出一瓶葡萄酒,"这是世界上最好的烈性葡萄酒,法国的白葡萄酒,一个芭蕾舞演员送来的。我不喝烈性酒,你要喝点吗?"

米沙揭掉瓶顶上的封口纸,阿卡迪接过酒瓶,驾轻就熟地拍了一下瓶底,把瓶塞弹了出来。这是一种琥珀色的葡萄酒,色泽鲜丽,非常漂亮。阿卡迪举起瓶子,大大地喝了一口。

“够甜吧?”看到阿卡迪露出诧异的表情,米沙问道。

阿卡迪一副热爱祖国的样子:“和一些俄国葡萄酒相比,甜得还不够。”

然后,他们开始唱歌,偶尔有树枝上的雪掉到地上,有的重得像秤砣落地,有的轻得如狡兔奔跑。如果米沙不那么多话的话,阿卡迪会更喜欢和他聚在一起,但是,他还是这么多话。

“卓娅还是总和你说入党的事情吧?”米沙问。

“有什么好说的,我有党员证,本来就是党员。”

“但是你不是个积极上进的党员啊。党员每个月要开一次会,要在会上读简报;每年要参加一次投票,两次宣传游行。这些你都不参加,那你这个党员岂不是形同虚设?你的党员证只是保证你可以继续当侦查员,别的,什么作用也没发挥。但是你也不想想,既然你有党员证,为什么不趁机上位?我觉得你应该好好想想,主动跟区党委建立友好的联系。”

“我确实没有参加过你说的那些事情,但是我都有合理的解释啊。”

“你当然有理由,难怪卓娅生气呢。你应该站在她的角度想想,以你的本事,早就可以升到中央委员会监察员那个位置了,那样你就可以到处视察,想搞什么运动就搞什么运动,想收拾谁就收拾谁。”

“我对此不感冒。”

“就算这些你都不在意,你也应该在意一点:中央委员会的专供商店。你要是高升了,你就可以进他们的商店,还可以出国游,可以跟中央委员会的大佬们吹耳边风,吹得好的话,叫他们提拔谁就可以提拔谁。你前途无量啊。”

按着米沙的描说,似乎天空中已经出现了一道七彩的虹,阿卡迪忍不住想,如果现在用手去擦拭天空,天空会发出美妙的声音吗?

“哎,算了,我知道这样跟你说也没用,”米沙悻悻地说,“不过你真应该去找一下雅姆斯科伊,他对你印象很不错。”

“什么,他?”

“对啊,阿卡迪,你忘了他今天的名声是怎么得来的了?维斯考夫的上诉,让他在最高法院向那些权威人士发出了挑战。那些所谓的权威抓捕了年轻的工人维斯考夫并对他进行了错误的判决,如果不是雅姆斯科伊,维斯考夫得坐十五年的牢。雅姆斯科伊检察官真是太伟大了,从一个全民供养的检察官,到一个个人权利的维护者,你看《真理报》上说的,他就是现实版的甘地!但是,如果没有你,这个案子没有办法被重新侦查;如果没有你,雅姆斯科伊不可能被迫宣布要向原有的判决反抗。是你的坚持,让他不得不改变态度,但最后,舆论居然把他造就成了伟人。所以,他应该感谢你。当然,他也有可能再也不想理你。”

“怎么,他跟你聊过?”阿卡迪饶有兴致地问。

“对,最近是聊过。我遇到点事情,诉讼委托人说我收他的钱收多了。可我根本没多拿他的,而且,如果不是我,他怎么可能逃脱惩罚。还好,你那个检察官够意思,帮我处理了这个事情,还提到了你。我也搞不懂他是什么意思,算了,不说他了。”

为什么一个已经逃脱了惩罚的人还会咬他一口,说他多收了钱?难道米沙真的收费太黑了?阿卡迪没有想过“受贿”这个词会跟米沙发生某种关联,但是现在看来,他确实是受贿了,不管他承不承认自己收钱收多了。

“但是,我确实帮助了这个可恶的人。这种事情可麻烦了,要花钱请辩护律师,官司打完之后,你跟当事人最好就别联系了,这是规矩。再说了,那个人如果真是一点错误没犯,又怎么可能被查?我如果没有帮他打赢这场官司,那就意味着他会被定罪,一旦被定罪,那我岂不是在帮罪犯打官司?这怎么行,关系到我的名声啊。如果这样的话,我的名声怎么办?所以,我为了我的名声,还得费尽心思。如果我帮助的那个人运气好,那他可以从头到尾被说成是完全无辜的。”

“真是不可思议。”

“的确如此。我承认我做过一些不该做的事,但是这次真是冤枉我了。事情是这样,我的诉讼委托人是个好人,但是被指认为小偷。其实,他是几个孩子的父亲,是庭审时第一排那个流泪的瘸婆婆的儿子和赡养人,是参加过著名战役的老兵,也是个耿直大方的朋友和工人。他确实不是小偷,只是一时失足。法庭上那个昏昏入睡的法官,还有那两个混蛋仲裁人,无情得像暴君,跟他们说话必须小心。你要是按照事实去陈述,说那个老兵是因为酗酒,因为女人,或者因为突然的头脑发热而干出了一件不该干的事,那庭审的结果就会变得完全不可控。所以,你得编,你不能按照既成事实那样说出来。阿卡迪,我就是这么做的,我也觉得不忍,"他顿了一下,"我怎么会收人家那么多钱?"

阿卡迪突然想到了什么:"我见过维斯考夫的父母,就在前两天,他父亲现在在巴维列茨基车站附近开了个小餐馆。他们的一生真是让人同情。"

"我确实对你无语了!"米沙喊到,"你从来不知道应该向谁靠拢,跟谁建立交情。就在前两天,我见到了著名的历史学家托马谢夫斯基,我们在作家联合会一起吃饭。"米沙说到这个新的话题时,语气又开始兴奋起来,"你应该多跟这样的人在一起。他仪表堂堂又有身份、有地位,虽然十多年来什么学术成果也没弄出来,但是他有的是办法让自己上位,他还跟我传授过呢。先是向科学院提交了一份个人简历,在简历里极尽溢美之词表达他对党的忠心耿耿。后面的事情就不用我说了,他这关键性的一步走对了,于是他获得了一份美差——研究关于一位莫斯科重要人物的课题。为了研究这个人,托马谢夫斯基必须闭门两年研究俄语。但是,这个重要人物也会旅行,比如去巴黎住一阵,去伦敦住一阵,所以托马谢夫斯基可以光明正大地申请驻外许可证,这样方便研究嘛。现在,他研究这个人物已经研究了四年,党和科学院都热切期盼着他的深度研究成果。而他自己嘛,应该已经从国外回来了,他可以在他那位于莫斯科郊外的别墅里,一边修理花园,一边思考总结自己的研究成果,这样,总结个两年时间也是很正常的嘛。终于到他总结得比较到位,可以动笔写论文了时。他又找科学院问了一声,这一问不要紧,原来,风向变了。他研究的这位重要人物的角色从英雄陡然转换为一个叛徒!多年的辛勤劳动付诸东流了,托马谢夫斯基应该很郁闷吧,不过,其他人觉得无所谓,这个结局挺好的,托马谢夫斯基可以开始新的研究了。为了安抚这位对党忠心耿耿的人,人家又给他安排了一份美差——研究另一位曾在法国南部生活过的重要历史人物。你看，难怪他说，在这里，历史学家怎么都饿不死，前程似锦呐。这个我也深信不疑。”

说完这些，米沙突然压低声音，话锋一转：

“高尔基公园那些尸体的事情我听说了，你怎么跟普里布鲁达又闹起来了，你怎么想的啊？”

他们说着话回到别墅，现在房间里只剩下娜达莎一个人了。

“卓娅刚才跟着一个人从那边离开别墅了，”她说，“那个人有一个德国名字。”

“说的是施密特吧，”米沙坐在壁炉那里，一边清理靴子里的冰一边说，“阿卡迪，你应该知道这个施密特，他是从莫斯科来的，那边那条路周边的地皮现在在他名下了。他可能是卓娅的情人。”

米沙悄悄看阿卡迪的脸色，想来他心里早就有数了。米沙顿时觉得有些尴尬，长筒靴子里的冰化成水滴下来，他就那样坐着，不知道说什么为好。

“米沙，去厨房做事。”娜达莎推着阿卡迪到沙发上坐下来，倒了两杯伏特加。米沙去了厨房。

“他这个人就这样，你别理他。”娜达莎冲着厨房的方向点了点头。

“他确实口无遮拦。”阿卡迪喝下杯中酒。

“他一向如此，不考虑自己应该说什么，还总是冲口而出。不过，有时候他说得也没错。”

“也许吧。那你呢，知道自己应该说什么吗？”阿卡迪说。

娜达莎的性格比较安静，偶尔会有一点小小的幽默和调皮。眼影柔和地衬托着她的双眼，看上去更亮了些。她有着纤细的脖颈，瘦得能让人想起饥民的样子，三十多岁的人还能纤细成这样，实在神奇。

“说起来，我是你和卓娅的朋友，但是我首先是她的朋友。其实，这些年我一直在劝她让她离开你。”

“为什么？”

“因为你不爱她。爱一个人是为了给她幸福，就像现在施密特能够给她的那样。”她又在两个杯子里倒上了酒，“你要是爱她，就让她获得完整的幸福吧。”她努力装出严肃的样子，其实已经忍不住想笑了，从念书的时候起她就喜欢开玩笑。“两个人的事情不好说谁对谁错，虽然你现在可能很烦她，但是你们曾经也有过开心的日子。现在变成这样，你也有责任。我也觉得，她现在确实挺让人烦的，而你，还是这么有魅力。”她伸出纤纤玉指，用一只手指的背面在他的手腕上摩擦着，“你是我认识的男人中唯一一个不讨厌的。”

娜达莎给自己又倒了杯酒，带着几分醉意，蹑手蹑脚去了厨房。阿卡迪还在客厅里，房间的温度和伏特加的酒劲都让他阵阵发热，房间的主人米沙和娜达莎在房间周围布置了圣像画和木雕小像，炉火映照下的金色圣像画框格外耀眼，整个房间看上去也是焕然一新。他脑子里还在想着娜达莎的话：爱一个人是为了给她幸福，就像现在施密特那样？阿卡迪从皮包里拿出党员证，这本红色小册子的封面上印着列宁侧面像，小册子里面有他的姓名、照片和所属党组织，还有党费交纳记录。从记录上看，他已经两个月没交了。党员证的最后一页是一段鼓舞人心的语录。他不由得又抬起头，墙上的圣像画画的是圣母玛利亚和天使。看着这幅画面，他脑海中居然浮现出一个人的样子——这个人不是卓娅，也不是娜达莎，而是他在电影制片厂遇到的那位姑娘——伊莉娜。

他举起酒杯，“那么，为伊莉娜的健康干杯吧。”

时间已经是凌晨，外出游玩的人陆续回来了，每个人都喝了不少酒。大家聚集在一个房间里，房间的橱柜中准备了冻肉、香肠、鱼、烤饼、奶酪、面包、腌蘑菇和鱼子酱。房间一时很热闹，有人在表演诗朗诵，有人在跳交谊舞，伴奏音乐是匈牙利的《欢乐的聚会》。米沙的眼睛一直盯着卓娅——这个女人正紧挨着施密特坐着，米沙感到阵阵窘迫。

阿卡迪也忍不住了，在卓娅一个人进厨房的空当，他跟了进去：“我们的计划是自己过周末，施密特怎么会来？”

卓娅拿了瓶葡萄酒：“我邀请了他。”说完扔下阿卡迪，出了厨房。

“为卓娅·伦科干杯吧！”卓娅回到房间，施密特举杯提议道，“就在昨天,她刚被推举为区党委的演讲人,接下来她会向整个市委做精彩的演讲,主题是教育所面临的新挑战。她是我们的骄傲,尤其是她的丈夫的骄傲!”

阿卡迪回到房间的时候,发现除了施密特,其他所有人的目光都聚集在他身上,而这时施密特正向卓娅眉目传情。娜达莎递给阿卡迪一杯酒,以缓解他的尴尬。此时唱片机播放起低吟浅唱的乐曲,施密特和卓娅开始随着这支佐治亚歌曲翩翩起舞。

明眼人一看就能知道,他们一定常常在一起跳舞。施密特虽然已经秃顶,但是并不邋遢,他打扮得干净,舞步也利落。健壮的脖子上,下巴有力地随着节奏伸缩,鼻梁上的黑框眼镜也跟着保持有节奏的律动。跳了没多会儿,卓娅就靠近了他怀里,两个人几乎成了紧紧拥抱状。

“让我们为施密特同志干杯!”一曲终了,米沙拿起一瓶酒倒了一杯,“为他干杯吧!想当年,我还只能从办公室顺走一枚回形针的时候,他已经可以把办公用品顺出来卖了,用这个钱为自己在区委会买官,玩得真高级呀。”

米沙激动得手舞足蹈,杯中酒也跟着往外洒,不过他想说的话还没说完:“我们真的应该为他干杯,想想吧!我一直熬到去年才有资格坐飞机去摩尔曼斯克,而他,已经可以以开研讨会为名,舒舒服服坐在黑海边的疗养院享受了。当我们这些人买杯热啤酒都要排队等待时,他已经拥有区委会安排的海量高级葡萄酒了,难道不值得干杯吗?当我们这些人只能靠自慰来满足需求时,他已经可以盯着别人的老婆用了,难道不值得干杯吗?当我们这些人只能挤地铁出行时,他已经可以开着卡伊卡轿车撞人了,难道不值得干杯吗?还有,当我们这些人刚刚摆脱旧世界,开始准备过点好日子时,他已经开始玩恋尸癖、虐待狂和同性恋这些新事物了!”米沙总结陈词,“难道我们不应该为施密特博士干杯吗?他可是一位这么优秀的党员同志啊!”

施密特的表情难看到了极点。

不过,接下来还是继续着热闹场面,跳舞、聊天、喝酒。越喝越多,大家都得歇下了。阿卡迪进厨房煮咖啡,进去五分钟之后才发现,那个电影制片人和舞蹈演员的妻子倒在了一起，正在墙角躺着，他咖啡杯都没拿就赶紧逃离了厨房。米沙和娜达莎还在客厅跳舞，米沙的头靠着娜达莎的肩，两人都有了七分醉意。阿卡迪上楼，准备回到主人给他和卓娅安排的房间。哪知刚走到房门口，还没开门，就看到施密特从他的房间走出来，关上了门。

看到阿卡迪，施密特低声说了一句："你才值得干杯，因为你老婆和我睡得相当舒服。"

阿卡迪什么也没说，直接冲出一拳，击在施密特的肚子上。施密特完全没料到他会有这一手，轻而易举就被他打到了门上，撞门之后又被弹回来。然后，阿卡迪打出了第二拳，打在他的嘴上。施密特一个站立不稳，先是膝盖重重跪在地上，紧接着就沿着楼梯滚到了楼下。大概是滚动的过程中摔掉了眼镜，他什么都看不清了。

"怎么了?"房间的门开了，卓娅站在门口。

"你说呢?"阿卡迪反问。

她脸上的表情很复杂，既愤怒又紧张。阿卡迪发现，自己看到这个女人的这幅表情之后，居然很解气。太痛快了!

"你太过分了!"卓娅说完，下楼去找施密特了。

施密特还在摸索着找他的眼镜："我只不过跟他说了声再见，结果他……"

卓娅帮他捡起眼镜，在自己衣服上擦干净，然后把他扶起来。施密特的嘴已经被打得裂开了，但是还是没有闭嘴："这哪里是个探长的样子，分明是个疯子!"

"你还是个骗子呢!"阿卡迪把他吼了回去。

一阵心跳加速的愤怒之后，阿卡迪突然反应过来，刚才在房间门口，施密特的确是在骗他。卓娅和施密特还没有发展到上床的程度，就算有，也不可能在朋友家里这么干，更何况自己丈夫也还在这里做客呢。阿卡迪之所以打了施密特，就是一时冲动，相信了他撒的谎，因为，他几乎相信这不是谎言，而是事实。施密特挨了打，卓娅满腔怒气，而阿卡迪也有一种被侮辱之后的恨意。

卓娅走了,坐的施密特的双座扎波罗热茨轿车,这是一款高档车。阿卡迪站在别墅前,抬头仰望天空,圆月沉默,只静静地悬在白桦林上空。

回到别墅里,娜达莎正在清理地毯,米沙看到他,只说了一句:“很遗憾。”

4

雅姆斯科伊的办公室里,这位检察官正在诚恳地说:“不错,你能够在这么短的时间里通过死者的假牙找到线索,确实在我的意料之外。你不在市区的这个周末,我已经安排了对这个案子的全面调查,电脑中有记载的五年来所有来过这里的外国人,包括外国间谍,我们都做了审查,但是他们都跟此案无关。所以,我们还是怀疑这就是苏联人。牙科手术的特殊技术虽然只有美国才有,但是也可能是苏联人在美国旅游的时候做的,更有可能是苏联的牙医去美国培训过。所以,不排除这种可能性——这其实不是一个涉外案件。”

他说话字斟句酌,很有勃列日涅夫的风范。勃列日涅夫就是这样一个人,说话的时候声音不大,语气恳切,不管说的内容是不是对的,人家都感觉他说得很有道理。

“阿卡迪·瓦西里叶维奇,我现在很为难,我不知道应该把案子交给克格勃,还是让你继续。你说这是一个涉外案件,这确实有可能,但是,并不能确定。所以,我真不知道该怎么办。说起来,你侦查这个案件的工作随时可能被终止,与其这样,不如在不确定的时候就交给他们得了,你是这样想的吧?”

雅姆斯科伊停了一下,好象在思考。

“但是,我还得考虑方方面面的情况。要是在过去,这个问题很好解决,想怎么处理都行。那时候,内务部查案是一锅端,不分国内国际的,他们都能处理。你应该能听懂我的意思,我指的是贝利亚和他的组织。(译者注:拉夫连季·巴夫洛维奇·贝利亚,苏联领导人,第二次世界大战结束后被斯大林晋升为军事元帅。二战之后到斯大林逝世之前,他是苏联实际上的二号人物,但是后来他在争夺斯大林继承权的斗争中失败,被撤职并处决。)可是,党的十二大揭发了他的暴行,进行了改革。我们现在就得按照改革后的方式做。现在,内务部的权限非常有限,而检察官的作用加强了,侦查员也有了更多的独立权限。所以,现在的法律是更健全了,任何公民或组织的权利都不能轻易被剥夺。你说,如果我剥夺了侦查员独立查案的权利,把案子移交给克格勃,这合适吗？再说,那个戴假牙的死者也有可能是俄国人嘛,他的假牙手术也可能就是俄国人做的。还有其他两个死者,肯定是俄国人。所以,在没有什么涉外的情况下,我如果胡乱移交,那就搞乱了权限,我的罪名就大了——破坏改革成果。我身为检察官,带头破坏改革成果,那我还怎么维护公民的权利？你是侦查员的上司,你如果放弃了独立查案的权限,那你也违背了改革中为你们确立的独立性原则。这样的话,我们都成了推卸责任,这是肯定不行的。"

"那应该怎么做才行?"阿卡迪问。

"如果你能证明死者或者凶手不是俄国人,那就明确了案件的涉外性质。"

"我还证明不了,但是我真的觉得其中那个戴假牙的不是俄国人。"

"仅仅'觉得'是不够的。"检察官叹了口气,说得语重心长。

看来检察官是打算送客了,阿卡迪忙补充道:"这个周末我突然想到很关键的一点,死者是在什么状态下被杀的?"

"你是什么意思?"

"死者衣服里有石膏、锯末和金粉,这些东西有什么作用？不难想象,这种组合主要是为了修补圣像。在黑市上,圣像很招人喜欢的,尤其是外国人。"

"嗯,继续说。"

"从死者衣服里发现的这些东西来看,也许他真的是外国人,在黑市倒腾什么。外国人比俄国人更喜欢圣像,参与黑市交易也更多。现在种种迹象表明,这可能就是一个涉外案件,但是,我们必须完全确认,才能够管好自己的权限。所以,我要向普里布鲁达少校提出需求——提供1~2月所有在莫斯科的外籍人员的监控录音带和翻译文本复印件。克格勃肯定不会同意,但我不管,我会把我的需求形成文字上报,同时,他的答复我也会有文字记录。"

雅姆斯科伊勉强地笑了笑,因为他感觉有压力。文字上报这种正式的方式也许会迫使普里布鲁达现在就把案子接过去。

“你确定你会这么做?你这样不怕得罪对方吗?”

“我确定。”阿卡迪回答。

雅姆斯科伊沉默了许久。阿卡迪以为他又在想一些话来否定自己,但是他居然没有。看来,阿卡迪刚才的那番话中,有些元素是检察长感兴趣的。

“我不得不佩服你的能力。以你的经验和你从来不失手的过往,我也暂且相信你这一次的猜测。但是,就算你要确认这个事情,你能有多少精力?要调查这么多外国人,而且不仅仅是外交人员,所有来过的外国人都要调查,你顾得过来吗?”

阿卡迪一时不知道该说什么,最后,他还是说道:“我可以的。”

“那么,我来安排。”雅姆斯科伊在一张纸上做了个备忘,“还有事吗?”

“有,我还需要近期的录音带,”阿卡迪趁机说,得抓住这个机会,免得下次这位检察长就反悔了,“我们的调查范围还需要扩大。”

“行。我真的佩服你的能力和激情。不过,事情得一件一件的做。”

解剖室。尸体解剖台上放着代号为“美女”的尸体。

列文说:“人体复原专家安德烈叶夫说,需要死者的脖子去帮助复原。”

一边说着,他一边拿了块木头放到死者的脖子下面,把脖子撑着往上翘,然后,他拉住死者的头发,用电锯硬生生的锯断了脖子。房间里瞬间弥漫起了一股烧焦的钙味。阿卡迪在这种时候一般会借抽烟来压制自己的恶心,但是现在烟没了,他只能憋住气。

列文按照解剖学的要求,从颈椎第七椎的位置锯断了死者的脖子。颈椎骨断开之后,头和脖子直直地从解剖台滚了下来。阿卡迪下意识地抓住即将落地的脑袋,然后突然惊觉,迅速放回了解剖台。

列文关掉电锯说:“探长,不用放回去,现在她是你的了。”

阿卡迪抹了抹手,看着这个正在解冻的头:“我需要一个盒子。”

人死了还有用吗？当然，死去的人是人类从灵长类动物发展到工业社会文明人的见证。那么除此之外，人死了还有其他作用吗？其实，是有用的。不管是从泥炭地还是从北极的冰堆中挖出来的骨头，都是关于这个人生存的时代的一个侧影。正因为骨头还有这种用途，所以，在恰巧能鸟瞰高尔基公园全貌的苏维埃科学院人种学研究所，堆积着从世界各地运来的股骨、头骨、齿骨、椎骨。这些骨头在坟墓里躺了若干年，现在，它们都在这里接受清理和重组。这里的研究人员们担任着复原这些骨头的主人的重任。

当然，在这些由死人带来的线索中，有的可以追溯到很久远的年代，有的又关乎今天。曾经有一个这样的案子，一位军官打完仗之后回到自己在列宁格勒的公寓，居然在天花板上发现了血迹。天花板的血迹会来自哪里？他想到了去楼顶查探，结果在那里发现了一具尸体！这具尸体已经被肢解，无法辨认。民警检验认为这是一具男人的尸体。按照这个线索查下去，结果久未破案。民警没办法，只好把尸体的头骨送到人类学研究所做复原，复原结果显示：死者不是个男人，而是个女人。这下子，民警大大地觉得脸上无光，于是毁掉了用以复原的证据，案子也就随之搁置了。再后来，案发的公寓里有一张照片被发现，照片上是一张女性的脸，这张脸和尸体复原的那张脸几乎完全一样。这样，案子才得以继续调查，凶手终于被绳之以法。

从此以后，复原工作成了破案中的重要环节。人类学研究所根据头盖骨的整体或者局部复原了 100 多张人脸，这简直成了他们的专利。最好的复原作品一般都是安德烈叶夫做的，他可以把头骨主人的面部表情都复原得栩栩如生。只要安德烈叶夫复原一张脸，法庭上必然就会有一桩案子成功告破，检察官就可以骄傲地宣布定案。

“这边来，请进。”

说话间，阿卡迪已经来到人类学研究所的一个人头陈列室。近前的橱窗里展示着各国人的典型头像，有土耳其人，卡尔美克人，等等。他们的表情基本上可以代表自己族群的特征。挨着的另一个橱窗中陈列着僧侣的头像,下一个橱窗里有非洲人的头像。对面的橱窗中有一具新塑的宇航员半身像。房间里光线有些昏暗,但是宇航员身上的颜色还是很亮眼。这些展示用的头像,应该不是安德烈叶夫的作品吧?阿卡迪继续往前走,看到一排奇怪的头像,这群人——不,他们简直长得不像人——其中一个表情很怪异,好像在探索什么,又有些一惊一乍。这是远古的北京人,长相还保留着类人猿的样子,上唇向后翻着,看上去很奇怪;另一个人没有前额,看上去像是在思考的表情,这是罗得西亚人;还有个更奇怪的女人头像,长得像猩猩,有一对很厚的唇,这是尼安德特人。最后,阿卡迪终于看到一个活人——个子不高,年纪不大,卷发,褪色的实验室工作服上沾满白色的胶泥——他从凳子上跳下来。

“这位就是探长吧?”

“对。”阿卡迪放下盒子。

“你不用费事了,”这个说话的人就是安德烈叶夫,“我不想给你做复原,我只给一年以上还破不了案的情况做复原,这是规矩。不过,你们民警一年之内能自己破几起案子?想想都觉得好笑,我应该早点跟你说,免得你白跑。”

“我知道。”

然后是一阵寂静的沉默。过了许久,安德烈叶夫点点头,伸伸腿,伸伸胳膊,然后指了指他周围的那些陈列的头像:“既然来了,你还是了解一下吧。这些都是我们收集的古代类人猿,看上去很奇特吧,甚至挺吓人的。他们体格比我们壮,脑子嘛,有的体积超过我们,有的类似于我们。不过,他们不懂进化论,所以我们还是比他们先进。你再看这个,”他让阿卡迪看一个贴金的箱子,里面装着游牧部落的鞑靼人头像。阿卡迪不记得刚才这里还放着这样一个箱子。这是一张扁平的瘦脸,曾经应该很生动,脸颊上因为风吹日晒而留下的沟壑生硬得像是用刀子刻上去的,凌乱的胡须像现在的老年人的样子。“这是已经进化成人的人类,他是历史上一位著名的杀手。从这块头盖骨可以看出,他左半身有偏瘫。他的头发以及嘴唇上方的胡子还能告诉我们一些信息。”

在阿卡迪观察这个鞑靼人头像的时候,安德烈叶夫又拧开了另一只箱子里的灯,吸引了阿卡迪的目光。这是一个男人的头像,他的身材应该是魁梧的,前额很高,但是除了前额,脸上其他部分都呈凹陷状。看来,鼻子、嘴唇,还有胡子都不愿意为他挺起来,当然,也可能是因为重力的原因才挺不起来的。箱子里放着粗糙的衣服和头巾,头像上唯一鲜活一点的东西就是琉璃做的眼睛。

"这是恶魔伊凡,"安德烈叶夫介绍道,"这个杀人恶魔有关节炎,为了止痛,他服用了大量水银,最终中毒致死。你看他的上下牙咬合的形状,这样的齿形导致了他奇怪的笑容。他很丑,对吧?"

"难道不是吗?"

"的确,这已经不新鲜了。在他晚年的时候,为了不让人看到自己这张臭脸,他曾经回避过宫廷画师。"

"嗯,可以理解,他只是杀人恶魔,又不是智力有障碍。"阿卡迪说。

说着,两人走到了门口,看来安德烈叶夫已经介绍完了。但是阿卡迪还不想走,安德烈叶夫开始打量这位探长了。

"你是伦科将军的儿子?可是你跟他长得不像,我曾经多次见过他的相片。"

"很正常啊,我可以随我母亲的长相。"

"你应该明白我的意思。"安德烈叶夫做出可意会而不可言传的样子,"来吧,看看你带来的东西,反正你也不介意浪费时间。"

两人走到墙角,安德烈叶夫拉绳开灯,阿卡迪打开盒子,把里面的人头取出来。安德烈叶夫把人头接过来,放在灯下的一个陶工旋转盘上,把人头上的棕色头发披散成扇形。

"年轻女性,欧洲人,身体比例很协调。"听到安德烈叶夫开始分析,阿卡迪张嘴想告诉他一些谋杀案的情况,却被他直接拒绝,"我对你的杀人案不感兴趣,我只不过多收了几个人头,这对我来说简直是家常便饭。呃,不过,被切掉手指的情况倒不多见。"

"凶手就是害怕死者被认出来,才毁了他们的脸。而你,正好可以复原这些脸。"阿卡迪说。

安德烈叶夫转动着旋转盘,人头也开始跟着转动。

阿卡迪继续说:“2月初案发那天,她可能正在这附近散步,说不定你还见过这女人。”

“我对看女人没兴趣。”

“好吧,教授,我只能说,你不是个一般的男人。不过现在你还是得看看这个女人。”

“这女人的复原工作,别人也能做。我手头还有更重要的工作呢。”

“就在你工作地点的附近,几乎就在你的窗外,三个人被谋杀,你觉得这还不够重要吗?”

“探长,我只会复原人像,不会复活死人。”

阿卡迪放下盒子:“复原了她的脸,就等于帮她活过来。”

捷尔仁斯基广场旁,克格勃的卢比安卡监狱是人们各种私下谈资的焦点。但实际上,大多数因犯事而被关押的犯人并不在这里,而是在东边的列夫尔托沃监狱。阿卡迪坐着牢笼般的电梯,跟着哨兵进了卢比安卡监狱,脑子里想的却是卓娅。卓娅已经告诉他,她不会回头,而阿卡迪现在对她的记忆,仅限于在米沙别墅门口所见到的她。当时,卓娅的表情是不可一世的。除了这个,还能想起点什么?对了,还有更重要的事情,雅姆斯科伊已经正式通知普里布鲁达按照阿卡迪之前提出的需求提供录音带,而安德烈叶夫那里正在复原一个死者的头像。这并不是阿卡迪想要的节奏,但是,在一切都还没有确定的情况下,他已经开始在做深入的调查工作。

正想着,阿卡迪已经到了监狱的地下室。要进到他想去的地方,必须先通过一个走廊,走廊两边排列着很多小铁门;然后,要经过一个岗哨,那个人正伏在桌上写东西;再然后,他路过了一个房间,房门开着,里面放得满满的床上用品已经发霉。最后,他终于走到了目的地——一个关着门的房间。他推开门,立刻被眼前的一幕惊呆了——丘金,那个一贯以儒雅形象示人的专案探长,他一只手握着没系好的皮带扣,另一只手局促着不知道放哪儿,显然他被突然开门的阿卡迪吓了一跳;他的旁边坐着一个陌生女人,正转身用手帕遮掩着吐痰。

“你……”丘金晃动了一下，挡在阿卡迪和那个女人中间。但是，阿卡迪推门时已经把该看的和不该看的都看完了：丘金手忙脚乱地系皮带，那个相貌平平的年轻女人红着脸，用吐痰来掩饰。丘金窘得冒汗，他把衣服穿好之后，推着阿卡迪退到了走廊。

“你这是在搞审讯?”阿卡迪问他。

“她只是妓女，不是犯人。”丘金用一种柔和的语气说，这种语气就好像在形容一只宠物狗。

阿卡迪懒得管那么多，他来这里的目的只有一个：“我需要放卷宗的那个柜子的钥匙。”

“你真想得出来。”

“我还能想象，检察长一定会对你刚才的审讯过程很感兴趣。”阿卡迪伸出手要钥匙。

“你敢威胁我?”

阿卡迪直接伸出手，在丘金的裤裆里揪住了一个软软的物体。丘金痛得钻心，只好答应阿卡迪的要求。

“你等着吧，伦科，我一定会整死你!”丘金交出钥匙的同时，撂下这么一句狠话。

阿卡迪拿到钥匙之后取出卷宗，放在丘金的办公桌上。

一般说来，侦查员是不愿意把自己的卷宗拿给别人看的，因为卷宗里记载着他们自己培养的线人的信息，专案探长丘金也不例外。这里所谓的“专案”，其实就是克格勃自己所界定的“政治犯”，他们往往给这些犯人定很重的罪名。比如，他们抓过一个历史学家，逮捕理由是倒卖芭蕾舞门票，但是克格勃对外宣称的罪名却是与反动作家通信。还有一个诗人，被捕的原因是在列宁图书馆偷书，但是却被安上一个秘密传递禁书的罪名。一个把圣像卖给某情报人员的工程师被抓，罪名却被说成是社会民主党人。这种颠倒黑白的做法是侦查员最不屑的行为，明明是普通罪名，克格勃却偏偏要定为“专案”。所以，对于丘金这样的“专案”探长，阿卡迪也是不屑的，他们完全没有交情。

阿卡迪开始查看丘金的卷宗。一个代号叫做“G”的人在里面出现的频率较高,“线人 G”“有警惕心的公民 G”“可靠信息源 G”——他提供的大多数线索,都涉及被逮捕的与圣像相关的犯人。阿卡迪开始留意这个人,他查看了丘金的支付记录,G 是丘金的线人中收入最高的一个,赏金金额达到 1 500 卢布。阿卡迪还找到了 G 的电话号码。

回到自己的办公室后,阿卡迪立刻向电讯系统咨询这个 G 的电话号码的真正机主姓名。G 的真实姓名叫做费奥朵尔·高洛金。阿卡迪把一盘空白磁带装进录音机里,准备好录音,然后拨打了高洛金的电话。电话铃响了五声之后,终于接通了,但是对方一言不发。

“请问是费奥朵尔吗?”阿卡迪问。

“你哪位?”

“一个朋友。”

“你电话多少,我给你打过来。”

“就这样聊吧。”

对方突然挂掉了电话。不过,他刚才说的话,阿卡迪都录了下来。

普里布鲁达提供的档案资料让阿卡迪看到了一线希望,虽然现在什么都没查出来,但是这是一个好的开始,他可以按照这些资料提供的线索来展开调查。首先,他需要查看在莫斯科的外国游客的信息。在莫斯科有 13 家国营涉外旅馆,共有客房两万个,装有窃听器的房间占了一半。也就是说,哪怕只筛取 5%甚至更少的被窃听的信息来调查,这个数量也是相当惊人的。

阿卡迪开始让帕沙和费特依次听录音带,他说:“录音里什么人都有,你会听到很多干扰元素,比如你会听到有人提到圣像交易,有人提到高尔基公园,但是,这些显而易见的言谈都不可能成为我们的线索。另外,外国人游客之间的录音也不用费心去听,他们来旅游都是跟着导游走,不会说出什么重要的东西。国外的记者、教徒、政客的录音也没什么用,他们是被重点监视的一群人,不可能说出什么。我们主要听的应该是外国游客和商人之间的录音,他们交游广阔,而且会说俄语,所以需要仔细判断。

尤其，如果他们说的话很短，听着又好像在暗示什么，而且说完就出门，这些谈话一定要注意。我这里有盘录音带，是刚录下的黑市商人高洛金的话，给你们用来辨别，如果在别的录音带上听到这样的声音，就能知道是他。当然，也许这个人对我们也没什么用。”

“他是搞圣像买卖的？”费特问，“为什么要听他的录音？”

“因为……马克思的辩证唯物主义。”阿卡迪说。

“辩证？”

“对。我们正处于共产主义的中级阶段，资本主义余孽亡我之心不死，因为这个所导致的犯罪也屡见不鲜，比如，圣像买卖就是资本主义的残留。”阿卡迪递给帕沙一支烟，“死者的衣服上有石膏和金粉，石膏的用途是木工打底，金粉唯一合法的用途就是圣像复原。”

“你是说这个案件的起因是盗窃，盗的是圣像？”费特问。

“有这可能。两年前，列宁格勒的赫米提吉博物馆发生过类似案件，罪犯是几个电工，起因是觊觎博物馆吊灯上的水晶。抓他们还是费了些劲的。”

“但是高尔基公园的死者也可能是仿制圣像的人，不是盗窃犯。”帕沙用火柴点上烟，“死者衣服上的锯末可以说明，他们也许在做木工。”他停了一下，又说，“你不是说要用辩证的方法看待问题吗？”

就这样，他们一直听录音，一直听。下班之后，阿卡迪完全没有回家的想法，他像个游魂一样飘荡着，不觉来到高尔基公园的大门。他买了一份馅饼和柠檬汁，一边吃着这份晚餐，一边看溜冰场上的人们。溜冰场上有一个年轻男子在拉手风琴，女孩们滑着冰，从他身边掠过。溜冰场放广播的婆婆早已下班，现在只有男子的手风琴里还能发出断断续续的音乐声。

太阳渐渐隐入云层，阿卡迪漫无目的地游荡着来到了公园的游乐场。这里在周末的时候很热闹，尤其天气好的时候，成百上千的小朋友会来这里坐火箭车和脚踏车，他们喜欢用气枪打木鸭子，还喜欢去圆形剧场看魔术。阿卡迪小时候也喜欢来，当时带他来的一般是彼洛夫警官，同来的还有和他一样愣头青的米沙，还有些什么人，已不记得了。印象比较深刻的是1956年，这里举办了第一届国际展览会，是捷克人搞的，那会儿公园里还有啤酒馆。每个时期都有各自流行的东西，啤酒就是在那时候不知不觉流行起来的，大家喜欢把伏特加和啤酒兑着喝，喝着喝着，就快乐地醉了。还有段时间，流行模仿《高尚的七个人》中的尤尔·布里纳走路。那时候，高尔基公园里，从12岁的男孩到20岁的男生，大家都僵着腿模仿着牛仔。那时候多开心啊，大家都可以当牛仔。现在呢？当年的牛仔们在哪里？做了城市设计师？工厂领导？党员？车主？圣像买家？杂志读者？影视评论人？歌剧观众？或者，就是普普通通的家长？

今天的高尔基公园里自然没有当年的盛况。夜色中，两个老人在玩多米诺骨牌，戴着帽子的小贩们推着车聚在一处，一个很小的小孩正和一位老太太玩皮筋。游乐场的摩天轮上，一对大约有80多岁的老夫妻坐在那里下不来，而操作摩天轮的工作人员根本不理他们，摩天轮没有继续转动，这对靠养老金生活的老人就这样悬在半空。

“让摩天轮转起来，”阿卡迪拿了一张票给工作人员，“现在，马上。”

摩天轮又开始转动，阿卡迪感觉到自己正在上升，他看到刚才那对老夫妻，老太太正依偎着丈夫。

阿卡迪越升越高，太阳正在落山，城市的夜灯正在逐渐亮起来。城市环道上，开着灯的车汇成车流，构成一个个发光的同心圆：最中心是市中区，被林荫路包裹着；然后是内环路，公园就在内环路上；再往外是外环路，灯光和车流汇聚成一条闪耀的银河。

是的，银河。在高尔基公园的摩天轮上，你真的可以这样尽情幻想。这里是一个可以提供给普通老百姓发挥想象的空间，想参加莫斯科电影制片厂的幻想曲演奏会是不容易的，需要有特别通行证。但是，想到高尔基公园来幻想，随时都可以。阿卡迪记得，自己曾经的梦想是当宇航员，不过，记忆中的细节已经模糊，只记得20年前曾经看到掠过高尔基公园上空的卫星。其他的还有什么可记忆的呢？大概很多人都在这个公园里幻想过，这里是一个产生梦想并埋葬梦想的地方。阿卡迪、米沙、帕沙、普里布鲁达、费特、卓娅、娜达莎……都在这里留下了自己的梦想。可是，还有些别的人，居然在这里留下的不是梦想，而是身躯。

摩天轮还在旋转,刚才那对老夫妇还安静地坐在那里。他们是十月革命前的一代人,他们来首都旅行的话,常常会以这样的方式度过。在伟大的卫国战争中,他们曾经洒下自己的血泪和汗水,而现在,他们的后代连克里姆林宫大教堂的门都摸不着。革命接班人?呵呵。

阿卡迪换了个坐姿,尽量靠着座位,让自己舒服点。摩天轮下,公路像藤蔓,一直向前蔓延,在民警站的位置分成几条小道,再往前蔓延,一直伸展到山里。在这些小道上,人们可以悠闲地散步,但是,就在其中的一条小道上,有三个人被杀害。现在,案发的那块空地在夜色中还是很亮,因为空地中间站着一个人!他正拿着手电筒照射着什么。

摩天轮继续转着,在座舱将要靠近地面的时候,阿卡迪跳到了地上。他要赶紧跑到刚才的那块空地上。从这里到空地只有大约半公里,阿卡迪却跑得很吃力,因为路太滑。

卓娅有一点还是说对了,他缺乏锻炼。真不该抽太多烟的。他先跑到了民警站,帕沙曾经说过里面又温暖又舒适,现在看来,的确如此。不过里面没人,附近连车也没有看到。阿卡迪继续往前,坡路越来越不好走。阿卡迪学着运动员的样子,把膝盖向上提,手臂有节奏地前后摆动,但还是觉得累。快速跑了300米,他实在跑不动了,脚步间的距离也越来越小,迈不开步子了。短短的半公里路,似乎跑了很久。现在,坡路跑完了,进入了平坦一些的路,但是阿卡迪已经累得胸闷气短,几乎走不动了。他想着,大概只有费特还能坚持锻炼,反正我是不行了。

在之前发现尸体时大篷车开离现场的位置,他的脚步更加笨重了,他深一脚浅一脚地沿着车轮的痕迹往前迈。脚下是不断碎裂的冰,眼前是一片漆黑,不见了刚才的人,也不见了手电筒的光。也许,那个人已经意识到自己被盯上了,所以自己遮住了光。现在,阿卡迪什么都看不到,周围一点动静都没有。他只好探摸着慢慢往前寻找,一棵树,两棵树……突然,灯光再次出现!而且,灯光照射的位置,就是发现尸体的地方!

阿卡迪几乎是飞奔过去的,但是,在还有十米距离的时候,灯光不见了。

"谁?"情急中,他喊了一声。

有人正在跑远。

阿卡迪顺着那个人奔跑的方向一路追过去。林中空地的前面是一条有点坡度的路,下坡之后是一片小树林,然后是河岸和亭子,接下来又是一条路往下延伸,走下去就是普希金码头,码头下面是深不见底的莫斯科河。

“站住！有民警在吗,快来!”阿卡迪大声喊。

实在是太累了,阿卡迪的力气都用完了,挪不开步子,也发不出声。他停了下来,只有耳朵还在继续工作。那个可疑的人脚步很重,应该是男性。阿卡迪是有配枪的,但是他从来没有带枪的习惯——为什么居然没有这习惯?！前面就是随风摇曳的灌木丛,那个人躲进树丛,在灌木的掩映下继续跑。阿卡迪只能寄希望于前面路上的路灯,还有,一旦跑到码头,在那么多灯光的照射下,目标就明显了。这样想着,他又拖着沉重的步子往前追。终于,离目标越来越近了,阿卡迪张开双臂,猛地朝目标扑了过去。

一股凉风袭了过来,阿卡迪意识到对方已经出手。他俯下身,想躲过这一拳,可是——对方用的不是拳头,而是脚。失算的阿卡迪腹部被狠狠踢了一下,他疼得喘了口气,本能地用手抓住了那只飞过来的脚,但是,脖子上突然又是一阵钻心的疼——对方的拳头又过来了。阿卡迪顾不得那么多了,转身乱打,第一拳没打到对方,反而又被踢了一脚,还好第二拳总算击中了目标,对方的肚子相当结实,这一拳好像意义不大。同时,对方迎面而来,用硬硬的肩膀顶住了他,手也抵在他的腰间,他被逼退到了一棵树前。此时嘴边正好触到一块软软的东西——是对方的耳朵！这次,阿卡迪毫不犹豫,一口咬了下去——

“妈的!”对方用英语骂了一句,本能地向后一缩。

阿卡迪还想喊附近的民警,但是已经累得喊不出来了。

恼羞成怒的对方又送来一脚,阿卡迪没撑住,倒在了雪地上。倒下的时候他在想:“我真是笨得可以,很久不打架了,上一次一动手就把老婆弄到了别人身边,这一次,哎!”他定了定神,又开始呼救。

那个可疑的人逃走了。阿卡迪已经筋疲力尽,但还是撑着爬起来,跟着对方往前追，几乎摔倒在树林前的坡路上。斜坡的下面没动静，但是对方的一双脚在隐没进树林之前，已经暴露在阿卡迪眼皮底下。

阿卡迪加速，终于追上了那双脚。阿卡迪用尽最后的力气，猛地跳起，将整个身体都压在了那个人的背上。那个人被压倒之后反身又压住了阿卡迪，在黑暗中，他们扭打着，翻滚着，最后撞上了一张长椅的腿。阿卡迪想用自己学过的擒拿术把那个人的手臂反扭一圈，但是他们刚才扭打得太起劲，外套已经拧在一起了，阿卡迪使不出擒拿的招数。两人继续挣扎，终于，在挣扎中又拉开了距离。阿卡迪脚下使了个绊，在对方重心不稳的时候又送了一拳，对方倒地。可是接下来，情势发生了逆转，对方起身后迅速扇了阿卡迪一耳光，趁他没反应过来，又迅速出拳，正好打中阿卡迪心脏下面的肋骨。快准狠！阿卡迪不得不打心眼里佩服。就在他无力反抗地呆立着喘息时，对方再次出拳，这一回，直击心脏。阿卡迪觉得自己的心脏被打得停止了跳动，伴随着模糊的意识，他再次重重地倒下……

"……这个方法比原先的要先进多了。"阿卡迪觉得自己好像在一个集体农庄里，农庄主席正在向他的将军父亲和他做介绍。只见主席牵来一头牛，用固定枷锁锁住了牛头。枷锁上方有一个铁制的圆形桶，里面是……这时开关响了，里面掉下来一只沾满油污的活塞，猛地锤进母牛的头部。母牛因为这一击，四肢陡然分开，动作非常怪异。阿卡迪明白了，他们是要剥母牛的皮，用以给坦克手做头盔。伦科将军说："我来试试。"他把另一头母牛牵进了枷锁锁了起来。原来，他们所谓先进的方法就是这样……

阿卡迪的意识好像又回到了雪地。他捂着被打得生疼的胸口，踉跄着站起来，继续往前走。雪地实在太滑，他又摔倒了，一直滚到斜坡下面的墙边。他再次努力站起，可是，还是摔倒了，这一次，直接倒在普希金码头的人行道上。

路上没有行人也没有民警，只有亮着车灯匆匆驶过的往来车辆，还有那些看上去模模糊糊的街灯的光。过往的车没有理会他，阿卡迪自己吃力地穿过了马路。

莫斯科河已经结冰,像一条发光的冰带,河岸上的树林和临河而建的部长大楼都是一片漆黑。阿卡迪知道,离这里一公里远的地方是克里姆斯基悬索桥,而它的旁边是一架专供轨道列车行进的天桥。此时正好有一辆列车开过,车轮在轨道上摩擦,闪耀出美妙的火花。

突然,桥下已经结冰的河面上,一个奔跑的人影再次出现在阿卡迪的视野中!

来不及找台阶了,阿卡迪直接沿着三米高的石堤滑了下去,一屁股摔在冰面上。他迅速站起来,带着几乎麻木的意识开始往前跑。

这里是莫斯科市的一处低洼地带,从河上看四周,只会感受到这个城市的一片沉寂。

离目标又近了。从脚步声可以分辨,这个可疑的人有一身蛮力,但是灵敏度差点。阿卡迪继续往前追。旁边的堤岸上也找不到台阶,只有一排夏天用的游船。

那个人好像也累了,停下来歇了歇,回头看到阿卡迪追了上来,便又开始往前跑。两人一直保持着40米的间距,眼看着快要跑过结了冰的河面了。这时,对方转身停下来了。阿卡迪看他举起了一只手,不明白是什么意思,但自己也跟着停下了步伐,他们俩就这样对峙着站在这大片的冰面上。对方是个魁梧的壮汉,大衣和帽子的遮挡让阿卡迪看不清他的面部表情。

"滚。"这次,对方说的是俄语。

阿卡迪没有退缩,继续靠近对方。那个人把抬起的手臂放低,阿卡迪这才看到,他手里有枪,而且,正在瞄准自己。阿卡迪反应迅速,立即翻身躲开,但是他没听到预料中的枪声,甚至连火星都没看到,只是听到身后的冰块传出一声脆裂的声响,然后,有类似小石子滚落在地上的声音。

那个人又跑了,步履已变得蹒跚。阿卡迪又追,一直追到河堤下面,总算追上了。因为冰面流水的关系,现在这里的地面并不平坦,但是仍然很滑。好吧,两人又开始交手。因为地面太滑,这次他们都摔倒了,挣扎着站起来,结果又跪了下去。此番较量很不容易,阿卡迪被打出了鼻血,但是,他把那个人的帽子打下来了,而且,紧紧握在手中。对方还在打他,又是一拳击中胸膛，他立时趴在地上；紧接着是肋骨，一脚，再一脚……最后，对方对着他的后脑猛踢了一脚，像是要为这场打斗画上一个圆满的句号。

对手离开了，阿卡迪翻身坐起，对方的帽子还在他的手中。

头顶的桥上有轨道列车驶过，车轮迸发出欢呼的火花。好吧，帽子，总算也是有个小小的成果了。

5

莫斯科有很多哥特式建筑，那是斯大林一力倡导的，这些建筑总是给人留下深刻的印象，但是，真正欣赏这种建筑风格的人并不多。在莫斯科，这种建筑的特点就是，把希腊的、法国的、中国的、意大利的……建筑元素汇集杂糅，把这些元素整合起来做成他们所认为的高端大气上档次的精华建筑物，比如，要么是高耸入云的摩天楼，要么是保留着枪眼的工事，要么是又高又尖的高塔，塔顶上还嵌着用红宝石做的五角星，一到夜晚，这些红宝石就闪闪发光。斯大林逝世后，人们要摈弃他的铁腕政策带来的种种后果，同时，还要处理这些被他大力倡导的建筑。可是，这些建筑在短时间内根本无法处理，总不能跟斯大林一起入了土吧，所以，它们依然据守在原地，没有被拆除，比如，乌克兰饭店，仍然矗立在位于莫斯科河西边的基叶夫斯克区。

"果然是伟大的建筑啊。"帕沙张开双臂。

他们，阿卡迪和帕沙，就在乌兰克饭店的 14 楼。阿卡迪正在往楼下看，下面是库图佐夫斯基希望路，那是一条宽阔的林荫大道，还有领事馆住宅区的楼房，以及外国记者中心的综合体建筑。

"这地方真不错，有点抓间谍的范儿。"帕沙打量着这个房间，"阿卡迪，你行啊你。"

这里其实是雅姆斯科伊批给他们的办公场所，因为阿卡迪的办公室太小，所以这里成了高尔基公园凶杀案的新调查基地。没有人知道这个房间的过往，只是墙上的宣传画让费特印象深刻，画上印着德国民航公司美丽的空中小姐。

"我监听的磁带里有一盘涉及高洛金，就是涉嫌倒卖圣像那个。当时巴夫洛维奇侦探正带着德国游客和高洛金参观某地，他们说话交流用的是斯堪的纳维亚语。我学过这门语言，那时候我梦想成为一名海军，并觉得学这些语言一定有用。现在,果然吧。”费特说。

“他们说的什么?”阿卡迪一边问一边揉脖子。前一天晚上被那个家伙打得太惨,现在还浑身酸痛,是的,他主要是被对方打。现在,挨打的后遗症还在,头痛欲裂,就像戴着耳机被高分贝的声音震到的感觉,不知道抽烟能不能缓解这种痛。当兵的时候,他曾经在柏林的一间无线电房里干过类似的监听工作,专门监听盟军通话记录。监听的确是件枯燥的工作,但是眼前这两个小侦探目前看来还饶有兴致。也好吧,至少这里有软和的地毯,总不像昨晚那样踏雪卧冰,这里毕竟是所高档酒店。所以,“我来听英语和法语录音带。”阿卡迪说。

柳金打来了电话,前一天和探长打斗的那个人的帽子在他那里检验,现在应该有结果了。

“帽子是新的,俄国产的,材料是斜纹布,比较便宜。帽子里发现两根灰色头发,我们对头发做了蛋白质分析,结果是:此人是欧洲人,O 型血。头发上抹了发油,是用羊毛脂制造的进口货。这个人在公园的脚印我们也取到了,用石膏模型做了复原。他穿的是新鞋,本地货,商标很清晰。你的脚后跟印迹,我们也取到了。”

“显然我穿的是双旧鞋。”

“的确很旧。”

挂掉电话之后,阿卡迪看了一眼自己的鞋子。果然是双旧鞋,不但是鞋后跟磨坏了,连皮革本身的底色都露了出来。

“妈的!”阿卡迪咬住那个人的耳朵时,对方用英语这么骂了一句。很明显的美式腔调,一定是个美国人!

“现在我监听到几名德国女子,”帕沙还在听录音,“她们是德国出口银行的秘书,住在罗西亚饭店,生活作风糜乱,随时可以和男人乱来。要是在我们国家,这样的妓女一定是人人喊打,被撵出国土。”

阿卡迪监听的录音带里是一个讲法语的黑人战士,此人住在北京饭店。这个人某一天突然想找几个女人玩玩,但是,却很难找到。大多数女人都不愿意跟黑人上床,怕以后生下来的孩子是猩猩。这些女人可是从小接受伟大的苏维埃教育的人。

不断地听一些无用信息，时间就这么过去。实际上，真正的重要材料怎么可能落到他阿卡迪的手里？现在调来的这些录音带和副本，不过是在普里布鲁达面前做做样子罢了。在克格勃系统里，最重要的机密往往掌握在对手机构手中，不是随便什么人都可以轻易拿出来调查的。阿卡迪始终觉得，克格勃最终还是会全盘接手这个案子的，因为这是一个涉外案件。那自己现在无论做什么，这些工作都越权了吧？答案是一定的。到目前为止，他还没说遭到了一个可疑人物袭击，并且那个可疑人物可能是美国人；他还没说他已经把“美女”的脑袋送去做复原了。现在，一切都还没有得到确切的结果，所以，他现在的所有工作，很可能都是越权的。

他继续听录音看资料。在莫斯科，大多数涉外酒店的房间里都装着窃听器，所以，入住的客人们不管是面谈还是打电话都会被录下来。当然，被录下来的话大多数是抱怨，觉得酒店档次不高服务不好，很后悔来苏联旅游云云。到中午，阿卡迪趁吃午饭时给卓娅打了个电话。这次，那个女人总算接听了。

“我想和你谈谈。”阿卡迪开门见山。

“谈什么，现在还不到五一节，才四月份。”卓娅说。

“放学后我来接你。”

“不必了。”

“那我什么时候接你？”

“再说吧，我看情况。现在我要走了。”

她挂掉了电话，最后一刻，阿卡迪听到了施密特的说话声。

上班时间的下午总是很漫长，帕沙和费特终于等到了下班时间。他们穿上外套戴上帽子回家了，阿卡迪也停下手里的工作，准备去喝杯咖啡。天色渐暗，南边的莫斯科大学和北边的外交部大楼依旧隔河相望，高耸入云，楼顶的红宝石五角星发出夺目的光芒。

喝完咖啡，阿卡迪继续工作。在一大摞录音带里，他终于听到一个熟悉的声音。1月12日，有美国人在罗西亚酒店举办了一场晚宴，席间有个女人正用俄语慷慨陈词：

"没错,就是契诃夫!你们都认为他对小资产阶级持批判态度,他对人民的感情是绝对深厚的,所以你们说他的作品也是反映现实的,所以由契诃夫作品改编的电影就真的完全反映了现实!其实有必要这样吗?影片的画面也得漂亮一点才有人看吧?为什么不能给女演员们戴上漂亮的帽子!"

是的,这是莫斯科电影制片厂的伊莉娜·阿萨诺娃的声音,很动听。录音带中可以听到,现场有人对她的观点在表示抗议。紧接着,现场好像又来了一批人。

"叶夫金尼,你又给我带什么来了?"

然后,有关门的声音。

"约翰,我的问候是不是迟到了?"

"哟,是手套。不错,我一定好好戴着。"

"戴着吧,让外面那些人好好瞧瞧。明天我给你十万美金。"

说话的是个美国人,叫约翰·奥斯本。他住在罗西亚酒店,那里透过房间的窗户就可以看到红场,房间里应该还摆着高档的花瓶。和奢华的罗西亚酒店相比,乌克兰饭店只能算是个快捷酒店了。奥斯本讲俄语很流利,语气也温和。但是现在,阿卡迪只想再听听伊莉娜的声音。

磁带里传来各种人的说话声,非常嘈杂。

"演得不错!"

"没错,这个芭蕾舞团在纽约的时候,我还给她们举行过欢迎会呢,一次真正的艺术盛典。"

"真棒!"

……

录音里还有更多人的溢美之词,有的是对艺术的赞叹,有的是谈美国的政治。但是阿卡迪一直再没听到伊莉娜的声音。他开始有了困意,上下眼皮直打架。四个月前,他在一次任务中悄悄潜伏在别人房间里窃听别人谈话的时候也是这种感觉,在暖和的外套的保护下,没有人发现他,一阵阵声浪不断激起他的困意。现在也是,他被包围在录音带传出的声浪中。这时录音机发出“啪”的一声,A 面放完了。阿卡迪翻到 B 面,想着还能不能听到伊莉娜的声音。

B 面录音带还是记录的这个晚宴,现在是奥斯本的声音。

“我的成品手套一直是由高尔基制革厂供货的。想想十年前,我本来准备低价进口一些小牛皮,用来跟西班牙人和意大利人打价格战。结果你猜怎么着?幸好我在列宁格勒检查了这批货,我明明要的是牛肚子上的半成品皮革,他们居然给了我一批没加工的牛肚子!我一直追查到源头,联系上阿拉木图的一个农庄。事情就有这么巧。他们当天要发两单货,一单是我要的小牛皮,送到列宁格勒的;另一单是可以煮着吃的牛肚子,就是我收到的那些,本来是要送到沃戈沃兹迪诺的。”

沃戈沃兹迪诺?这个美国佬知道那是个什么地方吗?阿卡迪心想。其实,那里是个劳改营。

“他们马上联系了沃戈沃兹迪诺的有关部门。结果,对方居然说已经按时到货,做成牛肚汤喝了!大家都喝得很开心!既然对方都这么说了,我也不能再指责那个农庄发错了货。但是,我要这批没加工过的牛肚子做什么呢?太荒谬了,他们把做手套的皮革做成汤喝了,难道我也要把本来应该煮汤的牛肚子拿来做手套?还有,谁愿意喝那个汤?算了,我就当亏了两万美元吧,以后我也不敢在莫斯科东边喝他们的汤了。”

录音带里出现了一阵沉默,接着,是一阵爆笑。阿卡迪吸了口烟,看着桌上的三根火柴。录音机里,奥斯本还在喋喋不休。

“我无法理解,你们的人民叛逃到美国是为了什么?钱?不管美国人多有钱,钱能买到一切吗?美国人买东西的时候总喜欢说自己穷,买不起。那你们干吗还要做一个美国穷人?在这里当个富人不好吗?你们的精神生活永远是富足的。”

阿卡迪翻开奥斯本的档案资料,上面赫然印着克格勃的红色封印。

姓名：约翰·杜森·奥斯本；国籍：美国；出生时间：1920年5月16日；地点：美国纽约，塔里敦；政治面貌：无党派；婚姻状况：未婚；现居住地：纽约州纽约市。主要经历：1942年第一次进入苏联，在摩尔曼斯克随同美国租借法顾问组一同到访；1942年—1944年，被美国国务院外事处聘为运输顾问，在摩尔曼斯克和阿尔汉格尔斯克有临时住所，在此期间为反法西斯战役做出了贡献；1948年，右派猖狂期间从外事处辞职，创办私企，从事苏联皮货的进口贸易，同时发起并赞助各项文化交流活动。现在每年访问苏联一次。

档案的第二页上可以看到奥斯本的皮货进口公司以及他在纽约、巴黎创办的皮草时装公司的简况。他在过去五年来苏联的情况也都记录在册，最近的一次是今年1月2日到2月2日。后面有一条小字号的批注被用笔划掉了，不过阿卡迪还能认出来，那上面写的是："证人：商业部，I.V.蒙代尔。"

档案的第三页只有寥寥数语：

请参考1967年《真理报》载文《伟大的爱国战争中的苏美合作记录》。

请参考第一局意见。

商业部的蒙代尔是个奇葩，他一遇到换季就会蜕皮，但蜕皮之后会比原先更胖。他曾经监督过"强制疏散富农运动"，当过摩尔曼斯克地区的战时特派员，还当过克格勃名义上的情报指挥员。阿卡迪也搞不懂，他是用了什么高超的手腕，就摇身一变成了商业部的代理部长。蒙代尔是去年死的，但是奥斯本肯定还有很多类似的朋友。

录音里继续传来奥斯本的声音：

"谦逊是你的美德，它更突显出你的魅力。俄国人总是很谦逊，老是觉得自己比别人差一点点，其实还有更差的阿拉伯人呢。"

俄国人们大笑着表示赞同。奥斯本的这种幽默的迎合非常讨人喜欢,大家都对他没有戒心。

“在俄国,有三类人是聪明的男人们不会靠近的:美女、知识分子和犹太人。尤其是犹太人。……”

充满魅力的无聊的发言,阿卡迪心想,虽然他说的也是事实。

但是,对他毫无戒心的听众错了。在档案中提到的“第一局”其实就是克格勃北美局,档案中虽然没说奥斯本是间谍,但是就此对他放松戒备显然是不明智的。另外,档案中还提到奥斯本发起并赞助了很多文化交流活动,所以他和这边文化艺术界的关系不错,很多文艺界人士在纽约时受过他的款待,因此对他更加不设防。但是,更不能就此放松警惕。录音带中再也没有听到伊莉娜的声音,阿卡迪居然松了口气。

米沙来电邀请阿卡迪共进晚餐。离开酒店前,阿卡迪检查了一下其他人的工作。费特听的是斯堪的纳维亚语的磁带,听过的磁带都整齐地叠起来放着,旁边是记录本和两支削尖的铅笔。帕沙的桌上就没那么整齐了,东西摆得乱七八糟。阿卡迪翻了翻两位侦探写下来的涉及高洛金的通话监听记录,其中有一段几天前的电话记录比较反常,高洛金在电话中讲的是英语,对方说的却是俄语。

高洛金:早上好,我是费奥朵尔。你上次旅行的时候曾经约好一起去博物馆的那个。

对方:噢,想起来了。

高洛金:我想今天带你去博物馆。你有时间吗?

对方:不好意思啊,最近我都很忙,明年可能会轻松一些。

高洛金:哦,是这样啊。

那个人的俄语很流利。好像有种说法,语言代表信仰,所以从理论上讲,真正会说俄语的只能是俄国人。但是,为什么高洛金要跟一个俄国人说英语?答案只有一个:对方根本不是俄国人。而作为黑市商人的高洛金,为了表示自己的礼貌和尊重,他选择了对一个外国人用国际通用的英语交流。

阿卡迪取出录有这段对话的磁带，放在录音机里重新听，刚才的这段对话又出现了：

高洛金：早上好，我是费奥朵尔。你上次旅行的时候曾经约好一起去博物馆的那个。

对方：噢，想起来了。

高洛金：我想今天带你去博物馆。你有时间吗？

对方：不好意思啊，最近我都很忙，明年可能会轻松一些。

高洛金：哦，是这样啊。

阿卡迪按下了暂停键。那个"对方"的声音，太熟悉了。他就是奥斯本。看来，这个美国人又到莫斯科来了。

米沙家在城里的房子很大，有五个房间。其中一个房间放着两台三角钢琴，这是米沙父母留下的。他的父母曾经是一对演奏组合，有过登台演出的经历。房间的四面墙上都挂着他父母收集的电影海报，此外还有一幅木刻画，上面画的是米沙和娜达莎的合影。米沙带着阿卡迪到浴室去看他的新洗衣机。

"西伯利亚牌的高端货。155卢布买的，等了十个月呢。"阿卡迪能看出来，这就是卓娅提过的想买的那种洗衣机。

"如果买ZIV牌或里加牌的只需要等四个月，但是我们要买就得买最高档的嘛。"米沙从马桶上拿起一本《消费导报》，"这的确是好东西。"

"而且完全看不出资产阶级的腐朽。"阿卡迪嘲笑道。他想，施密特那里一定也有一台。

米沙瞪了阿卡迪一眼，递给他一杯酒，是用胡椒调制的伏特加。很快，他们喝醉了。米沙从洗衣机的洗衣筒中拉出一堆湿淋淋的衣物，扔进脱水缸里。

"见识一下。"

说着，他拧开脱水开关。只听见轰地一声响，脱水机开始震动。随着机器的震动，响声完全没有见小，简直像飞机起飞那样在轰鸣。紧接着是水花四溅，浴室里的人都遭了殃。米沙一下子没了刚才的得意样，沮丧地靠着墙站在那里。

“搞什么！”他喊了一声。

“真有诗意啊，”阿卡迪说，“不过，这个‘诗意’，指的是马雅可夫斯基的诗。当然，好歹他的诗也叫做诗嘛。”

接下来，脱水机停止了转动，一切恢复了平静。但是，无论怎么倒腾，洗衣机都继续保持罢工的状态，不动了。

“出什么问题了？”

米沙围着洗衣机团团转。最后，他敲了敲洗衣筒那端，脱水机居然又恢复了转动。

“什么高级货，肯定是冒牌的。”阿卡迪说。

米沙双手叉腰：“新东西总要磨合嘛。”

“这样想也对。”

“现在它不是又开始转动了吗？”

开始转动了？开始抖动还差不多。米沙刚才不过是放了四件内衣在脱水缸里，就已经是这种节奏，那如果换成大件的衣服，先洗衣，再脱水，再取出来晾晒，洗一个星期换下的衣服恐怕就得花一个星期的时间。一个星期呢。现在，洗衣机虽然又开始动了，但是它几乎要从地板上蹦起来，而且噪音实在让人受不了。米沙心烦地退到后面。结果，排水管掉到了地上，里面的水直接往墙上喷。

米沙赶紧抓住排水管，用毛巾塞住出水口，另一只手抓住控制旋钮，准备关掉机器。可是，控制旋钮居然被他拧了下来！他开始不耐烦地踢洗衣机，洗衣机继续抖动。阿卡迪拔下电插头，一切总算又恢复了平静。

“妈的！”米沙气愤地喊道：“我等了十个月啊！”

他一把抓起《消费导报》，三两下就把杂志撕了。“蠢货，我要他们赔偿！”

“你要干吗？”

“我要检举他们!”米沙把撕烂的杂志扔进浴缸,然后又马上捡起来,撕下社论那一页:“什么破国家质量标准?!”他把这页纸揉成一团扔进马桶,然后冲水把纸团彻底冲走,顿时有种报复的快意。

“你跟谁检举去?”

“嘘!”米沙示意阿卡迪小声,转身又拿起酒杯,恢复了平静,“别让娜达莎知道。咱们就装作什么都没发生。她刚得到这台洗衣机,不能让她知道。”

晚餐还算丰盛,娜达莎准备了五香碎肉饼、腌制黄瓜、香肠和面包。米沙和阿卡迪喝得很舒坦。娜达莎虽然没喝酒,似乎也醉了。

“阿卡迪,祝你早进棺材!”米沙举杯,“你的棺材里面得铺绣花的丝绸,枕头得是锦缎做的,你的姓名和头衔得用金牌来刻,棺材的木料得是百年的雪松木,把手得是银的。哦,对了,百年雪松我明天一早就给你种上。”

他说着,喝光了杯中酒:“或者也可以找轻工部申请棺材。你放心,现在开始申请,到你死的时候能批下来就不错的,用的时间跟自己种树也差不多。”

娜达莎说:“晚餐只能将就着吃,不好意思啊。如果另一个人有工夫多采购点东西,晚餐一定不会这么寒碜。”

米沙打断道:“她还以为你要找她问卓娅的事,但是我俩不想给你们传话了。”说着,他又转向娜达莎:“你见到卓娅了吧?她是怎么说阿卡迪的?”

娜达莎不理他,继续说晚餐的事情:“我们应该准备一台大冰箱,或者带制冰功能的电冰箱的。”

“原来她们聊的是电冰箱的事啊。”米沙又转向阿卡迪,“对了,你认识电器修理工吗?我想请来帮个忙。”

娜达莎正在切肉馅饼,她笑着回了一句:“我倒认得几个人体修理工——医生。”

说到这里,她突然发现米沙的盘子旁边放着一个旋钮,就是刚才被米沙拧下来的洗衣机旋钮。娜达莎停下了手中的动作，眼中带着疑问看着米沙。

“亲爱的，洗衣机遇到一点小问题，暂时无法工作而已。”

“哦，那没事，我们还是可以多叫些人来参观一下。”

看来，她对这台洗衣机真的是很满意。

6

人性本恶吗？应该不是，那些所谓的恶人大概都只是受环境或者其他因素影响而误入歧途。所有的犯罪，不都是资本主义的腐朽之风带来的么？

比如这个叫做茨宾的杀人犯，他出生在一个犯罪世家，当然，他的家族中也有投机商人和僧侣。茨宾是一名职业罪犯，他身上刺着蓝色的刺青，蛇形的，龙形的，还有每个情人的名字——看来他的情人实在太多了，刺青布满了身体，从袖口、领口里都露了出来。茨宾曾经杀过一名同伙，但是在那个时期，只有国事罪才会被判死刑，所以，他幸运地逃过一劫，只被判了十年有期徒刑。在劳改期间，他又在自己额头上添了新的刺青："被党玷污。"这种赤裸裸的用肉体表达对党的抗议的行为，本来已经可以算国事罪了，应该处死，但是他这次又很走运，就在他文身前的一个星期，政策又变了。所以，他只是被追加了五年有期徒刑，同时，从臀部揭了块皮植贴到前额。

在阿卡迪位于新库兹涅茨克的办公室，茨宾这样跟阿卡迪说："我的经验是，犯罪率的上升和下降都是随机的，法律有时候松得要命，有时候又严得要死，就像潮水涨落一样，说不清楚。不过，至少我现在的运气还可以。"

眼下，茨宾名义上的职业是车工，实际上是伙同卡车司机在从事投机倒把的生意。司机们通常会把货拉到乡下某个地方去交货，在这个过程中，他们会多给车加一些油，在路上低价卖给茨宾，然后在汽车里程表上动一下手脚，并谎称路况不好，太阳下山才回到终点站。如此，人们就会相信他们加的油都是被汽车消耗掉的，不会怀疑。

茨宾再把这些低价买进的汽油转手卖给私车车主。虽然这是投机倒把，但是莫斯科的加油站太少，私车车主需要这些汽油，所以，有关部门几乎默许了茨宾的生意。

“凶手必须严惩!”茨宾说,“如果我知道高尔基公园的杀人凶手是谁,我一定马上向你报告! 那样的坏蛋,应该毁了他的命根子!”

又有一些惯犯被安排到阿卡迪的办公室接受审问,他们都说,自己无论如何都不至于在高尔基公园那样的地方杀人。当然,阿卡迪前期的调查结果显示,莫斯科本地也没什么人失踪。现在接受审问的是退伍军人扎尔克夫,他犯过倒卖枪支罪。

“我接触过的武器可跟凶手没关系啊,凶手能拿来用的武器,无外乎是红军的英式左轮,老掉牙的装备了,要么就是捷克式手枪? 他们能搞到多少? 反正我是没接触过这样的人的。你可以往东问问,或者更远些,往西伯利亚方向去找。在这里,谁敢用那种需要高超技术的枪? 在莫斯科,我就算是最牛的枪手了,十步以外还能击中人吧,别的枪手几乎做不到。你想想,这里又不是美国,哪来的什么神枪手? 这些年早就没有真正经历过战争的人了,没有战争,就没有高强度的射击训练,所以,谁会有机会开枪杀人? 在这儿,唯一训练有素的,只有一个组织,咱们都心照不宣吧。”

一上午审问无果,下午阿卡迪又打电话找卓娅,对方告诉他,卓娅去了教师联合会的体操俱乐部。俱乐部位于克里姆林宫对面的新库兹涅茨克大街附近,阿卡迪直接寻去,居然差点迷路。总算找到一扇门,阿卡迪走进去,发现这里是改建成俱乐部之前的音乐包厢,那么下面就是原先的舞厅了? 他往下一看,果然,曾经的舞厅早已没了原样,天花板上的丘比特像已经磨损,地板上的体操垫子也变得破旧,似乎有股股汗臭散发出来。高低杠上翻腾的那个女人不正是卓娅吗? 她长长的金发盘成了一个圆髻,戴着护腕和护腿。现在,她翻转到了低杠上,两腿平伸,像飞机的翅膀,被紧身衣包裹着的背部和臀部的肉被挤到一堆,像个皱皱巴巴的包子。旁边身穿运动服,抱着双臂看着她的那个人,是施密特。只见卓娅一伸手抓住高杠,紧接着向后方转体,换手抓住低杠,顺势以低杠支撑做了个倒立,再转身,分腿,旋转,最后又飞回高杠上。整套动作并不优美,好像每个动作都没法完美地稳住,于是整体感觉是晃来晃去的。她从高低杠上跳了下来,扶着施密特站稳。施密特稳住她的腰,她顺势张开双臂,给了他一个浪漫的拥抱。

哟,真是罗曼蒂克呀!阿卡迪恨恨地想,要是再配个月光四重奏是不是更完美?看来,娜达莎说得对,卓娅爱上施密特了,施密特能给她想要的。

阿卡迪退出去狠狠地关上门,随着门在身后"砰"的一声闷响,他离开了那儿。

回到家取了些衣物,阿卡迪又准备去乌克兰饭店了。路过历史文献图书馆时,他顺便借了一本《伟大的卫国战争中美苏合作年鉴》。也不知道乌克兰饭店会有什么情况在等着他,克格勃会不会撤走所有资料?普里布鲁达又打算怎么对付他?少校同志可能会先制造一种亲密宽松的氛围,互相问候几句,然后步入正题。是啊,现在克格勃是个红火的部门,他自然该得意。实际上,如果没有国外敌对势力,克格勃也就没有存在的意义,所以,他们无论如何也得给自己找些敌人来,不管这些敌人是国外的还是根本就是国内的,甚至不管他们是真实的还是伪造的。而反过来,民警和检察院的作用是维稳,最好的情况就是一个敌人也没有。所以,这本身就是一个矛盾。也许多年以后,高尔基公园的凶杀案会激起一场大讨论呢。

回到饭店,帕沙和费特已经走了,房间里多了些新送来的资料。帕沙留言说他发现了新的线索,圣像倒卖之事跟一个德国人相关,他们追踪去了。阿卡迪把帕沙留言的纸条揉成一团扔进了垃圾桶,然后把自己从家里带来的换洗衣服放在房间的床上。

这时天空下起了雨,结冰的河面上很快就看到有雨水汇聚,街上的车在雨水的滋润下也溅出蒙蒙的水汽。房间窗口对面是外国人的住宅,透过层层雨帘,一扇窗边穿着睡衣的女子依稀可见。

她会不会也是个美国人?一想到美国人,阿卡迪就觉得胸口又开始疼了。两天前,在公园里和他打斗的那个人,应该也是美国人吧?自己浑身还疼着呢,伤处又红又肿的。他捏碎手中的烟,又重新点上一支。卓娅爱上了别人,家庭生活的轨道即将发生变化,阿卡迪突然有了一种脱离束缚之后的惬意。

对面窗户的灯光暗了，已看不清那个穿睡衣的女人。阿卡迪惊于自己居然想和那样一个素昧平生的女人上床。要知道，他从来不是一个朝三暮四的男人，可是现在，好像随便跟哪个女人上床都没问题。自己这是怎么了？是因为挨了揍，却找不到人打回去，所以无从发泄吗？不想了，办正事，听录音吧。

他又开始听奥斯本的录音了，作为克格勃尊贵的客人，如果他真的跟高尔基公园的命案相关，普里布鲁达一定不会坐视不管的。当然，现在的录音只能证明，奥斯本认识高洛金，也有可能认识伊莉娜，但是还不能证明他跟高尔基公园的案子有关联。就像有一次，阿卡迪在田野中听到石头下面有蛇的嘶嘶声，但是他并没有亲眼看到蛇，所以，他不能凭声音就证明这里有蛇。这跟现在奥斯本的情况是一个道理。今年的1月初和2月初，奥斯本忙着跑拍卖行，他在莫斯科和列宁格勒交游广阔，与文艺界和商界人士往来颇多。所以，这是不是能证明他跟高尔基公园的三个死者不会有关系？那样的低端人士，奥斯本怎么会愿意结交呢？

阿卡迪又翻阅了《伟大的卫国战争中美苏合作年鉴》，里面居然两次提到奥斯本：

> ……战役中，大量外国人逃离港口，但是，美国外事处的官员J.D.奥斯本留了下来。为了减少炮轰对码头货物的破坏，他与苏维埃同志们并肩作战。他和蒙代尔将军的身影时时在炮火中闪烁着光辉，他们冒着被炮轰的危险，督促人们尽快修复被炸毁的道路。罗斯福总统执行所谓的租借法，其实真正的目的有四点：拖延法西斯侵略者和苏维埃卫国者之间的战争，损耗双方的力量；与法西斯谈判，推迟开辟第二战场，达成和平协议；让战争中的苏维埃人民陷入无尽的债务之中；在世界范围内重建英美霸权主义。真正摒弃偏见，以全球化眼光看待世界事务的美国人只有少数极个别……

几页之后，年鉴中又写道：

> ……法西斯突如其来的袭击，使得蒙代尔将军和奥斯本带

领的运输队陷入包围圈。但勇敢的他们最终杀出一条血路，成功脱险。

有意思，阿卡迪的父亲不止一次地提到过蒙代尔贪生怕死的故事，可是他和奥斯本居然凑到一起成了英雄组合。后来的事情大家就清楚了，蒙代尔于1949年进入商业部，奥斯本得到的好处就是获批准出口皮货。

突然，费特闯进了房间："探长，我一直在想，我应该再听多点录音。"

他们不是说有新线索，追踪去了吗？阿卡迪故意问："这么晚才回来，淋雨了吧？"

"是的。"费特说着，脱下大衣放在椅子上，坐在一台录音机旁边。他的大衣是干的。阿卡迪心想，真是把我当傻子哄了。费特坐下来之后也没有听录音，一会儿玩眼镜，一会儿玩铅笔。看来，这几位侦探听录音已经听得不耐烦了，费特此番过来，应该只是想帮大家打探一下探长的动向。好吧，这是不是能够说明，他们对这个案件还是有兴趣的呢？

费特坐着又不工作，有些局促不安。

"你有什么事？"阿卡迪问。

这样有些关切的问话让费特更加不安。他挪动了一下身子，像火车聚集蒸汽一样地鼓起勇气："我们用这样的办法，探长……"

"下班时间，你可以叫我同志。"

"好的，谢谢。我是说，我们现在的调查方法，我虽然出力不多，但是我还是觉得，这种方法可能不太管用。"

"我也想过这个问题。我们一开始是在调查三个死者，现在又开始查活人的录音和资料，而且现在重点调查的这个人还是咱们国家的贵客。所以，我们的判断可能根本就是错的，我们在浪费时间。谢尔盖伊，你就是这样想的，对吧？"

费特紧张得屏住了呼吸："是的，探长。"

"叫我同志。你说得没错，我们连死者的身份和死因都不知道，就去怀疑国家的贵客，还猜测他有可能是凶手，这怎么可以？"

"对，我就是这么想的。"

“是啊。可是,你觉得我们还有别的办法吗?查溜冰场的工作人员?还是查所有在今年冬天去公园玩过的人?这样是不是比查外国人更麻烦?还是说,你有更好的办法?”

“不,那样查也不太好。”

“那你到底想表达什么,请告诉我吧。我会听取你的意见,因为我们的工作需要通力合作,而这必须建立在充分沟通的基础上。”

这话可以有多种理解,费特更窘迫了。阿卡迪见他如此,缓和地说了一句:“不用这么纠结。既然怀疑现在的办法,那么就考虑一下更好的解决方式。你说呢,谢尔盖伊?”

“嗯,”费特的脸涨红了,“我只是以为你已经掌握了一些线索却没告诉我们,还让我们来费劲地听录音。”

“谢尔盖伊,请相信我,就像我相信你那样。我比你更了解本国的杀人犯,他们杀人的方式是隐秘的。在我们的国度,大家都是革命的后代,所以,即便是杀人犯,也不会在莫斯科最文明的公共场合杀人,何况是用这么变态的方式处理尸体。谢尔盖伊,你觉得我们俄国的人会这么做吗?”

“我不知道。”

“你不觉得吗?凶手是故意在这个案子里玩我们。”

费特一惊,身体不由自主地直了直:“玩我们?”

“对,你仔细想想。”

又过了一会儿,费特借故离开了阿卡迪的房间。

阿卡迪戴上耳机,又开始听奥斯本的录音。他躺到床上,准备把1月份的所有录音听完。微弱的台灯灯光下,他把三根火柴放在一张纸上,再根据比例画出公园空地的草图。

现在听到的是奥斯本的声音:

> “卡迈的《陌生人》不适合苏联观众。这部片子讲的是一个人因为无聊,所以无缘无故地杀害一个陌生人的故事。我不希望在这里,在这样一个先进的社会主义社会,人们遭受这种荒谬

思潮的影响。这种无聊和非理性凶杀是西方资产阶级的享乐主义导致的,那里的警察对这样荒谬的案件已经习以为常。”

“那《罪与罚》呢? 拉斯柯尔尼可夫会不会好点?”

“没错,虽然《罪与罚》中也有一些荒谬的事情,但毕竟拉斯柯尔尼可夫是为了钱才做出那样的事情的。至少,这里有个由头,就好比一场大混乱的起因也许只是一个小动机,这是一个道理。这样的作品怎么都比卡迈的受欢迎。”

夜深了,阿卡迪想起还没有看帕沙的记录,于是起身取来翻阅帕沙提到的那个可疑的德国侨民叫阿芒,相关的报告就在帕沙的办公桌上:

汉斯·费莱德里克·阿芒,生于1932年,德累斯顿,东德。18岁结婚,次年离异,并因为作风问题被开除出青年共产主义者组织。1952年入伍做了哨兵,次年因为在反革命暴乱中棒打暴乱者,被判杀人罪,关入马里安温泉监狱。出狱后,给工会中央委员会书记当司机四年。1963年重新进入党组织。同年结婚,并成为一家光学工厂的领班。1968年,因为家庭暴力再次被组织开除。总之,他是个无赖。但是后来还是回到了组织,共青团任命他为莫斯科的德国留学生的管理者。

报告中有阿芒的照片,瘦高个子,一头黄发很稀松。从帕沙的记录里可以看到,这个阿芒跟高洛金有关联,高洛金最迟在今年1月还帮他召过妓。但记录中不涉及圣像之事。

相关的录音磁带还在帕沙的录音机里。阿卡迪戴上耳机听阿芒的录音。今年的1月真是一个奇怪的时间,阿芒和高洛金在这个时间翻了脸。

阿卡迪的德语听力有些退步,但还是能听明白现在的录音记录。阿芒在做德国留学生管理者的时候,为了让学生听话,说了很多威胁他们的话,包括体罚之类的话。从那些留学生说话的语气可以听出,阿芒的威胁很管用,他们都被吓得战战兢兢地听他的话了。这个阿芒,每天用这种办法弄几个学生,其他的时间也没别的事,正好有精力从德国走私照相机和望远镜,还可以利用听话的学生帮他做这些事。但是,的确,录音中不涉及圣像。想想也对,不是谁都对俄国的圣像感兴趣,主要还是西方来的客人喜欢。

然后,录音中出现了一句隐晦的话,有人在电话里叫阿芒:“老地方见”。第二天,还是这个人,又给阿芒打电话,叫他去巴尔绍依外面。第三天,这个人又说“老地方”。第四天,再是别的地方。他们对话都用德语,没有称呼,内容听起来也是断断续续的。阿卡迪只有反复地听,才能大致明白一些信息,他终于听出那个打匿名电话的人是奥斯本。但是,在奥斯本的录音记录中,从来不曾出现过阿芒的声音。看来,阿芒从来不给奥斯本打电话,只有奥斯本打给过阿芒,而且,是用公用电话打给他,说话从来说半截,非常可疑。阿卡迪想着,这种可疑,应该不会是因为自己太过敏感而作出的错误判断吧?

他又开始听两人的录音,交替着听。烟灰缸里堆满了烟灰和烟头,阿卡迪知道,现在是考验他耐心的时刻。

通宵七个小时很快过去,清晨已经到来,阿卡迪需要到外面走走,用新鲜空气来提振精神。现在时间还早,出租车停车场空空如也,只有树枝在风中发出阵阵响声。阿卡迪大口呼吸新鲜空气,远处有另一种声音传来,那是乌克兰饭店房顶方向的声音——工人们在检修,通过敲打房顶的内墙来检测墙面是否松动。

阿卡迪振奋了一下精神,重新回到房间听录音。现在是阿芒在今年2月份的录音。2月2号是奥斯本从莫斯科去列宁格勒的日子,就在这一天,阿芒再次接到了匿名电话:

“飞机晚点了。”

“晚点?”

“没事的,一切顺利。不用担心。”

“难道你一点也不担心?”

“汉斯,不用紧张。”

“我真不想这么干。”

“现在说这个话,好像晚了点。”

“那架新的图波列夫飞机的事，好像大家都知道了。”

“飞机坠毁了？现在你知道了吧，无所不能的不只是你们德国人。”

“对啊，你连飞机晚点的事情都可以掌控，还有什么不能的。你到列宁格勒的时候……”

“记住，我以前去过列宁格勒，而且，当时跟我一起去的就是德国人。好了，不会有什么事的。”

阿卡迪在迷迷糊糊中始终不明白这几句话的含义，合眼睡下，他只补了一个小时的睡眠。

7

安德烈叶夫的复原工作室。

普通的粉红色塑胶泥已经堆积起了人头复原的雏形,人头上的假发是用鼠毛做的,耳部有机关,可以让工作人员随时打开面部,看到模型里面的蓝色肌肉和白色头骨。

“肌肉的复原不能主观臆断,”安德烈叶夫说,“探长,要知道,人的学识、性格和气质与长相其实都没有什么必然联系。”他把模型放到一边,拉起阿卡迪的手。

“你能感觉到你手掌的骨头吗? 这只手的27块骨头以不同的方式关联在一起,形成了整块掌骨。”安德烈叶夫个头不大,但是手劲不小,阿卡迪被他捏得好像血管都发紧了。他还在接着陈述,“屈伸的肌肉,每一块都有自己的大小,彼此之间都有不同的连接方式。你应该相信,我可以再造出这只手。对于人类来说,手就是帮助他们做事的工具。”说着,安德烈叶夫放下阿卡迪的手,“同样的,头也是我们的工具,这里有人的神经中枢,在它的总指挥下,我们的视觉、嗅觉、听觉和味觉都按照一定的规律正常运转。头部这个工具有这样的特点:骨头大,肌肉少。脸只不过是头骨的一层薄薄的遮挡物。根据头骨的特点,我们可以复原人脸,但是,如果你只给我一张脸,我是复原不了头部的。”

“复原工作大概什么时候能做完?”

“一个月后……”

阿卡迪打断他:“几天之内,你必须完成。我要看到那张脸,确认死者身份。”

“伦科,你果然就只是个探长。你一开始就没弄清楚我的意思,我根本不想帮你做这件事。这得花掉我大量的时间和精力去完成如此复杂的工序。”

“这个案子的嫌疑人一个星期之后就不在莫斯科了。”

“但他总还在俄国吧。”

“也不在。”

“他是外国人?”

“对。”

“哦!”安德烈叶夫突然笑了,“好吧,我明白了!”

他坐在凳子上,一会儿抬头望天,一会儿低头挠下巴,做思考状。阿卡迪不知道他会不会继续拒绝自己。

安德烈叶夫终于又说话了:“她的头送来的时候,比较完整,只是缺了一张脸,这个对于我来说不是问题。复原这张脸也不必专门做脖子和咽喉的连接部位,因为肌肉的走向还在,我已经拍照绘图保留了。发型和发色我也清楚。所以,我很快就可以开始复原工作,现在只需要等干净的头骨了。”

“什么时候能等到?”

“这个问题,探长可以直接去问清洁委员会。”

说着,安德烈叶夫拉开一个抽屉,阿卡迪看到了自己带来的那个装人头的盒子。安德烈叶夫掀开盒盖,只见里面有一堆东西在蠕动,而且这些东西会发光。阿卡迪使劲辨识了一下,才能看出那是一些密密麻麻的甲虫和昆虫,就是这些闪着珍珠般光泽的小东西布满了头骨,把头骨啃咬得慢慢光滑起来。

“你看,快好了。”安德烈叶夫说。

彼得罗夫卡大街,民警电报室。

阿卡迪向全国范围内发出一条新的征集凶杀案线索的启事。三个死者失踪了这么久,却查不到任何关于人口失踪的消息,难道他们没有身份证吗?这太诡异了。尤其,目前唯一称得上是线索的,只有伊莉娜这个西伯利亚女孩的溜冰鞋。这让阿卡迪觉得更加不踏实。

“科萨莫尔斯克和莫斯科有十个小时的时差,”电报员告诉阿卡迪,“那里现在是晚上,我们要等到他们的白天才能有回音。”

阿卡迪点上烟,刚抽了一口就剧烈地咳嗽起来,也不知道是因为天气还是因为身上的伤痛。

“找医生看看吧?”

“我有个熟人就是医生。”阿卡迪用手捂住嘴,忍住咳嗽走出了电报室。

他走到尸体解剖室找列文,正好看到列文在研究一具尸体,死者的嘴唇已经瘀紫。阿卡迪掉头想走,列文看见了他,于是主动走出解剖室。

“这个人是煤气中毒死的,死的时候还被砍断了手腕和脖子。”列文说,“有个新的政治笑话,我说给你听听。勃列日涅夫总书记对柯西金说:‘阿列克赛,我的老同志和好朋友,刚才我听见有传闻说你是犹太人。’柯西金立即否认:‘我不是。’总书记点燃一支烟抽上,满意地点了点头,然后说,‘是吗,阿列克赛,你要考虑清楚哦。’”列文一边说,一边摇头晃脑地模仿着总书记的动作。

“这笑话早就过时了。”

“不,不过时。”

“你老是针对犹太人。”阿卡迪说。

“我也针对俄国人。”列文话音刚落,阿卡迪又开始咳嗽起来,大概是因为地下室太冷了。列文看了看他说:“跟我进来。”

他把阿卡迪带到自己的办公室。阿卡迪看到这里居然有一瓶高档白兰地和两只酒杯,他吃了一惊。

“探长怎么病得这么厉害。”列文说。

“我需要吃点药。”

“来吧,榜样。”

阿卡迪喝下一杯白兰地,甜甜的酒汁下肚,他居然没有感觉。

“最近你瘦了太多,”列文说,“而且,没怎么睡觉对不对?”

“你这里有药吧?”

“什么药,是治感冒的呢?还是打鸡血让你继续工作的?”

“我只需要一颗止痛片。”

“你还知道止痛片呀,我看你工作起来根本不知道痛。你这样下去是不行的，榜样，”列文往前倾了倾身子，“先把案子放到一边吧。”

“我会想办法转交的。”

“什么转交，直接扔了吧。”

“去你的。”

阿卡迪说着又开始了剧烈地咳嗽，把胸口都咳得生疼，要扶着肋骨弯着腰才能略微舒服点。列文把手伸进阿卡迪衣服里面，探了探胸口肿起来的部位，顿时倒吸一口冷气。阿卡迪的咳嗽终于暂告一段落时，列文坐回办公桌，开始在一张纸条上写起什么来。

“这是给检察官办公室的证明。因为受伤，你的胸腔有淤血，必须做医疗观察。目前不能排除红细胞增多症和腹膜炎的可能性，也不能排除肋骨断裂的可能。雅姆斯科伊看到了这份证明，你就有希望到疗养院休养两周。”

阿卡迪二话不说，拿过纸条搓成一团。

列文在另一张纸条上继续写：“这张证明可以拿去买抗生素类药物。”然后他打开抽屉，拿出一瓶药，“现在可以吃一片这个，止咳的。”

阿卡迪接过这个装着可待因的药瓶，倒出两片吞了下去，然后把药瓶放进了衣兜。

“怎么会肿得这么厉害？”

“挨打挨的。”

“棍子打的？”

“拳头吧。”

“哟，什么人这么危险，你得注意离他远点。好了，我得继续处理那个煤气中毒死者了，情况复杂，真头疼。”

列文走了，阿卡迪仍旧待在原地继续思考。可待因的药效开始发挥了，副作用极大，阿卡迪有一阵阵反胃的感觉。他伸出一只脚，把废纸篓轻轻挪到跟前，以防自己会呕吐，然后坐着不动。楼下那具尸体，列文说是煤气自杀，而且还断了喉咙和手腕。太疯狂了，阿卡迪想着，难道是因为空虚和绝望吗？那么，他是在什么地方自杀的？地上？自家浴缸？公共澡堂？没办法再推想下去了，阿卡迪收回了思绪。现在，自己恶心反胃的感觉有所缓解，不过，自己确实是生病了，浑身无力，软软地靠着座椅。

一个俄国人用煤气自杀，这是可能的。但是，三个俄国人的尸体不可能和外国游客有什么关联吧？就算高尔基公园的案子里有一个强大的境外犯罪势力，那些外国人也没有机会在高尔基公园枪杀三个俄国人呀！何况，俄国又没有什么宝物值得他们这样铤而走险。想想看，像奥斯本这样一个随时可以坐飞机到处旅行的有钱人，怎么可能跟高尔基公园死去的三个穷人有关系呢？那三个人完全对他不构成威胁呀。所以，阿卡迪心想，自己还在分析什么呢？不如听列文的，放下这个案子吧，交给克格勃好了。难道自己继续下去，只是为了向某一个人证明自己的能力？我是个好探长，是个英雄！有意义吗？证明之后，她就会离开施密特回到家里吗？阿卡迪想不明白。

接下来，他的脑子里冒出一个更神奇的想法，这种神奇的想法是自己在现实中基本不会考虑到的，就好比一个人突然路过镜子，发现自己在镜子里居然是一副很邋遢的样子？完全想不到会是这样。他的想法是：自己的工作实在是太没意思了，这哪里像个探长的样子？完全就是个收尸的，甚至还不如尸体重要呢。听录音，做记录，找线索，做这些工作真的有意义吗？最终还不是被政客利用。不过说实话，政客也没做错什么，大家都是为了工作。如果他不是当了探长，说不定现在早就在追求梦想的道路上了。算了，放手吧，干脆编个案情，结案得了。案情中可以有神秘的外国游客、黑市商人和线人，编一个扑朔迷离的故事，让案子变得更加虚无缥缈——可以吗？自己能编出来吗？哎，只是胡思乱想罢了。

离开尸检室，天下起了雨。阿卡迪走在雨中，看到捷尔仁斯基广场附近的人们正小跑着去坐地铁。他准备去留比安卡广场对面的儿童商店旁的餐馆吃饭，还没过马路，突然听见有人叫他。

“这边！”

路旁的拱廊下走出一个人，把他拉了进去——这个人是检察官雅姆斯科伊。他穿着制服，外面罩着蓝色雨衣，头上戴着帽子，看得出刚理了发。

检察官领着阿卡迪，把他介绍给一个老头：“法官同志，这是我们优秀的伦科探长，听说过吧？”

法官转动着小眼睛：“将军的儿子？”

“对！”

“你好。”法官伸出手跟阿卡迪握手，他的手上长着密密麻麻的小肉瘤。最高法院一共有12名法官，虽然不知道这位法官名气如何，但是今天，他的手已经让他给阿卡迪留下了深刻印象。

“我出来走走，这就准备回办公室了。”阿卡迪说着要走，但雅姆斯科伊拉住了他。

“你不分白天黑夜的工作，以为我不知道吗？”雅姆斯科伊接着对法官说，“他在工作中既刻苦又肯动脑筋，实在难得。不过，诗人总要放下笔，罪犯总要放下屠刀，探长也应该放下自己的工作稍事休息嘛。走吧，跟我们走。”

阿卡迪不想去：“我还有很多工作。”

“那怎么行？”雅姆斯科伊不由分说地拉走了他，也带上了那个法官。拱廊中居然有个门通向另一条走廊，阿卡迪从没注意过这里还有路。走廊两边站着两名戴着内部安全科袖标的岗哨，雅姆斯科伊一边领着他往前走一边说：“刚才夸你了，你不介意吧？”

顺着走廊，他们来到一个院子，院子里停着很多卡伊卡轿车。雅姆斯科伊带着他们走过一扇铁门，来到一个明亮的大厅，大厅的顶部装着一座白色五角星形状的水晶灯。沿着地毯继续走，他们来到一个木地板的房间，这里也有五角星形状的灯，只不过灯是红色的。房间里挂着克里姆林宫夜景图，图中依稀还能看到房顶上飘扬的红旗。

雅姆斯科伊脱下衣服，露出满身肥肉的身体。他暗红色的身体几乎不长毛，除了腿部有一点点。法官也脱掉了衣服，胸膛长满白色的胸毛。阿卡迪也跟着脱衣服。于是，雅姆斯科伊看到了他肿起来的淤青的胸部。

“被那个坏蛋打的吧？”

雅姆斯科伊说着，拿了块毛巾围在阿卡迪的脖子上，遮住脖子和胸前的淤青。“现在有范多了。这个俱乐部不对外，我带你们进去。法官同志，你也来吧。”法官用浴巾围住腰，雅姆斯科伊也搭了一条浴巾在肩上，然后跟阿卡迪勾肩搭背地边说边走了,把法官落在身后。

“外面的浴室有各种档次,有时候,官员也需要泡个澡放松一下,才有精神干活嘛。但在外面还得跟老百姓一起排队等号,所以咱们还是在这儿吧。”

走廊里铺着带花纹的砖,因为有暖气,所以不觉得冷。他们沿着走廊进了一个很大的地下室,里面有一个长方形的浴池,水里透出硫黄的味道。浴池周围有很多小房间,房顶是奢华的拱形吊顶,门是时尚的镶纱木门,房间里有矮桌和小沙发。浴池的一头正在放水,热气腾腾的,浴池中已经有不少人舒舒服服地泡着。

雅姆斯科伊靠近阿卡迪,在他耳边说:“这里是在个人崇拜之风兴盛时期建的。当时,当局觉得留比安卡的侦查员很辛苦,需要为他们准备一个放松的地方,就修建了这儿。这里的水来自内格里纳的地下河,有盐分,用蒸汽加热,是很不错的。但是,这儿刚修好,斯大林阁下就逝世了,这里就此也荒废了下来。不过后来,大家都觉得就这样废弃着也是浪费,所以,”他下意识地捏了一下阿卡迪的手臂,“这里重新发展起来了。”

说话间,他们走进了一个小房间,里面坐着两个男人,桌子上放着丰盛的美味,鱼子酱、鲑鱼肉、黄油、柠檬汁、矿泉水、伏特加、面包片,两个男人都热得出汗。

“检察长第一书记、院士同志,我为你们介绍一下,这是阿卡迪·瓦西里叶维奇·伦科,专门负责凶杀案的探长。”

“这是将军的公子哦。”法官坐下来附和了一句,但是没人搭理。

隔着桌子,阿卡迪开始和他们握手。第一书记身形高大,浑身毛乎乎的;院士长得跟赫鲁晓夫有几分相似。现在,房间里的气氛很随和,就像阿卡迪在电影中看到的情形那样,沙皇与民同乐时,跟他的将军们一起光着身子洗澡。雅姆斯科伊倒了一杯彼得罗夫卡牌伏特加:“咱们刚才淋了雨,加点胡椒去去寒。”说着,他在酒里调了点胡椒,又在递给阿卡迪的面包上涂了层鱼子酱。这里的鱼子酱不是压缩的酱汁,而是货真价实的一颗颗珠子大小的鱼子,这样珍贵的东西在外面的商店里已经好几年都买不到了。阿卡迪开始大口猛吃。

“尼基金探长有一份优异的简历，而阿卡迪，你的简历也不弱。所以我必须警告你，”雅姆斯科伊半开玩笑地说：“你可别动离婚的心思，否则你就别干了。”

浴池中的热气透过纱门飘进了房间，大家都觉得嘴唇上也有了硫黄味，不过，感觉并不糟糕，反而让伏特加的酒力更强劲。阿卡迪心想，原来捷尔仁斯基广场下面就可以泡澡啊，这里真不错，不用跑那么远去疗养院放松了。

“尝尝百达纳酒吧，西伯利亚过来的，”第一书记给阿卡迪倒了一杯，“好酒！”

阿卡迪又开始思考，普通的医学人员是不可能有特权来到这里的，那么，院士同志的身份应该是更高级的理论学家吧。

正想着，院士说话了：“历史告诉我们，开放是必要的，我们的大门可以向西方敞开。马克思已经论证了国际交流的必要性。但是，在交流中我们必须注意那些德国人，稍微放松警惕他们就会跳出来作乱的，相信我。”

第一书记立即附和：“没错，向俄国走私毒品的就是那些德国人和捷克人。”

法官也说道：“不能放过贩毒的人，他们比杀人犯更可恶！”

雅姆斯科伊眨眨眼，暗示阿卡迪别出声。他知道，虽然把大麻偷偷弄进莫斯科的是德国人，但是制作出麻药和毒品的却是大学化学系的学生。于是，阿卡迪一边享受美食，一边当听众，听得昏昏欲睡。雅姆斯科伊也抱着双臂，保持一个舒服的姿势听人们聊天，然后一点点的品酒。

“探长，你赞成吗？”

突然被问到，阿卡迪有点接不上：“不好意思，您说的是什么？”

“我是说，关于弗伦斯基主义，你赞成吗？”第一书记在问他。

“那时候阿卡迪还没进检察院呢。”雅姆斯科伊帮他解围。

阿卡迪知道弗伦斯基，他曾经在莫斯科市检察院工作，也是个探长。在他工作的过程中，他保护过索尔仁尼琴的书，还谴责过政府监视政治活动家的行为，当然，他也为此失去了探长这份工作。现在，每当他的名字被提及,还是会引起一阵波澜。但是,弗伦斯基并不等同于弗伦斯基主义,加上“主义”两个字之后,这个词就变得有些可怕了,词义含糊,但是又让人不敢妄加揣测。

“我们应该抨击什么?”院士说,“我们一定要杜绝法律条文高于社会利益的现象。侦查员对法律的解释一定不能不顾公共利益和目标。”

第一书记接着说道:“弗伦斯基主义,其实就是个人主义。”

“而且有自私自利的不良作风,”院士说,“弗伦斯基主义的观点得以维系,其基础就是野心主义。虚假的成功背后,牺牲的往往是一个机构的根本利益。”

第一书记说:“解决犯罪问题的方法很多,法律只不过是为政治体制服务的。”

院士又说道:“如果年轻的律师和侦查员们不顾现实情况一味幻想,如果法律机关空谈理论,那么,法律为政治服务的功能也就丧失了,还不如不要呢。”

“最好是让那些弗伦斯基分子也垮台。”第一书记突然又问阿卡迪,“你赞成吗?”

说着,他身体前倾,用手扶着桌子,逼视着阿卡迪。院士也转身面对阿卡迪。阿卡迪看向雅姆斯科伊,检察官的目光斜斜地看向一边。阿卡迪应该想得到,自己被检察官带到这里来,必然会听到这样一番对话。而现在,雅姆斯科伊的眼神似乎在提醒他:“谨慎。”

于是阿卡迪说:“弗伦斯基,还是个作家吧?”

“没错,”第一书记说,“你说得对。”

院士补充道:“而且是个犹太人!”

“所以,”阿卡迪把鲑鱼肉放在面包片上,“如果哪个侦查员既是作家又是犹太人,我们就应该严密地监视他。”

第一书记愣了一下,看看院士、检察官和阿卡迪,这才意识到那是句玩笑话,于是他浅笑了一下,紧接着发出一阵大笑声:“对呀,就该这么做!”

这个话题到这里就告一段落了,接下来大家又开始聊美食、运动和性。过了一会儿，雅姆斯科伊带阿卡迪走出房间，到外面去散步。他们看到又有一些官员来这里泡澡了，他们脱下衣服，把身体泡在热水中，像一只只漂浮的海象，又像粉色与白色交错的影子在游动。

“你今天的表现很不错，幽默地回避了敏感话题，我感到很欣慰。”雅姆斯科伊拍拍阿卡迪，“不过，我还是得告诉你，一个月后会有反对弗伦斯基主义的运动。今天的话题你也听见了，算是提前警告。”

阿卡迪以为接下来雅姆斯科伊就要带他离开这里，可是检察官又把他带进了另一个房间，这个房间里坐着一个年轻人，正把黄油抹到面包上。

“来，介绍一下，叶甫根尼·蒙代尔，这是伦科，你们俩的父亲是好朋友。叶甫根尼现在在商业部工作。”雅姆斯科伊介绍道。

叶甫根尼向阿卡迪点头示意。他看上去很年轻，细腰，嘴唇上方留了小胡子。阿卡迪的印象中，这个人小时候是个一脸哭相的胖子。

雅姆斯科伊继续说：“他是年轻有为的国际贸易专家呢。”这句话说得叶甫根尼有些脸红。

接着，雅姆斯科伊就离开了房间，临走时只说了句“抱歉”。现在房间里只剩下阿卡迪和叶甫根尼两个人了。叶甫根尼先开了口：“我父亲他……”

“怎么？”阿卡迪礼貌地接了一句。

“请稍等一下。”叶甫根尼说着，继续给面包片涂黄油，抹鱼子酱。面包片被他抹得黄一团黑一团的，倒有点像向日葵。阿卡迪坐下来，给自己倒了杯香槟酒喝。

“这个酒是招待美国客人的专用酒。”叶甫根尼看了他一眼。

“是吗？看来俄国和美国又要有新的竞争了。”阿卡迪心想，雅姆斯科伊去哪里了，什么时候能回来啊。

“不会的，不存在竞争，他们是我们的老朋友。阿尔曼德·哈默曾经是列宁的朋友；30 年代的时候，契米柯给我们修了制氨厂，福特为我们生产了卡车。合作后来没能继续，不过这不是我们的问题。另外，蔡斯·曼哈顿从 1923 年开始就是我们对外贸易银行的大客户。”

其实,以上大多数名字阿卡迪都没听过,但是叶甫根尼越说越顺口。阿卡迪心不在焉,想着自己上一次见这个人在是什么时候呢?

“香槟不错。”他喝了一口酒,放下杯子。

“那是必须的,这个酒是苏维埃火花牌,我们准备出口的。”叶甫根尼说着,露出骄傲的神情。

这时房门被打开了,又进来一个人。这是一个中年男人,皮肤黑黑,个子高瘦,乍一看去像阿拉伯人。他的头发是白色的,梳理得很整齐,黑眼睛,高鼻子,秀气的嘴,五官的精致组合使他的脸显得很英俊。他手上戴着金图章戒指,拿着毛巾进了门。阿卡迪细看之后发现,他的皮肤并不黑,而是健康的棕色。“真美!”他站在桌子旁边,身上的水正好滴到刚抹好的面包上,“这么精美的东西,我都舍不得吃了。”

见阿卡迪在场,他也并不觉得诧异。阿卡迪还在打量他,这个男人居然修过眉毛,未免太过精致了。他的俄语说得很流利,其实这一点阿卡迪早就知道了。他所不知道的是,这个人竟有这样一副不错的身板——录音带是不可能传达这种信息的。

“这是你办公室的同事?”这个人对叶甫根尼说。

“这位是阿卡迪·伦科,他是……呃,我还不知道他是干什么的。”

“我是侦查员。”阿卡迪说。

叶甫根尼殷勤地为大家倒香槟递点心,嘴里还客套着。那个刚来的客人笑着落了座,他的牙齿真亮。

“你具体是侦查哪方面呢?”他问阿卡迪。

“凶杀犯。”

阿卡迪现在能把奥斯本看得更清楚了,他的头发不是白色的,而是漂亮的银色,刚用毛巾擦过,但是还没干,所以继续贴在耳朵上。这样一来,阿卡迪就看不清楚他的耳朵上是不是有伤,他本来想看看的。现在,奥斯本正拿起他的金表往手腕上戴。

“叶甫根尼,”他说,“麻烦你,我有个电话,能不能去接线处帮我等一下?”

他打开一只精致的鹿皮小包,拿出香烟和烟嘴插在一起,然后取出打火机点烟。华丽的打火机上镶着青金石和黄金。叶甫根尼领了任务之后似乎特别激动,他一溜烟地出去了,撞得门帘晃动不止。

"你会讲法语吗?"

"不会。"阿卡迪撒了个谎。

"那么,英语?"

"也不会。"他继续撒谎。

奥斯本这样的人物,阿卡迪只在西方国家的杂志上见过,他曾经还以为是杂志那高档的纸张造就了人脸的光泽,现在看来完全不是。这些人的脸上,本来就闪烁着迷人的光泽。他们有匀称的身材,考究的着装,和自己完全是两个世界的人。

"有意思。我来贵国很多次了,这还是我第一次认识侦查员。"

"那是因为你没犯过什么错误……不好意思,还不知道怎么称呼你?"

"奥斯本。"

"从美国来?"

"对的。你怎么称呼?"

"伦科。"

"你是侦查员队伍中比较年轻的,对吧?"

"那倒未必。对了,刚才在跟叶甫根尼聊香槟酒。你在进口这个酒吗?"

"我进口皮货。"

阿卡迪一边说话,一边还在细看奥斯本。他到底是个人,还是个珠宝收藏器?金戒指、金手表、金饰物,连牙齿都白得像玉一样。虽然这些珠宝都是他身份的真实体现,但是,阿卡迪和他待在一起始终觉得不舒服,因为他总有种隐藏不住的权势感散发出来。看到一个陌生人就开始分析研究的习惯是怎么都改不了了,阿卡迪叹了口气,自己是不是太呆板了?

于是他继续搭话道:"是么,我还一直想买一顶皮帽子呢,也很想认识美国人,真巧。听说美国人和我们一样开朗,有机会真想去纽约,看看帝国大厦和哈莱姆住宅区。你的生活就是满世界地跑,真是太有意思了。"

"其实,去哈莱姆没什么好看的。"

"抱歉啊,"阿卡迪站起来,"你是这里的熟客,应该还要跟很多人聊,我该走了。你不赶我走是你太客气了。"

奥斯本一边抽烟,一边用审视的表情看着阿卡迪,不知道眼光背后有何意图。阿卡迪转身准备离开房间了,奥斯本突然说:"请你再坐会儿吧。我之前没有接触过侦查员,正想好好了解一下侦查员的工作。"

阿卡迪又坐下来:"你问吧,我能说的我都说。不过,和你在纽约看到的精彩世界相比,我们的工作很枯燥,什么调解家庭纠纷啊、抓流氓啊、查凶手啊……不过所谓的凶手,也不过是因为一时贪杯或者冲动而犯下错误。"他又喝了一口香槟:"这酒不错,你应该进口一些呢。"

奥斯本给阿卡迪添了酒:"那,你自己的情况呢?"

"一时半会儿还真说不明白,"阿卡迪表现得热情起来,他喝掉杯子里的酒,接着说,"我的家庭很温暖;在学校的时候,老师同学都对我很好,让我有很大的进步;工作之后,同事关系也处得很好。如果要细说的话,每个人的情况都可以讲很久很久。"

"那么,"奥斯本笑着,把烟嘴从嘴里拿出来,"你失败过吗?"

"如果你问我个人的话,我没有失败过。"

他解开围在自己脖子上的毛巾,做随手一扔状,让毛巾落在奥斯本刚放下的毛巾上。奥斯本看到了他胸前的淤肿。

"这是个小意外,"阿卡迪解释道,"我用过各种办法活血化瘀,比如热敷、电疗,但是都不如在这里泡个澡,天然的硫黄水真是不错,什么办法都不如这个……"

"继续刚才的话题吧,"奥斯本打断道,"眼下你对哪个案子最感兴趣呢?"

"你指的是高尔基公园的尸体吗?我现在最感兴趣的,应该是这个案子。"阿卡迪在奥斯本的烟盒里拿了支烟,又借了他的打火机点烟。打火机上镶着的青金石是上好的天然青金石,阿卡迪由衷地夸赞。

他吸了口烟:"这个案子的情况很奇怪。不过,你们听到的那些确实是真的。但是,正因为情况太诡异,所以容易被别有动机的人利用来造谣,尤其是那些别有用心的外国游客。你觉得呢?"

这话好像没有起什么作用，奥斯本依旧淡定地坐着。

“这个案子我还没听说过呢。”奥斯本一阵沉默之后终于开口了。

这时，叶甫根尼回来了，告诉奥斯本没有电话打过来。阿卡迪适时起身道别，说自己已经待了太久了，不能再耽误他们的时间。说完，他一边感谢他们的殷勤款待，一边拿起毛巾围住自己的脖子——这一次，他拿的是奥斯本的毛巾。

奥斯本还在打量他，没有注意他在说什么。直到阿卡迪走到门帘处准备出去时，奥斯本突然问了一句：“谁是你的上司？我是说，探长是谁？”

阿卡迪愉悦地笑了：“是我。”

走出房间之后，阿卡迪略感疲惫。接着，他在浴池边上遇到了雅姆斯科伊。

“刚才我说的你父亲的情况，包括他和蒙代尔的关系，希望你不要介意。”雅姆斯科伊说，“另外，关于弗伦斯基主义的事情，你不用想太多，我会支持你的，你做好你的工作就行了。”

阿卡迪穿戴整齐离开了这处浴室。外面还在下着密密的细雨，像一层浓雾。阿卡迪加快脚步径直前往柳金上校的法医实验室，把刚才拿走的奥斯本的湿毛巾交给他。

柳金告诉他：“你的那些小伙伴们找你一下午了。”说完拿着奥斯本的毛巾去化验了。

阿卡迪给帕沙打了个电话，帕沙告诉他，他们监听到了高洛金最新的通话，有人叫他去高尔基公园碰头。帕沙很肯定地说，打电话的人要么是美国人，要么是爱沙尼亚人。

“到底是哪里人？”

“我想说的是，他讲的是俄语，虽然流利，但是还是能听出他不是俄国人。”

“你这样监听，会涉嫌侵犯他人隐私，条例第十二条第一百三十四款有规定。”

“但是我们不都在监听录音带了吗？”

“录音带是克格勃提供的！”

帕沙不说话了,一阵尴尬委屈的沉默。

阿卡迪说:"就这样吧。"

帕沙说:"我没有你厉害,哪里知道这么做会犯法,我又不是百事通。"

"算了,你接着听吧。既然他们要去碰头,就让费特去跟,你继续监听。对了,他去的时候带相机了吗?"阿卡迪问。

"带了。就是为了找相机,耽搁了时间,所以,他去到公园的时候没找到他们,找遍了整个公园都没看到人。"

"好吧。那我们至少可以再听听你的录音带来对照……"

"录音带?"

"对啊,你都冒着违法的危险监听了他的电话,难道没有把他们的对话录下来?"

"啊……真的没录。"

阿卡迪挂掉了电话。

实验室传来一声弹舌头的响声,柳金少校进来了:"探长,从你给我的毛巾上找到十根头发。我取了一根做横截面的显微镜观测,又把你上次拿来的那顶帽子里的头发用另一架显微镜做了分析。帽子里的头发是灰白色的,截面呈椭圆形,说明是卷发。毛巾里的头发是漂亮的金色,截面是正圆形,应该是直发。接下来我还要做蛋白分析,但是现在至少可以说明一点:这不是同一个人的头发。"

阿卡迪也觉得奥斯本和在公园里与自己打架的人,应该不是同一个。

柳金拿着毛巾:"这个很上档次,你要留着吗?"阿卡迪摆摆手走了。

回到乌克兰饭店,阿卡迪又有一阵恶心反胃的感觉,大概是可待因和伏特加在体内发生了化学反应。他去街上的民警小卖部买了杯咖啡,然后回到办公室坐下,感觉想笑却又笑不出来。一个可疑的人在高尔基公园随意溜达,居然没有人监控!这个可疑的人有可能是美国人或者爱沙尼亚人,而本该监视他的侦探却因为找不到相机耽搁了!探长从自己怀疑的人身上偷回一条毛巾,结果这条毛巾却成了那个人无罪的重要证据!真是荒唐!可惜自己现在无家可归,否则,也该回家歇歇了。

"请问是伦科探长吗?"有位军官来找他了,"电报传达室有电话找你,从西伯利亚打来的。”

“好的。”

打电话者是莫斯科东边 4 000 公里的乌斯特库特的一位民警侦探，名叫亚古特斯基。他告诉阿卡迪，当地查到一些可能有用的资料，有两个正在被通缉的失踪者，一个叫瓦莱丽亚·谢苗诺芙娜·达维朵娃，19 岁，住在乌斯特库特；另一个是瓦莱丽亚所在公司的负责人，名叫康斯坦丁·伊里奇·波罗金，24 岁，两个人被通缉的罪名都是盗窃国家财产。

乌斯特库特是哪里？阿卡迪开始在地图上到处搜索。

亚古特斯基说，波罗金是个无恶不作的人。为了挣钱，他设过很多陷阱捕猎野兽然后拿着它们的皮毛去卖；他做过无线电零件的黑市交易；他还非法屯过黄金。贝加尔—阿穆尔铁路通车后，他又定期去野外捡火车运输时掉下来的汽车配件，再拿去倒卖挣钱。因为盗窃国家财产，他和达维朵娃被通缉，但是，通缉令下发之后，两人竟然失踪了。他们是藏到深山里去了？还是已经死了？现在没有人知道。

乌斯特库特是一个阿卡迪完全陌生的地方，那里虽然也属于苏维埃，但是从来没有人从那里来到过莫斯科。哎，这位名叫亚古特斯基的侦探恐怕要失望了，他们通缉的失踪嫌疑人应该不是高尔基公园这三位。管他的了，叫亚古特斯基的人那么多，挂掉电话就谁也不认识谁了。阿卡迪在脑海里凭想象勾勒着亚古特斯基的样子，一边问道：

“他们最后一次出现的时间、地点？”

“10 月，在伊尔库茨克。”

“他们俩会不会做圣像修复的工作？”

“这里的人都懂点雕刻，圣像修复应该没问题。”

电话信号突然不好了，对方的声音渐渐变得模糊。阿卡迪赶紧说：“先就这样吧，你尽快先把照片和资料寄给我。”

“希望那几具尸体就是他们。”

“我也希望如此。”

“对了，康斯坦丁·波罗金就是土匪柯斯佳……”对方的声音越来越模糊。

“谁？没听说过。”

“西伯利亚著名的……”

列佛尔托瓦的单人牢房里。阿卡迪又来找犯人茨宾。茨宾光着上身，身体、脖子和手腕上的文身清晰可见；他的下身穿着短裤，但是没有系腰带。

茨宾解释道：“所有的绳子、带子都被他们拿走了，包括鞋带。真有意思，就算我想上吊也不会用鞋带啊！哎，我又犯事了，杀人罪。本来我好好地在路上干活，结果遇到两个抢劫的。”

“你又在倒卖汽油吧？”

“当时我也没得选择啊，人家抢劫我，我就用钳子自卫，结果一钳子就把人打死了。这时候民警开着巡逻车正好路过，那个抢劫的同伙赶紧开车溜了。于是民警就看到一具尸体，以及站在尸体旁边的我，手里还拿着凶器。别提了，这次我是真的倒大霉了。”

“15年有期徒刑。”

“谁知道以后会怎样，碰运气吧。”茨宾坐了下来。这间牢房里有洗脸池和简易的帆布床，房门上有两扇活动窗，一大一小，大的可以送饭进来，小的则用于哨兵监视。

“这回我是真帮不了你了。”阿卡迪说。

“我知道，是我自己倒霉。不过，谁都难免遇到点倒霉的事情嘛。”茨宾说，“但是探长，我对你的忠心，你是看到的，你需要什么情报，我就给你什么情报，从不让你失望，咱俩也算有缘。”

“你给我情报，我付钱了。”阿卡迪给茨宾点上一支烟，想缓和一下气氛。

“你难道不知道我在想什么？”

“我说了，我真的帮不了你。你犯的事，是恶性凶杀。”

“我想的不是我自己，你还记得天鹅吗？”

天鹅，这是个奇怪的人。阿卡迪曾经两次看到他跟着茨宾。

“是的，记得。”

“我们早就在一起了，包括在劳改营的时候。但是，天鹅不太会赚钱，现在他有点拮据。我又关进了这里，顾不上他。而你，也需要找一个新的线人。我想推荐天鹅，他有电话，有车，你看行吗？让他来试试？”

走出监狱的大门，阿卡迪在街灯下见到了天鹅。天鹅穿着皮外套，瘦削的肩头往上，是修长的脖颈和干练的短发。在劳改营里，被改造的犯人们常常窝里斗，比如，一个小偷肯定打不过一个抢劫犯，那么，这个抢劫犯就很可能会暴揍一顿小偷，以此给他下马威，确立自己的地位。被打的那个人，在劳改营里是最不受待见的那个。但是，这种事情放到茨宾和天鹅身上时，一切都变得不一样了，茨宾没有欺负弱势的天鹅，而天鹅也一直跟在茨宾的身边，谁也不敢欺负他。

阿卡迪冷冷地说：“你朋友说，你能帮我做事。”

“好的。”天鹅的嗓音很轻，柔弱的感觉宛如店里的旧雕塑。他长相一般，但是，这种柔弱的气质让他看起来另有一番吸引力。阿卡迪无法判断他的年龄。

“这个活挣钱不多。如果你给我提供情报，能用的，我就给你 50 卢布。”

“不给钱也可以的，我只想能为他做点什么。”天鹅看着监狱的门。

“顶多每年给他送一个包裹进去。”

“那么，15 年就是 15 个包裹。”天鹅喃喃地说。他大概已在想着要给茨宾的包裹里准备什么东西了。

至于么，又没判死刑，阿卡迪暗想着，他们的爱情不但没有像暮日的紫罗兰那般凋零，反而如草原上的野草那样愈发顽强地生长。爱情，真是个奇怪的东西。

8

莫斯科是一座充满现代气息的大都市，但是，维多利亚时期坐火车旅行的习惯依然在这里盛行。基叶夫车站靠近国际社区和勃列日涅夫官邸，从这里坐火车可以抵达乌克兰。白俄罗斯火车站在克里姆林宫南面。当年，斯大林从波茨坦登上沙皇专列，抵达的地方就是这里，后来，赫鲁晓夫以及其后的勃列日涅夫又从这里登上专列，去各处视察。而从里日斯基火车站坐车，可以到达波罗的海一带；发自库尔斯基火车站的车能带你去黑海旅游；还有沙别罗夫斯基和巴维列茨基火车站，这是两个小站，从这里，去不了有美丽风景的远方，人们只在这里买月票坐车上下班，还有农民们坐车进城出城。此外，最让人印象深刻的无外乎喀山火车站，位于共青团广场，是一座奇葩的建筑，车站大门的上方筑成堡垒的形状，巨大而奇特，容易让人联想到阿富汗的荒漠，或是乌拉尔集中营的外墙。不知道当初这样设计的目的是不是为了让人联想到大洋的彼岸。

早上 6 点的喀山火车站里，土库曼大家族的人们一个挨一个地躺在椅子上，戴着绒帽的小婴儿也蜷缩在小被窝里安睡，士兵们则懒懒地靠在墙上，他们都还在甜甜的梦乡中，不知道梦里是否也同样有画着英雄史诗图的天花板呢？在一个小卖部前面，帕沙·巴甫洛维奇正在听一位身穿兔皮外套的女孩说着什么。

然后，帕沙跑到阿卡迪跟前，告诉他："高洛金以前常常敲诈她，但是现在没有了。她说，最近有人在汽车市场见过高洛金。"

这时，一个年轻的士兵去到刚才帕沙和女孩聊天的位置，士兵在看女孩的脚。女孩的鞋子上用粉笔写着价格，见士兵在看，她笑了，然后，两人挽着手走出了火车站。阿卡迪和帕沙尾随其后。现在是清晨，共青团广场很安静，周遭是一片静谧的蓝色，唯一的动感来自运行中的电车的灯光。

刚才那个女孩和士兵钻进一辆出租车走了。帕沙看着出租车远去:“5个卢布就成交了。”

通常,女孩和士兵这样的情况,他们接下来的动作是,让司机把车开到附近某个偏僻的小巷中,然后司机下车为他们站岗,他们在车上尽享鱼水之欢。事成之后,士兵会拿出5个卢布,一半给司机买伏特加,另一半付给女孩。瞧,那女孩的价值还不如酒呢。当然,买酒是为了庆祝,所以女孩也可以一起喝。然后她会回到车站的浴室,打发一点小费给看门人,迅速冲个热水澡,舒舒服服地准备接待下一位客人。原则上来说,这个国家不应该有妓女,因为革命就是要禁止这样的淫乱。既然没有妓女,法律上也就没有卖淫罪。但是,这些女孩还是有可能被抓,罪名是传播性病,或是好吃懒做什么的。但是,从法律意义上讲,本国是没有妓女的。

帕沙火速去临近的雅洛斯拉夫尔车站又打探了一下,也没有发现可疑线索,于是赶紧回到阿卡迪面前。

“走吧。”现在,天空开始泛起白色,广场上的车也多了起来。列宁格勒天亮了吗?应该还没有,但是很多人喜欢那里,因为那里有大运河,还有具备划时代意义的灿烂的文学成就。但是,阿卡迪印象中的列宁格勒始终是灰蒙蒙的色调,他更喜欢明亮的莫斯科。

两人开始向南面的莫斯科河走去。

“你回忆一下,那个在电话里约高洛金在公园见面的人,还有什么特点?”

“唉,……可惜不是我去跟踪的。”帕沙抱怨道,“费特太笨了。”

现在,阿卡迪和帕沙寻找的目标是高洛金的丰田车。中途休息的时候,他们看到在河对面有人正把一张新的大字报贴到布告栏中。帕沙开始念这张大字报:“五一大庆将至,健儿们奋发图强。”

“奋发图强,好进更多球吗?”阿卡迪表示不解。

帕沙点点头,又去看大字报:“我也不知道啊,你踢过球吗?”

“我做过守门员。”

“哦,难怪你会是现在这个样子。”

两人来到拍卖市场。这里是自发聚集形成的,不少人都在自己的外套上贴着广告。比如,一个走忧郁路线的貌似寡妇的女人,她的外套上就贴着"三居室,有床,有浴池";另一对看上去像新婚夫妇的男女贴的广告语是"四居室换两居室",这是要离开父母独立居住的节奏吧;还有一个眼神狡黠的人,大概是专门做旧货生意的,他的广告语只有一个词"床"。阿卡迪和帕沙分别从人流的两端费劲地往里挤,终于在人群中碰头了。

"两居室,带抽水马桶的,才60卢布,"帕沙说,"我看挺好的。"

"有那个人的线索了吗?"

"再等等,时候还没到。高洛金有时候会来,说不准的。他在做中间人,可以提成30%呢。"

快到旧车市场了,这里已经临近莫斯科市的边界。加上帕沙想趁此机会买装在卡车里叫卖的菠萝,他们又多走了一段路。帕沙花了四个卢布买了一个菠萝,小得只比鸡蛋大一点点。

"古巴人说这东西有春药的效果,"他说,"我一个朋友去过古巴,他是个举重运动员。他说那里的黑人女孩相当赞,还有海滩和绿色食品,简直是天堂一样的生活!"

旧车交易市场上,可以看到各种汽车品牌:波比达斯牌,日古力牌,莫斯科人牌,扎波罗泽茨牌。有的车很破旧,有的车仍然面貌一新,能让你误以为这里在办新车车展。阿卡迪曾经努力很久,才攒够3 000卢布,买了一辆二手的扎波罗泽茨小型车。这个交易市场很乱,有些聪明的车主自己把车开到这里,10 000卢布卖给别人,然后到政府登记处登记时,只报5 000卢布。这样算下来,7%的手续费只有350卢布,他就可以用这笔钱买一辆日古力车,空间更大,坐着更舒适。乱哄哄的交易市场上,大概有1 000多个卖家都带着自己的车在这里和买家交涉。阿卡迪看到,有四个军官正在看一辆麦西迪斯车。他自己也装着买车的样子,开始打量一辆莫斯科人牌车。

"摸着它就像摸着女人的大腿,感觉很棒吧?"一个穿着皮衣的格鲁吉亚人走了过来。

"的确很漂亮。"

"喜欢吗?别急,转一圈,仔细看看。"

“真是太漂亮了！”阿卡迪转到车身后方。

“有眼光！”那个格鲁吉亚人指着他的眼睛说，“这车才跑了三万公里，换了别人，早就把里程表归零骗你说这是新车了。不过，我不会那么干的。我每个星期都在擦洗。你瞧瞧，雨刮器在这儿。”他从一只纸袋子里拿出雨刮。

“雨刮器不错。”

“十成的新品。既然喜欢，就聊聊价格吧。”他面向阿卡迪，用铅笔在纸袋子上写了个数字：15 000。

阿卡迪钻进车，准备坐着感受一下，却差点蹲到车地板上，原来座椅是空心的。方向盘则是塑料的，已经布满裂纹，就像刚出土的老象牙。他发动了车，从后视镜中发现，车一点火就冒黑烟。

“还可以吧。”他下了车。二手车的零部件中，最珍贵的就是车身。座位空心没关系，可以填；马达冒黑烟也没关系，可以修。

“就知道你会这么说。那就买了吧？”

“看到过高洛金吗？”

“高洛金，高洛金？……”格鲁吉亚人使劲想着，这是什么？车名还是人名？好像没听说过啊。探长一只手还拿着车钥匙，另一只手已经亮出了工作证。格鲁吉亚人终于想起来了，高洛金嘛！于是他赶紧说：“那个混球刚离开这里。”阿卡迪问他去哪里了。“美乐佳。如果你找到他，麻烦转告他，我是个守规则的商人，会老实交税，才不像他那么奸！尤其对像您这样的公务员同志，我还可以酌情打折呢。”

加里宁风景区里的建筑大都是用水泥和玻璃混合修建的。现在的很多新城也在模仿加里宁的这种建筑风格，但是，刻意模仿始终成不了大气候。这里的人行道旁边是个十字路口，往来一共八条车道，所有的车都在飞奔。路边那栋小楼就是美乐佳唱片店，阿卡迪和帕沙坐在对面咖啡馆的露天咖啡座里观察另一边的动静。

“我不喜欢这天气，还是夏天好。”帕沙点了个冰淇淋草莓圣代，吃得瑟瑟发抖。

加里宁风景区方向驶来一辆红色丰田车，拐进了一条巷子。没过多久，阿卡迪看到了费奥朵尔·高洛金，他穿着休闲外套和牛仔裤，头上戴着羊绒帽，脚上穿着长筒靴。高洛金进了美乐佳，阿卡迪和帕沙也跟了过去。

从美乐佳的玻璃门往里看，可以看到高洛金没有直接走到卖唱片的那层楼。唱片店里，疯狂的少男少女随着音乐不由自主地舞动。阿卡迪进了店，从他们的身旁钻过去，帕沙等在店外。几番搜寻后，终于，在唱片架前的柜台边，阿卡迪看到一只戴着手套的手，这只手正在翻动一本政治唱片的目录。再往近走走，他见到了手的主人，一脸肥肉，满头棕色卷发，嘴角有疤。

“勃列日涅夫在我党第二十四次代表大会上的讲话。”阿卡迪一边念唱片标题，一边靠近了高洛金。

“滚开！”高洛金挥手试图把阿卡迪推开，阿卡迪顺势抓住他推自己的那只手肘往后一拉，高洛金就失去了控制力，身上也随之掉下来三张唱片，滚落在阿卡迪的脚边。三张唱片的标题很有意思：《吻》《移情别恋》《烈焰姐妹花》。

“不错，瞧这党代会开的。”阿卡迪说。

高洛金的眼珠子停止了转动。虽然他的打扮很时髦，但是阿卡迪仍然会联想到鱼钩上的泥鳅。他本想把高洛金带回自己的办公室，但是，这需要多层权限。带走他，就意味着他被阿卡迪正式监管，调查结束前高洛金不能请律师。另外，如果还有其他部门想带走高洛金，就不能超过 48 小时了，超时必须请示检察官。更重要的是，带走高洛金意味着对丘金探长的一种暗示：高洛金不再是他的线人，如果想保他，丘金自己都会被牵连。

最后，高洛金还是被押往审讯室。

“这些唱片让我也感到很吃惊，”他解释道，“这是场误会。”

“别紧张，费奥朵尔，”阿卡迪坐到他的对面，摆了个舒服的姿势，然后把烟灰缸推到他面前，“抽支烟吧。”

高洛金拿出他的温斯顿牌香烟,准备递一支给阿卡迪。

"我自己有,我喜欢俄国烟。"阿卡迪说。

"这真的是个误会,挺搞笑的误会。"高洛金说。

帕沙走了进来,手里抱着一堆文件。

"你们调了我的档案?"高洛金说,"那你们应该知道,我一直都是为你们服务的。"

"帮我们买唱片?"阿卡迪问。

"哎,那个,我说实话吧,那是我的任务,我要打入一个知识分子的圈子,去监视他们的阴谋,所以才买那些唱片补课的。"

阿卡迪不动声色,手指轻轻敲着桌面。帕沙从档案中找出一份起诉书。

"我的情况,大多数人都是了解的。"高洛金说。

帕沙开始念那份起诉书:"费奥朵尔·高洛金,居于莫斯科市的塞拉费莫夫二区,因阻挠妇女参加社会活动以及教唆未成年人犯罪而受到起诉。"

其实,这段话要表达的意思就是:他曾经帮妓女揽客。用这种方式来表达,也亏他们想得出来。当时的判决结果是四年有期徒刑。高洛金捋了捋头发,瞪了帕沙一眼:"荒谬!"

"别急呀。"阿卡迪抬手示意帕沙继续。

帕沙继续念道:"且因非法收取倒卖汽车的手续费,非法倒卖住房及宗教圣像渔利而被指控。"

"我有我的道理,这些事我都可以解释。"高洛金说。

帕沙不理他,继续念:"因过着寄生生活而被指控。"这次,高洛金像泥鳅一样扭了扭,没出声。这里曾经有针对吉卜赛人的反寄生法令,后来这条法令的适用范围扩大了,不同政治见解的人和投机倒把的商人也在此范围内。对他们的判决一般是流放,去到离莫斯科很远的地方的木屋子里,那里已经快到蒙古了。

过了一会儿,高洛金傲慢地说:"我不承认这些。"

"高洛金公民,"阿卡迪警告道,"不配合的后果很严重,相信你对我们这里并不陌生。”

“我的意思是……”高洛金又点了一支温斯顿烟，然后打量了一下那堆他自己的档案。这么多材料，为什么会在他们手里，只有一种可能——丘金给他们的。原来丘金是这种人！好吧！他又开了口：“我曾经服务于……”阿卡迪用鼓励的眼光看着他，但是，他还是打住了，指控另一位探长，自己也不会有好果子吃的。“不管我做了些什么事……”

“嗯，继续。”

“不管我做了些什么事，包括刚才那些我都不承认。我做的事情都是为了你们。”

“胡说八道！”帕沙怒了，“我真想一拳打烂你的脸！”

“不管我做了什么，都只是为了迎合那些真正的投机商和政治反对派，我是为了你们。”高洛金继续嘴硬。

“为了迎合，不惜杀人？”帕沙扬起拳头。

“杀人？”高洛金愣了。

隔着桌子，帕沙的拳头挥了过去，差点打中高洛金的喉咙。阿卡迪赶紧把帕沙推到自己身后。这位侦探已经气得不行，不过，和这样的人一起工作也不错。

高洛金急忙辩解：“我不知道什么杀人的事。”

“别跟他啰唆了，直接审问吧！”帕沙说，“他就是在撒谎！”

“我有权说话的。”高洛金看向阿卡迪。

“对，”阿卡迪对帕沙说，“他有权说话，只要他说实话，就说明他在配合我们。来吧，高洛金公民，”阿卡迪打开录音机，“先说说你破坏妇女社会权利的事吧。”

“那个嘛，的确不算是为国服务。”高洛金开始交待，他曾经把一些女人提供给别人。帕沙详细询问了他们的名字，以及提供女人之后的细节。阿卡迪懒洋洋地听着，开始看乌斯特库特送过来的报告。高洛金大概以为阿卡迪在看自己的档案吧，其实，他犯的那些破事远不如来自乌斯特库特的这份悬疑小说般的资料那么神奇。

报告是关于康斯坦丁·波罗金的，也就是传说中的“土匪柯斯佳”。

这个人小时候是个孤儿，从小开始学木工，在兹纳缅斯基修道院做过修理工。不久之后，他就逃离了公立学校，跟着土著亚库特人牧民去北极圈捕猎北极狐。他们还非法进入勒那河沿岸的阿尔丹采金区，后来被民警抓住，这是他第一次进入民警的视野。20 岁之前，他偷过机票，毁过艺术品，卖过收音机零件给年轻人并挑唆他们去干扰政府的广播信号。他还在公路上抢劫过，也因此而被通缉。而他总是可以逃脱，逃进西伯利亚的针叶树大森林中，在那里面，即使开着直升机都找不到他。关于柯斯佳的图片资料很少，唯一一张近照还是 18 个月前在西伯利亚被《红旗报》拍到的，纯属偶然。

这边，高洛金还在继续对帕沙陈述："说实话，这些女人最喜欢跟外国人上床。有奢华的酒店，丰盛的美食，美妙的床榻，简直像在旅游！"

阿卡迪继续看报告，他看到了《红旗报》拍到的照片，上面有十来个男人正走出一栋楼，另外，还有个人被包围了。他好像很惊讶自己被相机拍了下来，眼睛瞪得很大。果然是个十足的土匪相。

那么，这个西伯利亚土匪现在何处呢？阿卡迪想起了俄语中仅有的两个蒙古语词汇："针叶树大森林"和"冰原"。针叶树大森林一望无际，冰原则寸草不生。但不管是哪里，总之，就连直升机巡逻队也无法寻到柯斯佳的踪迹。难不成，他真的在高尔基公园被谋杀了？

"你认识在莫斯科市私卖黄金的人吗？"阿卡迪问高洛金，"比如，卖西伯利亚的黄金？"

"买卖黄金风险太高，我还没干过那事呢。你也知道，抓金贩子的赏金数额能达到全部黄金的 2%，要是谁得了这个赏金，那可就发了。所以，我是不可能去当金贩子的。再说了，金贩子的黄金，不是西伯利亚的，是通过水手从印度、香港带来的。莫斯科不是黄金交易的主场，买卖黄金钻石的话，你得找格鲁吉亚人、亚美尼亚人什么的。那都是些野蛮人，我跟他们不可能有关系。"

高洛金身上散发出美国香烟、西方香水和俄国人汗臭的混杂交织的味道。"我真的就只是为大家服务而已，我主要搞圣像买卖。在莫斯科市外一两百公里的郊区，有一群靠养老金生活的人，他们每天酗酒度日。说他们靠养老金生活还不确切，其实是我在养活他们，我去到那里买他们的圣像，一张圣像20卢布。那圣像旧得像是在灰土堆里埋了50年。可那些老太婆还不愿意卖，宁可饿死也不卖圣像。我只好找老头们买。买了之后就带回莫斯科卖掉，就是这样。”

“你怎么卖的？”阿卡迪问。

“出租车司机和涉外导游会帮我找买家。其实，谁是真正的买家，我走在街上一眼就能看出来。买主主要是瑞典人和来自加利福尼亚的美国人，幸亏我会说英语。美国人很大方，一张脏得几乎分不出正反面的圣像都可以卖50卢布，好点的圣像甚至可以卖到上千元，我说的可是美元哦。他们一般用美元或者旅游优惠券付款。优惠券很好使，尤其是在买伏特加的时候。一瓶上等伏特加得卖13卢布，要是用了优惠券，3个卢布就够了，13卢布能买四瓶！然后，我需要人家帮我修电视啊、汽车啊什么的时候，卢布根本不管用，傻子才喜欢呢。我直接送伏特加，这样我们就成了朋友。明白了吧，卢布根本不算什么，伏特加才是王道啊。”

“怎么，你还想贿赂我们？”帕沙很气愤。

“没有没有，我想表达的是，买圣像的外国人是走私，而我，虽然卖了圣像，但我是为了帮你们获得各种线索。”

“是吗？但是，你不只是卖给外国人吧，你还卖给了俄国人！”

“我只卖给政治反对派。”高洛金辩解。

来自乌斯特库特的报告中还提到另一个人，一个名叫瓦莱丽亚·达维朵娃的女孩。她的父亲叫梭罗曼·达维道夫，是明斯克的一名犹太教教士，在1949年反犹太“世界主义者”运动时期定居于伊尔库茨克，一年前去世。去世之后，他唯一的女儿达维朵娃被迫停止了学习，到伊尔库茨克皮货中心做了一名皮货分选工。报告中有两张达维朵娃的照片，一张拍摄于郊游的时候，照片中的她活力四射，戴着皮帽子，穿着羊皮外套和长筒毡靴；另一张照片来自《红旗报》，报纸上的文字说明是：“漂亮的分选工达维朵娃正在展示一张价值1 000卢布的巴尔古津斯基紫貂皮，赢得了来访客人的赞叹。”没错，达维朵娃的确很漂亮。而照片中的一位“来访客人”正站在前面抚摸那张貂皮——他就是约翰·奥斯本。

阿卡迪又开始端详《红旗报》上柯斯佳的照片。在那张照片上，他又看到了一个熟悉的人——奥斯本，他就在离柯斯佳不远的那群人中。

现在，高洛金还在继续申辩，他正说到旧车交易市场，说这个市场是格鲁吉亚人的天下。

“口渴了吧？”阿卡迪问帕沙。

“听他撒了这么久的谎，还真是渴了。”帕沙回答。

玻璃窗上出现了水雾，高洛金的眼神在阿卡迪和帕沙之间流转。

“到午饭时间了。”阿卡迪用胳膊夹住档案和录音带，带着帕沙准备出门。

“那，我呢？”高洛金开口了。

“显然，对于你来说，很多事情比离开这儿更重要，对吧？”阿卡迪说，“你还想去哪儿呢？”

阿卡迪离开片刻之后，又回来开了门，给高洛金扔了一瓶伏特加。高洛金手和身体并用，用胸口接住了这瓶酒。

“你应该好好想想关于凶杀案的问题。”阿卡迪说。高洛金露出一幅不知所以的表情。阿卡迪不管他，径直走了。

雨水冲走了路上的积雪。地铁站所在的街上有个卖啤酒的亭子，很多人在那里排队。帕沙认为这是春天到来的讯息。他和阿卡迪也加入了排队的行列，排队时有叫卖的手推车小贩路过，他们顺便买了腊肉和三明治。他们回望审讯室的窗户，因为雨水的原因，窗内的情景很模糊，但是依稀还能看到高洛金正在盯着他们。

“他是个谨慎的人，应该不会喝我们给的酒。不过也不一定，万一他觉得自己刚才交代得不错，这瓶酒该是我们奖赏他的呢？你觉得呢？”

“你想得真多。”帕沙抿了抿嘴。

“的确想得多了，想得越多，越容易弄错方向。”阿卡迪说。

阿卡迪又想起刚才自己看的报告，根据文字和图片的展示，那个美国商人奥斯本应该已经见过土匪柯斯佳，还有那个瓦莱丽亚——柯斯佳的情人。然后，柯斯佳弄到了飞往莫斯科的机票？正想着，帕沙端着两大杯正冒着气泡的黄色液体回来了。马路拐角处，很多人穿着大衣，站在那里喝啤酒。新库兹涅茨克附近没有商圈和高楼，像个小镇。当局曾经扩展过这里的加里宁风景区，下一步计划是大兴土木，建设克里姆林宫东面的基洛夫区，一条比加里宁区还要长三倍的林荫大道将横穿这个新区。新库兹涅茨克虽然不像个大都市，但是充满了大自然的温馨气息，端着啤酒的人们热情地互相寒暄，似乎天气的变化丝毫影响不了他们。阿卡迪不禁觉得很奇怪，这么友好的氛围中怎么会出现高洛金这样的奇葩呢？

午休之后，帕沙去了外交部，要取一份关于奥斯本和一个名叫阿芒的德国人的旅行记录，然后又去商业部取相关的外国皮货商的照片。阿卡迪回到审讯室，继续审问高洛金。

高洛金还在喋喋不休："我也曾经坐在你的位置审问过别人。我觉得，我们彼此之间应该坦诚相见。我也愿意像对待曾经坐在这里的其他人那样，为你提供你所需要的，比如，你上午问我的这些……"

"行啊你，高洛金。"阿卡迪说。

高洛金听他这么说，觉得事情有了转机。他的脸红红的，伏特加已经被喝掉一半。

"的确，审判有时候并不符合事实，"阿卡迪说，"尤其像你这样的特殊情况，我们所看到的你的所作所为往往并不是真的。"

"没错，"高洛金点头，"现在，趁其他侦探先生不在，我们开诚布公地说吧。"

阿卡迪抽上一支烟，同时递了一支给高洛金。然后，他打开了录音机。

"高洛金，你先听我说点情况，然后你看几张照片，之后再回答我的问题。不管你听到之后会不会很吃惊，你都得冷静思考我的问题。你做得到吗？"

"没问题！你说。"

"很好。"阿卡迪说，他现在的感觉好像在跳水，跳台很高，距水面很远。当他没有把握证明自己的推测时，就会产生这样的感觉。"费奥朵尔，我们已经掌握充分的证据，证明你曾经向美国游客贩卖圣像。而其中有一个美国人名叫约翰·奥斯本，是个商人，现在在莫斯科。去年你认识了他，几天前你还和他有过电话联系。但是，这次你没做成生意，因为奥斯本找到了别的货源。你也算是个生意人，生意失败是很正常的事，我不相信你以前没遇到过。但是，这次你好像特别介意，为什么？"

高洛金一脸平静。阿卡迪接着说："你说你根本不知道高尔基公园尸体的事。费奥朵尔，这句话我一个字都不相信。"

"尸体？"高洛金还是没什么反应。

"我就明说吧，其中两具尸体是两个西伯利亚人的，一男一女，男的叫柯斯佳，女的叫瓦莱丽亚·达维朵娃。"

高洛金还是一副事不关己的神情："这两个人，我确实不知道啊。"

"当然，也可能我说错了姓名。但是，他们抢了你的生意，这是事实。有人看到你和他们发生过争吵，没过几天他们就被枪杀了。"

"我真的不知道这些。"高洛金耸耸肩道，"你可能不相信我，但是我保证，我说的句句都是实话。对了，你刚才说，有照片给我看？"

"对，你倒提醒了我。给你看看死者的照片吧。"

阿卡迪拿出柯斯佳和瓦莱丽亚的照片，高洛金的眼神迅速掠过照片上的女孩和奥斯本，再看了看照片上被人围住的柯斯佳，然后又看了一眼照片上人群中的奥斯本。他看向阿卡迪，眼神中透出惊诧。

"是不是有灵感了？这两个人从遥远的地方悄悄来到莫斯科，在这里只住了一两个月。这么短的时间能有什么仇家？顶多就是你这个生意上的对手。可是接下来他们就遇害了，这不是很奇怪吗？现在，你已经到我这里了，我看这个案子基本上就可以结了。因为你跟死者吵过架，有证人的。不过，你还真该仔细想想，有证人看到你杀人吗？好好想想吧。"

高洛金抬起头，眼前的阿卡迪就像一个钓者，而自己就是那条上钩的泥鳅。阿卡迪也在心里飞快地思考，泥鳅已经上钩，在它吐出鱼钩逃走之前，自己必须抓住最后的机会。

"想清楚了吗？如果他们真的是你杀的，那你就犯了谋财害命的死罪；如果你今天作了伪证，那你就得坐十年的大牢；如果你不跟我说实话，那刚才我们聊过的那些小问题也可以判你几个罪。你好好考虑考虑吧，一旦打入大牢，你就翻不了身了！哪个罪犯不恨你这样的线人呢？何况，现在没人保得了你了。我保证不出一个月,你就会被其他犯人打死的。”

高洛金抿紧了嘴唇。看来,这条泥鳅已经把鱼钩深深地吞进肚里,不太好吐出来了。他有种疲惫的虚脱感,刚才喝的伏特加也给不了他力量了。

“费奥朵尔,我是你唯一的机会、唯一的出路。你必须把奥斯本和这些西伯利亚人的事情原原本本一字不漏地告诉我。”

“唉,我要是已经醉了该多好。”高洛金直勾勾地往前一倒,就像是要把自己埋进地下似的,额头重重地抵在了桌上。

“说吧,费奥朵尔。”

高洛金不死心地又磨蹭了一会儿,终于低头开始了陈述。

“我认识一个名叫阿芒的德国人,我帮他找过女人。有一次,他说他有朋友愿意出高价买圣像。就是那天晚上,我通过他认识了奥斯本。”

“奥斯本不是真想买圣像,而是以此为由,想找一把教堂用过的椅子和一只有宗教图案的箱子。如果我有质量好的大箱子,他能出两千美元买下它。”

“我花了整整一个夏天的时间去弄这只箱子,终于弄到了一只。去年12月的时候奥斯本来了,我在电话里跟他说了这个事情。可是这个王八蛋居然反悔了,他挂了我的电话!我赶紧去了趟罗西亚饭店,远远看到奥斯本和阿芒从里面往外走,我就跟踪了他们。在斯沃德洛夫广场,他们遇到两个土货,就是你照片上那一男一女。奥斯本和阿芒走了之后,我就追上去跟那两个人聊天。”

“这两个浑身松油味的人也不知道我是谁,就老实告诉了我一些事情:奥斯本准备找他们买箱子。而我呢,辛辛苦苦弄来了箱子,却被他们耍了。于是我把自己的身份告诉了他们,要求他们分一半利润给我——因为做生意要讲信誉嘛,他们抢了我的生意,这点钱就当是交易转让费了。”

“没想到那个丑陋的西伯利亚男人热情地拥抱住我,然后,我脖子上就多了一个冷冰冰的东西——那是一把刀!你能想象吗?就在斯沃德洛夫广场上,他的刀居然刺破了我的衣服,抵住了我的咽喉。他叫我闭嘴,说他和奥斯本都不想再见到我。当时正好是旧历新年,所以我记得很清楚那个时间:1月中旬。广场上人来人往,大家都喝得糊里糊涂,就算他真的杀了我,也不会有人注意的。我能怎么办,只好眼睁睁看着他们大笑着离开。"

"难道你还不明白吗？就是这两个人,现在已经死了!"阿卡迪说。

"我真的不知道!"高洛金抬起头,一字一顿地说,"那是我最后一次见到他们。如果我再去找他们,我就是有病。"

"但是你后来又联系了奥斯本,他一回市里你就很紧张地打电话给他。"

"没错,但我是为了我的箱子。我弄来了大箱子,除了他,我找不到别的买家。而我不知道奥斯本现在的想法,所以,我想试探他。"

阿卡迪再进逼一步:"昨天你和奥斯本在高尔基公园碰头了。"

"没有,那个人不是奥斯本,我也不认识他。他是个美国人,给我打电话说有意买圣像,我想我的箱子可能有着落了,至少我可以拆了箱子卖圣像给他。所以我们见了面。结果,他根本不是真的想买,他只是想在公园里到处看看。"

"你撒谎。"阿卡迪严肃地说。

"我发誓我没有。那人是个胖子,俄语说得不错,但是问的问题总是莫名其妙的。我能看出来他不是俄国人,识别外国人这个事情我还是有发言权的。总之,我们在高尔基公园里晃了半天,最后在一块空地上休息了会儿。"

"公园北面人行道旁边的空地?"

"对。我本来以为他想找个僻静地儿招呼几个女人什么的。结果,他说的话真是神叨叨的,他提到一个美国留学生,名叫柯威尔,他不断地问这个人。虽然我是认识很多人,但是我确实没听过这个名字啊。后来他就那么走了。"高洛金打了个响指,接着说,"他就那么走了！根本就没有安心买圣像！一见面我就看出来了!"

"为什么呢?"

"穿的衣服都是俄国货,这么穷的人,买什么圣像?!"

“他提到过柯威尔长什么样子吗?”

“当然,红头发,很瘦。”

线索似乎越来越清晰,这又是一个外国人。而奥斯本和高洛金,无疑是这个案件中很关键的线索人物。阿卡迪出门打了个电话给普里布鲁达:“帮我调一份材料,关于一个叫柯威尔的美国人。”

普里布鲁达悠闲地说:“这好像应该是我要做的事情哦。”

“说得太对了。”阿卡迪说,“案件中又出现了一个外国人,你觉得这个事情该谁来做呢?”

普里布鲁达说:“别这么说。其实我很乐意再给你提供一点线索的。你叫费特来取材料吧,我把关于那个人的所有材料都交给你们。”

看来普里布鲁达很乐意把自己情报员的材料透露出来,阿卡迪想着,好吧,那就让费特去领材料吧。他自己回到审讯室,把火柴杆摆到桌子上把玩。旁边的高洛金百无聊赖,闷头继续喝伏特加。

丘金探长溜达到了审讯室,在这里,他看到了令自己难以置信的一幕:自己的情报员和别的探长在一起!丘金一时大脑有点空白。阿卡迪直言不讳地说,如果他有意见,就去找检察官说。丘金怒气冲冲地走了。

又过了好长一会儿,费特臭着脸回来了,手里拿着公文包。

“探长,你不会再把我教训一遍吧?”他扶了一下耳边的眼镜架。

“坐吧,现在不会。”

其实,如果普里布鲁达需要费特给他提供什么报告,只要他先打个招呼,阿卡迪一定会给他准备好让费特带去,这样可怜的费特侦探也不至于被教训半天了。阿卡迪突然注意到,高洛金在看到费特挨批之后的泄气样儿显得很兴奋。看来,高洛金也正在掂量着为自己找个新主子了。

阿卡迪拿出了公文包里的复印材料,比他预计的还要多。看来,普里布鲁达很支持。

材料中有两份档案。

第一份档案:

美国护照

姓名:詹姆斯·梅耶·柯威尔。出生日期:1952 年 8 月 4 日。身高:5 英尺 11 英寸(约 1.7 米)。配偶:×××;子女:×××。出生地:美国纽约。眼睛:棕色。头发:红色。签发日期:1974 年 5 月 7 日。

护照上的黑白照片上,是一张瘦削的男子的脸,眼窝深陷,卷发,高鼻梁,拘束的笑容。签名很工整。

接下来是:

居住签证

姓名:詹姆斯·梅耶·柯威尔。国籍:美国。出生时间地点:同上。职业:语言系学生。居住目的:就读于莫斯科国立大学。陪同人员:无。访苏史:无。在苏亲属:无。家庭住址:美国纽约州纽约市 78 号大街西段 109 号。

签证照片和护照上的一模一样,签名也如出一辙。阿卡迪接着往下看:

登记处:莫斯科国立大学。入学时间:1974 年 9 月。系别:斯拉夫语研究生班。

从材料上看,柯威尔是个成绩优异的好学生,老师给出的评语中也充满溢美之词。不过,接下来,阿卡迪看到了这样的内容:

共青团信息:J.M.柯威尔与俄国学生有密切的交往,对苏联政治有很大兴趣,言谈间有反苏倾向。宿舍团小组曾提出警告,之后他佯装反美。通过对他的卧室进行搜查后发现,他藏匿有宗教作家阿奎纳斯的作品,还有西里尔文版的《圣经》。

国家安全部信息:初来苏联时,有学生询问是否需观察此人,收到答复说不需要。次年,我方指示一位女生与其发生性关系,被拒绝;再次指示一位男生照做,同样被拒绝。由此判断,此人态度消极,列入国安部和团组织的消极者名单。有三人与此人交往过密且未经允许，分别是：T.邦达列夫，语言系学生；S.考根，语言系学生；I.阿萨诺娃，法律系学生。

卫生部信息：据莫斯科国立大学综合医院报告，J.柯威尔有过以下治疗记录：刚到莫斯科四个月时，因肠胃炎服用过普通抗生素，因感冒注射过维生素C和维生素E，还做过烤灯治疗。来到莫斯科的第一年年底，拔过一颗牙，并换成不锈钢齿。

阿卡迪看到了牙齿图，右边第二颗被墨水涂色标识出来。不过，他没有找到关于牙根管的信息。他继续看接下来的材料。

内政部信息：1976年3月12日，J.M.柯威尔因性情乖戾，被逐出苏联。苏方不欢迎这样的客人，因此他再无入境机会。

阿卡迪开始联想那个叫“红毛”的尸体。这个可疑的学生与死者有很多相似之处：年龄吻合，基本体征吻合，也有钢齿、红发，还认识伊莉娜。但是，列文曾经在“红毛”左腿上发现的毛病，这个学生的材料里没提到。而且从材料来看，他的假牙不是在美国装的。更重要的是，他被驱逐之后已经不再有机会回到苏联。那么，高尔基公园的尸体……

阿卡迪把他的照片给高洛金看。

“认识他吗？”

“不认识。”

“他可能有一头红头发或者棕色头发。费奥朵尔，在莫斯科，这种瘦瘦的红发美国人是很少见的。”

“我真的不认识他。”

“那么，这些大学生呢？比如，邦达列夫？考根？”他没有继续追问，否则接下来会脱口而出的名字就是伊莉娜·阿萨诺娃了。

阿卡迪拿起了第二份档案。

美国护照

姓名：威廉·帕特里克·柯威尔。出生日期：1930年5月23日。身高：5英尺11英寸。配偶：×××；子女：×××。出生地：美国纽约。眼睛：蓝色。头发：灰色。签发日期：1977年2月23日。

从照片上看,这个威廉·柯威尔是个中年男人,灰色卷发,蓝眼睛,短鼻子,阔下巴。神情严肃,穿戴合体,肌肉发达。他的签名写得很大,也很工整。

旅游签证

姓名:威廉·帕特里克·柯威尔。国籍:美国。出生时间地点:同上。职业:广告设计师。居住目的:旅游。陪同人员:无。访苏史:无。在苏亲属:无。家庭住址:美国纽约州纽约市巴罗大街220号。

接下来是同样的照片和同样的签名。

入境日期:1977年4月18日。离境日期:1977年4月30日。已订返美航班回国。预订酒店:大都会饭店。

阿卡迪又把威廉·柯威尔的照片给高洛金看。

"这个人呢? 认识吗?"

"认识,这就是我昨天在公园遇到的那个!"

"你不是说他胖乎乎的吗?"阿卡迪看看照片。

"对呀,这么大的块头。"

"你说他穿的什么衣服来着?"

"很普通的俄国产的衣服,应该是新买的。他俄语说得好,在俄国买件衣服很容易。不过,"高洛金的语气充满了不屑,"他居然会买俄国产的衣服。"

"你凭什么确定他就是个外国人?"

高洛金把身体往前倾了倾,像在跟自己的老朋友说话:"这个事情我还是能判断的,在大街上走着的人,我一眼就能分辨出谁是游客,谁是我的潜在顾客。另外,告诉你个秘诀,俄国人走路,感觉是气往上浮,好像重量都集中在了上半身;美国人正好相反,气往下沉,重心在腿上。"

"哟,是吗?"阿卡迪又去看照片。他平时看美国广告少,所以对美国人的研究不多。照片上的那张脸透着野性。这样的一个人,就算是扛,也可以轻松地把高洛金弄到林中的空地。那片空地就是三具尸体被发现的地方，也是阿卡迪曾经挨揍的地方。阿卡迪记得，打斗的混乱中，他咬了对方的耳朵，于是问高洛金："你看到他的耳朵了吗？"

"这个嘛，"高洛金想了想，"在耳朵这个问题上，美国人和俄国人应该没啥区别吧？"

阿卡迪给国际旅行社打了个电话，对方很快查出了柯威尔的行踪。三天前，W.柯威尔买了机票准备去大乌苏里岛。就在那天，阿卡迪被一个大块头揍了一顿。导游还告诉阿卡迪，柯威尔是单独旅游，所以没有导游跟随，只有十个人以上才能成团配导游。

挂掉电话之后，帕沙正好从外交部回来。阿卡迪说："我们现在找到了一个证人，他可能可以证明，案件的两名死者跟一个可疑的外国人有关联。"阿卡迪故意放慢语速，好让费特侦探听了之后向普里布鲁达"告密"。他接着说："案子跟圣像倒卖脱不了干系，我们必须抓住那个可疑的外国人，所以，要尽快报告给检察官阁下。这个证人甚至可以证明，第三个死者也跟那个可疑的外国人有关联。现在，所有的线索都开始串起来了。而这个费奥朵尔·高洛金，是个关键人物。"

"我声明，我坚决拥护你们！"高洛金赶紧表态。

"那个可疑的外国人是谁？"费特问了一声。

高洛金忙说："是个叫阿芒的德国人。"

说到这里，阿卡迪借故把费特推出了门。费特半推半就地走了，作为普里布鲁达的情报人员，他终于听到一条"重要线索"，自然要赶着向普里布鲁达汇报邀功呢。

"阿芒真的那么可疑吗？"帕沙问道。

"极有可能，"阿卡迪回答，"我们先看看你的材料吧。"

帕沙带来的材料里，是奥斯本和阿芒最近六个月在苏联的全部行程线路。因为记录者用的是速写文字，所以一堆堆缩写字让阿卡迪和帕沙看得头昏脑涨。

J.D.奥斯本　皮货公司经理

入境：纽约—列宁格勒，时间：1976 年 1 月 2 日，地点：阿斯托里亚饭店;时间:1976年1月10日;地点:莫斯科罗西亚饭店;时间:1976年1月15日,地点:伊尔库茨克皮货中心;时间:1976年1月20日,地点:莫斯科罗西亚饭店。

出境:莫斯科—纽约,时间:1976年1月28日。

入境:纽约—莫斯科,时间:1976年7月11日,地点:阿斯托里亚饭店。

出境:莫斯科—纽约,时间:1976年7月22日。

入境:巴黎—苏联格罗得诺—列宁格勒,时间:1977年1月2日,地点:阿斯托里亚饭店;时间:1977年1月11日,地点:莫斯科罗西亚饭店。

很有意思的一点是,格罗得诺只是波兰边境的一个小镇。奥斯本去列宁格勒没有坐飞机,而是从这个小镇坐火车去的。他继续往下看:

出境:莫斯科—列宁格勒—赫尔辛基,时间:1977年2月2日。

入境:纽约—莫斯科,时间:1977年4月3日,地点:罗西亚饭店。

预定离境:莫斯科—列宁格勒,时间:1977年4月30日。

接下来是阿芒的情况记录:

H.阿芒　德意志民主共和国公民,德共党员。

入境:柏林—莫斯科,时间:1976年1月5日。

出境:莫斯科—柏林,时间:1976年6月27日。

入境:柏林—莫斯科,时间:1976年7月4日。

出境:莫斯科—柏林,时间:1976年8月3日。

入境:柏林—列宁格勒,时间:1976年12月20日。

出境:列宁格勒—柏林,时间:1977年2月3日。

入境:柏林—莫斯科,时间:1977年3月5日。

阿芒的材料虽然简单,但是把两个人的记录合在一起,还是可以看出一些端倪。1976年1月,阿芒在莫斯科停留过13天;1976年7月,他再次来到莫斯科,住了11天;今年冬天1月2日到10日,他又在列宁格勒住了一阵。而高尔基公园的谋杀案发生在1月10日到2月11日期间,这段时间里阿芒和奥斯本有密切的联系。2月2日,奥斯本去赫尔辛基的时候,阿芒已经在列宁格勒了。从4月3日之后,两个人同时待在莫斯科。他们的通话工具一直是公用电话。

帕沙拿来的材料中有一张照片,是伊尔库茨克皮货中心的清晰照。阿卡迪毫不意外地发现,照片上的房子和柯斯佳那张照片上的房子一模一样。

"你送一下费奥朵尔,咱们的朋友,"阿卡迪吩咐帕沙,"他那里有个很特别的箱子。你去了之后把箱子带到乌克兰饭店,存在一个安全的地方。这些录音带也带回饭店。"

他说的录音带,就是审问高洛金时录了音的磁带。帕沙从自己的口袋里掏出那个袖珍菠萝,不情不愿地把磁带放进了口袋。

"这菠萝好,你也应该买一个的。"他还不忘告诉阿卡迪。

"算了吧。"

"探长同志,我时刻准备着,"高洛金穿好外套,戴好帽子,"为您服务!"

他们走了。现在,房间里只剩下阿卡迪自己。事情的线索越来越清晰,他觉得自己已经按捺不住心中的激动了。有了高洛金的这份口供,就能证明有一个美国人涉嫌杀人,有被刑拘的可能,而克格勃既然那么器重这位国际友人,肯定会心甘情愿地接手这个案子的。阿卡迪终于可以把这个棘手的案子丢给普里布鲁达了,而且,他不敢不接。

阿卡迪穿上外衣出去买了瓶伏特加。早知道应该拉上帕沙一起庆祝的,还可以激情澎湃地高喊:"为我们自己干杯!"因为他们是如此优秀的侦探呢。想到帕沙,阿卡迪脑海中又浮现出他那个神奇的菠萝。帕沙专门买那个菠萝,看来是有些其他的想法哦。不知不觉走到一个公共电话亭前,他手中还握着买东西找零的两戈比硬币。可是,给谁打呢?卓娅?

高尔基公园命案是一起奇特的杀人案。曾经,因为被这个案子搞得心烦意乱,阿卡迪把卓娅的事放到了一边,而现在,又因为这个案子的进展,他再次想到了卓娅。电话话筒变得沉重起来,因为他想打给她。如果她不是在施密特身边,而是在自己家里,那该多好。阿卡迪每天奔波在这座城市的不同地方,她一定不知道他在哪里。而他,为什么要逃避她?他应该和她好好谈谈,而不是像现在这般软弱。于是,他拨通了家里的电话,但是,电话占线。她会在家里吗?

地铁里挤满了下班回家的人,包括阿卡迪在内。现在,一切对于阿卡迪来说都即将圆满了,案子即将尘埃落定,他觉得连疼了几天的胸口似乎都恢复如常。他的脑子里全是卓娅,他想象着:她还在生他的气,可是偶然回到家的时候被他说服了,于是永远都不走了。他们虽然经历了很多风波,但是最终都在床上化干戈为玉帛。他以为想到这里他会很兴奋,但是他没有。就算这些戏剧性的情节都变成真的,那也只可能是一个原因——他在演戏。

他终于回到家了。敲门,无人回应。于是掏钥匙,开门。

是的,她回来过。房间里空荡荡的,原来的椅子、桌子、地毯、窗帘……能带走的东西,她都带走了,这简直是一次彻底的大扫除。现在,房间里干净得一丝不挂,除了电冰箱和床。贪婪真是一件可怕的事情。电冰箱搬不走,但里面的制冰盘居然被她拿去了。而那张当初费劲搬进房间的床上,现在只剩下床单和毯子。

阿卡迪脑子里一片空白。十年的婚姻,就这样结束了,而且结束得如此肮脏!当然,她肯定不这么认为。可是,他们的婚姻竟然如此糟糕吗?算了吧,阿卡迪也不想再思考了。

电话的话筒被翘起来,就那么放着没有归位。难怪刚才打电话的时候占线呢。那会儿他还以为她正在家里打电话,真搞笑。阿卡迪把话筒放好,兀自坐在床边发呆。

这个世界到底怎么了?她曾经也是爱过他的吧?那么,她现在的变心,他有责任吗?是的,他想。自己为什么不去争个中央委员会的监察员来当?就算当上了,做了伪君子,那也是为了拯救自己的婚姻和家庭,又能算什么过错?难道自己现在就不是伪君子?刚才,对黑市商人、西伯利亚人和美国人的各种审查,单纯只为了破案吗？不是,他心里很清楚,他只是为了推卸责任,为了不再继续负责高尔基公园的案子！说到底,他也是出于私心！

这时电话突然响了。会是她打回来的吗？

“喂?”

“请问是伦科探长吗?”

“对,是我。”

“有人听到了枪声,从塞拉费莫夫大街二号的一个房间里传出来的。我们赶过去时发现有两人被枪击致死,一个叫高洛金,还有一个侦探,叫巴甫洛维奇。”

命案现场,高洛金的寓所。房间的地板上铺着东方元素花纹的地毯,上面乱七八糟地堆着纸箱、唱片、烟和罐头。列文已经开始工作了,他正用仪器在高洛金的头上探测。帕沙·巴甫洛维奇躺在地毯上,血浸湿了黑色夹克的背部。他和高洛金的手边分别有一支枪。看样子,他是被一枪毙命的。一位行政区侦查员做了自我介绍,然后向阿卡迪展示了调查记录。

他说:“我认为,是高洛金首先从背后偷袭了侦探,然后侦探倒下的同时转身击毙了高洛金。这里住在隔壁的人没有听到枪声。目前来看,两名死者手边的枪和他们被打死所中的子弹刚好匹配。侦探的枪是PM型的,高洛金的是TK型的。当然,这只是我的推测,最终结果还要通过弹道分析才能得出。”

“有人看到过其他人离开这里吗?”阿卡迪问。

“没有。所以我认为他们是被对方枪击致死的。”

阿卡迪看向列文,可是列文把头转到了另一侧。他故意的吧？

“审讯结束之后,巴甫洛维奇侦探把高洛金带回了这里。”阿卡迪说,“侦探身上还带着审讯时录了音的磁带,你搜到过吗?”

“我们搜查过了,但是没有发现磁带啊。”行政区侦查员回答。

“房子里的东西,你们挪动过吗？有没有搬走什么东西?”

“也没有。”

阿卡迪在高洛金的卧室搜寻他提到过的那只箱子，一只有圣像图案的教会用的箱子。他只看到壁橱中的一堆风衣，还有肥皂盒这样的杂物。那位行政区侦查员在一边愣愣地看着阿卡迪，也不帮忙，心里只是担心阿卡迪把这里的宝贵财物给损坏了。阿卡迪搜寻完，一无所获地回到死去的侦探身边。这位行政区侦查员立马命令民警们搬走房间里的财物。

高洛金前额中弹，留下一个醒目的孔洞。帕沙安静地闭着眼睛，漂亮的脸让他看上去像一个熟睡的骑士。阿卡迪没有找到高洛金的箱子，也没有找到帕沙带走的录音带。而他们都死了。

下楼，走上大街，阿卡迪看到民警们还在一箱箱地搬着高洛金寓所里的东西，比如，酒、钟表、衣物，等等。物品里面里还有一颗菠萝和一双溜冰鞋。这群忙碌的人让阿卡迪想到了面包屑下面那群恶心的蚂蚁。

9

斗转星移间,古老的冰川改变着模样,演变之中,大地上随之出现了低低的群山,静静的湖泊,还有蠕虫爬行般蜿蜒曲折的河流。这片古韵盎然的景致正是现在的莫斯科北面的风光。在这里,银湖继续冰封着,湖边的别墅群继续杳无人烟。当然,有一栋除外,那就是雅姆斯科伊的别墅。

阿卡迪驱车来到别墅后门,停好车,开始敲门。一扇窗开了,露出雅姆斯科伊的头,他做了一个手势让阿卡迪等着。五分钟后,检察官穿着华贵的衣饰出来了,像沙俄时期的贵族。他光秃秃的头顶上泛着粉红色的光,闲庭信步般地沿着湖边走过来。

显然他对阿卡迪的到来很不满意:"周末还来这里做什么?"

"你这里没电话,只好走过来了啊。"阿卡迪跟在他身后。

"是你没有这里的电话号码。在这儿等一下。"雅姆斯科伊把阿卡迪留在原地。

湖心的冰层很厚,湖边的却薄得如同玻璃一般透明。如果现在是夏天,这里一定有很多人撑着艳丽的太阳伞打羽毛球,累了还可以喝冰镇柠檬汁。阿卡迪看到雅姆斯科伊进了一个小屋子,拿了一只白铁喇叭和一桶饲料回来。

"对了,你小时候应该在这里也有一栋别墅吧。"雅姆斯科伊说。

"嗯,有年夏天好像在这里。"

"我说吧,像你这样的家庭,不可能在这里没有别墅。"检察官把白铁喇叭递给阿卡迪。

"干吗?"

"只管吹就行了。"检察官回答。

阿卡迪依言开始吹喇叭,吹到第二声时,响亮的回声从远处湖畔传了回来。

雅姆斯科伊把喇叭拿回来，问道："那位不幸牺牲的侦探叫什么名字？"

"巴甫洛维奇。"

"真可怜。高洛金真是个危险人物，早知道你就应该跟他一起去，说不定他能幸免于难的。今天一上午我不停地接到电话，都在说你们这个事情，总检察长和民警司令官也在过问。哦，你也是为这个来的吗？相信我，我会保护你的。"

"我不是。"

雅姆斯科伊叹了口气："是啊，你怎么会为这个事跑一趟呢？不过，巴甫洛维奇是你的朋友吧？你们曾经是那么好的搭档呢。"他看着天空，银色的白桦林上空飘荡着白色的云，"这真是个奇妙的地方。再过一段时间，你可以来这儿度个假。这里有特设专享的奢侈品店，你小时候就有了，有的店现在还在。到时候你带上你老婆，我们一起去逛逛，选点东西。"

"我觉得，普里布鲁达是凶手。"

"别急。"

雅姆斯科伊打断了他说话，开始竖着耳朵听树林里的声音。一群绒鸭飞到了树林的上空，它们越飞越高，渐渐排成了人字形，然后，在湖面上空盘旋。

"一定是普里布鲁达派人跟踪了巴甫洛维奇和高洛金，然后伺机杀死了他们！"阿卡迪继续说。

"普里布鲁达怎么会对这样的案子感兴趣呢？"

"因为，嫌疑犯是个美国商人。这人我还见过呢。"

"你怎么会去跟美国人见面？"雅姆斯科伊把饲料倒在地上，空中随之响起一阵急促的翅膀扇动的声音和咕咕的叫声。

阿卡迪提高音量："不是你带我去见面的吗？就是你让我去的那个浴室，我就是在那儿见到了他！没错，你自己也说过，你一直很关注这个案子的进展。"

"我带你去见的？亏你想得出来！"雅姆斯科伊一边堆饲料一边说，"是，我是非常认可你的能力，也愿意给你提供可能的帮助。但是，我怎么会带你去见那样的人，我甚至都不想知道他是谁。等等，嘘——”阿卡迪正要说话，却被检察官制止了。

绒鸭们飞落到了湖面上活动，它们在距离岸边30米左右的地方停下了，警觉地盯着阿卡迪和雅姆斯科伊。两人回退到了小屋的位置，绒鸭们似乎才放心了，开始朝着饲料的方向走去。

“它们很漂亮，是吧？”雅姆斯科伊说，“对于这个地方来说，这种动物很重要。它们过冬的地方是摩尔曼斯克附近，战争期间，我也在那里养过绒鸭。”

上岸的绒鸭似乎有些犹豫，好象还在提防着潜在的危险。更多的绒鸭受饲料的引诱，落到了湖岸边。

“它们在提防狐狸的突然袭击。”雅姆斯科伊说，“你为什么会怀疑到一位克格勃军官的头上，有证据吗？”

“我们对公园的尸体做了初步鉴定。还找线索人物高洛金录了音，录音内容可以证明，死者中的其中两人都跟那个可疑的美国人接触过。”

“是吗？那高洛金人呢？录音带呢？”

“录音带在帕沙身上，但是到了高洛金的住所之后被偷走了。本来高洛金还有只箱子。”

“箱子？在哪里呢？行政区探长的财产报告里没提过什么箱子啊。你来找我就是要说这个吗？你的人证死了，物证不见了，你还想凭这些起诉克格勃少校？高洛金提到过普里布鲁达的什么吗？”

“没有。”

“那我就搞不懂了。是，你的同志牺牲了，你很痛心，而你又一向看不惯普里布鲁达，所以，你糊里糊涂的就给他定了罪。但是，你没有证据！”

“那个可疑的美国人和克格勃确实有关联。”

“哦？这么说起来，你和我也都有关联。我们和他们有区别吗？都要吃喝拉撒。你刚才说的这些什么问题都说明不了。作为一个精明的商人，跟谁有关联都很正常。你最好没有对其他人说过刚才那些荒谬的猜测，也最好不要以任何书面形式提到。”

“帕沙被害的案子应该作为高尔基公园命案的一部分。我要求全权调查。”

“算了吧，阿卡迪。你说的那个美国商人，你知道他有多大财力吗？你知道他有多大影响力吗？”雅姆斯科伊说，“高尔基公园那三个人根本不值得他浪费一丁点时间，他犯不着去杀他们。对于一个不缺钱的人来说，十万卢布都不算什么。别的还能因为什么原因让他去谋杀？作风问题？以他的身份和影响，应付任何事情都是手到擒来的，根本不可能有他对付不了的事。所以，他完全没有理由去谋杀。对了，你说对高尔基公园的死者做了初步鉴定，怎么样，他们是俄国人还是外国人？”

“做了初步鉴定的两名死者都是俄国人。”

“你看，是俄国人，那怎么可能跟普里布鲁达有关呢？帕沙的死也没那么复杂，不就是高洛金和他互相击毙了对方吗？行政区侦查员的工作干得不错，你不需要接手帕沙的案子。当然了，最终报告还是由你来完成。其他的，我不想你再插手了。我太了解你了，因为一些荒唐的以及你个人的原因，你想调查普里布鲁达少校。加上现在你同事的死，你更不打算放弃这个案子！对不对？要是你遇上别的检察官，早就叫你去疗养了，我还算好的，可以允许你继续调查这个案子。但是，私下里我得跟你说清楚，从现在开始，我会更密切地关注案件的进展。还有，你先休息两天。”

“那我还不如辞职不干了。”

“你真不干也行啊，无所谓。”

“那我辞职好了，你找个能干的探长来接手吧。”

阿卡迪也不知道自己这话为什么会这样冲口而出，他好像一下子意识到，这是一个陷阱，但是，他已经摆脱不了了。

雅姆斯科伊瞪着他：“还是这么幼稚。我就经常纳闷，既然你如此公开地藐视自己的党籍，当初又是出于什么样的动机当了这个探长？”

阿卡迪无话可说了，他只好笑了笑，紧接着，脑子里就冒出了新的念头。自己真的要这么辞职吗？答案当然是否定的。如果《王子复仇记》刚演到一半，王子就因为复仇计划太复杂而不再演下去，那成什么样了？雅姆斯科伊眼中闪烁着愤怒，这种愤怒就好像观众只看到戏演了一半就被中止的讶异感受。检察官之前从未这样关注过阿卡迪。不过，看到阿卡迪一直微笑，检察官自己也笑了。

“如果你真的辞职了，会怎么样？”雅姆斯科伊说，“我可以一手毁了你。但是没必要，我不会动手，反正你已经自取灭亡了。你会丢了党证，毁了前途，也毁了家庭幸福。探长辞职后还能做什么工作？值班员？总之，那样我也不指望你为我长脸了，我经受得住。”

“我也经受得住。”

“好吧，那么，如果你辞职，”检察官接着说，“我会另外找一个探长接着调查，比如，丘金探长。你觉得怎么样？”

阿卡迪耸耸肩：“丘金没接受过刑侦的专业训练，不过，无所谓了。”

“好吧，那就这样吧。让一个贪财好色的无耻之徒来接手这个案子，反正你同意了的。”

“我并不操心这个案子的侦查工作，我辞职只是为了……”

“为了你的朋友！对吧？你觉得，你必须为他做点什么，因为他是个可以替你去死的好汉！”

“没错。”

“好啊，那你辞职吧，就用你的辞职来证明自己。”检察官说，“虽然丘金不是个专业的探长，但是我还是会同意让他接手的。反正他缺乏刑侦经验，接手这个案子又会给他带来很大压力，所以他一定会直接指认高洛金为杀人凶手——反正已经死无对证了。这样一切也合情合理，他一两天就可以结案了。但是，以我对他的了解，这还不算完。你难道不担心，他会把你死去的朋友指认为高洛金的同伙？他绝对干得出这种事，他可以编故事，说你的侦探和高洛金之死是强盗之间的自相残杀，诸如此类。不管他怎么说，总之对你没什么好处。你想想，高洛金本来是他最好的线人，都是被你挖出来的，他还不怀恨在心？你瞧，人性中总有那么多奇怪的东西，不同的侦探去调查同样的案子，会得出不同的结论。而且，这不同的结论还都很合理。”

好吧，阿卡迪想着，这果然是个没有出口的陷阱。雅姆斯科伊取空桶去了，阿卡迪一个人站在那里，呆呆的。绒鸭们没有再飞起来，而是在湖畔奔跑，跑到一个安全的位置，站在结了冰的湖上叫着，似乎在表达对阿卡迪和雅姆斯科伊的不满。雅姆斯科伊拿回了空桶，准备进小屋。

阿卡迪追上他："你好像很关心我是否继续调查这个案子?"

"废话，你是我这里最优秀的探长，我当然想让你继续调查。"雅姆斯科伊换了一副亲切的口吻。

"那么，如果那个美国人就是杀人凶手……"

"只要你有证据，我们一起逮捕他。"检察官慷慨陈词。

"可是，如果真是他，我只有 9 天时间了。他会在五一节前离开俄国。"

"相信你自己，也许你会有超速进展。"

"只剩下 9 天，也许我永远也拿他没办法了。"

"大胆去做吧，探长。我对你有信心，对我们的制度也有信心。"雅姆斯科伊打开小房子的门，把空桶放进去，"你也要信任我们的制度。"

就在检察官关门的一瞬间，阿卡迪看到小房子的暗处竟然有两只绒鸭！它们被捆着双脚倒挂着，应该已经死去多日，变质的气味都窜出来了。阿卡迪疑惑了，雅姆斯科伊这样的人有必要去杀绒鸭吗？绒鸭可是国家保护动物啊。他回过头，看到湖岸上有更多的绒鸭正在抢着雅姆斯科伊刚才堆积的饲料。

回到乌克兰饭店，阿卡迪还没顾得上喝一口水，就看到门缝下塞进来的一个信封。他拾起来打开，信封里有张纸条，是列文的笔迹："帕沙和高洛金均死于枪杀，另有其人从半米以内距离开枪，一个后背中弹，一个前额中弹。被发现时，两具尸体相隔三米。"他不意外地发现，列文没签字。

阿卡迪酒量一般，只是，他和很多男人一样，迷恋伏特加。他相信一句老话："伏特加没有不好的，只有好的和更好的。

他一边喝酒一边思索着一连串的问题：跟踪帕沙和高洛金的人是谁？这个人可以在敲门进入之后赢得两个人的信任？凶手到底是一个人还是两个？阿卡迪认为，一个人做不到神不知鬼不觉，三个人又显得太多，连老实的帕沙都会提高警惕的，所以，两个人的可能性比较大。那么，最可疑的凶手是谁？普里布鲁达！必须是他。因为他要保护奥斯本，奥斯本可是克格勃的人。但是,他又不想真的接手这个案子,因为一旦接手就等于他自己承认了案件的涉外性质——那么美国大使馆就将关注此案,并开始他们自己的调查。这就难保奥斯本不出问题。所以,这个案子必须让检察院的刑侦探长来调查,而且,只许失败,不许成功!

不知道大家都是靠什么办法保持千杯不醉的,有人说,喝酒之后吃泡菜可以解酒,也有人说,吃蘑菇可以解酒。帕沙以前说过,喝酒的时候不吸气一口吞下去就不会醉。于是,阿卡迪试着把酒一口吞进胃里,结果——他被呛住了,开始剧烈地咳嗽。

应该说,卓娅的存在是对探长另一面的展示。当大家对探长的英明神武赞许不已的时候,探长的妻子却出了轨,这不能不说是一个绝佳的讽刺。好吧,妻子的出轨如果说只是对探长有一点触动的话,那帕沙的死就可以称得上是震撼了,像是遭受了重重一击。

帕沙的监听记录还没有做完,阿卡迪明白,他还需要一个侦探来协助自己听完那些录音带,做好剩下的记录。当然了,费特侦探在不必向普里布鲁达打小报告的时候也可以做些记录。现在,探长还有好多没有完成的工作呢。

许多事情,桩桩件件都浮现在探长的脑海里。是谁想看克格勃提供的这些材料?是谁在威胁说要逮捕国安机构的外籍情报员?是自己。他,阿卡迪,才是杀死帕沙的凶手!

想到这里,他不由自主地把桌上的录音带摔了出去,一边摔一边高喊:"打倒弗伦斯基主义!"

摔到最后,只有一盘新录的录音带幸免于难。这是奥斯本在罗西亚饭店的录音,里面是他两天前的对话。阿卡迪定了定神,决定再听一听。

首先是敲门和开门的声音,然后,阿卡迪听见了奥斯本说话:

"嗨。"

"瓦莱丽亚在吗?"

"稍等。我正准备去散散步。"

然后是关门的声音。

这盘录音带里有一个熟悉的声音——电影制片厂的那位姑娘。

10

五一节前夕，街上处处张灯结彩，一派热闹场景。巨幅标语上写着“苏联是全人类的希望”“光荣属于苏联共产党”云云。

利加乔夫工厂里的工人们正在加班加点地干活，生产更多的汽车、拖拉机和电冰箱，以便用“超额完成生产任务”来欢庆五一。冲压、焊装、涂装……每一步流程都匆忙而有序。工厂的烟囱里不断冒出灰色的霾，舞动在城市的上空。

餐馆里坐着一大早就喝得酩酊大醉的人们。天鹅穿着黑T恤坐在里面，显得更加瘦弱，更加……楚楚可怜。阿卡迪实在很诧异，像他这样的人居然还能活到现在。他拿出詹姆斯·柯威尔、土匪柯斯佳和瓦莱丽亚·达维朵娃的照片给天鹅看。

“你还好吗？”天鹅问。

阿卡迪很吃惊，不明白他什么意思：“怎么？”

“我是说，你是一个温柔体贴的男人……”

什么意思？同性恋的暗示吗？“我只想知道照片上这些人的情况。”阿卡迪扔下几个卢布，赶紧走了。

马戏场附近一套半成品公寓的地下室是伊莉娜·阿萨诺娃的家。她出门走上台阶的时候看到了站在上面的阿卡迪。他也看到她脸上那小小的青色淡斑，但是，她似乎没有考虑过用一点点粉底遮住它。而她，也在用审视的目光打量他。

“瓦莱丽亚呢？”阿卡迪问她。

“谁？”她愣了。

“一般情况下，人家的溜冰鞋被偷了会立即报案。而你恰恰相反，躲着民警，拖延报案。起初你似乎连承认溜冰鞋被偷都不愿意，后来报案了,是担心被追查吗?"

"哦? 那你说说,我犯了什么事要被追查?"

"提供虚假信息。老实说吧,你的溜冰鞋到底借给过谁?"

"我要迟到了。"她想走。

阿卡迪敏捷地抓住了她的手。这是一双柔软的手,还有暖暖的温度。"说,瓦莱丽亚是谁?"

"什么瓦莱丽亚? 我不认识她。"她把手缩回去,急匆匆地走了。

回去的路上,阿卡迪与很多女孩擦肩而过,但是她们谁也比不上伊莉娜。她就像一个美丽的谜。

他去了外贸部。在叶甫根尼·蒙代尔那里,阿卡迪先说了一个故事给他听。

"几年前,一个美国人在一个村子里旅行的时候猝死了。死的时候正是盛夏,当地人不愿意让人觉得自己这里条件差,就腾出了村里唯一的一台冰箱来装尸体。村庄离莫斯科大概有两百公里远,村民给这边打了电话报告。结果,外交部的人叫他们先别动,等着填报旅行人员死亡的登记表。然后,官方的这个效率……两周过去了,村民们还没有等到登记表。他们唯一的冰箱放了尸体,结果自己的牛奶没地方放,都变质了。他们觉得对死者已经仁至义尽,于是,在一个月黑风高的夜晚,他们把尸体扔上卡车,运到了莫斯科。然后,他们把尸体扔进你们的大厅,开着卡车回去了。你想想看,当时这里有多乱。然后,克格勃的人从美国大使馆找来一名官员,这位官员来了才知道是叫他来处理尸体……可他也不愿意插手此事——当然不是因为没有登记表。谁都不愿管这种事,于是有人建议把尸体扔掉,要么运回他旅行的那个村子,要么埋在高尔基公园。反正,能处理了就好。美国大使馆的官员也赞成。最后他们找到了我和病理学家,我们有那种死亡登记表……那是我最后一次来这里。"

其实,阿卡迪扯了这么一通,只是想观察叶甫根尼·蒙代尔在听到"高尔基公园"这个关键词的时候的反应。事实证明,叶甫根尼目前对高尔基公园的尸体并不知情,因为他的脸上没有任何表情的变化,尽管他曾经和奥斯本一起在浴室交谈并频频出现在奥斯本的录音记录里。

现在,蒙代尔还在问:“美国游客该用哪种死亡登记表呢?”

“有相关的死亡证书吧。”阿卡迪这样回答。

其实,蒙代尔面对阿卡迪的时候是不安的,因为他知道了阿卡迪的身份——他是探长。普通老百姓是很难当上探长的。阿卡迪应该来自莫斯科的官二代圈子,这个圈子里的小伙伴们在念书的时候就认识了。这样的人脉带来的前途绝不仅仅只是一个探长的位置。而蒙代尔,他只能在这个圈子的外围徘徊。虽然,他穿着考究,办公室也如此高端大气上档次,但是,看到探长懒懒地回答他的问题,他以为探长对他不满。他不清楚探长的背景,所以更加不安,开始冒汗。

阿卡迪迅速捕捉到了他的反应。于是,他开始高谈阔论父辈的那些事,也高度评价了老蒙代尔在战争期间的工作,当然,也不忘暗示他的胆小如鼠。

叶甫根尼不乐意了:“他得过勋章,而这正说明了他的勇敢,有证书为证!他在列宁格勒遭遇一个班的德国士兵的袭击,当时,他和一个美国人在一起,就是你在浴室里遇到的那个美国人。他俩齐心协力打死了三个德国鬼子,还把剩下的敌人赶跑了。”

“哟,你是说那个美国皮货商奥斯本?”

“对,他现在是皮货商,买进苏联的皮货,在美国销售。这边买成400美元一件,那边可以卖600美元。没错,这就是资本主义。但是,他仍然值得佩服,而且,他现在已经是苏联的朋友了。说到这个,我有点内部消息,你要听吗?”

“当然。”阿卡迪说。

叶甫根尼越说越激动,其实他本来的目的是想让阿卡迪尽快离开,但是他又不甘心一直被探长这么不冷不热地对待,他希望能获得探长的赞许。于是他压低声音,用只有两个人才能听到的声调说:“国际犹太复国主义势力控制了美国的皮货市场。”

“不就是犹太人嘛?”

“是国际犹太势力。在我们的索尤兹普什尼纳,有人和他们有密切往来。为此，我父亲曾经努力过，想要打破这种控制，他为其他商人提供了很给力的价格。可惜，犹太复国势力太强了，他们一听说这个价格，就带着钱潮水般地涌来，把貂毛制品抢购一空。”

“那，奥斯本呢？他算犹太势力吗？”

“他当然不是。我刚才说的事情已经过去十年了。”

阿卡迪点了支烟，靠在窗口，从窗口看出去正好能看到结了冰的莫斯科河，河上的冰块已经开始出现裂缝。

“你说奥斯本是苏联的朋友，就因为他曾经跟你父亲并肩作战？”

“这个，我不太方便说。”

“告诉我没关系。”

“好吧。”蒙代尔拿着烟灰缸跟了过去，“两年前，苏联和美国做过一笔动物交易，用两只美国水貂交换两只苏联紫貂。这的确称得上是高端大气上档次的交易，美国水貂真是漂亮，至今还在我国的农场里生殖繁衍，苏联紫貂更是美得无法形容——此貂只应天上有。不过，我不得不告诉你，它们并不完美，其实是有缺陷的。”

“什么？”

“它们被阉过。在苏联，出口具有繁殖能力的紫貂属于违法行为。美国佬应该想得到的，谁会冒着犯法的风险和他们交换？可惜，他们真没想到这出，所以有些恼羞成怒。从那以后，他们一直没有放弃盗取能够繁殖的苏联紫貂的计划，也曾经派人潜入苏联，想从我们的集体农场偷一些紫貂，然后悄悄走私出去。这事最终没成功，因为有人告发。这个人，就是我们苏联的朋友。”

“奥斯本？”

“没错，就是奥斯本。为了表示我们的感谢，同时也给那些犹太复国分子一点颜色看，我国的紫貂市场有一定的份额属于奥斯本先生。”

返回乌克兰饭店，阿卡迪静下来继续听录音。

“飞机晚点了。”

“晚点?”

“没事的,一切顺利。不用担心。”

“难道你一点也不担心?”

“汉斯,不用紧张。”

“我真不想这么干。”

“现在说这个话,好像晚了点。”

“那架新的图波列夫飞机的事,好像大家都知道了。”

“飞机坠毁了?现在你知道了吧,无所不能的不只是你们德国人。”

“对啊,你连飞机晚点的事情都可以掌控,还有什么不能的。你到列宁格勒的时候……”

阿卡迪反复听这盘磁带,磁带盒上标注着日期:2 月 2 日。奥斯本给阿芒打电话的时间是从莫斯科去赫尔辛基那天。在阿卡迪的记忆中,这个德国人当天去了列宁格勒。所以,他们不可能乘坐同一架飞机。

录音继续播放:

“记住,我以前去过列宁格勒,而且,当时跟我一起去的就是德国人。好了,不会有什么事的。”

怎么,奥斯本要杀了同行的德国人灭口?可是,在列宁格勒怎么杀死他们呢?

阿卡迪继续换听近期的录音,里面居然有个熟悉的声音,是叶甫根尼·蒙代尔。

“约翰,我代表外贸部诚挚邀请您欣赏《天鹅湖》,时间就在五一前夜。这是我们这里的盛典,请您务必拨冗出席。结束后有专车送您去机场,绝不耽误您时间。”

“非常乐意,那将是一个怎样的盛典呢?”

阿卡迪一直听录音,听了几个钟头,录音的时间也从冬天到了春天。奥斯本的谈话风格也有些不经意的变化,冬天的他显得城府颇深,而到了春天,他似乎又显得无聊透顶,只会说一些大而化之的场面话,阿卡迪都听烦了。但是,这样听了几个钟头,阿卡迪开始警觉起来,这会不会是奥斯本的障眼法?

阿卡迪陡然想起了帕沙。

帕沙曾经讲过一个笑话:“一个农民从巴黎旅游回来,乡亲们都聚在一起听他讲述旅行的见闻。于是他开始了自己的描述:‘哇! 卢浮宫的油画! 简直了!’接着有人问:‘埃菲尔铁塔如何?’他伸出手,一直伸向最高的地方,无法再伸高时说了一句:‘嗯,简直了!’又有人问道:‘那巴黎圣母院呢?’他想起了圣母院的漂亮女人,于是止不住号啕大哭,泪流满面:‘简直了!’大家听了他的描述,都只能叹气:‘你的确旅行得非常愉快!’”

阿卡迪在想,如果叫帕沙描述天堂,他又会怎么说呢?

革命广场,大都会饭店。游客威廉·柯威尔的房间。

阿卡迪把灯拧开。房间看上去很寒碜,床单、窗帘都是老式棉布做的,地毯已经被磨得看不清图案,家具破旧不堪,被磕掉油漆的,被烟头烫过的痕迹比比皆是。

楼层服务员很不安:“你这样不好吧?”

“没事。”阿卡迪把她挡在门口,关上门,开始认真打量威廉的房间。楼下广场上,游客们正分别被安排坐上车去欣赏晚上的演出。威廉·柯威尔大概也在其中吧,因为阿卡迪通过旅行社查过,柯威尔将坐车从市区交易所到达食品店,最后一站是剧场。阿卡迪进了盥洗室,里面整齐干净,看来柯威尔是个爱整洁的人。阿卡迪拿了根浴巾。到卧室,把电话包起来,藏在枕头下。

衣柜里有各种衣物,但是都是美国产的。高洛金线索中的俄国货衣服,却没有找到。

床底下找遍了,也没有发现其他衣服。但是,壁橱里有一只被锁住的箱子,阿卡迪把箱子搬出来,费了九牛二虎之力才打开了箱子,开始查看箱子里的东西。

有四本小册子,分别是《简明俄国艺术史》《访苏指南》《参观特里加可夫美术馆指南》和《纳吉尔的莫斯科及其郊区》。另外有一本单独放着的舒尔特斯的《苏联》,两条骆驼牌香烟,三个卷筒纸,一个美能达相机,一个变焦镜头，还有些新的胶卷、滤光片。真是个奇怪的家伙！他的旅行花销都记录在账单上，已经花费了 1 800 美元。此外，这个怪人还有一些让人看不懂的东西：一根金属管，一端有螺帽，另一端有导轨冲杆，这个冲杆的助力可以推出一把锋利的小刻刀；箱子里还有一只小盒子，用橡皮筋紧紧捆住。阿卡迪打开盒子，发现里面有一套笔，有镀金的钢笔，还有铅笔。另外，他看到一只塑料袋，里面有罐头起子，有开瓶器，还有一只螺锥、一根金属棒。金属棒的一端是环形，另一端呈钩状，上方有螺丝钉穿过。箱子里还有穿过的袜子、不知用过还是没用过的旅行社餐券。仍然没有发现俄国产的衣服。

阿卡迪继续翻找，还是毫无头绪。他的目光重又落在那本大字版的《苏联》大书上。这个奇怪的人，为什么带一本这么笨重的书出来旅行？他拣起翻开，书中全是彩照大图，有一张阿拉木图赛马节的图片横跨了两个页码，中间夹着一张纸。定睛一看，居然是一张坐标图！比例是 1∶60，上面画的是树木、人行道、河流、空地和……坟墓！没错，空地中间有三个坟墓。除了计量单位不同之外，这张坐标图和民警绘制的高尔基公园案发现场地图几乎一样！接下来的两页中，还有公园的平面图，很快也被阿卡迪发现。同时被发现的还有 X 光片。一张是右腿的片子，从片子看，右腿胫骨有骨折，就是公园里第三具尸体的那种骨折！还有一张 X 光片是关于牙齿的，片子显示，此人上门牙的右边牙齿做过根管修复。

阿卡迪有种越来越接近真相的感觉，可是……这个美国人真的很奇怪，那个装小刻刀的金属管到底是用来做什么的？他开始摆弄这根金属管，拧下螺丝帽，推出小刻刀，然后……是的，他闻到了一股火药味。再次探究金属管，他终于发现——这是一根枪管。

阿卡迪顿时明白了。在莫斯科，一般人很难弄到枪，所以，各种改造武器应运而生。像钢管这样的东西自然就派上了大用场，因为可以用来做成类似枪的武器。阿卡迪终于知道自己接下来的方向了，自己居然差点忽视了这个大重点！

威廉·柯威尔的装备看上去很像一个摄影迷的样子，但是，箱子里面没有照片。那么，这个相机？阿卡迪开始寻找相机的玄机……果然，刚才的枪管可以装到相机木柄的凹槽里去。然后,金属棒上的螺丝钉可以放入木柄的孔里,环形弯道可用来卡住枪管的冲杆,形成阻力,使冲杆在受巨大的推力时不至于向前滑动,而钩状部分——就是枪的扳机！一旦扣动扳机,冲杆滑动,就可形成推动力。但是,子弹呢？阿卡迪知道,美国机场的安检非常严格,用X光检查行李是不可能放过任何一颗子弹的。那么？阿卡迪脑子里灵光一闪,钢笔！刚才的笔盒里有镀金钢笔,X光是穿不过笔上的K金的。于是他抽出笔帽……原来如此！每支笔的笔帽中都藏着口径0.22的子弹。他试验了一次上膛的过程,所有的谜团几乎都解开了。但是,他记得此人在桥下枪击自己时几乎听不到声音,由此可见,他一定有消音设备。那个又藏在哪里？胶卷盒？应该藏不住,盒子太短。那么,卷筒纸？阿卡迪又开始翻找,这次,又对了。在最后一包卷筒纸的中间不是纸筒,而是一只黑色的塑料筒,上面有排气孔,一端还安着螺丝。

这是一只射程很短的单发枪,五米以外就无可奈何了,但是,五米之内的距离是可以应付的。阿卡迪正装着消音器的时候,门突然开了。他本能地举起枪,瞄准了门口的人——威廉·柯威尔。

柯威尔面朝阿卡迪,用背部带上房门。看到房间里的狼狈样子,他似乎明白了什么。阿卡迪也在打量柯威尔,年近五十,看上去还是结实有力的,红润的脸上有一双机敏的蓝眼睛。他的身形像个士兵,不对,是军官。阿卡迪猛然意识到,这就是在公园和自己打架的那个人。看上去,这个揍了自己的家伙此时有些疲惫,但是仍然保持着警觉。他披着雨衣,里面穿着粉色运动服。

柯威尔用英语说:"看来我回来得不是时候。外面在下雨,难怪你没听到我的声音。"

他摘下帽子甩了甩水。

"确实没听到,"阿卡迪说的是俄语,"把帽子扔过来。"

柯威尔耸耸肩,把帽子扔到阿卡迪脚边。阿卡迪腾出一只手,检查了一下帽子。

"外套脱下来,扔到地上,"阿卡迪接着说,"把衣服的口袋都掏出来。"

柯威尔也依言行事,把衣服口袋里的钥匙、零钱和票夹都掏了出来,扔在雨衣上。

“用脚把雨衣慢慢移过来，”阿卡迪继续命令道，“不许踢！”

柯威尔说了一句流利的俄语：“你一个人?”与此同时，他把雨衣移近了阿卡迪身边。虽然柯威尔这支特制手枪有效射程达到五米，但阿卡迪觉得要打中柯威尔很困难，至少得缩短到一米。他命令柯威尔退到一个他认为既合适又安全的距离。柯威尔卷着袖口，露出粗壮的长着斑点和白毛的手腕。

“不许动！”阿卡迪继续命令。

“当然，我不动，这本来就是我的房间嘛。”

雨衣里有柯威尔的护照和签证，钱夹里有三张信用卡，一张纽约驾照和行驶证，还有一张卡片写着美国驻苏联大使馆以及两家新闻社的联系电话。另外，还有八百卢布和一些零钱。

“你的工作名片在哪里?”阿卡迪问。

“我是出来旅游的，不是来出差的。旅游是为了愉快，就像我现在这样。”

“面朝墙，举起手来，两腿张开。”阿卡迪又命令道。

柯威尔也一一照做。阿卡迪推了他一把，让他的上半身贴在墙上，又摸索了一下他穿在身上的衣服。这个人有着黑熊般健硕的肌肉。

阿卡迪往后退了几步：“转身，脱鞋。”

柯威尔脱下鞋：“需要寄给你么?”他好整以暇地问。

荒谬！阿卡迪在想，这个人是不是准备再次袭警?

“坐下！”他指了指旁边的椅子。

他觉得柯威尔已经在伺机而动，准备袭击自己了。按理说，作为一名探长，阿卡迪除了该配有手枪而且应该学过如何准确瞄准的。但是事实上，他没接受过这样的训练，从参军到现在都不曾真正用过枪，他甚至不知道应该瞄准哪里。头部？心脏？0.22 口径的子弹如果射在柯威尔的其他无关紧要的部位，大概根本发挥不出威力。

柯威尔还是坐到了椅子上让阿卡迪检查了他的鞋子，然后换了个肩膀前倾的姿势。

阿卡迪的枪管突然又对准了他，他似乎并不害怕："我只不过是个对这里的一切充满好奇的旅行者。"

阿卡迪把鞋子扔回给他："穿上！把鞋带系在一起！"

柯威尔照办了。然后，阿卡迪一脚把椅子踢歪，让柯威尔随着椅子斜靠在墙上。大概这样的姿势才让阿卡迪觉得彻底安全了。

"你接下来要做什么？把家具堆在我身上，让我动弹不得？"

"也许，可能。"

"我想，你不必这么大费周章的。"柯威尔满脸调侃状。阿卡迪见过这样的神情，很多对手都曾表露出这样的不在乎和自负，似乎为了显示自己内心的强大。但是柯威尔与他们还有些不一样。他的眼神中透着……仇恨！？

"柯威尔先生，你偷运武器并制造危险枪支，已经犯法了。"

"制造枪支的人是你而不是我。"

"你还化装成俄国人，跟一个叫高洛金的人联系过。为什么这么做？"

"你说呢？"

"因为詹姆斯·柯威尔死了。"阿卡迪说，他期待着柯威尔的反应。

"没错，伦科，"柯威尔说，"凶手就是你们。"

"我？"

"那晚在公园，是你跟我打架的吧？你应该是检察院的人吧？我去公园遇到高洛金的时候被人跟踪了，那个戴眼镜的家伙是你派来的吧？后来我一直跟着他，他居然进了一个克格勃的办公室！我看他们是一丘之貉。"柯威尔懒懒地歪着头。

"你知道我的名字？"阿卡迪问。

"对，我打听到的。我跟大使馆还有报社的人都问过。我阅读了近几个月的每期《真理报》，还观察过你们的停尸房、检察院，甚至你的家。当然，那是在知道你是谁之后。遗憾的是，没在你家看到你，只看到你老婆和她的情人把家都给你搬空了。而在你的办公室，你让高洛金走的时候，我就在外面。"

天哪！阿卡迪震惊了。这个怪人！他居然观察过自己！跟踪过费特！见过卓娅！还有，审问高洛金那天，自己和帕沙去买啤酒的时候，难道柯威尔也在排队的人群中？

“为什么这个时间来莫斯科？”

“春暖花开的时候，才方便死尸从河底浮上来嘛。”

“你觉得我是杀死詹姆斯·柯威尔的凶手？”

“就算不是你，也是你的朋友。不管是谁开的枪，反正都差不多。”

“你知道是枪杀？”

“我测过你们在公园挖坑的深度，如果不是为了找子弹，不可能挖那么深。所以，他们只会是被枪杀的，不会是被刀捅死的。伦科，如果那天在公园里我就知道你的身份，我一定杀了你！”

看来，他认为自己错过了报仇的最佳时机，所以面露惋惜之色。他说俄语的时候带着美式英语的口音。阿卡迪看着他抱紧双臂，魁梧的体格实在不能不说是种威胁，尤其在这样一个狭小的空间。阿卡迪在他对面靠墙而坐，心里想着，差一点忽视了面前这个人呢。

阿卡迪重又开口了：“你带着腿和牙齿的 X 光片到了莫斯科，想必是来协助调查这个案件的。”

“那要看你的本事了。”

“说实话吧，我们的资料中有显示詹姆斯·柯威尔去年离开了苏联，但是没有记录证明他又回到了这里。你为什么觉得他是死在了这儿？”

“哎，你的本事果真不怎么样。知道吗？你下面的侦查员的时间都浪费在克格勃那儿了。当然，克格勃也在花大量的时间对付你们。”

阿卡迪觉得很难解释费特在自己和克格勃中间所充当的角色，于是换了个话题：“詹姆斯·柯威尔是你什么人？”

“你说呢？”

“柯威尔先生，请配合我的工作，这是莫斯科检察院的命令。我在调查高尔基公园的三人谋杀案。你从纽约千里迢迢来到这里，难道不是为了这个？把你知道的老老实实告诉我吧。”

“不。”

“你无权说不。你曾经扮成俄国人进行秘密活动，这个是有目击证人的。你偷运武器,还向我开枪,已经有罪。再不老实交代,罪加一等。”

“扮成俄国人？证据呢？我有俄国衣服吗？就算有,我穿了就是有罪？说到开枪,我又没有枪,怎么开？现在正瞄准我想要开枪的人是你,别说这武器是我箱子里的,你没有证据,谁知道你是不是在箱子里做过手脚？还有,你叫我老实交代什么?”

阿卡迪一时竟被问得答不上话了。

他想了想,又准备开口:“关于詹姆斯·柯威尔的供述……”

“供述？有证据吗？我说什么了？我什么都不知道。你要是想保留证据,就该多带几个人一起过来。我只能说,伦科,你是个相当不专业的探长。”

“你问证据？自己看。公园里谋杀案现场的地图,你画的;X 光片,你带来的。死者中如果有一个是詹姆斯·柯威尔,那么很显然,你跟他肯定有关系。”

“我得声明一下,地图是用俄国坐标纸画的,铅笔也是俄国产的,所谓的 X 光片只是扫描图罢了,这些都可以与我无关。反而是你,威胁并殴打无辜的美国游客,你觉得美国大使馆会怎么想?”柯威尔说着,看了一眼被打开的箱子,“何况,这个美国游客被殴打的原因是一个苏联警察在他房间里偷东西！你想偷什么东西呢?”

“你真敢报告给美国大使馆？如果那样,你马上会被护送回国,这一定不是你想要的结果吧？要么留在苏联坐 15 年的牢,你可愿意?”

“我自能应付。”

“你俄语说得不错,你的名字听着也耳熟,或许是因为那个詹姆斯·柯威尔的关系吧。”

“伦科,再见,赶紧回到你的小伙伴们那儿去吧。”

“聊聊詹姆斯·柯威尔。”

“滚!”

阿卡迪想了想,决定先离开。他把柯威尔的护照、信用卡、票夹等一一放回床头柜,慢慢向门挪动着身子。“

柯威尔说:“快走吧。这些我自会收拾,不劳你费心。”

这时柯威尔不知是因为椅子不稳还是别的什么原因，在椅子上的他往前晃动了一下，阿卡迪本能地举枪瞄准了他。面前这个人，会是个国际间谍吗？阿卡迪忽地觉得手中的票夹有点硬，夹层中似乎另有其物。于是他飞快地用力撕开手工缝制的夹层线。果然，里面有一枚镀金浮刻徽章——这是一枚警察徽章，徽章上刻着一只天秤，上方有“纽约市”字样，下方写的是“中尉”。

“你是个警察？”阿卡迪问。

“侦探。”柯威尔更正。

“那现在是我需要你的帮助了。”阿卡迪说，“你说你见过高洛金和一个侦探离开我的办公室，那个侦探叫帕沙，是我的好朋友。好吧，他也是我多年的同事，人很好。那天，他和高洛金离开一个小时之后，死在高洛金的公寓里。我要找出杀死他的凶手！而你，一个美国侦探，应该能够懂得，如果你的好朋友遇害，你会……”

“伦科，你少来这套！”

阿卡迪再次举起了那只手工装配起来的枪，他瞄准柯威尔的眉心中点，扣动了扳机。于是，这只手工枪的各个部位开始按顺序运动……最后的瞬间，阿卡迪移开了枪口。子弹穿透了柯威尔耳旁的壁橱门，打出一个直径两厘米的洞。阿卡迪从没杀过人，其实刚才他虽然有自卫的本能，但他居然更害怕自己会真的打死柯威尔，他很诧异自己有这样的想法。再看看柯威尔苍白的脸色，他的表情显然也很诧异。

“快滚出去。”柯威尔说。

阿卡迪放下武器，从容地把X光扫描图收起来，再拿出票夹里的警察徽章，然后把票夹扔了回去。

“徽章不能拿。”柯威尔站起来。

“这玩意在这儿用不上。”阿卡迪离开了他的房间，一边走一边继续说，“这座城市不属于你。”

来到化验室，大家都已经下班了。阿卡迪拿出X光扫描图去比照列文之前做的记录。他想着，现在那个叫柯威尔的家伙应该正在拆解他的那个武器，以便把零件丢到不同的地方处理掉。很快，阿卡迪回到了办公室，他要给雅姆斯科伊写报告。他想，说不定这个时候柯威尔已经去美国大使馆寻求保护去了。但不管怎么样，今天的收获是巨大的，可以明确高尔基公园的第三具尸体就是詹姆斯·柯威尔了。阿卡迪写好报告，放到雅姆斯科伊助理的办公桌上最显眼的位置。

莫斯科河中间，一艘破冰船正在缓慢移动，船上的探照灯随着船的移动在水面上晃动不止。船前已经堆了很多碎冰块，船后的冰块浮在水上，伴着破冰而出的河水上下浮沉。

阿卡迪驱车沿河飞驰，一边抽烟一边想着，刚才在大都会饭店的惊险一刻还历历在目。他居然没有打死威廉·柯威尔，而且也不想打死他！这个想法实在让自己诧异，因为，他似乎并不介意在饭店房间里发生过的事，大概柯威尔也是如此吧。不知不觉间，车子正好路过安德烈叶夫在人类学研究所的办公室，阿卡迪发现里面还开着灯，便下车探访。此时已到半夜了。

“我得利用业余时间给你干活，所以，你早就该来陪我一起干的。吃点晚餐吧，我这里刚好有两人份的。”说着，安德烈叶夫拿出了盘子和食物，“你看，我有甜菜、洋葱、香肠和面包，只是没有伏特加，因为我太容易醉了。你想想，一个矮子喝醉了一定很难看，所以我还是别喝的好。”

看起来，他心情不错。阿卡迪开始纠结了，现在已经证明了死者是外国人，这是一起涉外案件，也就是说，可以圆满移交给克格勃了。那么，他要不要把这个消息告诉眼前正兴高采烈的安德烈叶夫？

阿卡迪的纠结表情看在安德烈叶夫眼里，却有了另一层意思：“我知道了，你来是想看看她的。”

“修复好了？”阿卡迪问。

“还没呢。不过，看看是可以的。”安德烈叶夫揭开旋盘上的布给阿卡迪看。

高尔基公园的女死者的面部复原已经卓有成效，像是一个制作中的解剖标本。她脖子上有了肌肉，面部皮肤还没有做上去，只能看到鼻子的凹陷处伸展出若干皮肤网络，牙齿就在这些网络的中间。颊骨、太阳穴和下巴的部位已经有肌肉附在上面，看上去头部线条变柔和了。不过，整个面容看上去还是很恐怖，尤其是那两只用棕色玻璃球做的眼珠子，似乎正在直愣愣地盯着某个方向。

“瞧，我已经完成一大半了。通过复原还能看出她生前喜欢昂着头，这也可以作为一条破案线索吧？另外，颈椎右侧肌肉附着更多，这可以告诉我们她是习惯用右手的人。其实这些判断一点也不难。她的面部肌肉每块都需要单独做。从她的牙齿咬合情况来看，她的上嘴唇更突出些，撅着嘴的样子应该很讨人喜欢。其实嘴是很好复原的，但是鼻子就难一些，要做成一个等边三角体，还要兼顾脸、鼻孔和眼窝与鼻子的关联。”

阿卡迪还在看那双直愣愣的玻璃眼睛：“嵌眼睛之前，你怎么能估量出眼睛的大小呢？”

“关于这个，你大概会失望了。其实每个人的眼睛大小都差不多。我们平时看到的眼睛的区别、描述的眼睛的样子，其实是眼皮的样子。‘她故意隐藏起眼中的光芒，殊不知，她那隐约的微笑中早已藏不住那夺目的闪亮。’”

“《安娜·卡列尼娜》的句子。”

“哟，挺懂的嘛。不过，我一直对这句话持保留态度。什么眼睛啊、光芒啊，其实都是眼皮在发挥作用，其他的都是瞎掰。”安德烈叶夫给自己切了块面包，“探长，你喜欢看杂技表演么？”

“谈不上喜欢。”

“哦？为什么呢？大家都挺喜欢的啊。”

“我只是喜欢个别节目，比如哥萨克骑士。”

“你不喜欢狗熊吧？”

“嗯，差不多。上次看过他们表演驯狒狒，一个穿着挂满圆形金属片的闪亮演出服的姑娘带着狒狒表演——那衣服穿她身上真不合身，不知道是她太胖了还是衣服尺码小了——她把狒狒一个个地叫出来，命令它们表演各种动作。这些狒狒的身后站着一个拿着鞭子的人，要是表演出了问题，狒狒就会挨鞭子。真残忍。表演结束之后，那姑娘行了个礼，大家居然还鼓掌了。”

"你描述得真夸张。"

阿卡迪说:"真没有,那就是个虐待动物的节目。"

"你不应该注意那个拿鞭子的人,他本来就不该是吸引目光的那个。"安德烈叶夫笑了,"不管怎么样,你这些都不算什么。你看看我吧,每次不管参加什么聚会,我还没落座呢,就会有小孩子嘲笑我,因为他们觉得像我这样的矮子就应该去马戏团表演,这样才有喜剧效果呢。所以,我讨厌小孩子。"

"也讨厌马戏?"

"那倒不会。我喜欢看马戏表演的那些矮子、高子、胖子、红鼻子、紫鼻子,等等等等。你可能想不到,看马戏对我来说是莫大的安慰! 说到这里,我还真想喝点伏特加了。和你一样,这里的前任所长人也很不错,圆脸,又正直又幽默。他复原的作品都有点他自己的影子,不过,这也正常,是长时间潜移默化的结果,所以,他复原的每张脸都有点圆圆的并带着风趣感。以前,这里还陈列过很多不同身份不同表情的人头。人总是通过观察别人从而了解自身的。你瞧,我见得多了,自然看人也会很准的。事情也一样,相信我。"

这天晚上,睡梦中的阿卡迪接到了来自西伯利亚的那个侦探亚古特斯基的电话。侦探首先问了一下莫斯科的当地时间。

阿卡迪在半梦半醒中答道:"很晚了。"兴许,莫斯科和西伯利亚的通话总要礼节性地以问时差开始吧。

"我正在上早班,"亚古特斯基说,"这里又有一点关于瓦莱丽亚·达维朵娃的信息。"

"是吗? 那你继续吧。大概过几天,这案子就不归我管了,会有人接手的。"

电话那端是一阵尴尬的沉默,然后,亚古特斯基接着说:"这线索来自乌斯特库特的一个案子,我们都很感兴趣。我以为你也会感兴趣呢。"

"那不错啊,"阿卡迪不想太让他失望,于是说,"什么案子呢?"

"是这样的,达维朵娃有个很好的朋友,现在在莫斯科上大学。这个人名叫伊莉娜·阿萨诺娃。她俩的关系……怎么说呢？如果瓦莱丽亚去了莫斯科，她一定会去找这个阿萨诺娃的。”

“我知道了。谢谢你。”

“有新的信息我会随时联系你。”亚古特斯基说。

“好的，随时。”阿卡迪挂掉电话。

又是伊莉娜·阿萨诺娃。他开始同情这个女孩了。脑海里突然浮现出发现尸体当天，普里布鲁达少校砸碎尸体上的冰块的情形。好吧，接下来就该普里布鲁达操心了，不关自己的事了。他闭上眼睛，准备再睡一会儿。

电话铃又响了。亚古特斯基又有什么消息了？阿卡迪摸到电话听筒，躺下来接听电话。

“你们俄国人不是挺喜欢深夜通电话的么？我也养成这种习惯了。”是约翰·奥斯本的声音。

阿卡迪顿时清醒了过来，睁开了眼睛。身边所有的黑暗都变得清晰了：磁带盒，椅子，还有墙上的航空公司贴画。

“打扰你了。”奥斯本接着说。

“还好。”

“那天在浴室里我们聊得很愉快，可是我就要离开莫斯科了，不知道还有没有机会见面。探长明天十点有空吗？咱们在贸易理事会外面的码头上见一面？”

“行。”

“太好了！到时见！”奥斯本挂掉了电话。

周围又恢复了宁静。奥斯本约他见面做什么？阿卡迪不知道。自己为什么要答应见面？他也不知道。

11

美苏贸易理事会外面的舍甫琴科码头。从这里遥遥回望,可以看到办公楼里的俄国秘书、美国商人,还可以看到理事房间里有台百事可乐饮料机。

阿卡迪点燃了一支烟,抽了一口,被呛得咳了几声。

他并没有成功摆脱这个案子。早上的时候接到了雅姆斯科伊的电话,他说公园案件的一具尸体的体征,很像一个曾经在莫斯科上过大学的美国人。检察官还说,要持续关注这个案件,但是,不能接触外国人了,克格勃也不会再提供他所需要的任何资料和证据。

阿卡迪心想,这次的见面,不算主动接触外国人吧?这是奥斯本提出见面的,作为"苏联人的老朋友",他要是知道阿卡迪到此只是为了调查案件,一定会不高兴吧?阿卡迪也不知道自己能不能从奥斯本口中套出更多的话,他甚至不知道奥斯本是不是真的要来。

离约定的时间已经过去了半小时,一辆卡伊卡轿车终于姗姗来迟。轿车停在理事会大楼前,奥斯本正好从大楼里走出,跟司机说了几句,然后就朝阿卡迪走了过来。奥斯本依旧穿戴考究,单是那顶紫色的貂皮帽子就比阿卡迪一年的工资还贵。不过,这个人配这样的衣着,实在是很合理的,因为衣服对于这些自负的外国人来说非常重要,简直就是第二层皮肤。他这样一穿戴,便显得周围的一切都黯然失色了。奥斯本陪阿卡迪站了一会儿,随后示意他一起沿着码头走下去。小车在后面缓缓跟着。

奥斯本开口了:"不好意思,让你久等了。我临时有点事,在理事会那边耽搁了。你认识外贸部长吧?应该是的,你经常在一些让人意想不到的地方出现。对了,你懂货币吗?"

"不懂。"

"那我们就从货币谈起吧。俄国长久以来最珍贵的产品就是皮货和黄金,这些东西可以用来换取外汇。据说还曾经向罗马皇帝进贡过。当然,俄国现在早就不用向任何人进贡了。列宁格勒有个皮货交易厅,一年有两次拍卖,分别在一月和七月。来参加的一百多名商人中,有十多个美国人,有的是给自己买的,而有的是帮别人代购的。我既帮人代购,也给自己买,因为我自己在美国和欧洲也有营业部。在拍卖会上,你可以看到各种貂皮,但是,大多数美国买主都买不到水貂皮,因为俄国水貂被禁止卖到美国。当然,这是历史遗留问题。所幸的是我在欧洲的营业部可以拿到所有的貂皮皮货。其实,美国商人对紫貂皮最感兴趣,在离拍卖会还有十天的时候,我们就会到列宁格勒仔细审查皮货的情况。以水貂为例,如果我要买水貂皮,我会先从某个集体农庄挑50件货细细检查。通过这些货我就可以知道,如果那个农庄要卖一千件皮货,里面会有多少水分。你想,苏联的貂皮年产量有八百多万件,所以,我们很有必要提前仔细检查。但是,紫貂和其他的貂皮又不一样,紫貂皮是稀缺商品,每年出口不到十万件,所以,基本上不会有什么水分。而且,每件紫貂皮都要接受严格的单独检查。杀貂取皮的时机也很重要,早一个星期,毛皮的密度会变稀;晚一个星期,毛皮又失去了原有的光泽。买卖紫貂皮都是用美元交易的,我每次拍卖都会花掉大约50万美元去买紫貂皮。"

阿卡迪觉得无厘头,不知道对方说这些话是什么意思。是在居高临下地给自己讲课吗?

这边,奥斯本又接着开始了他的独白:"我是苏联永远的朋友,来这里除了做皮货交易,也有很多别的邀请。去年,我就拜访了伊尔库茨克的皮货大厅。现在这趟来莫斯科也是商业拜访。每年的春天,这里的商业部都会联系一些买家,和我们谈库存皮货的销售折扣。我喜欢来莫斯科,在这里可以认识形形色色的俄国人,包括政客、商人、艺术工作者。你看,我现在又认识了你,探长。不过,遗憾的是我五一前夜就要回纽约,不能在这里过五一节了。"

说着,奥斯本打开一个精致的小烟盒,取出烟点上。看来,他还准备说点什么。阿卡迪不明白他说这些话的作用是什么,虽然他说到的这些商业项目和拜访看起来都跟阿卡迪无关,而且在这些项目中阿卡迪只是个最最下层的政府机构人员，但是，阿卡迪觉得，奥斯本说这么多绝不是单纯为了摆阔。阿卡迪想提一些跟奥斯本刚才所谈不相关的问题，既能引开话题，又不影响气氛，但一时还真难想出合适的。

“它们是怎么被杀死的？”阿卡迪终于打定主意问了个问题。

“谁？”奥斯本停下来，漠然地看着阿卡迪，似乎毫无兴趣。

“那些紫貂。”

“打针。这样它们不会有痛苦。”奥斯本继续缓步往前，速度比刚才慢了些，紫貂皮帽子上沾了些许雨滴，“探长，你好像喜欢把任何事都关联到你的专业上面去。”

“紫貂实在是太迷人了，但是，它们应该不好捉到吧？”

“也不难，可以用烟雾熏，把它们从窝里熏出来。或者找接受过专门训练的人把它们赶到树上，再砍掉周围的树，张网捕捉。”

“紫貂吃什么呢？和水貂一样？”

“紫貂捕食水貂。在雪地上，谁的速度都赶不上紫貂，所以，西伯利亚是紫貂的天堂。”

阿卡迪停下脚步专心点烟，弄断了三根火柴才点上一支烟。他面带微笑，毫不设防的表情似乎表明他所关注的事情都无关紧要。

阿卡迪又说：“列宁格勒是个美丽的城市，好像有种说法，说那里是‘北方威尼斯’。”

“没错，是有那么一说。”

“你说，为什么列宁格勒容易诞生伟大的诗人？我说的可不是叶甫图申科或沃兹涅森斯基之流哦。而是真正的，伟大的诗人，比如阿克玛托娃和曼德尔斯达姆。你读过曼德尔斯达姆的诗吗？”

“好象你的国家并不喜欢他。”

“无所谓了，反正他都死了。不过话说回来，他的死至少让他的政治地位有了出乎意料的提升。”阿卡迪说，“不说他了，继续说莫斯科吧。看看这破了冰的河水，简直就像刚浇了混凝土的街道一样。还记得曼德尔斯达姆嘲笑内瓦河的句子吗？‘沉重得像只泥鳅！’这句话，相当有内涵啊。”

奥斯本作不经意状看了一眼腕表："你有没有注意到，西方人几乎不看曼德尔斯达姆的作品，因为他太俄国本土化了，很多诗也没翻译过来。"

"我赞同这点。太本土化的确是个问题。"

"你真是这么认为的？"

"当然。还记得我问过你关于高尔基公园那三具尸体的问题吗？凶手是用西方的手枪和出色的枪法杀死那三个人的吗？这个问题也不会有人翻译过来的，对吧？"

说着，阿卡迪开始打量奥斯本的眼神。他觉察到一种颤抖，这种颤抖就像旗帜随风招展时，旗帜上的人像的表情虽然不会变化，但看上去会有一种模糊的颤抖——现在奥斯本的眼神就是这样。

"奥斯本先生，我承认我和你有很大的区别，很多时候我是迟钝的，思考问题的方法也很有问题。比如说，如果让你猜为什么一个西方人会处心积虑杀死三个俄国人，你一定很快就能猜出来。但是对于我来说，这个就太难了。又不是打仗，又不是间谍，我还能怎么猜呢？我自己都不常佩戴武器，又怎么能猜得出人家带武器的动机？当然，因为职业的关系，我偶尔也去一些凶杀案现场。不过，那样的现场，线索一大堆，血、指纹、凶器……谁去办这种案子都能办得妥妥的。但是，我真的很难判断出：一个成年人为什么要去杀人？醉酒失手？债务纠纷？当然了，有时候一个女人因为丢了只鸡都有可能去杀人。这些事情真是让人抓狂。要是有机会，我真的想去做一些专注的工作，沉下心来，做做管理，或者研究下两张毛皮的细微差别。真的，这才是我的兴趣。可是现在，这样一个辛勤工作的侦查员，他遇到的是一起精心策划的高智商谋杀案件，如果我猜得没错的话。"

"精心策划？"奥斯本反问。

"没错。列宁曾经说过，'一道长城并不能彻底分割工人阶级和资产阶级。'所以，就算爆发了革命，灭亡的旧社会也不会让它的残渣就此全部消失。那些余孽会继续存在并逐渐侵蚀、污染我们的灵魂，涣散、瓦解我们的斗志。你看，一个资产阶级分子居然杀害了两名俄国工人，还是在莫斯科的中心地段杀的，难道这不是狡猾的资产阶级余孽在作祟吗？"

“两个人？公园里不是有三具尸体吗？”

“对，三具尸体。奥斯本先生，你对莫斯科熟吗？玩得还愉快吧？”

他们又开始往前散步。天色似乎暗了一点点，路上的汽车都打开了大灯，前方的桥上弥漫着黄色的烟雾。

阿卡迪再次问道：“你一个人在莫斯科玩得还行吧？”

“探长，我在西伯利亚旅行的时候，有位村长很隆重地接待了我，带我参观了他们那里最富现代气息的建筑：那里面有十六个卫生间、两个小便池和一条排水通道。在卫生间里，村子里的大人物们都得集中大便，同时商议一些大事。”奥斯本顿了顿，“所以，相比之下，莫斯科还是很大的。”

阿卡迪突然停下脚步：“奥斯本先生，我是不是说了什么让你不高兴的话？”

“当然不是。我只是在想，如果你真的不想做现在的工作，我或许会有办法。”

“那倒不用，”两人又开始往前走，“如果真有事，我也许会请你帮忙的。哎，我的窘境还是源于我的思维方式。如果我能像你这样的商人那样思考问题，而不是用俄国人的惯有思维，那我早就摆脱麻烦了。”

“哦？何出此言呢？”

“我想，只有商业天才那样的大脑，才想得出为什么要冒险去杀三个无关紧要的俄国人。我这真的是褒义。你想，凶手有必要为了皮货杀人吗？肯定不会，皮货从你这里都能买到。更不可能为了黄金杀人，因为不好弄走啊。再说了，那个提包也挺让人费神的。”

“提包？”

阿卡迪合掌一拍，说：“凶手杀人之后，把食物和凶器放进了一个皮质提包，包上有洞，是开枪的时候打穿的。然后，他得溜冰离开公园，这样就不留脚印。出去之后，为免引起别人的注意，又得把溜冰鞋放到提包里。这些东西都得一起处理掉。那么，把提包扔到哪里才好呢？公园里、垃圾箱，都不行，那样太容易被发现了。所以，扔到河里应该是最明智的，对吧？”

“可是河水冬天都结冰了。”

“没错。但是那提包还是失踪了,肯定跟这条河有关。”

“克里姆斯基桥?”奥斯本指了指前方。

“在桥上扔提包,会被大家围观吧。那岂不是反而引起警察的注意了?”

“他扔完包可以打车逃跑嘛。”

“不会的。外国人不信任这里的出租车。我想,凶手一定有个同伙在码头接应。我虽然不怎么聪明,但是这个还是能猜到的。”

“既然有同伙,为何不跟他一起杀人?”

阿卡迪大声笑了:“他?当然不会!这个同伙办不到。而且,凶手会把一切都计划好的。”

“有人看到凶手扔提包了吗?”

两人不知不觉散步到了河床的拐弯处,河流在细雨中变得朦胧。如果奥斯本做贼心虚,担心有人看到当时毁灭证据的情形,他一定会继续追问的。

“有没有人看到,这不是最重要的。重要的是,凶手为什么杀人?”阿卡迪说,“一个做任何事都精打细算的富豪,难道需要用杀人的方式来攫取财富?我真的理解不了这个人。如果我理解了他,也就能破案了。你觉得,我应该怎么理解他呢?”

是啊,奥斯本的一切,都可以幻化成一样东西——钱!这是探长一直以来都不曾理解的东西,但是这个东西一直存在于小偷的幻想中。奥斯本这样的商人,每个毛孔都散发着铜臭味。这样的人,应该怎么理解?

“我想,你理解不了那个人。”奥斯本说。

“那么,难道是为了女人?一个寂寞的外国人偶遇一个美女,两人定期幽会。直到有一天,美女的蛮横老公出现了,要勒索这个外国人——原来她是靠这个为生的。”

“这也不大可能。”

“哦?哪里不合理?”

“观念错误。西方人一向认为俄国人是丑陋民族的人。”

“真的?”

“对,在西方人眼里,这里的女人比母牛都不如。所以,你们这里的文人才对女人的眼睛、眼神和遮着面纱的容貌极尽溢美之词,因为除此之外,她们的肉体真是乏善可陈。”奥斯本的话多了起来,“你们的冬天那么长,女人得长着腿毛和肥腰才能保持温度,所以,她们的身材还不如男人纤细呢。但是,这里的男人更丑陋,一代不如一代的丑陋。繁衍到现在,全部都跟公牛似的,也就剩下粗脖子和浓眉毛能勾起女人的欲望了。”

公牛?阿卡迪心想,你怎么不说是猿猴呢?

奥斯本又说:“你是乌克兰人吗?听名字有点像那边的。”

“对。不过,先不说这个了。”

“行啊。”

“回到刚才的话题,我还是找不到凶手杀人的动机啊。”阿卡迪皱着眉头说。

奥斯本慢慢转过身子,就像一扇正在缓缓打开的门。他看着阿卡迪:“你是个让我十分好奇的人。你刚才说的那些话,都是你真实的想法?”

“对。”

“也就是说,凶手杀人没有明确的逻辑动机,所以是因为一时冲动?”

“对。”

“那不可能。”奥斯本开始积极地分析,“我很意外,你这个专业的探长会这样分析。换了别的人也许会作这种分析,但我不相信你会。”他做了个深呼吸,“好吧,我们就假设这个凶杀案是一次偶然事件,那你觉得你有几成把握能抓到凶手?”

“没把握。”

“但是目前你已经有些线索了。”

“我的意思是,我还是无法确定凶手杀人的动机。这个实在太难分析了,因为每个人的思维方式都不一样。举个例子,假如一个人偶尔去了一个特别原始的小岛,他会说小岛上的原始人的语言,又深谙逢迎之道,所以岛上的首脑们都视他为亲爱的朋友。但是他自己是怎么想的呢?其实,他心里一定会有强烈的优越感的,觉得岛上那些人其实很卑微。”阿卡迪一边思考一边说,他脑海里正在回忆奥斯本和老蒙代尔杀死三个德国士兵的事,他记得关于那件事的报告表述得并不清楚,“假如某一天,这个人参与了这群原始人的某个凶杀案,但因为他下手的时机很巧,且本来就是在原始人的部落战争时期,结果他就成了某个部落的英雄,不但未受惩罚,而且还有奖励。那么,当他后来回忆起这件事的时候,一定会有一种自我陶醉式的快感。哪怕是在原始社会。你觉得呢?”

“是种诱惑吗?”

“没错。这种诱惑在于,文明社会无法实现的事情在这里可以实现。”

“那有没有可能,那个人本来就应该下手?”

“当然了,他自己肯定是这么认为的。在岛上,其他人都是原始人,是无法与他那高贵的身份平起平坐的。在文明社会,他不敢随便杀人,但是在这个岛上,他可以。”

“好吧。但如果杀人只是偶然,你还是没把握去抓人啊。”

“是偶然吗?可惜他不是。距离上一次的岛上杀人已经过去了很多年,这个人又开始考虑策划凶杀案了。其实,作为一个杀手,他真的不专业。但是,事实上,哪怕他不是个专业的杀手,只要经历过第一次杀人的快感,他都会有再杀一次人的冲动,因为上一次的杀人成功是个很值得借鉴的例子。所以,这个聪明的业余杀手精心策划了高尔基公园的杀人案:他可以利用柴可夫斯基交响曲中的炮声来掩盖杀人的枪声,还可以把枪藏在提包里开枪杀人,杀人之后还能从容地把他们脸上的皮割下来,把指纹割下来,湮灭一切他所认为的可用的证据。事情进展到这里,他的计划也就告一段落了。然而,他不知道的是,树林里有正在休息的小贩,有捉迷藏的小孩,还有窃窃私语的情侣——这么冷的天,情侣们也只能在树林里躲躲了。”

“你的意思是有人看到了案发过程?”

“看没看到都无所谓,反正跟他们无关的事,他们很快就会忘了的。但是,如果我真想揪出这个凶手,那么就算时隔三月,我也能找到目击证人,让他把他看到的一切都吐出来。”

“凶手有可能乖乖就范吗?”

“我想,凶手恐怕也想找到我呢。”

“为什么?”

“因为杀人只是他计划的一部分。如我刚才的分析,一个高高在上的贵族般的人物,怎么可能杀完人就算了?就算刚杀了人有一些兴奋,过一阵子也就过去了,他还需要从更多的地方获得快感。比如,他如果能看到我这个探长面对这个案子一筹莫展的狼狈样,他一定会更加得意和满足的。瞧,我现在都还佩服这个凶手的高智商呢。你觉得我分析得对吗?”

“你都分析得差不多了,他还算个什么高智商呢?”

阿卡迪把抽完的烟头放在地上踩灭:“是啊,我都分析清楚了,那他的智商也不怎么样。”

他们已经走到新阿尔巴茨基桥了,桥的两边分别是霓虹闪烁的乌克兰饭店和粉红沉寂的外交部大楼。奥斯本的车还在慢慢地跟着他俩。

“伦科探长,你是个耿直的人。”奥斯本的声音变得很深情,就好像他们已经交往甚深,建立了同志般的感情,然后,他像台上的演员做总结陈词似地说,“祝你一切顺利!我还会在莫斯科待上一周,不知道还有没有机会见面。所以——”

说着,他摘下自己头上的帽子,戴在阿卡迪头上:“一点心意。我记得你在浴室的时候说过,一直想要一顶帽子。我一直记着这个事情,但是不知道你的尺寸,只能猜测。现在看来,猜得不错,”他打量着阿卡迪,“非常合适!”

阿卡迪摘下帽子。这是一顶黑色的质地上乘的帽子。“这帽子的确漂亮,但是——”他把帽子递回去,“抱歉,我们对收礼品有规定的。这个我不能要。”

“你就这样拒绝我的话,我会很难过的。”

“那先放我这里吧,让我再考虑一下,这样说不定我们还能有机会再聊天。”

“要聊天,说什么理由都行。”奥斯本抓住阿卡迪的手,紧紧握了几下,然后钻进自己的轿车走了。

阿卡迪回到乌克兰饭店坐上自己的车。他开车去丨月市区车站找人了解了一下,在谋杀案发生的那段时间是否如他所说,曾有不明身份的外国人开的车等候在高尔基公园外面。

现在,太阳已经升起来了,阳光在桥上、大楼的窗户上、刚走过的码头路上闪烁着。

阿卡迪决定去找尼基金探长。

尼基金探长住在阿尔巴特区的一个小屋里。阿卡迪找到他的时候,他正一边抽着烟,一边眯着眼,漫无目的地透过烟雾瞅啊瞅,稀稀拉拉的头发盖在他的圆脑袋上。房间的天花板不断有灰泥掉下来。房间里堆着几摞书,上面尘埃遍布。书堆得很高,挡住了房间的窗口,也挡住了透过窗口能够看到的莫斯科河与列宁山。靠窗的墙边还挤满了旧式的书架,一个接一个地一直向二楼延伸。

尼基金把他正在看的《苏联印刷与复印联合企业许可证部分修改建议》放到一边,然后打开一瓶已经喝掉一大半的罗马尼亚葡萄酒,喝了一口,嘴里念念有词:“柯威尔……看起来,伦科只有在需要人帮忙的时候才想得起我。”

在阿卡迪心目中,尼基金是个天才,从自己刚进检察院时,他就有这样的感觉。而事实上,尼基金也的确在某些方面有过人的天赋,比如,他是法律改革方面的优秀写手,是黑人歌星罗伯逊的朋友,也是反革命作家肖洛霍夫的朋友。再比如,他的天赋还体现在他能够仅凭观察就可以判断分析出一个人的好坏。

不得不说,尼基金也曾是一位优秀的探长。很多的案子,只要有他在——他总是微笑着,拎着两瓶酒就进了审讯室——出来的时候,跟在他身后的还会有一个杀人犯,那犯人通常已经变得温驯而羞愧。对此,尼基金是这样解释的:“很简单,他们只需要承认。不要扯神学和心理学那些玄妙的东西,你只需要做到让他们承认有罪就可以了。普鲁斯特曾经说过,如果你愿意长时间倾听一个女人的抱怨,那么你完全可以诱奸她。同理,其实每个犯人也有一肚子的话想要找人倾诉。”但是,当阿卡迪问他为什么会被调离侦缉队时,他是这样说的:“傻瓜,因为受贿嘛。”

“柯威尔,红头发,美国联合广场。”现实中的尼基金扭头朝着阿卡迪问了一句:“你知道纽约在哪儿吗?”就因为这一扭头,他差点没站稳,结果碰歪了一个书架,架上的书一本接一本,然后是下一本……这些书都往下掉,把人的心也弄得悬了起来。过了好一阵,房间才恢复了平静。

"说说柯威尔吧。"阿卡迪说。

尼基金摇头晃脑地说:"应该是:柯威尔们。这话来自《红星》杂志。"他一边说,一边努力避开书架和书堆往二楼去。

"谁是柯威尔们?"阿卡迪问。

尼基金弯腰把酒瓶放在地上,接下来,自己又踢到了这个酒瓶,仓促间顿时仰面摔倒在地,紧接着是一堆书自由落体式地压在他的肚子上。他只好瘫在那里:"阿卡迪,你这个讨厌鬼,你曾经在我办公室偷过酒。"

阿卡迪此时看到前方的书堆上有本书,是《1940—1941 年美国的政治镇压》,书上放着半瓶葡萄酒和一块奶酪面包。他把酒瓶拿下来,推开面包,看了一下这本书的目录,然后问道:"这书借我看看行吗?"

尼基金无力地喊:"先帮帮我。"

阿卡迪把手中的酒瓶顺手一扔,扔到尼基金手里。

尼基金把酒瓶放到地上:"不借。你要看就拿走,别再来找我。"

彼洛夫的办公室像个博物馆,里面摆着各种跟战争相关的报纸、照片和标语。一进门,入眼可见的便是贴墙照片上密集的行军战士、大字报上的粗体标题"伏尔加河上的英雄保卫战""打败敌人的顽抗""英雄歌唱祖国",等等。彼洛夫正在打盹,手里握着一瓶啤酒,嘴角和衣服上还残留着面包屑,看上去睡得很香。尽管仍在睡梦中,他也张嘴打了个大大的哈欠。

阿卡迪搬了一把椅子坐下,把从尼基金那里拿的书翻开。

> 1930 年,美国共产党组织了一场有史以来最大规模的联合广场集会。为了让自己的呼声能够被更多的社会力量听到,失业工人们通过各种途径从四面八方涌向广场,人数大大超过预计。纽约警察局局长格罗佛·A.华伦颁布了命令,所有地铁列车都不允许在广场附近的站点停车。但即便如此,集会人数还

是超过了五万人。警察和特工们采取了紧急措施，想要冲散和压制集会的人群。有一支名为“激进队”的特工小组，甚至趁大家唱《国际歌》时混入广场中的集会队伍，煽动大家袭击穿着制服的警察，但未果。华伦还下达指令，禁止拍摄广场上的情形。后来谈及此事时，他是这样为自己辩解的：“那就是谋反，有什么可值得拍摄保存的？再说，我又没打算秋后算账。”从他的行为和言语中，我们可以看出，在资本主义社会，警察这一职业有着相悖的双重功能：一是维持社会的和谐稳定，让公民安居乐业；但另一个更重要的功能则是为剥削阶级服务，充当他们的看家狗。

接下来，阿卡迪看到了斯大林的声援信。这封信当时在广场集会中也被宣读给涌向广场的人听过。然后，他继续读书上的文字。

作为代表的威康·Z.福斯特建议大家涌进市政大厅，进行和平示威。但是，他们一开始行动便遭到了警察装甲车的围堵。华伦向警察下达了命令，于是，所有的警察都开始对街上参与游行的人们拳脚相向。他们痛殴手无寸铁的男人和女人，尤其是黑人。有个警察对一个黑人女子施暴时，他的同伴还举起这个衣衫不整的女子让围观者欣赏。天主教左派的杂志编辑詹姆斯和埃德娜·柯威尔死在警棍下，党员们被乱闯的民警骑的马撞伤，一些过路的无辜市民也被卷入这场冲突之中。警察逮捕了组织集会的党的主要人物，把他们关进大牢，并且不许律师为他们辩护或保释。华伦对此振振有词：“这样的敌对分子不配享有宪法赋予的权利，我们要把他们赶出纽约去。”

彼洛夫终于睡醒了，他睡眼惺忪，舔了舔嘴唇，把身子坐正。

“刚才，”他刚开口，手里一松，攥着的啤酒瓶滑落翻倒在地上，彼洛夫赶紧抓起来，继续说，“我去了趟工厂，有几个侦探在那边做事。”他把没吃完的三明治使劲捏了几下，扔进废纸篓，然后打了个嗝，问道，“你啥时候来的？”

"没多久。谢瓦大叔,看到这本书没,"阿卡迪说,"上面说,敌对分子不配享有宪法赋予的权利,我们必须把他们驱逐出去。"

彼洛夫想了想,说:"没错,宪法确实没有把权利赋予敌对分子。"

阿卡迪附和道:"对极了!"

"但是这话太学生腔。"对于阿卡迪的附和,彼洛夫并不领情,"你找我做什么?直说吧。只有有事情找我,需要我做事的时候你才会来听我说话的。"

"我需要找一件武器,这个东西一月份时被人扔进了河里。"

"河里?河水都结冰了,扔不进河里,顶多在河上。"

"你说得对,但是某些河段没有完全结冰。在一些地方,因为有工厂向河里排放有温度的废水,所以这些地方可能并没有结冰。你对工厂应该很了解。"

"对,我很关心环境问题。别忘了,我们有侦缉队是专门管理环境污染的。你小时候就经常跟我说工厂这不好那不好的,你这个淘气鬼!"

"如果排放的温水是干净的,又有办理专门的许可证,就可以排放。"

"谁都觉得自己应该被许可。但是实际上,在莫斯科河主城范围的那一段,任何的工业废水排放都是绝对不允许的。这也是拜你所赐,幸亏有像你这样的人不断提意见。"

"但是工业的发展也是必需的。就像人体一样,首先要强健肌肉,后面才谈得上有洗发液去清洁发肤。对一个国家来说也是如此。"

"没错,什么话都被你说尽了。阿卡迪,你不该住在我们这里,你应该在像巴黎那种地方优雅地生活着,那里有干净的环境,宽敞的林荫道,如此种种都像是对共产主义的绝佳讽刺。人家把发展问题和环境问题都解决了。而你,还在这里纠结工业发展和污染的问题,既然要发展,那就别抱怨环境了。"彼洛夫搓着脸,一边说一边思考,"哦,你刚才说的排放废水?的确有个工厂,高尔基皮革厂,他们有排放许可。但是不许说人家是污染环境,他们把污染都处理干净了的,明白?我给你看张地图……"

彼洛夫说着开始找地图,却怎么也找不到。他把抽屉翻了个底朝天,终于看到一张工业地图。他展开地图,占了一个桌面的大小。地图的主色调是黑色和橘色。

“这个高尔基皮革厂主要生产皮革手套、笔记本、手枪套什么的。你看这个位置，”他用手在地图上比划，指着高尔基公园旁边码头的位置，“这里有排水的管道。这个河段的河水也会结冰，但是很薄。如果朝这里丢东西，东西能砸破冰层掉进河里，砸破的地方过一个小时又会重新结冰。但是，这块薄冰的面积最多一米见方大小。你觉得，要把一支枪从这么远的距离扔进河里，而且要准确地落在一米见方的薄冰的范围里，这可能吗？”

“一支枪？你怎么知道？”

“你刚才不是已经说了吗？我又没老得失去智商。”

“我刚才说什么了？”

“你说呢。”彼洛夫白了他一眼，“现在这个社会啊，我真是越来越看不懂了。在以前，大家虽然也有诸多的误会和争执，但是，大家对未来还是充满信心的，而且非常团结。可现在，”彼洛夫伤感地闭上眼，然后睁开，他已经很久没有这么掏心掏肺地对谁倾诉过了，“你看，文化部的部长也下台了，因为贪污受贿和各种不正当交易，她已经变成一个身家上百万的富婆了，她竟然还要给自己修一栋宫殿。她是文化部的部长啊，她怎么可以这样呢？难道我们当初建立新政权的目的不正是为了打垮这些社会不良风气吗？”

莫斯科电影制片厂。

这天的拍摄工作结束之后，阿卡迪就一直尾随着伊莉娜·阿萨诺娃。他们在道具木屋和白桦树旁边慢慢散步。阿卡迪甚至能感觉到脚下的道具草皮下面还埋着电线。拍摄场地内用警告牌写着“禁止吸烟”，但是伊莉娜仍然点上了一支便宜的巴皮罗赛牌香烟。她穿着价廉物美的阿富汗夹克外套，没有拉拉链，露出里面的棉布衣服和用带子系着挂在颈上的铅笔。因为这条铅笔带子，反而更加衬托出她修长美丽的脖颈。她棕色的长头发懒懒地披在肩上，她的目光毫不躲避阿卡迪，几乎与他四目相对。她脸上淡淡的瘢痕因为落日的余晖而呈现出鲜亮的红色。阿卡迪想着，托尔斯泰笔下鲍罗季诺的炮兵们在准备战斗时,脸上因为兴奋而泛起的红光大概也就是这样的吧。

“瓦莱丽亚·达维朵娃和她的情人柯斯佳·波罗金是从伊尔库茨克来的。”阿卡迪说,“作为瓦莱丽亚的好朋友,你也来自那里。你还在这里给她写过信。现在,她死在了这里,又穿着你的溜冰鞋。但你却告诉我说,那鞋是你不小心‘丢失’了的。”

“这么说来,你是要抓我喽?”伊莉娜说,“我也学过法律,不要以为我什么都不懂。你要是想抓我,还需要另一个在场的民警。”

“这话你也不是头一次说了。跟瓦莱丽亚他们死在一起的还有个男的,是个美国人,叫詹姆斯·柯威尔。在大学的时候你就跟他认识。说吧,为什么骗我?”

她没有直接回答,而是带着他继续围着道具小屋散步。他知道她还在硬撑,但是,他觉得自己正在慢慢接近事实的真相。

“骗你?我不只是骗你一个,”她回头看着他,“你们这样的人,我都骗。”

“为什么?”

“对付你们,我权当是对付传染病人。你们都有病,而我,不想被传染。”

“那你说你原来学过法律。你学法律的目的,也是为了被别人当做传染病人?”

“我是想当律师。在某种意义上,也就是当医生,可以让更多人不得传染病。”

“好吧,我们回到谋杀案上,不要再说你的传染病了。”阿卡迪点了支烟,“你很冷静。不过,我来找你,只是为了找到杀害你朋友的凶手。”

“你撒谎。你只是为了破案。你关心的不是我的朋友,而是你自己的朋友。”

她只是随口一说的责备之词,却说到了他内心最深处。没错!他来到这里,一直跟着她,其实就是为了帕沙。

他换了个话题:“我看过你的简历,你曾经被大学开除,因为言语中有反苏情绪。”

“原来你连这个都知道啊。”

“嗯，我本来想装着不知道的。”

伊莉娜沉默了。她现在的样子让他想起第一次见到她的时候。是的，她又陷入自己的世界了，那个世界里面到底有什么呢？

她终于又开口了：“其实我更喜欢你的那些对手，就是安全局的那些人。他们至少可以很坦率很真实地扇女人的耳光，而不是像你这样假惺惺的关心。你的虚情假意，反而显露出你的无能。”

“你读大学的时候也这样说话？”

“你想听的话，我可以告诉你。我记得有一次和几个朋友在餐厅吃饭，聊天的时候我说，只要能离开苏联这个鬼地方，我愿意付出一切代价。邻桌正好坐着几个所谓的共青团员，听到我这样说，就给上面打了报告。于是我就被开除了。”

“你当时那样说，是开玩笑的吧？你就没有给他们解释一下？”

她的身体逼近了他，几乎要和他贴在一起：“不，我没有开玩笑，我是认真的。探长，假如有人给我一支枪，告诉我离开苏联有个办法就是杀了你的话，我一定会毫不犹豫地杀了你。”

“真的吗？”

“没错。”

她把没有抽尽的烟头塞进了阿卡迪身旁的白桦树树干，烟头的余烬熏黑了白桦树皮。变黑的白桦皮开始冒烟，那黑烟就像一把小刀，割得阿卡迪心里生疼。是的，他心里有种莫可名状的痛苦，因为她刚才说的那些实话。

“阿萨诺娃同志，我也很诧异自己居然还在处理这个案子，”他说，“这本来不应该是我的事，我早就不想管了。但是，死者是无辜的，我现在只是希望你能够和我一起去看看。也许你看到他们……”

“不去。”

“你这句话似乎是在明确地告诉我，你不是他们的朋友。但是，你真的不想确认一下吗？”

“我可以确认,不是他们。”

“那你的朋友们现在在哪里呢?”

伊莉娜没有说话。虽然她什么都没说,但是阿卡迪似乎明白了什么。他笑了笑,曾经的自己真是太迟钝了。为了破案,他一直在思考像奥斯本这样的人,需要从两个贫穷的俄国人身上获得什么吗?可是他从来不曾逆向思考过这个问题:为什么不可以是这两个俄国人想从奥斯本身上获得什么呢?

“你觉得,你的朋友们应该在哪里呢?”他又问。

他感觉到了她的紧张。

“还是我来告诉你吧,柯斯佳和瓦莱丽亚逃离了西伯利亚。”阿卡迪说,“柯斯佳是个土匪,偷机票、逃跑对于他来说,都不是问题。用钱去黑市买工作证、暂住证,这些对于他来说也很简单。但是,莫斯科还不够广阔,柯斯佳费劲地逃出来,不是为了只待在莫斯科,而是想要远离这片国土。但是,他们怎么出得去呢?没能逃出国去,也查不到他们的任何踪迹。最大的可能就是,他们和那个美国人一样,已经死了。那个美国人是第二次来苏联了,现在也杳无音信。”

伊莉娜径自往前走,不理会阿卡迪的述说。

阿卡迪继续说:“其实你已经默认了,他们是你的朋友。只是,我知道他们已经死在了高尔基公园,你却以为他们成功逃离了这个国家。”

伊莉娜没有回头,她的脸上露出了一种关于成功的表情,洋溢着胜利的光辉。

12

莫斯科河的河岸。

潜水员沉进水里,拨开水底的淤泥向四周探摸,搅得水底腾起一股股旋转的“黑雾”。专业的水下探照灯紧张地工作着,在灯光的照射下,人们可以模糊地看到水下忙碌的手臂。高尔基皮革厂的排水管就在这一带,而他们的工作,是要弄清楚水底排水口的具体位置。

河岸边的路上,偶尔有几辆早班卡车开来,民警们举着灯,示意这些车快速通过。阿卡迪的车停在一个没有灯光的地段,黑暗中的后座上坐着威廉·柯威尔。

“我对你,可没有承诺任何事。”阿卡迪对他说,“我看你还是回酒店或者去你们的大使馆更靠谱。”

“我就要待在这儿。”柯威尔的眼睛炯炯有神。

河堤的工作现场,又有潜水员入水打探,带着水下探照灯。河里的冰还没有完全化开,破裂的浮冰块左碰右撞地挤在一起。一些民警在协助工作人员排开工作区域的冰块。

阿卡迪拿出一个有些厚度的纸袋:“这里面装的是高尔基公园三个死者的验尸报告。”这一次,阿卡迪决定和柯威尔合作了。在河堤上工作人员的嘈杂喊声中,在探照灯以及各种光线的混合中,他心里居然升起一种亲切感。而柯威尔,如果他的逻辑思维正常的话,大概也应该知道:阿卡迪不可能是克格勃的人。因为,克格勃的人才不会像他那么神经,那么坦诚。那么,合作是必然的吧?

柯威尔伸手来接:“我看看吧。”

“詹姆斯·柯威尔跟你是什么关系?”

“他是我弟弟。”

阿卡迪把袋子递进车里交给柯威尔。合作的第一步已经开始了。他装在袋子里的资料中暂时还不涉及奥斯本。阿卡迪知道,柯威尔根本不知道谁是敌人谁是盟友,所以初来莫斯科时,并没有直接把他手中的X光片扫描图交出来——他甚至带着特制的武器。就算武器没有了也无所谓,他还有拳头。

一个沿着河堤巡逻的民警走了过来。他告诉阿卡迪,河水实在太冻了,潜水员们已经无法继续工作,就目前进展来看,也没有在河里发现阿卡迪想要找的提包。然后,有个中士来找阿卡迪,说有个十月辖区的码头巡逻民警要借一步说话。

那位年轻的巡逻民警告诉阿卡迪,他想起一件事情,几个月前的某天晚上,码头的路边停了一辆日古丽轿车,司机应该是德国人,他的西服领上戴着一枚"板球"俱乐部的特制别针。这位民警有收集别针的嗜好,所以当时就向司机提出要买走他的别针,但是被拒绝了。就是因为跟司机有过简短的交谈,所以民警听出了他极重的德国口音,由此判断司机是德国人。这件事发生在一月或是二月,具体时间,确实有些记不清了。

回到河堤的工作现场,阿卡迪让潜水员们继续做水下探寻:"再坚持半小时吧。"潜水员们只好继续工作。仅仅十分钟后,工作区传来了人们的欢呼声。是的,提包找到了。拖出水面的是一个皮革提包,上面沾满淤泥,还不断向外漏着水和泥鳅。

阿卡迪戴上手套,借着探照灯的光打开了提包。提包中是一堆乱七八糟的酒瓶、酒杯以及淤泥。阿卡迪在里面挑拣着,总算摸到一根手枪枪管。他把枪管从提包里拖出来,出现在眼前的是一支有着细长枪管的半自动手枪。

"探长同志?"

是费特的声音。从审讯高洛金之后,此人就像人间蒸发了一般,现在居然又出现在这里。在探照灯背后的黑影里,他把眼镜向上推了推,然后死死盯住了刚发现的手枪:"有什么需要我帮忙的?"

阿卡迪到现在也不清楚,帕沙的死是不是跟面前这个装模作样的侦探相关。唯一确定的一点是,他现在不想看到他。

于是他说:"有啊,你去整理一份清单,我需要了解最近六个月以来被盗的所有圣像的情况。”

“是在莫斯科被盗的吗?”

“除了莫斯科,还有周边的,比如乌拉尔地区的,然后……”

“好的!”费特向前移了几步。

“然后,侦探同志,”阿卡迪说,“我还需要西伯利亚地区被盗的圣像清单。西伯利亚你知道吧?”

终于,如阿卡迪所愿,这位侦探郁闷地走了。这堆清单应该会让他忙乱一个星期。而事实上,他的忙乱几乎不会对案子有任何作用。

探长把手枪用一块手绢小心翼翼地托起来。在场的民警都不认识这款手枪,连资深的老民警也没有见过。阿卡迪给了河堤的巡逻民警一些钱,请他们给潜水员买酒喝。然后,他拿着提包和手枪回到自己车上。

折腾了一夜,天色已慢慢地亮了。阿卡迪载着柯威尔来到克里姆斯基大桥下面的出租车站,然后停住车。这里的司机们有的在吃早点,有的在整理自己的车准备一天的营运。还有些二手商贩穿梭在汽车丛中向司机兜售来路不明的各种汽车配件。

柯威尔揣着枪拿着纸袋下车回到酒店,然后开始仔细研究手枪:“阿根廷货,7.65 毫米口径的好枪。哟,曼利彻尔牌的,子弹初速度大,命中率高,连打 8 发子弹都没问题。”他自言自语着,开始拆分手枪的零件,结果被枪里残留的淤泥溅了一身。当阿卡迪到酒店接他时,他已经换了套衣服,穿上了俄国货。两人回到出租车站,他上了阿卡迪的车,把手枪弹夹推回枪身里,递给阿卡迪:“还剩 3 发子弹。我知道这枪,这种勃朗宁手枪是阿根廷军队换装新式枪械前的惯用装备,这种曼利彻尔牌的还卖给过美国军火商。”

此时,阿卡迪的注意力却在柯威尔的俄国衣服上:“看来,你应该是把俄国衣服藏在枕头里的。”当时,他检查了房间里所有的地方,除了枕头。

“没错。”柯威尔笑了。他把装文件的纸袋还给阿卡迪,然后从衬衣口袋里摸出一张卡片。卡片上有十处指印样的墨水的痕迹,这是一张指纹卡片。“这个,”柯威尔说,“你也没找到。”阿卡迪伸手想拿过来,柯威尔却摇摇头,又把卡片收起来了。

“别看这个。”柯威尔伸展双臂,抖擞了一下精神,“我觉得,你是一个表里合一的人。好像你说过,你手下有名侦探被枪杀了,高洛金也死了,你需要获得一些帮助,寻找新线索。”

“哦?”

“吉米的情况……”柯威尔看了看装文件的纸袋。

“吉米? 这是你对他的昵称?”

“对。”柯威尔耸了耸肩,“你们法医提供的线索不错,可惜你们没有坚持。”

“什么意思?”

“意思是,你们应该把破案工作做得更细。比如,叫50个人专门寻找今年冬天去过高尔基公园的人,不断询问他们,把汇集起来的信息编成故事登报、上电视,还有,设立案情专线来征集一切有用的线索。”

“有道理!”阿卡迪说,“如果这是纽约,咱们就这么干。”

柯威尔换了一种冷漠的眼神:“如果我辨认出死者就是我弟弟,然后呢?”

“然后,这个案子就应该由国家安全部来负责处理。”

“移交给克格勃?”

“对。”

“那我会怎样?”

“被他们拘留,让你坦白交代,提供证据。我不会告诉他们你有武器,也不会说我们在公园见过面,这样你就能过得舒服点。”

“你在开玩笑吗?”柯威尔问。

“开得不算大吧。”阿卡迪突然笑了。

“好吧,”柯威尔点了支烟,把火柴从车窗扔了出去,“那还是维持现状吧。你和我,我们自己干。”

“什么维持现状?”阿卡迪问。他已经知道了柯威尔的想法,只是,从柯威尔嘴里听到这句话,让自己心里有些不快。

“我是说,你和我合作吧。”柯威尔说,“以我的分析,三个死者里,第一个被枪杀的应该是柯斯佳,第二个就是吉米。他腿不好居然还去溜冰,真是的。最后被杀害的就是达维朵娃了。但是,我不明白的是,为什么头颅里还有子弹打进去?难道凶手知道吉米做过牙根管手术,并且知道它和俄国牙科手术有所区别,想毁灭这种可辨识的特征,所以才意图破坏吗?伦科,你要不要怀疑一下牙科医生?或者说,其他的外国人?"他讪笑了一下。

"继续分析,你还发现了什么?"阿卡迪语音平淡。不过,当时为了弄明白牙根管的问题,他也是费了很大精力的。

"还发现了他们衣服上的石膏。是为了弄圣像给沾上的吧?你也是因为这个,才叫刚才那个侦探去弄被盗的圣像清单的吧?我不得不提醒你一下,那个侦探去过克格勃司令部,我当时跟踪的人就是他。你明白了吧?你是坦荡君子,但是,他是个小人。"

"我也这么觉得。"

"好吧,那你现在可以把我的侦探徽章还给我了吗?"

"还不行。"

"怎么,你想控制我?"

"柯威尔先生,我们现在是互相利用的关系,不必那么假惺惺。我们俩谁也不知道哪一天对方就会对自己伸出拳头,所以,我们必须多考虑着些。不过,你放心,在你回国之前,你的警徽我会还给你的。"

"是侦探徽章。"柯威尔更正,"无所谓的,我可以不要这个徽章,你愿意留着就多留几天吧。另外,我想说的是,你对自己目前的进展还一筹莫展吧?你为这个案子奔走了这么久,也没有什么实质性的收获。不如我们分头行动,然后碰头沟通信息。怎么样?这是目前可行的最好办法了。给我几个能找到你的电话号码吧。"

阿卡迪不置可否,匆匆写了几个号码递给柯威尔,办公室和乌克兰饭店房间的电话都在上面。柯威尔把写着号码的纸收起来。

"那个,跟吉米一起被杀的那女孩,长得挺好看的吧?"

"可能吧,你干吗问这个?你弟弟很有魅力?"

"想到哪里去了。吉米是禁欲主义者,不碰女人的。不过,他并不排斥接近女人。我弟弟很挑剔的。"

“你到底什么意思?”

“女人的事情嘛,还用我解释吗? 你不知道?”

“不太明白。”

“晕死,”柯威尔打开车门下了车,“你果然坦诚而又纯粹!”

柯威尔在出租车站的车丛中漫不经心地走着。阿卡迪的目光尾随着他,想看看他要做什么。柯威尔走到一个引擎盖开着的车旁,大概是车出了故障? 他弯下腰热心地给人出主意想办法。一会儿该递烟了吧,阿卡迪心想。果然,没过多久,就有一群司机围住了他。

没错,阿卡迪和他就是相互利用关系。阿卡迪想利用他,因为这个美国人很有心计很会混。

阿卡迪把提包和手枪交给列文去检验。然后,他去了电话室,通过总机寻找伊莉娜家附近的电话。伊莉娜自己肯定是装不起电话的。在这里,安装电话是特权的象征,一般人即便等上很多年也盼不到一部电话。不过,伊莉娜在其他地方所表现出的贫穷更能引起阿卡迪的兴趣:旧衣服、旧鞋子、便宜香烟。在电影制片厂,很多女人都是她这样的收入和生活状况,但是,最起码在电影工作者协会组织的相关晚宴上,这些女人都打扮得很时尚。其实,在这样的晚会上,一定会有人礼节性地赠送法国香水或是高档裙装给女士的。而伊莉娜这样的女人肯定也会受邀出席这样的晚会。但是,她依然保持着固我的贫穷。阿卡迪开始欣赏她了,一个不受诱惑的女人。

这边,化验室已经把提包里的东西一一做了检查,柳金上校开始给阿卡迪说明情况。桌上的电话突然响了,一位助手把电话接起来,然后交给阿卡迪:“伦科同志找您。”

是卓娅。“我待会儿打给你。”阿卡迪说。

“不行,现在就谈!”卓娅有些气急败坏。

阿卡迪用手势示意柳金接着介绍情况,于是他们又开始了关于化验结果的交流:“这个皮制的提包是波兰生产的。”

“喂,阿卡迪?”卓娅在电话里喊。

这边柳金还在继续展示："提包的金属扣眼上，有皮绳穿过，所以皮包是手提和肩挎两用的。这款式不错，莫斯科和列宁格勒的人会很喜欢买这样的。你看，"他用铅笔尖指着皮包底部，"这里有一个呈扩大状的洞口，这说明从里面射出的子弹不止一颗。洞口周围有少量的火药残留，提包的皮质也符合沾在那颗 GP1 号子弹上的皮革皮质。"

沾了皮革的子弹，就是打死柯斯佳的那颗。阿卡迪点了点头。

电话里，卓娅还在喋喋不休："我准备向法院提出离婚诉讼，100 卢布的诉讼费你得出一半。我可是把房子留给你了的。"她顿了顿，却没听到回应，于是喊到，"你到底听到没有？"

"嗯。"阿卡迪对着柳金说。

柳金继续他的讲述："提包里有三个钥匙环，上面都挂着相同的钥匙。包里还有一个打火机，一个喝空了的伏特加酒瓶，还有半瓶'马尔泰'白兰地。这两只溜冰鞋是'斯巴达克'牌的，特大号。这里还有一只罐头瓶，是法国的草莓蜜饯罐头，原产地产口，可以确定，俄国没有进口过。"

"有没有发现别的吃的？奶酪、面包、烤肠什么的？"

"事发好几个月了，每天都有鱼和泥鳅在这里游来游去，你觉得呢？对了，化验还发现了极少量的动物脂肪，当时包里应该还有其他食品。另外，有人体组织的碎末残留。"

卓娅在电话里又开始喊了："阿卡迪，你必须马上来一趟。我希望法官能够尽快开庭审理，我都跟他说好了！"

"我没空。"阿卡迪对着话筒说了一句，然后问柳金，"有发现指纹吗？"

"这个真没有。"

话筒里，卓娅还在说话："你现在就来，否则你一定会后悔的！"

阿卡迪捂住话筒，对柳金说："上校，不好意思，请给我一分钟时间。"

柳金会意地带着几名助手离开了实验台。阿卡迪看了看腕表，转过身背对着他们，低声对电话里的卓娅说："为什么离婚？我酗酒吗？家暴吗？"

"因为，第一，"她的声音有些发紧，"我们性格不合。关于这一点，娜达莎和施密特博士都可以作证。"

“那么……”他的思维有点混乱,“你的党籍问题怎么解决?”

“伊凡说……”

“伊凡是谁?”

“哦,施密特博士说,那个不要紧。”

“行吧。那你觉得,我们性格有多么不合呢?”

“不好说。不过你记着,如果非要上公开法庭,你一定会后悔的。”

“我现在已经后悔莫及了,还有什么事情让我后悔的?”

“你说过的一些话。”她放低声音。

“什么话?”

“你说过的话,关于我党的那些话。还有你的态度。”

阿卡迪惊得睁大了眼睛。他想回忆一下卓娅的样子,但是居然没有印象了,脑子里只有海报上那个少先队员,然后,他又想起了空空如也的家。是啊,这么多年了,他们的婚姻早已名存实亡,没有任何实际的意义。一切都死了,感情和政治。话筒那边的女人,很快就会成为他的前妻。

“好吧,我保证不会影响你的前途,”阿卡迪说,“但是再给我点时间,五一之后吧。”他说完,挂掉了电话。

柳金适时地拍了拍手:“我们继续吧。我们检验的初步情况都告诉你了,这把枪是曼利彻尔牌,口径和高尔基公园里杀人的枪一样,准确型号明天应该可以知道。弹道实验和其他的人工不能完成的分析,我们后面会继续做。探长,你有没有在听我说?”

阿卡迪回到新库兹涅茨卡,想看看柯威尔有没有打电话来通报信息。中间还被拉去开了个会,这种烦人的会很多,一般是有个人在台上朗诵《真理报》,其他人在下面看自己的杂志。但是,今天的会议氛围有点严肃。各区的侦查员都在这里,目光的焦点全部聚集在丘金和来自塞尔布斯基研究所的一位医生身上。

那位医生侃侃而谈:“苏联的精神病学即将步入新的发展历程。在过去,卫生部门与司法机构总是各自为政,而今天,这种不良局面终于结束了!”他顿了顿,趁把糖放进嘴里的时间,把桌子上的论文翻了一会儿,然后接着说，“经过长时间的研究，我发现动物在出现心理问题的时候，其实生理上已经有相应的问题了。这可不是我凭空说的，有理论依据和临床证明。在不公正的社会里，人们犯法的原因可能是因为社会问题，但是，在公正的社会中，人们犯法如果不是因为精神出了问题，还能有什么别的正当理由呢？如果我们能够接受这一事实，那么，我们就可以有效地保护无辜‘犯法’的公民和因他而受连累的整个法治社会。我们可以把‘犯法’的人隔离起来，让专家为他治病。我刚才说的这些与在座诸位的关联在于：各位侦查员必须让自己的内心更强大，同时更加明察秋毫，发现哪些人有心理或生理的异常症状，这样就可以有效地保护他们，既防患于未然，让他们不去破坏社会，又可以真正救助病人。我们有义务这样做。”

接着，医生又把讲稿翻到新的一页：“我刚才的陈述，你们可能一时间无法理解，但是我想说，从神经系统来讲，犯罪分子和正常人是不一样的。如果把这些人带到医院去医治，他们的反应可能不尽相同，有的狂躁有的平静。但是，如果把他们关进大牢，他们就全都会变得紧张。我做过一个实验，把钢针插入一个这样的病人的皮肤里，插进去两厘米深，他居然没有任何疼痛的反应。”

阿卡迪突然问道：“你把针扎在他身上哪个地方呢？”

这时，他听到楼上有电话铃在响，是自己办公室的电话，于是赶紧溜了出去。这边，丘金对着医生耳语了几句，医生似乎把他说的记录了下来。

“我小时候养过小猫，”娜达莎·米高扬一边抚摸着盖在腿上的安哥拉羊毛毯一边说，“小猫那么软，那么柔和，嫩得连骨头都摸不到，毛茸茸的。我要是一只小猫就好了！”

她蜷缩在沙发一角，房间里很暗，窗帘拉得严严实实的，也没有开灯。她的头发慵懒地披散着，说话间还不忘啜一口珐琅杯里的白兰地。

阿卡迪在一旁看着她：“你说要告诉我关于一起谋杀案的情况，什么谋杀案？”

“关于我的。”娜达莎好整以暇。

"谁要谋杀你?"

"米沙。"听得出她在忍住笑意,似乎在说,他问的问题真笨。

从一个星期前那次聚餐到现在,房间里似乎没有太大的变化,除了壁挂画歪着,烟灰缸堆满了烟灰,混乱的房间里弥漫着植物腐烂的味道。沙发前的茶几上放着钱夹、唇膏和化妆镜。此时娜达莎变换了个姿势,膝盖碰到了茶几,唇膏于是开始左右晃动起来。

"从什么时候开始觉得他要杀你的?"

"几年前吧。"她想了想,突然说,"抽烟请随意。我知道你思考兴奋了的时候需要这个。"

他表示同意:"你的确了解我。不过,为什么觉得他要杀你?"

"因为,我想杀了我自己。"

"娜达莎,这个叫自杀。"

"我知道。但是,不是你想象的那样。真正的凶手是他,可他是律师,不会傻到自己动手来给自己一个杀人的罪名,所以,才把我弄成杀人的工具。"

"意思是,你想自杀,是因为被他逼疯了?"

"还没疯,疯了就没法正经说话,向你揭发他了。要真有那一天,估计他会真的杀了我。我们继续说吧。"

"好的。"

是的,她没有疯。但是,他并不确定。她带着幻想色彩的话语中是否在暗示什么?他们俩虽然算是多年的朋友,但是并不亲近。

"有什么我能帮你的吗?比如,我可以找米沙谈谈……"

"谈什么?我要你抓他。"

"因为谋杀吗?这个不成立。"他尴尬地笑。

娜达莎摇头:"我不能冒险。在我还有能力可以做点什么的时候,我必须让人把他抓起来,否则会很危险。"

阿卡迪有点不耐烦了:"你到底要做什么?一个人还没犯罪,我就没有理由抓他。况且,我也不能凭一个想自杀的人的一面之词去抓人。"

"那你算什么好探长?"

“那你打电话叫我来做什么？就为了说刚才这些？你应该找你的丈夫。”

“说得真好，”她歪着头，“我应该找我‘丈夫’，这词儿真动听。”她的身子蜷缩了一下，“你和米沙真是一个鼻孔出气啊，他老说你是优秀一面的那个他，他想做而不能做的事情，都让你做到了，所以，他欣赏你。你瞧，我现在是在和我丈夫优秀的一面说话呢。除了你，我还能去跟谁说他要杀我的话？我也真是好奇：大学的时候你就从没有对我动过心？我觉得我年轻的时候挺有魅力的啊。”

“现在也一样。”

“动心了？那我们现在就开始吧，不用去卧室，就在这里做，很安全。你一向是个诚实的人，不是吗？不来？别客气。哎，可惜我现在也没兴趣了。你说，这是怎么回事？”她笑得骇人。

阿卡迪实在憋不住火了，一把抓起她的钱包倒过来，里面的东西全都噼里啪啦掉了出来。全是药，一种含有可待因和苯巴比妥的止疼药，非处方类，一般的药店都能买到。

“你每天都吃？多大的量？”

“说明书在那儿，自己看吧。哟，你还真是懂啊，就这么找到了。怎么男人都挺懂的，知道女人的药藏在哪儿，也知道怎么给吃多了药的人洗胃。不过，现在没事了。”她突然又变得兴高采烈，“回去继续研究你的那些尸体吧。我不过就是想让你来看看，现在你可以走了。”

“你到底怎么回事？”

“我没事啊，我就想这么瘫在这儿，跟猫一样。”

阿卡迪转身准备走，然后又回头说了一句：“听说你会在我的离婚庭审上出席，有对我不利的证据。”

娜达莎换了个优美的姿势：“我挺不愿意那么做的。但是，我得帮助卓娅。你们两个根本不像两口子。”

“好吧，你身体没问题吧？我得走了。”

“我没事。”她又开始喝酒。

等电梯的时候，米沙回来了。看到阿卡迪，他的表情居然有些窘迫。

“谢谢你来看她，我实在太忙了。”米沙敷衍了几句，准备走。

阿卡迪说：“等等。你最好找时间带她去医院看看吧。还有那些药，别让她一直吃。”

“没事的，”米沙走向房门，“这也不是一次两次了，她会没事的。你还是操心操心你自己的事吧。”

阿卡迪回去继续工作。他查了阿芒的日古力牌轿车的登记记录，又重新查看了奥斯本的入境签证。从巴黎到列宁格勒，如果坐火车，会经过法国、德国和波兰，奥斯本这种视时间如金钱的人不会觉得旅途无聊吗？但是，坐船就更不可能了，因为到列宁格勒的水路在冬天是会封冻断航的。坐飞机？要通过严格的行李检查，他能把那支曼利彻尔牌的手枪带入境吗？

帕沙·巴甫洛维奇的火化仪式在当天下午举行。阿卡迪默然看着死去的帕沙被人们抬进一只松木箱子，推进了熊熊的火焰。

街上的巨幅标语已经被人踢得乱七八糟，剩下唯一还保留着的可辨识的一个词：希望。

天色渐渐暗了下来，里加乔夫工厂的烟囱渐渐隐没，街上的店面也陆续打烊了。阿卡迪看到一位民警被一群醉汉追截，那些醉醺醺的人嘴里骂着“他妈的骗子”。民警冲出小巷，跑到大街上，他大概需要找载着伙伴的巡逻车。

阿卡迪走进一家餐馆，他曾经在这里见过天鹅。中间的圆桌上围着酒客，就着生洋葱正喝得酣畅。餐馆柜台上的电视里正在播放一场足球赛。阿卡迪径直走进这里的休息室，他要见柯威尔。此时柯威尔正站在那里，朝着一个专用的洞子小便。房间的光线很暗，不过还是能看到他身上的皮夹克，头上的布帽子以及满面的红光。

“哟，玩得挺开心嘛。”阿卡迪说。

“你是说这样撒尿？确实开心，”他收拾好裤子，“真他妈爽。哎，你怎么现在才来？”

“不好意思。”阿卡迪也解开裤子，朝洞子里撒尿。看柯威尔的样子，应该已经喝了很多酒了。

“那支手枪，有没有更确切的信息？”

“应该可以有。”

“你今天到底在干吗？有收获吗？”

“如果你去，会更不顺利。”他看了看柯威尔的鞋。

柯威尔已经在店里预定了一张餐桌，桌上放着半瓶伏特加。

“伦科，来两杯？”

阿卡迪真想走了，喝酒误事。看柯威尔的样子就知道这美国人酒量不怎么样。不过，天鹅一会儿也要来，他还得再等等。

“伦科，以后我们可以比比撒尿，撒得越远越好，时间越长越好，还要准确撒到该去的地方，动作还不许难看！怎么样？我可以先让你几分，我单腿站着来！你要是觉得这样还不够，我还可以不用手扶着！”

“你确定你是个货真价实的警官？”

“那当然。除了我，这儿还有更货真价实的吗？来，伦科，先去买点吃的。”

“你真不懂礼节！”

“我一兴奋就顾不上。上次我还打你呢，现在算好的了。”柯威尔双臂环抱，身子向后一靠，打量着四周：“这儿真是个好地方。”然后他看向阿卡迪，又重复了一句：“我是说，这地方不错。”

阿卡迪去柜台买了瓶酒，再拿了个酒杯过来。他拿出两根火柴，折断其中一根，然后把两根带火柴头的火柴握在手里遮住，只露出火柴的头：“抽签，短火柴的那个人喝酒。”

柯威尔抽出一根，一看，是短的。

“妈的！”

“俄语说得不错，但语境不对。”阿卡迪一边监督柯威尔罚酒，一边接着说，“地道的俄国人不是你这样的头发，你得剪短。还有，你把脚翘那么高，都放椅子扶手上了，一看这习惯就是美国人。”

“所以咱俩真挺适合合作的。”柯威尔学阿卡迪的样子把杯里的酒一饮而尽,然后继续抽火柴,柯威尔又抽到短的。"这是什么他妈的破游戏!伦科,你能不能不要整这没用的,说说你到底在忙些什么,有什么进展?"

阿卡迪不知道从何说起,他暂时不想把奥斯本的事告诉柯威尔,更不想让柯威尔知道伊莉娜也牵扯其中。所以,他只说了对那具女尸的头骨做复原的事。

柯威尔听到后大加赞赏:"真不错,我正一筹莫展呢!原来用头骨就可以把脸复原出来?真好,简直像古罗马人破案一样!那我们接下来怎么做?引蛇出洞?还有,好像你说过一个什么箱子,装圣像的。吉米跟圣像也有点关系。"

"那箱子不知道是偷的还是买的,跟复原的事没啥关系。"

柯威尔挠挠下巴,摸摸胸口,然后从衣兜里掏出一张明信片给阿卡迪看。明信片的正面印着彩色的镀金箱子,有水晶装饰,典雅庄重,箱子正面镶板上的黑天使和白天使之战的绘图清晰可见。明信片的背面只印着简短的几行字:"克里姆林宫,阿干哲斯克大教堂,宗教箱子。"

"探长,你猜猜,这箱子有多久的历史?"

"四五百年?"阿卡迪说。

"告诉你吧,1920年。阿干哲斯克大教堂和里面的东西都是复原过的。你看看这箱子的主框结构和用料就知道了。箱子的镶板才是古董,一套要值上千美元呢,纽约的价格更高。所以,这里的人为了钱,总想要走私箱子的古董镶板,板上镶着圣像呀。为了走私,他们得掩盖自己运送的东西,所以,多半是找个看起来不起眼的包装,把有圣像的板子包起来,这样就能走私出去了。想到这儿,我今天就去了这里的各个大使馆,打算打听一下近半年来有没有人往国外运过圣像箱子或者镶着圣像的家具之类的,但是没收获。我又回到美国使馆,美国中情局在此地的领导是大使馆的政治参赞,他告诉我,圣像按规定是严禁私人买卖的,所以从正规渠道很难查到线索,但是把圣像走私到国外去的确可以挣大钱。由此,我又想到,如果复制真正的镀金圣像,是需要黄金的,可黄金在这里也禁止个人交易,那么,这些人也复制不出圣象啊。总之我想不明白了,就约你一起出来喝个酒解个闷。不过,你选的这个地方挺不错的。"

“柯斯佳·波罗金搞得到黄金。”阿卡迪说。

“从这里买?”

“在西伯利亚偷的。但是把圣像做旧了,箱子的板子却是新的,这看上去也不像啊。”

“没事,他们可以把板子也做旧,擦掉一些金漆,露出底料,再抹点赭土,看上去就像古董了。我们可以叫个民警去查一查,看看这期间谁去艺术品修复店买过颜料啊、石膏啊、胶水啊、砂纸啊、白垩粉啊、鹿皮啊这类东西,这些都可以用来复原圣像。”

阿卡迪把他说的一一记录下来:“你还挺懂的。”

“纽约的警察都知道。继续写,还有棉花、酒精、打孔器、抛光机。”阿卡迪又一一记下来。柯威尔给自己倒了一杯酒,继续说,“你们的记录里从来没提到过在吉米身上找到紫貂毛什么的,我对此相当诧异。”

“紫貂毛?你诧异什么?”

“复原圣像在涂金粉的时候需要用到一种特制刷子,这种刷子只能用紫貂毛制成。你们居然没有发现,这是什么情况?”

说话间,天鹅来了,还带来一个吉卜赛老人。老人的脸上布满密密麻麻的皱纹,他戴着一顶破帽子,脖子上系着一条脏兮兮的印花大方巾。在苏联,所有的人在统计表上都有正规工作,除了吉卜赛人。当局也尝试着通过各种方式提升他们的社会地位,但是没有进展。一到星期天,他们仍然会出来摆摊设点卖小东西。每年春暖花开的时候,他们会出现在这座城市的各个公共场所,扶老携幼地行乞。

“在我们这里,这些用品不需要去店里买,”阿卡迪告诉柯威尔,“旧货市场多的是,大家找个街道口就买卖了,或者直接去别人家里交易。”

天鹅说道:“这个人听说有个西伯利亚人要卖沙金。”他指了指吉卜赛人。

吉卜赛人接口道:“还有紫貂皮。据说是一张貂皮500卢布。”

阿卡迪看了看吉卜赛人,接着对柯威尔说:“在这里,想买什么都能买到,只要找对了地方。”

“没错,什么都买得到。”吉卜赛人跟着说。

“甚至买人。”阿卡迪又说。

吉卜赛人换了种语气:“我可怜的儿子被一位法官送进了劳改营。不知道这位法官在最终判决的时候会考虑我儿子上有老下有小吗?”

“你儿子有几个孩子?”阿卡迪问。

“他的孩子们都还小,”吉卜赛老人哽咽了起来,他坐到椅子上,清清嗓子吐出一口痰,然后才说,“十个孩子。”

旁边桌醉酒的人们开始摇头晃脑地唱起歌了。这时吉卜赛老人凑到阿卡迪耳边,又低声说了一句:“这些孩子的妈妈可是个美人。”

“信息费,四个卢布。”

“八个吧。”

“六个。”阿卡迪放下六卢布,接着说,“你继续打探吧,如果找到那些西伯利亚人藏身的地方,我再翻倍给你钱,十倍。”然后,阿卡迪告诉天鹅:“和西伯利亚人一起的,还有个红头发的瘦瘦的男人。2月初,这些人都失踪了。刚才我写了一些美术材料,你抄录一下,让这个吉卜赛人去打听打听,看看谁会去买这些材料。这几个人应该住得比较偏远,不会在市中心。”

“祝你好运。”吉卜赛人收下了钱,“你父亲是个豪爽的人,我们曾经跟着他南北征战,杀到过德国。他总是留给我们一些好东西,不像有些人这么计较。”

天鹅带着吉卜赛人走了。电视中播放的球赛正好进了一个球,失守方的守门员双手叉腰,无奈地看着前方。

阿卡迪说:“吉卜赛人应该能找到线索,我也会让我的线人盯紧的。”

“那就先别担心了,我也要让我的情报线人查查这些材料。”柯威尔伸展了下双臂,接着说,“我们继续抽火柴吧。”

这一次轮到阿卡迪喝酒了。

柯威尔也举起杯:“曾经在美国有个案子,是几年前,在特克西多公园里,有名女子被害,她的面部严重损毁,脸被切碎。当时纽约的验尸室有个年轻人,他是专门负责为空难死亡者修复面容的。他拿了死者的头骨,再把被损毁的面部碎片拼接起来,由此辨认出死者的脸。现在,你们的工作难度更甚，是直接通过头骨来复原面部皮肤。干杯吧，为了你那位死去的侦探。”

“好，为帕沙干杯。”

两人碰杯一饮而尽，又继续抽火柴、喝酒。阿卡迪的酒劲渐渐上来了，感觉酒意在身体里四处游走。而柯威尔，似乎很沉迷于喝酒之后的微醺，还保持着一如既往的豪爽姿势。餐馆里充斥着食物和酒混杂后散发出的复杂臭味，那些俄国的“上等人”们讨厌这样的味道，所以他们只去高端大气上档次的大酒店，从不来这种下里巴人的小馆子。但是，柯威尔在这样的地方似乎很受用。

“关于伦科将军的那些传说，都是真的？”柯威尔问，“原来那个乌克兰刽子手就是指的你爹呀！真是神奇，我差点忘了这茬了。”

阿卡迪打量着柯威尔，他的语气可有嘲讽？似乎没有，他真的只是觉得很神奇。

“你忘记这个很正常，”阿卡迪说，“但我就不那么容易忘了。”

“既然有这样的背景，你为什么没能平步青云？你不是伦科将军的儿子吗？早就该高升了，怎么还混成现在这个样子？你什么情况？犯过错误？”

“哦？你的意思是，除了无能，我还经常犯错误？”

“没错，”柯威尔大笑道，“不仅仅是无能！”

阿卡迪对柯威尔这样的玩笑并不感冒，他摸不准后者到底要表达什么。

于是他说：“没错，我在这个领域的确无能，而且也经常重复犯同样的错误。我父亲当年是在乌克兰境内指挥坦克军团，当时的领导班子里人才济济，赫鲁晓夫是那场战役的政委，瞧瞧，未来的领导人啊！我也因为是高级将领的后代而沾光进了专门的学校，接受专门的训练和教育，连入党介绍人都不是一般人。如果伦科将军能升为元帅，那我就真的平步青云了。那样的话，我就不会在这儿了，应该在摩尔达维亚的导弹基地吧。

“当海军也不错嘛。”

“当个穿着漂亮制服的花花公子？拉倒吧。总之，伦科将军最终也没能当上元帅。你想啊，他是‘斯大林的左膀右臂’，斯大林都死了，谁还会用他？他永远当不了元帅了。”

“那些人把将军杀了？”

“那倒没有，但是让他退休了。所以，我也没法升职了，只能当个探长。该你抽火柴了。”

柯威尔抽了根火柴——又是短的。他给自己倒了酒，接着说：“好像大家对警察这个工作总是很好奇，老是来追问你的选择。依我看，有三种职业最会让人产生好奇：神父、妓女和警察。不过，人们总是对很多事情都充满好奇，除了爱尔兰人。”

“哦？为什么呢？”

“爱尔兰人天生就是神圣的，他们觉得世间只有两种工作适合他们：警察和神父。”

“‘神圣的’是什么意思？”

“就是他们的生活非常纯粹。”

“纯粹？”

“对啊，连性交都很纯粹。在这些人的眼里，共产主义者都是犹太人，而爱尔兰的牧师都是酒鬼，其他人都是苦力，黑人则是罪犯。他们觉得《最伟大的13世纪》是亘古不变的最伟大的作品，修女们说，这书的作者是约翰·J.华尔士。他们理解不了胡弗和希特勒这样的人，但他们的辩护律师却可以信口雌黄。这才是他们的真相！啊哈，你觉得我是个口不择言的大蠢蛋，对吧？”

柯威尔的神情变成了一种居高临下的嘲笑，不复刚才的亲和。他总是这样，想到哪里是哪里，所有的表情变化都与阿卡迪无关，仿佛一艘航船突然改变了航向，或是一颗行星突然偏移了方位。柯威尔把手撑在桌上，身体前倾，双目如炬，充满挑衅。

然后他又说：“我真的笨吗？告诉你吧，其实我很了解俄国人。我家收留过一个俄国人，一个被斯大林赶走的倒霉俄国人。”

阿卡迪小心地问了一句：“你父母是激进主义者？”

“什么跟什么？他们是左派，爱尔兰天主教左派。”

店里的其他人都喝得有些醉了，他们醉醺醺地盯着电视屏幕。电视里的球赛还在播出，又有人进球了，店里的观众们开始吹口哨。接着，另一个队也进了一个球，店里终于响起了一片口齿不清的欢呼声。

柯威尔突然紧紧抓住阿卡迪的手腕，迫使他重新注意自己，继续听自己絮叨。

"听着，我了解俄国人。我想要告诉你的是，我弟弟就是在你的祖国，在这座城市被害的。我们现在是合作关系，我们有共同的利益。不管你是受命于人的，还是你自己的意愿，总之，你也想抓住那个杀死了你的侦探的凶手。可是现在，你装着一副无所谓的样子，想把所有的压力加在我身上。好吧，我得让你明白一点，你犯不着这样，我其实一直都走在你的前面。"

离开餐馆，阿卡迪驱车在路上毫无目的地狂奔。他觉得自己没醉，只是，刚才坐在柯威尔身边时喝下的大瓶伏特加似乎变成了身体里一股无用的能量，他需要把它释放掉。天渐渐亮了，街头的红旗正缓缓升起，清道车已经开始工作，五一即将来临。

他终于饿了，决定去彼得罗夫卡大街吃东西。民警餐厅这个时间还没有人吃东西，只有几个私人报警室的值班女孩在那里守班，她们趴在桌上睡得很沉。阿卡迪自助式地放下零钱，买了茶和面包。

五一节，他心里总觉得会发生什么事情，但是，这种感觉很模糊。这会儿，值夜班的民警们大概正在为五一节做准备——在五一前夕赶走流落街头的醉汉们。不过，这场行动只限于在五一前夕赶走他们，五一节反倒不管这事了。在五一节当天怎么喝酒都成，因为，五一是狂欢的日子，不喝得烂醉怎么能体现爱国呢？一切都得服从时间的安排！

阿卡迪走进通讯室。两个中士正在打电报稿，记录从各地传回的零碎消息。市区地图仍然挂在那里，现在没有灯亮起来，不过，阿卡迪还是看了很久。

回到侦探办公室，里面只剩下一个人，正在打印法院的文件。墙上挂着一句口号："为了这光荣的一周，全民提高警惕！"另外有一份公告也贴在那儿，是征集高加索山脉滑雪组成员的。阿卡迪在办公桌旁坐下，给总机打了二十遍电话，不断地打，终于有人接听了。他询问对方伊莉娜住处附近的公用电话的拨打情况。

对方的声音听起来似乎还没睡醒："探长，我明天早晨给你送份文档吧。有一百多个电话记录，难道要我现在挨着给你念一遍?"

"有没有打给罗西亚饭店的?"

"没有。"

"好，继续监听。"然后，阿卡迪没有挂电话，他从办公室的电话号码簿里翻到了罗西亚饭店的电话，他赶紧问对方："有没有电话打给 457702?"

对方极不耐烦地应了一声，就没有声音了。在查询?

过了很久，懒懒的声音又响了起来："20 点 22 分，有电话打给 457702，是用公用电话 902825 这部打的。"

"通话时间长吗?"

"一分钟。"

挂掉电话之后，阿卡迪马上又打了个电话到罗西亚饭店找奥斯本。接线员告诉他，奥斯本先生现在不在酒店，他去见一个叫伊莉娜·阿萨诺娃的人去了。

阿卡迪立马跑回自己的车里，飞驰到彼得罗夫卡大街，然后转往南开。现在，街上的车还很少。阿卡迪一边开车一边飞快地思考，应该是伊莉娜主动给奥斯本打电话约见面，但是通话时间只有一分钟，这么短，他们约得定吗? 他们会在哪里? 不可能在奥斯本的房间，也不可能在任何会让人起疑心的地方，更不可能在轿车里——眼下这特殊时段，那会引起巡路民警注意的。那么，不能在车里，奥斯本就不会用车送她。她应该会坐公交车回去。末班车收班时间是 12 点 30 分，现在已经 12 点 10 分了。阿卡迪手上没有任何关于他们见面的有用信息。好吧，只能尽力一试了!

他去了革命广场，把车停在一个不起眼角落的阴影中。这里的地铁站是离罗西亚饭店最近的，也有公交车通往她住的地方。阿卡迪看到一辆闪着顶灯的警车开了过去，似乎要执行紧急任务，但是没听到警报声。他的车里要是装了无线电话该多好! 那他就可以随时了解周边的一切情况。他现在很紧张,双手不安地拍打着方向盘,他隐隐约约觉得,真的会有事情发生。

革命广场的北边是斯维尔德洛夫广场,南边就是红场。他死死地盯着广场灯光下出现的每个人影,扫视路过的每一个人。浓雾正在散去,他听到各个方向的各种脚步声。能听出来,有的人很从容,在散步;有的人很匆忙,在追车。而在这一堆混乱的脚步声中,他居然听出了她的步伐节奏!是的,伊莉娜出现了!就在大百货公司旁边的拐角处!她的长发依旧懒懒地披散着,双手插在衣兜里,她走进了地铁站。阿卡迪发现,地铁站入口处有两个男人一见她进站,便尾随着她也进了站。阿卡迪赶紧下车跟了上去。

伊莉娜准备好了五戈比零钱投币用,而阿卡迪需要先兑换零钱,所以,她很快上了下行的电梯,把他远远落在了身后。更要命的是,她并不知道有两个男人在跟踪自己。这两个男人的着装很普通,浅褐色大衣配黑帽子,很多人都这样打扮,完全不容易引起注意。电梯继续下行,现在距广场地面已经有 200 米深了。很多谈情说爱的男女在这里抓紧时间卿卿我我。一路挤向前打扰了他们雅兴的伊莉娜,在路过这些情侣时还被扔了几个白眼。两个男人还在跟踪她,阿卡迪离他们太远了。伊莉娜已经下了电梯,阿卡迪还没跟上,转眼间,她和跟踪者就都被人群淹没了。

地铁站的主通道是大理石砌的,头顶的吊灯是水晶的,圆弧形的墙是马赛克镶的,镶嵌出的图画全都是革命主题:血肉之躯、枪炮隆隆、硝烟弥漫……在这些主题的烘托之下,列车的声音和颤抖感都不那么强烈了。有幅图嵌出的画面是列宁正在布尔什维克大会上发言,正好两个年轻的士兵拖着箱子从列宁面前走过,阿卡迪也匆匆跑过他们身侧。另一幅列宁召开工人大会的画面前,一位穿着貌似音乐家行头的人正悠闲地踱步。通道壁画边,更多是一对对疲惫不堪,却难舍难分的男女在闲晃、私语。阿卡迪飞快的在人群之中穿行、搜索,却没有再见到伊莉娜的身影,她的脚步声也听不见了。她真的不见了。

一列车疾驰而过,一张张陌生的脸也在阿卡迪眼前掠过,然后,这些脸和车窗都慢慢模糊,随着列车消失在轨道的尽头。隧道中只剩下两盏红灯在闪烁。不知道她有没有登上这列车。随着列车的开走，轨道上方的计时器归零了，随即又重新开始了计时。在运行高峰期，两趟车的间隔时间有时候还不到一分钟，所以车站里的人总会感觉到大地在颤抖；而非高峰期的间隔时间也不超过三分钟，所以这种颤抖挺不消停的。现在，末班车就快来了，穿着蓝色制服的大妈级乘务员正在提醒着候车的乘客。阿卡迪想通过她们了解伊莉娜的去向，于是大家都知道了他在寻找一个高个子、棕色长发的美女。一个工作人员还以为他有什么别的意图。他无暇解释，又冲到对面的下行车站台。但是，仍然没有伊莉娜的影子。

阿卡迪又回到墙上镶满革命壁画的通道里。乘客们拥挤着奔向末班车，阿卡迪一边躲闪一边观察，确实没有看到伊莉娜。一个女清洁工正在用力擦洗大理石地板，她的身体随着手的摆动而摇晃着。整条通道的吊灯都在一闪一灭，如此反复，提醒大家不要误了末班车。在灯光的明灭中，壁画上的图案也变得忽隐忽现。阿卡迪突然发现，近处壁画中的空白处有三个门。

其中一个门上画着红十字，阿卡迪推开门，看到一些急救用品，比如氧气瓶、担架、绷带，等等。另外两扇门上都写着“禁止入内”，其中一扇门已经上了锁，但另一扇门是虚掩着的。阿卡迪伸手一推，门应声而开，他闪身进了门。

这是一个有各种仪表的房间，成组的红灯在闪烁，墙上还有复杂的线路分布图和粉笔标识线。唯一可疑的是，地板上有一团黑色的破布一样的东西。他捡起来一看，是条围巾。

房间侧墙有一扇铁门，门上标注着“危险”字样。阿卡迪推开门，门前就是深深的隧道了。门侧的金属人行桥又矮又窄，他费劲地站上去。但是周围一片黑暗，什么也看不到，只有列车运行的回声传来。然后，适应了黑暗的眼睛借着远处站台的淡淡余光左右搜寻……他看到了伊丽娜。在人行桥下的轨道上，她睁着眼睛，大张着嘴，正被一个穿大衣的男人摆弄。此时，另一个站在人行桥上的男人发现了阿卡迪，操起一根木棍就冲了过来。

阿卡迪的手臂被击中了，小臂有痛苦的麻木感传来，就像在公园里被柯威尔打的时候那样。得手的家伙又准备直击他的头部。阿卡迪看准时机,一脚踢在他两腿之间的私处。那个人痛得顿时扔掉武器,弯下了腰。阿卡迪从地上捡起棍子,一棍打在他脑袋上。那个人现在没有还手之力了,跌坐在人行桥上,手捧腹部,鼻子还在淌血。阿卡迪下意识地抬头看了看远处的站台,吃惊地发现自己竟然能清楚地看到计时器屏幕上的时间:2 分 27 秒。

这个解决了,还有一个。另一名男子站在铁轨上,看到同伙被人打倒了,有些不安。他长着一张标志性的刀疤脸——似乎干这行的都是这种脸,小眼睛阴森森的。他举着一支克格勃专用的 TK 袖珍手枪瞄准了阿卡迪的胸膛。伊莉娜依旧躺在那里,静静的,纹丝不动。她是不是已经死了？会吗？

阿卡迪看了一眼站台:"不能这样,他们能听见枪声的。"

那个人居然点头同意,把枪收了起来,然后商量似的说了一句:"不早了,撤吧。"

"不行。"

阿卡迪本想拦住这个人,至少让他上不了人行桥。但是那家伙只用了两步就敏捷地跳过栏杆,站到了自己面前。阿卡迪又操起木棍想打他,却无论如何都打不中,反而挨了对方一脚。接下来,是第二脚。疼,真的很疼,虽然这个人出脚不如柯威尔利索,力道也不那么猛烈。在刀疤脸的进逼下,慌乱中的阿卡迪扔掉木棍,勉强挡住一脚之后,终于落下一拳在对方身上。趁那人抓住栏杆想站稳脚跟之际,阿卡迪又挥出一拳。第二拳更准确,直击心脏,把对方打翻在地。刀疤脸不出声地站起来,两人重新扭打在一起。两人都试图碰撞对手,试图用手指去抠对方的眼珠……

当两人再一次翻滚,双双跌落在铁轨上时,阿卡迪趁势压在对方身上,突然察觉到腰部抵上了一样硬东西。他抬起身来,看到对方的大衣口袋里有刀柄露了出来。那个人挣脱开他,掏出刀子,弹出刀刃,不顾被打掉的帽子,直逼阿卡迪,急急的想刺他的眼睛和身体。刀刃寒光闪闪,阿卡迪步履不稳地往后躲闪着,越过了伊莉娜的身体。对方手握利刃,步步紧逼。突然,一个黄色的物体映入他的眼帘。

铁轨开始颤抖，两人立即意识到发生了什么。阿卡迪回头，看到远处计时器上的时间已经变成了2分50秒。此时，两辆列车正从两个方向同时进站，车头的灯光照亮了整个隧道，包括隧道里的人。铁轨开始嘶吼，列车像风一般朝他们飞奔而来。对手迅速收起刀，拣起帽子跃上了人行桥。

阿卡迪抱起伊莉娜，她的身体软软的，双手也还是温暖的，但是毫无意识，双臂顺势下垂。阿卡迪在强烈的、被照得什么也看不见的灯光中，抢到铁轨外，拼命把伊莉娜推上人行桥，自己则紧靠着墙。列车呼啸着跑了过来，伴着刹车时的金属尖鸣，震耳欲聋的声音和冲击迎面而来，然后慢慢消失。

阿卡迪抱着伊莉娜走进列文家，把她平放在沙发上。

"我不知道她是因为头部被击打导致晕厥还是因为被注射了药品，"阿卡迪说，"她正在发高烧。"

列文穿着睡衣，趿着拖鞋，满脸的不情愿，一副准备下逐客令的样子。

阿卡迪主动交代："没人跟踪我。"

"你想到哪儿去了。"列文无奈地作出抉择，开始给伊莉娜做检查。后者无力地躺在那里，脸色不正常的潮红着。他们费劲地把她穿在身上的阿富汗夹克脱掉一半。阿卡迪看到这件已经成了补丁和碎片构成物的"衣服"，觉得有些窘迫。其实，他自己也狼狈透了。列文熟练地抬起她的右臂，看到了几个针眼："她确实被注射了针药，大概是磺胺异恶唑，过量会引发高烧的。有点麻烦。"

"她应该试图反抗过。"

"当然了。"列文不屑地说，似乎在强调阿卡迪这句话太低端。然后，他点燃一根火柴，在她的两只眼睛之间晃动。

阿卡迪心有余悸地想起列车逼近时的濒死经历。因为发现轨道上有"异物"，列车突然刹车，工作人员连忙察看并呼叫民警来到现场。作为"异物"的阿卡迪，则趁乱把伊莉娜带走，不，应该是逃走。整个事件可以用"失控"来形容，阿卡迪到现在还没缓过神来。作为一名资深探长，他居然要趁乱逃走,躲过民警。而列文,现在正在给这个不省人事的伊莉娜做检查,这居然也成了一件有风险的事情。足可见,这个国家的每个人对秘密的征兆都理解得那么透彻。

这次,阿卡迪终于有足够的时间仔细打量列文的房间。整个房间就像一个象棋王国,全是棋子、各种棋盘以及棋盘上未完待续的棋局。墙上挂的照片也是各位象棋大师:拉斯托尔、巴特维尼克、斯帕斯基、费舍尔……他们都是犹太人。

列文说:“你如果还能保持理智,就赶快把她送走,从哪儿来回哪儿去。”

阿卡迪摇头拒绝。

“好吧,那就过来帮忙。”列文招呼他。

他们把伊莉娜放到一张小床上,脱下她汗湿漉漉的外衣、裤子和长靴。

列文曾经无数次站在苍白冷硬的尸体旁,从容地检查、摆布,可是今天,当一个活人被送到他这里时,他却有说不清的忐忑。阿卡迪看到他在尽力压抑自己的紧张情绪,可是,正是这种紧张和压抑,让他难得地显得有人情味了。无疑,躺在他们面前的姑娘有一具美好的躯体,虽然正因发烧而通体呈粉红色,但更显得苗条而秀美。她的一切都展露无遗,包括那双漂亮的脚。昏迷中的伊莉娜一直目不转睛地盯着阿卡迪,似乎想看透他的心思。

他们开始给她降温。在用湿毛巾冷敷的过程中,列文看到了她右脸上的蓝色淡斑。他指着蓝斑叫阿卡迪看。

“是什么意外导致的么?”

“意外?”列文冷笑道,“你先去收拾一下你自己吧,你知道浴室在哪儿。”

阿卡迪拖着狼狈的身体进了浴室。洗完澡之后又回到起居室,列文已经在用炉火烧茶水了,还准备了菜和鱼罐头。

“这个房子是带厨房和浴室的,不过,我觉得浴室比厨房重要。”很难得的温和语气,“要吃点什么?”

“加糖的茶。”阿卡迪说,“她情况怎么样了?”

“没事的。她身体底子好,人又年轻,大概恶心一天就会好了。来。”他给阿卡迪倒了一杯热茶。

“也就是说,你觉得她被注射了磺胺异恶唑。”

“不信的话,可以送她去医院检查。”

“不能去。”

磺胺异恶唑,一种安眠药物,克格勃用到的地方很多。两人都知道,如果送她去医院,恐怕还没进病房就会被人盯上的。

阿卡迪向列文道谢:“十分感激。”

“不必了,”列文挡下了他后面的话,“你少啰嗦了。现在,我严重怀疑你的观察力。我得用我的观察,告诉你一些事实。”

“什么意思?”

“阿卡迪,这位姑娘已经不是个处女了。”

“我不明白你在说什么。”

“她脸上那些蓝色的斑,说明几年前就开始被注射阿米纳金了。”

“阿米纳金!? 这么危险的药,居然还没有被禁?”

“问题是这样的,他们给她的肌肉里注射了这种药,而这种药是不会被肌肉吸收的,因此就会堆积而形成肿瘤,她遭受过这种折磨。你大概还不知道,她有只眼睛是看不见的,因为切除肿瘤势必会切断视神经。所以,她的脸上才会留下那样的蓝斑,这相当于是个记号。”

“你说的都是真的?”

“你可以问她自己,看看她是怎么失明的。”

“你是不是想得太多了? 她只是一个我需要保护的证人,现在受到了一点袭击。”

“是吗? 那你为什么不送她去民警站?”

阿卡迪无言,转身到卧室去看伊莉娜。冷敷的毛巾已经变热,他又换上冷的。因为温度变化的刺激,她的胳膊有些抽搐。他轻轻抚过她的额头,把乱发理到脑后去。她脸上的淡斑现在看上去有些发紫。

他又开始迷茫了。这帮人到底要做什么? 克格勃一开始就做出一些叫人匪夷所思的事情，在高尔基公园破坏现场，让费特侦探在一些不该出现的地方出现。还有，高洛金是被谁杀的？地铁轨道里试图杀人的又是谁？又是谁给伊莉娜注射了针药？这一切的一切都带着普里布鲁达和普里布鲁达之流的主子们的痕迹。现在，他们应该已经盯上她了，也有了她周围的一切有关联的人的名单。列文这里也不安全了，普里布鲁达的人一定能找到这儿。所以，她一醒来就得走。

阿卡迪回到起居室，列文已经在继续研究他的棋局了。

阿卡迪说："她应该好些了，现在正睡着呢。"

"不错，挺羡慕她的。"列文的眼睛还盯着棋盘。

"下一盘？"

列文听他这样说，忍不住抬起头："你什么级别？"

"不知道。"

"有级别的人才会知道。对不起，我不和没有级别的人下棋。"列文说完转念又想到自己的床上还躺着一个身份不明的女人，而且随时有被盯上的风险，他定了定神，接着说，"这是一个很有意思的棋局。这盘棋是鲍戈留波夫和皮尔科的经典对奕，现在走到第三十一步，该黑棋了，但是他已经走投无路。"

阿卡迪参军的时候下过棋，用来打发无聊的时光。他下棋的风格主要是防守，而现在列文说的这盘棋局中，黑棋的确已经没有还手之力了。阿卡迪再扫视房间，发现这里没有摆放棋赛要用的计时钟。真奇怪，像列文这样的棋迷应该摆一个才说得过去的。看来，他应该是位喜欢从容不迫地分析棋局的棋迷。今天这种情况，他愿意邀人下棋，也该是知道长夜漫漫，能熬过去就不错了。

阿卡迪拿起黑棋走了一步："不介意吧？我用象吃掉这个卒子。"

列文耸耸肩表示无所谓，然后他也走了一步对手棋。

很快，黑棋就发起了对白棋的反攻。用马同时进攻白棋的象和车。

列文嘀咕了一句："你落子的时候不喜欢思考吗？那样才有意思呢。"

列文在考虑用车或者国王吃掉对方的马。但是，吃掉之后，王后就会死，再然后……整个局势依旧胜败未定，主要看白棋的卒子还能不能被拧成一股力量。

“你把问题搞复杂了。”列文喃喃自语道。

列文还在思考下一步怎么走。可是,阿卡迪伸手从他的书架上拿了一本书。就这么短的时间,列文已经睡着了。

现在是凌晨 4 点,阿卡迪下了楼,开着自己的车在这个街区转了一圈,似乎没有可疑的人在监视这里。于是,他回到列文家,给伊莉娜穿上还没晾干的衣服,再用毯子裹了一层,就这样把她抱进车里带走了。路上没有人检查,只有街道清洁人员还在加班加点工作。在离家还有两个街区的时候。他先停好车,自己下车走回家,确定家里没人之后,才又走回到车里,把车开回了住所的院子。他抱着伊莉娜上了楼,让她躺在床上,脱下她的湿衣服,再把列文的毯子和自己的大衣盖在她身上。

然后,他准备出去挪一下车,以免引起怀疑。这时候他突然觉察到她醒过来了。她睁开了眼睛,眼睛里布满血丝,浑身绵软无力。

她只轻轻说了一句:“你真傻。”

13

外面下起了雨,不时有人匆匆通过这套住房的走廊或踏过楼梯进出各自的房间,发出各种声音。现在,这里还算安全吧?至少还没有响起令人不安的敲门声或者急促的电话铃声。

伊莉娜还躺在那里,精致的脸正对着阿卡迪。他本来也想另找一处地方凑合休息,但是发现房间里什么都没有,没有沙发,没有椅子,也没有地毯,这里空空如也。他只能躺到床上去——和她躺在同一张床上。她应该不知道吧,不然的话一定会阻止他的。她已经退烧了,现在是上午9点,她还在熟睡。他悄悄起了床,尽量不弄醒她。他在想,这里不够安全,她不能继续待在这里了。但是,去哪里呢?他真的不知道。她的住处完全不用考虑。旅馆也是不能去的,因为法律不允许在自己家所在的城市住旅馆。

他只睡了4个小时,但是,足够了。他现在很清醒,目前的工作让他时刻处在惊险和刺激的状态中。

伊莉娜还在沉睡,睡梦中,她的脸贴紧了毛毯。阿卡迪决定出去探探情况,让她继续休息。他在院子里巡视了一圈,没有异常。于是,他打定主意,驾车出了城。

他开车走上了一条狭窄的沥青路,足足开了40公里。这条路曾经是犯人们被流放到西伯利亚的必经之路,现在则连通了89号公路,路边有零星的村庄。然后,他向北拐上了一条碎石路,路边种着葵花和蚕豆,还有牧场和树林。最后,他驶到一条土路上,克里亚兹玛河就在茂密的树林前方。

把车停在一扇铁门边后,阿卡迪下车,继续向前步行。看起来,有相当长一段时间都没有车来过这里,因为这里枯萎的草丛还高高挺立着。脚下,一只狐狸轻捷地窜了过去。他开始吆喝,想把将军的狗叫出来,但是,除了细雨落在树林里的声音,别的什么声响都没有。

大概十分钟后,他来到一座两层小楼前。这里有个圆形的院子。院子的一边有条通往河岸的路,曾经有个浮动小码头在那里长期停泊着。那时候,漂浮的码头边有种芍药的木桶,还有一只冰船,开船的是两个穿白衣服戴白手套的副官。以前,码头上还有灯会,会挂上一串串中国风的灯笼,倒映在水中的样子煞是好看。

两层的小楼从地面、栏杆到窗户、屋檐满是斑斑锈迹,想是很久无人打理了。院子里很乱,杂草淹没了很多摆设。房子周围的树都蔫蔫的,枝条随风摇晃,一副萧条的样子。大概,这院子里唯一的生机就是那堆兔子了吧,那是一串被剥了皮的兔子,挂在那里,筋和肉不是蓝的就是红的,给这荒凉气氛增添了为数不多的色彩。

阿卡迪敲了敲门。门里有人答应,是个老婆婆,听声音该是从睡梦中被吵醒的。她不耐烦地开了门,嘴上抹了过多的口红,腰间系着布满油污的围裙,显得特别夸张。大概是昨夜喝过酒的缘故,她说话的声音很含糊:"你吓死我了……"

阿卡迪进了房间。这里真的不像有人住的地方,家具都用布匹遮了起来,窗帘灰扑扑的,壁炉前洒落的渣也是透着湿气的灰色。壁炉上方挂着斯大林的像,房间里靠墙堆着干树枝,还有一个花瓶,里面插的纸花早就褪色得不成样子了。贴壁的枪架上放着一支步枪、两支卡宾枪。

"他呢?"阿卡迪问女佣。

老婆婆示意了下书房的方向,然后,用她那涂满唇膏的嘴高声说:"你告诉他,我要加钱!还有,再找个人,这么多事我一个人做不完!先加钱!"

阿卡迪不理会她,径自走向书房。

他的将军父亲就坐在书房靠窗的藤条椅子上。一眼便可知阿卡迪是得了这位父亲的遗传,他们的脸庞都那么瘦削而俊美。不过,将军的皮肤已经失去弹性和光泽,头发眉毛都花白了,太阳穴附近股股青筋冒起。他穿着戏服般大的样式老上的衣服,手中拿着烟嘴。他的手已经老得像一张古旧的黄纸。

书房中显眼处摆放着斯大林的半身像,还有一个将军自己的半身像,这两尊人像都是用炮弹壳铸成的。房间里还有各式军功勋章和贴墙照片,最引人注目的是两枚镶框的列宁勋章。不过,所有的人像、照片、勋章……房间里的一切都尘埃遍布。

将军淡淡地说了句:"你来了。"然后吐了口痰,却没吐进地上盛痰的陶瓷碗里。他接着说:"你跟那个死女人说,想加钱,自己进城去挣,躺床上就挣得多!"

"我来是要问有关蒙代尔的事,我要确定一些信息。"

"没错,你可以确定,他死了。"

"作为你的亲密战友之一,他曾经因为杀死几个德国偷袭者而获得列宁勋章,对吧?"

"没错,他就是那样进外交部的。一群烂人,能去那儿的都是烂人。还是个胆小鬼。不过,你比他还不如。得了,你走吧,回去继续跟你的女人过日子好了。对了,话说回来,你们还是合法夫妻?"

阿卡迪拿过将军的烟嘴装上一支香烟,又放了一支在自己嘴里。把两支烟都点着之后,把烟嘴又递回给将军。

将军被烟熏得有些咳嗽:"那年十月革命节集会的时候,我去过莫斯科,但是你居然没来看我。我都见到彼洛夫了呢。"

将军给他看那张集会的照片,照片上的人很模糊,根本看不清楚他们到底在做什么。阿卡迪又开始看另一张照片,好像是新开垦的花园?或是公墓?实在不记得了。

"你在莫斯科?"

"对啊,我就在这里。"

将军转过身,正对着阿卡迪。他的脸瘦得几乎只剩皮包骨头,得了白内障的眼睛浑浊而黯淡。他又说:"你就是个懦夫。实在让人厌烦。"

阿卡迪看了看表。伊莉娜过几个小时就会醒来了,他还要买点东西才能回莫斯科,时间很紧。

将军又开始说话了:"知道新式坦克吧?他们老拿那个来炫,还有什么高档车,都是该死的柯西金搞的!你觉得,一个工厂的厂长真能设计坦克吗？荒谬！控制核反应堆的人不会造原子弹，生产饮料的人不会做工业用的化学液体，这难道不是天经地义的吗？他们却老是颠倒黑白！所以，造出来全是些没用的玩意儿！坦克再好看也没用，会出问题的。但是当官的觉得没关系，说是使用的时候发现问题再修就好了。什么逻辑！你看，米高扬造飞机，随便纠集一帮人就可以做了，只要上头有人指挥。什么世道！对了，你的上司还是那个蠢蛋吗？”

“对。”

将军动了一下身子换了个姿势，但是宽大的衣服几乎没有变化。

“按说你现在应该可以升到将军了的。你看戈瓦罗夫的儿子，就已经是统帅莫斯科军区的将军了。你怎么一点没用得上我的名头？虽然你没有带兵的本事，但至少可以当个参谋吧？”

“说说蒙代尔吧。”

“那个混球。不要再提这个名字！”

“那些德国人，真的是他杀死的吗？”

“你难得来一次，就为了打听一个早就死了的懦夫！”

将军愤愤然拌着手，烟灰掉在他的衣服上。阿卡迪弯腰帮他掸掉。

“妈的，他们连我的狗都不放过！几个开推土机的烂人打死了我的狗！推土机干吗开到这里来？！一群杂种！”他激动地握拳，“都是些烂人！你听！苍蝇又在那儿飞了！”

阿卡迪沉默着，将军侧耳细听外面的声音。外面下起了雨，一只蜜蜂被困死在窗户的两扇玻璃之间。

“蒙代尔是死在自己床上的。他一直觉得自己会寿终正寝，果然做到了。现在，连我的狗都死了。那帮人要把我带走，到里加的一个门诊部去。对我们这样的英雄，他们吝啬得要命，巴不得我们快点死呢。我还以为你是因为这个来看我的。我得了癌症，已经扩散了。但是，我不走！我不能倒下！虽然那个门诊部有放疗、热疗，也邀请我去治疗。但是，我就是不能去！我找过干这行的医生，我知道我去了就回不来了。那个死女人还不知道，她要是知道了，巴不得我早点走呢，这样她就能拿走我的养老金了。做梦！她什么都拿不走！我的眼睛好使着呢！你呢？你也巴不得我走吧?”

“你想在什么地方过世都行。”阿卡迪说。

“行啊你。好吧,说实话吧,你从我这里什么都打听不出来!我知道,你去检察院工作就是为了给我丢脸,你让侦探们随时上我这儿来调查,就是要折腾我。你清楚将军夫人到底是死于事故还是他杀吗?这才是问题的关键。但是,我死都不会告诉你真相的。”

“这个问题我已经知道了,几年前就知道。”

“算了吧。你又在撒谎,一点也不高明。”

“没错,我一直不够聪明。但是这事我真的知道。她既不是死于事故,也不是他杀。事实上,将军,你的夫人是自杀的。”

“彼洛夫……”

“他什么都没说。我自己分析出来的。”

“既然你知道这事不怪我,为什么从来不来看看我?”

“你知道她为什么自杀吗?如果你知道,你就明白我为什么不来看你了。算了吧,都过去了。”

将军躺倒回椅子上,他努力绷着脸以示反对,但慢慢地,他的面部表情开始松弛,身体沉沉地瘫在椅子上,好像越缩越小。他没有死,死神还没有来。只是,他看上去不动弹,如死了一般。因为,衣服实在太大了。

又是一阵沉默。阿卡迪突然想起亚洲的一个传说,是关于生与死的。那故事说,所有生命的降临都是为了死亡,死和生是一样的。在神话中,生与死都没有哭声和痛苦。但是,死了之后的人在哪里?神话中的人是怎么说的?他不记得了。他只知道,神话中的人是睿智的。不像俄国人,一生都麻木地奋斗,随波逐流,却不知道为了什么。现在,将军好像更虚弱了,生机似乎远离了他。但是,就在他好像要没有了生机的时候,他突然做了一个深呼吸,似乎有一股力量正在痛苦中凝聚,四肢也随之动了一下——他又活过来了。这是一个人坚忍不拔,纯粹以意志使自己复生的画面。是的,他在用全部的意志让自己活下去。

然后,老人又说话了:“我和蒙代尔是伏龙芝军事学院的同学,我们俩都带过兵。那时候,伟大的斯大林号召我们‘一步也不能后退!’为了扰乱德国人，我们就在他们的后方发电报，让他们觉得有个叫伦科的人一直都在他们的区域里神出鬼没。斯大林每天都能听到这样的广播，德国人也很好奇这个伦科将军到底是何许人物？那阵子，我以为我并不出名，我只是个上校。虽然斯大林给我升了职，但是我自己还没接到通知呢。于是，德国人在他们手中的敌方军官名单里看到了'伦科'的名字。他们不明白，为什么我的名字紧挨着斯大林的名字。他们糊涂了，也变得不自信了。后来，我到了莫斯科，斯大林亲自接见了我！那情景我至今都还记得，我在坦克中紧随着他前行，然后，我就在他的旁边听他伟大的演讲。四天后，他让我领导了装甲师，那就是最先攻进柏林的红色警卫师。借斯大林的光……"阿卡迪起身想走，被将军伸手制止了，将军接着说，"我让你获得了无上荣光，可是你现在还只是个小小的探长！而且到我这里来打听一个战争中只会东躲西藏的胆小鬼！他有什么可问的？蒙代尔？他？"

"不是他，还是你吗？我太了解你了。"

"没错，我也了解你。一个喝牛奶长大的维新派……"老人垂下手，把头偏向一侧，"我那会儿在干吗？"

"我只想问蒙代尔的事。"

阿卡迪已经不想再听他瞎扯了，没想到，将军接下来开始认真回答他的问题了。

"这事实在搞笑，那几个德国军官是在列宁格勒附近被俘的，蒙代尔负责审问他们。和蒙代尔一起的有个德国人……"他夸张地吐了口痰，这回准确命中了地上的碗，"不对，是美国人。那个老美自告奋勇帮他一起审，那人叫啥来着，不记得了。反正，他还行。那几个德国人什么都老实回答了。然后，这个老美带着德国人进了树林，以请他们聚餐的名义——带了香槟和巧克力——把他们杀了。其实这几个人罪不当死，大概那老美就是觉得好玩吧。人都死了，还能怎样？所以蒙代尔编造了个假报告，说他们在列宁格勒遭到了德国人的袭击，这样就不会有人追究德国人的死了。军事调查员们也信了他的话，因为那美国人花钱打发了他们。最后，蒙代尔因为这个还成了英雄，获得了列宁勋章。这事谁也不知道，他不让我告诉任何人,看在你是我儿子的份上……”

“多谢。”

阿卡迪起身迈步,没想到坐了一会儿还这么累,觉得快走不动了。

将军问:“什么时候再来聊聊?说说话不错。”

阿卡迪在回来的路上顺路从莫斯科市郊商店买了牛奶、鸡蛋、面包、糖、茶等一众食品以及杯子、盘子、煎锅、牙膏、牙刷、肥皂等厨房和生活用品。回到家里,他匆匆忙忙地把这一大纸箱物品搬到电冰箱旁边,他准备把食品放进冰箱,突然身后传来伊莉娜的声音。

“不许看。”她从地上拿了肥皂和洗头粉,转身进了浴室。然后,他听见了浴盆的水声。

阿卡迪有点坐立不安,明明在自己家里,却不知应该坐在客厅还是卧室,他感到自己有点傻气。外面雨停了,街上还是很安静。阿卡迪很诧异普里布鲁达居然没找过来。他又想起了将军的话,那个将军记不得名字的美国人,自然就是奥斯本了。他的录音中提到过,他曾与德国人一起去过列宁格勒。他杀了几个德国人,手法和现在高尔基公园的杀人办法几乎一样。还有,奥斯本曾用钱打点了军事调查员,这事越来越好玩了。

伊莉娜到了卧室门口,她的头发湿湿的,用毛巾包了起来,身上披着床单,胳膊从剪开的两个洞中伸出来,腰间用他的皮带扎了起来。尽管她在那儿不过一秒钟,他却觉得她已经观察了自己很久。而且,他注意到她的一只眼睛是几乎失明的,因为她看人时总是微微地侧向一边看。他想起了列文的话,看了一眼她脸上的色斑——那不是普通的斑。

“你现在好点了吗?”

“好些了。”

磺胺异恶唑带来的持续呕吐让她的嗓音有些沙哑。不过,她看上去精神面貌还不错。

她开始环顾房间。他解释道:“很抱歉房间是这个样子。刚被我老婆搞了大清洗,把家具都弄走了。”

“把她自己也弄走了吧?”

"对。"

伊莉娜双臂环抱,走向火炉的方向。

"昨晚为什么救了我?"她问他。

"你是我这个案子的重要线索。"

"这就是原因?"

"不然呢?"

她继续打量房间:"我并不想惹你心烦,但是我觉得你老婆不会回来了。"

"你说的是大实话。"

她背靠炉子,正视阿卡迪:"接下来怎么办?"

"等你衣服弄干了就离开这儿。"

"去哪儿?"

"哪儿都行。比如,你家里。"

"估计他们正在那儿等着呢。我现在甚至连制片厂都回不去了。"

"去朋友家好了。虽然你的朋友可能也被监视起来了,但是,总有人没被盯上。"

"所以我去给没被盯上的人惹祸?这种事我不干。"

"但这里也不适合你待。"

"为什么?这里又没别人。对我来说,探长的卧室相当不错,空着就太浪费了。"

"阿萨诺娃同志……"

"叫我伊莉娜。别那么严肃,你对我已经够随便的了,不用装严肃。"

"好吧,伊莉娜,我是说真的,你不适合在这儿。他们昨晚已经看到我了,所以可能很快会找来。你如果待在这里,就哪儿都不能去了,你会被困住。"

"不是我,是我们。"

说话间,床单已越来越紧地贴附在她的身上,因为她一身湿漉漉的原因,她的曲线几乎快完全呈现了。

阿卡迪看向别处:"我反正已经困在这儿了。"

伊莉娜说:“这里的餐具都是成对的,正好够用。现在事情非常明白,我也想过了,如果你跟他们是一伙的,那我早被你们盯上了,跑不掉;如果你是好人,那么我就会把朋友牵连进去,或是拉你下水。两相权衡,我还是选你吧。”

这时,墙角地板上的电话响了。十声之后,阿卡迪拿起听筒。

电话里,天鹅告诉他,那个吉卜赛老头已经打听到波罗金搞圣像的地方了。

阿卡迪通知了柯威尔前往吉卜赛人发现的地方。那是一个位于莫斯科河南岸的汽车修理厂,几个月前跑了个修理工,名叫西伯利亚。修理厂里,小车被吊在天花板上,地上布满锯末和油污。墙角堆着铁板和各种汽车零件,台钳上夹着一块刚被锯掉一半的木板,另一个墙角堆着碎木料。一面墙上挂着布框架,下面胡乱摆放的一些铁盒里装着白垩粉、亚麻子油和松节油。还有破碎的门板,肮脏的工作服。一切能够想到的脏乱差,这里都占齐了。

“下一步怎么弄?”阿卡迪问。

柯威尔说:“在查找指纹方面,我是专业的,水平高着呢。”

天鹅和那个吉卜赛人在一边看他们忙碌。阿卡迪和柯威尔则分别行动,给车间换上一只150瓦的灯泡,戴上手套,拿出各种工具和材料,例如,手电筒、驼毛刷、喷雾器、黑色和白色的粉末和卡片纸,还有红色的龙血树脂粉末。阿卡迪开始在窗口及附近撒白色粉末,接着是柜子里的酒杯酒瓶,然后把黑色卡片插进瓶子,借着手电光查看瓶子上的指纹。柯威尔从修理车间门口开始喷洒茚三酮,以顺时针方向工作。

用撒粉的方法取指纹,正常情况下最快也要一整天,要是不顺利,就会花掉一个星期。他们把所有看得见的地方都检查过了,但是没有新的发现。那么下一步就是检查手指不常接触的地方,比如车轮、桶底。阿卡迪平时不喜欢用这种方式取证,现在却觉得这个办法靠谱。他和柯威尔静静地工作着,有一种配合的默契。门把手周边、汽车牌照、工作台的背面……他们都一一检查了。吉卜赛人提醒他们检查一堆破布,他们拒绝了，因为布上面不可能留下清晰的指纹。一面墙上贴着有女明星的照片，阿卡迪在照片边上也撒上黑色粉末，仔细观察。照片上的女明星面带笑容，周围有几个女孩子围在她身边聊天，她们身处四面环水的一处峭壁。从女孩子们的穿着来看不像是本国人，不过她们看上去都很善良，很干净。

悬吊的汽车车身上有很多油污手印，也许有其他的人来过这个车间。当然，也许来这个车间的陌生人只是为了偷走这里的油，不然的话谁会愿意爬到那么脏的车底下去。不过，这个人也有可能不是偷油的，而是一个理智的有逻辑的人，为了达到目的，他也有可能去触碰这些脏乱的东西。而且在冬天，人的毛孔是闭塞的，就算留下少许指纹，也很容易因为不明显而被锯末掩盖掉。真是很难找到什么线索啊。

阿卡迪把工具放回箱子里，然后拿出波罗金的指纹卡片和一只放大镜继续研究。他发现波罗金的指纹和普通人不太一样，两个食指都是双簸箕型线，右手拇指的螺型纹上还有疤痕。如果不是只为了查这个案子，而是正常为法庭搜集证据的话，他可以慢慢搜集慢慢研究。但是现在他不得不加快速度，抓紧时间比对指纹卡和撒粉刷出的指纹印迹。柯威尔也在认真工作，他接通聚光灯的电源，用强烈的光柱照射已经喷洒了药粉的地方，一边慢慢移动，一边查看。正常情况下，人们摸过的地方有时虽然连自己都不会记得，但指纹会告诉你一切。指纹上的氨基酸成分与喷洒的粉末会产生化学反应，在聚光灯下呈紫色。

三个小时后，两人的工作暂告一段落。柯威尔靠在汽车防护板上点燃烟长长地吸了一口。吉卜赛人伸手向他讨烟抽。看得出来，吉卜赛人抽烟真是上瘾了。阿卡迪自己也点上了一支。

汽车修理厂里已经布满了阿卡迪和柯威尔撒上的粉末，凡是他们够得着的地方都有。黑色的、白色的、紫色的，就像是贴上了无数的蛾子翅膀。他们沉浸在胜利的喜悦当中。共同的劳动还是有一些成果的。

吉卜赛人猜测道："你们应该已经找到指纹了吧？"

"不，他们没来过这里。"阿卡迪回答。

"那你们为什么还这么开心？"天鹅也问道。

"因为我们总算是做了一点事情嘛。"柯威尔回答。

吉卜赛人说:“这个男的是西伯利亚人,还有木头和油漆,都符合你们给我讲的。对吧?”

柯威尔问阿卡迪:“法医的报告单还提到过什么线索?”

阿卡迪说:“还有石膏和锯末,我们都正在找呢。”

“还有别的么?”

“血。别忘了他们是被枪杀的。”

“如果我没记错的话,他们的衣服上还有些其他东西。”

阿卡迪想了想说:“还有动物的血迹:鱼血,鸡血。”

“我去过你们卖食品的商店,没见到有什么新鲜的动物能渗出血来。”柯威尔说,“你们这里的人都在哪里买鲜肉呢?”

的确,冷冻过的鸡肉和鱼肉很容易买到,但是新鲜的鸡和鱼就不太好买了。一般情况下,只有在专门给贵宾和外国人所开的店里才有的卖。人们有时候也可以从私人摊贩,或者到渔民和农户那里去直接买活鸡活鱼。阿卡迪有些懊恼,自己之前为什么没有想到这条线索呢?

于是他命令天鹅和吉卜赛人:“去找一下他们弄新鲜的鱼和肉的地方。”

天鹅和吉卜赛人依言离开了。现在只剩下阿卡迪和柯威尔两个人,阿卡迪掏出柯威尔的侦探徽章给他丢了过去。

柯威尔戏谑道:“其实我应该偷渡到你们这里来。在这里,我看我的本事还真是挺大的。”

阿卡迪不得不承认道:“没错,比如你就想到了从动物的血迹那里去寻找线索。”

柯威尔突然又想到了什么,问道:“你眼睛下面的刀伤是怎么回事?昨天晚上你还去了哪里?”

“撒尿的时候掉坑里了。”

“撒谎!小心我踢你,赶紧说实话。”

“那可不行,你要是不小心把脚趾头踢断了,那就得住院,至少得住六个星期吧。虽然说医院对你是免费的,但是耽误时间啊。”

“无所谓,反正凶手就在这儿,你可以慢慢找他。”

“行了，你已经找到挺多线索的了，我们还是有收获的。”阿卡迪说。

中心百货大楼里回荡着音乐的声音，这里的音乐非常严肃而隆重，营造出一种感化心灵的气氛。人们可以在这里听音乐，买乐器。一把小提琴卖 20 卢布，这是比较正常的价格，但是，如果一只萨克斯管要卖 480 卢布，那就是漫天要价了。此时，阿卡迪看到一个脸上有疤的男子在选萨克斯管。他看到阿卡迪，像认识似的点了点头。阿卡迪想起来了，他在地铁隧道里见过这个男子。他看了看周围，发现还有个克格勃特务正在看手风琴。阿卡迪转身离开的时候，两个人也放下手中的乐器，跟了过来。

柯威尔假装摆弄一套立体声音响，他问阿卡迪：“这两个家伙是哪里的？他们也在你手下工作？”

阿卡迪不屑地说：“如果我认识，怎么会不介绍给你呢？”

说着，他从上衣口袋中取出一盘磁带放进面前的录音机里。这台丽考德牌录音机和他在乌克兰饭店用的那台一样，可以同时供两套耳机工作。阿卡迪插进两套耳机，让柯威尔和自己一起听。这时候那两个原本徘徊在电视走廊那头的跟踪者不见了一个人。他想，大概他们是发现了陌生的柯威尔，打电话回去报告他的长相去了吧。

阿卡迪按了放音键，两人开始听录音。这是奥斯本和阿芒的电话录音，2 月 2 号的。

“飞机晚点了。”

“晚点？”

“没事的，一切顺利。不用担心。”

“难道你一点也不担心？”

“汉斯，不用紧张。”

“我真不想这么干。”

“现在说这个话，好像晚了点。”

“那架新的图波列夫飞机的事，好像大家都知道了。”

“飞机坠毁了？现在你知道了吧，无所不能的不只是你们德国人。”

“对啊,你连飞机晚点的事情都可以掌控,还有什么不能的。你到列宁格勒的时候……”

“记住,我以前去过列宁格勒,而且,当时跟我一起去的就是德国人。好了,不会有什么事的。”

录音里电话挂掉了。柯威尔按了停止键之后马上倒带,然后又回放了两遍。

他摘下耳机说:“这是一个德国人和美国人的对话,德国人的名字是汉斯,美国人呢?”

阿卡迪说:“我觉得,杀死你弟弟的凶手就是这个美国人。”

两人慢慢踱到一台价值650卢布的宝塔牌彩色电视机前,电视机屏幕上正在播放一个女人站在世界地图前演讲的情形。现在他们只能看到画面在播放,声音已经听不见了。阿卡迪很好奇这是哪个厂家生产的。看来,不同厂家生产出的东西质量还是不一样的。

“你什么有用的信息也没告诉我,”柯威尔说,“你是在耍我吗?”

“我是为你好。”阿卡迪说着,换了一个电视频道。这个频道正在播放民间舞蹈,还是没有声音,只能看到演员们穿着民族服装在那里跳跃。他关掉电视,屏幕顿时暗了下来,然后,他看见那两个人的小小身影清楚地映在屏幕上。另一个人又回来了。阿卡迪点点头又说:“他们大概还不知道你是美国人。”

柯威尔也在看屏幕,他说:“在汽车修理厂的时候就被他们盯上了,我还以为是你们的人。”

“不是。”

“伦科,你的人缘不太好吧?”

他们走出大楼来到彼德洛夫卡大街上时便分头而去了,阿卡迪要去民警司令部,柯威尔的方向则是大都会饭店。走了大约半条街远,阿卡迪停下来抽了支烟。大街上人来人往,很多人都刚刚下班,正急着买东西。还有一些悠闲的军人在逛百货商店。他又看到了柯威尔那人高马大的背影，他在人群中穿行。那两个盯梢的人则一直紧跟着他。

阿卡迪转念一想，决定去找那个吉卜赛人。

吉卜赛人的露营地里有一辆被涂成橘黄色的原本是绿色的卡车，车身上还画着一些蓝色的星星和其他奇奇怪怪的符号。一个光屁股的小男孩从汽车后面的椅子上爬下来，扑到妈妈身上。几个老婆婆、一个小姑娘和一个老头正围着火堆坐着。其他男人则邋里邋遢地坐在一辆小车上，这些人不管多么年轻都留着顺滑的胡子。太阳渐渐落山了。

吉卜赛人们就以这样的方式，在这样的地方自然地繁殖。可惜的是，阿卡迪没有找到他想找的那个吉卜赛人，这在他的意料之中。该不会是天鹅提前通风报信叫吉卜赛人跑路的吧。

家里安静得像是没有人，他还以为她已经走了。走进卧室才发现她正盘腿坐在床上，但是已经换上了自己的衣服。之前他洗这些衣服的时候没弄好，所以衣服明显缩水了。

"看上去你已经好多了。"他说。

"那当然。"她回答。

"饿了吧？"

"你饿了没？你吃，我就吃。"

她确实很饿了。这顿晚餐她吃得很香，喝完了甘蓝菜汤，还吃了巧克力作为餐后甜点。

"昨晚你为什么要去见奥斯本？"他问。

"我没有。"她一边说着一边抢过他手里的烟。

"奥斯本为什么要叫那些人袭击你？"

"我听不懂你说的话。"

"我是说昨晚，在地铁站发生的事。当时我也在。"

"那就审审你自己好了。"

"你觉得我是在审你？"

"难道不是吗？在这房间下面，可能还有人正在录音吧。"她吐出一口烟，平静地说，“这是一座克格勃告密者的楼房，难道没有地下室吗？也许还有拷问间呢。”

“你如果真觉得有，你就不会待在这儿了。”

“走有什么用？我走得出这个国家吗？”

“确实很难说。”

“那么我在这里和在其他的地方有区别吗？”

她用手托着下巴，黑黑的双眼忽闪着打量阿卡迪，虽然她只有一只眼睛是正常的。她又问道：“你真的觉得我去过的地方和发生过的事情很重要吗？”

天色越来越暗，房间也暗下来了。阿卡迪忘了买灯泡，只得任由夜色填满房间。伊莉娜靠在墙上休息，就像一个黑色剪影。

他们俩都抽了很多烟。她的头发早已经干了，披在身后煞是好看。她还是没有穿鞋，但是，被晾皱的衣服已经在她身上伸展开了。

她坐倦了，转而起身慢慢地在房间里踱着步子，抽着烟，心里大概还在想着编什么样的故事来应付他。而此时，借着院子里的灯光投射到屋里的暗淡光线，他正在端详她的脸部轮廓，还有她那雕塑般棱角分明的美丽嘴唇。她有修长的脖颈、长腿，纤细的手指，气质高雅的容貌。不经意间，她和他的目光碰撞了一下，就像灯光射进水里，闪出了一点亮。

他知道，她在自己心目中分量非凡，而且他相信她也知道。如果他再向她走近一点点，那就说明他投降了，完全臣服于她了。这样，她根本就不用再费神编什么故事来应付他了。

“你知道吗，你的朋友瓦莱丽亚和波罗金就是被奥斯本杀的，他还杀了那个美国小伙子柯威尔。但是你居然还放纵他来害你。事实上，他敢这么做都是你造成的。”

“这些名字听着都挺陌生的。”

“你连你自己都信不过。所以，他一回到莫斯科你就应邀去了他的饭店。而我一到你们电影制片厂，你就开始怀疑我。”

“没错，那是因为奥斯本先生对苏联电影感兴趣。”

“他告诉你那三个人已经安全地出国了。但是我想，他并没有告诉你他们是怎么出去的吧？把詹姆斯·柯威尔弄进来倒是他的功劳。而你自己也不想想,三个人要一起逃出苏联,真的那么容易吗？"

"没错,不容易。我想过的。"

"所以,事实上你也知道,杀了他们比弄走他们更容易。他告诉过你他们到底去哪儿了吗？耶路撒冷？纽约？好莱坞？"

"那有什么要紧的？反正你觉得他们都死了。不管怎么说,你现在是抓不到他们了。"

黑暗中,她的脸在香烟的火光下闪烁,带着坚定和自信。

"你们流放了索尔仁尼琴、阿马尔里克,你们把帕拉赫逼得自杀了,你们在红场上踢掉了芬伯格的牙齿,还有,你们把格里高伦克、杰尔舒尼关进了疯人院,让他们'被治疗'。你们还关了萨伦斯基、奥尔洛夫、莫罗兹、巴叶夫,还有一些波罗的海舰队的军官们。克里米亚鞑靼人成千上万地被投入监狱！……我都数不过来了,你看看你们都做了些什么事！"

她激动地一直说。阿卡迪知道,这是她的一次机会。她好不容易见到一位探长,她一定要满腔愤怒地把这些话说出来,就像举起冲锋枪对着部队扫射。

她继续说："你们害怕了,你们知道阻挡不了我们前进的。我们的运动在不断扩大。"

"你们哪有什么实力？你们做什么都无伤大雅。更何况你所谓的运动根本不存在！"

"你吓坏了！不敢正视现实。"

"我们讨论的是根本就不存在的东西。"他说。

他知道,是自己对她太客气了。于是她垒了一道冷酷的墙,把自己关在里面。再这样下去她会变得更难控制。

"其实你给瓦莱丽亚写过信的。我是说,在你因为不及格而被学校退学之前。"他转换了话题。

"我什么时候不及格过？"她说,"我是被学校开除的。"

"无所谓了,总之你是被轰出学校的。因为你说你恨自己的祖国,你恨让自己受到教育的祖国,对吧？那这就是不及格。"

“随便你怎么说吧。”

“所以你宁可相信一个美国人,哪怕他杀了你最好的朋友。你宁可相信一个双手沾满鲜血的美国人的最虚伪的谎言,也不愿意相信任何自己人说的真理。”

“自己人？你是吗?”

“你太虚伪了。波罗金虽然是个土匪,但他至少是真正的俄国人。我真想问问你,他知道你是个骗子吗?”

她重重地吸了一口烟,烟头的火光映出她那突然变化的脸。

“波罗金想离开这个国家,是因为他想逃避法律的惩罚,大家都知道是这样,如果不是为了逃避,他也会留下的。你说说,你告诉过波罗金,你是反苏的吗？他对这个事怎么想的？他有没有告诉你的朋友瓦莱丽亚,伊莉娜是个大骗子？如果他活着,他一定会这样讲的。”

“我现在很烦你。”

“好吧,如果你跟土匪柯斯佳说,你是个反苏的人,他会怎么说?”

“现在这个反苏分子就在你的房间,你已经被我吓坏了吧?”

“你以为你们真的吓得到谁？难道几个因为往红旗上撒尿而被学校赶出来的所谓知识分子就能搞得天下大乱吗？算了吧,他们只是自己活该。”

“你听说过索尔仁尼琴吧?”

“我只听说过他在瑞士银行的存款数。”阿卡迪嘲弄地说。难道伊莉娜真的想要跟魔鬼打交道？可是这个魔鬼真的不是一般的魔鬼呀。

“你知道苏联迫害犹太人的事吗?”伊莉娜又问。

“你是说犹太复国主义者吗？他们有自己的苏维埃共和国。你还想问什么?”

“我想知道捷克斯洛伐克事件是怎么回事?”

“当时,杜布切克把德国军人当成旅游者放进国内,后来出了乱子,所以请我们去援助的。你指的就是这个吗？事情就是这样开始的。你大概也不知道越南、智利和南非的事吧？伊莉娜,其实是你知道的东西太少了。所以你以为苏联有很多阴谋,你以为生在这个国家是不幸的。”

“你刚才说的这些,连你自己都不相信吧?”

“你知道波罗金真实的想法吗?”阿卡迪继续说,“他觉得,你只是希望从被迫害假想中寻求快感,但是其实你是没有勇气去触犯真正的法律的。”

“那也比你强!”她说,“你连拳头都不敢用。”

大概是因为生气,她的眼眶都湿润了。而他,竟然感同身受地体会着她眼中的苦涩滋味。他知道她已经动摇了。这里就像一个无声的战场,地上已经洒下少许血迹。而现在,他们的战场转移到了卧室,这是这个家里唯一还有家具的房间。

他们分别坐在床的两边,把自己抽的烟揉碎。她似乎正在准备下一轮攻势。她昂着头,双臂抱在胸前,她还是想要坚定自己的信念。

“看来你需要的是克格勃。你需要他们的拷问和残忍。你需要杀人狂和野蛮人。”阿卡迪叹了口气说。

“所以你曾经打算把我交给他们,对不对?”

“对,我曾经是这样打算的,至少我这样想过。”他承认。

他在窗前来回走动,她看着他。

“我跟你讲讲奥斯本的事吧。当时,他在溜冰场里准备了些吃的搞野餐,参加的人有他,有瓦莱丽亚、波罗金和美国留学生柯威尔。你只知道瓦莱丽亚找你借走了溜冰鞋,你只知道奥斯本是一个卖皮货的商人,但是你却不知道他还是克格勃的情报员,是你很讨厌的那种人。总之,他们溜了一会儿冰,然后就走到空地上去吃东西。奥斯本早已经准备好了一切。”

“你是在编故事。”

“装食品的皮包我们都已经找到了,是从公园附近的河里打捞上来的,可以作为证据。奥斯本趁大家吃东西的时候拿起皮包朝向柯斯佳,另外一只手在包里拿着手枪,然后他向柯斯佳开枪,打中了心脏,接着朝向柯威尔,也打中了柯威尔的心脏。枪法很准,两个人就这么死了。”

“听着好像你自己就在现场似的。”

“但是,有一个问题我一直搞不清楚,需要请教你。这个问题就是,瓦莱丽亚既然看到前面两个人都被杀了，为什么不呼救呢？虽然公园里正在播放音乐，声音很大，但是从事件的发展来看，她根本就没有想呼救，她直接安安静静地面对着奥斯本。他拿着的枪几乎已经挨着她了，她为什么不呼救？伊莉娜，你是她最要好的朋友，请告诉我，为什么？”

“你别忘了，我是学法律的。”她说，“我不上当。刑法上说，叛逃者当以叛国罪论处。所以谁只要帮过他们，你就会把他给抓起来。所以我什么都不知道，我也不知道地铁里有人害我，也不知道是不是你安排的，或者说，不知道你跟克格勃是不是一伙的。你说的那些事情，我不知道。奥斯本有没有杀人，我也不知道。你要想指证一个无辜的人是很容易的，所以你可以随时把奥斯本投进卢比扬卡监狱。”

“不，奥斯本进不了监狱。他在这边有很多朋友。为了保护他，这些朋友会杀了你。”

“什么？你说保护他？一个美国人？”

“35 年了，他可以自由进出俄国。他带来了很多美金，他还告发了反苏的艺术家和舞蹈家，甚至他也可以满足你和瓦莱丽亚这种傻妞的愿望。”

她伸手捂住了自己的耳朵：“你又开始说我的朋友了。我们现在说的是你。你这么费心地打听，不就是为了想知道该去哪儿抓她吗？”

“抓谁？瓦莱丽亚吗？她的尸体在彼德洛夫卡一个地下室的冰箱里，我想什么时候见她就什么时候见她。现在奥斯本用来杀人的枪我已经弄到了，我也知道他杀人之后是谁在接应他，坐的什么车。我还有奥斯本和瓦莱丽亚、波罗金在伊尔库茨克的合照。我知道他们在给奥斯本做教堂的箱子。”

“奥斯本这样的人，想买什么箱子还会有他买不到的吗？哪里需要找他们？”伊莉娜不依不饶，“你不是也提到过一个叫高洛金的人吗？他不是也会卖给他吗？但是高洛金并不想离开这个国家，给钱就够了，不是吗？再说，你也知道奥斯本是个有钱人，那他为什么要把瓦莱丽亚和波罗金带到这里？为什么必须是他们？”

他看见她脸上那深陷的眼睛。尽管在黑暗中，他也觉察得出她已经很累了。

“战争时期,奥斯本用同样的办法杀过三名德国俘虏。他把他们带进一个树林,然后请他们吃好吃的,接着就杀死了他们。因为这个事情,他还得到了列宁勋章呢。这件事情你可以在很多书里查证的,我没有骗你。”

伊莉娜不说话了。

“如果这件事解决了,你后面打算怎么办?”他问,“是继续当一名了不起的不同政见者呢?还是再回到大学去?我可以为你写推荐信。”

“你是说可以当律师吗?”

“是的。”

“你以为我会因此而感到很开心?”

“当然不是。”阿卡迪想起了米沙。

“你还记得吗?”她小声说,“有位导演,要送我一双意大利长筒靴的那位,他要我嫁给他。而现在,你已经把我的衣服都脱光了。看样子我还是很有魅力的,对不对?”

“你的确很漂亮。”

“也许我以后的打算就是嫁人,然后安安心心地守在家里。”

争辩了几个小时,她的声音变得很轻柔,就像从很远的地方传来似的。

阿卡迪说:“总而言之,你所说的一切,也许是精心准备的谎言,也或许是返璞归真的真理。”

回答他的是她有节奏的呼吸声,看来她已经睡着了。他给她盖上毯子,又侧身在窗口站了一会儿,观察院子对面以及附近有没有异常。最后,他回到床前,在另一头睡下了。

14

阿卡迪沿着通往红场的大街去了趟银行。他跟卓娅结婚已经十年了,共有 1 200 卢布的存款。卓娅几乎取走了所有的钱,只给他留了 100 卢布。瞧,能防得了杀人犯,却连自己的老婆都防不了。不对,不是老婆,是前妻。阿卡迪纠正着自己。

从银行回来的路上,他用 20 卢布买了条围巾,这条围巾上面有红白绿三色的复活节彩蛋装饰。

他要去找安德烈叶夫,复原工作已经差不多完成了。

经过安德烈叶夫的巧手复原后,在高尔基公园被杀害的瓦莱丽亚又复活了。她面色红润,嘴唇鲜红,而且焦急地张开着,好像想说什么。如果不仔细看,很难有人看得出这其实不是真的肌肉,不是真的脸、真的眼睛,而是用胶泥复原的。更令人难以置信的是,这颗头看上去像活了一般,但是你只看得到头,却看不到身体。这个栩栩如生的头是放在一个陶工旋盘上的。阿卡迪并不迷信,但此时也觉得看起来有些毛骨悚然。

安德烈叶夫说:“我把她的眼睛换成了深褐色,这样她的面颊的颜色看起来更清楚些。另外,我给她用的是真正的头发,是意大利的假发。”

阿卡迪围着这个人头转了一圈:“真是杰作。”

“那当然!”安德烈叶夫很骄傲。

“她看上去真像是要说什么呢。”

“没错,探长,她在说,‘我在这儿呢!’你快把她带走吧。”

瓦莱丽亚虽然不及她的朋友伊莉娜漂亮,但是也生得秀美玲珑,活泼天真。她的脸给人一种温暖的感觉。在冬季郊游的时候,你应该能够在狐皮帽下看到许多这种微笑着的脸庞。从她的神态看上去,她应该是一个充满活力的溜冰高手。

“现在还不是带走她的时候。”阿卡迪摇摇头说。

他花了一天的时间和天鹅一起出去跟屠夫、农民以及所有可能提供鲜肉货品的货主聊天,调查新鲜动物肉的情况。四点以后才回到新库兹涅茨卡亚,然后就接到了检察官急召他的电话。

雅姆斯科伊已经在办公室等着了,他的手指正敲打着办公桌桌面,好像在思考什么,光秃秃的脑袋闪闪发光。

他对阿卡迪说:“在高尔基公园案件的侦查过程中,你的调查工作明显缺乏进展,而且毫无逻辑,你太没有组织观念了。我很担心。按理说,我不应该干涉你的工作,但我觉得你现在的情况有些失控了,所以我不得不提醒你。你可以说说现在这个案子的进展情况吗?”

“有个死者的头部已经被复原好了,我刚刚看过。”阿卡迪回答。

“复原工作?你从来没有向我汇报过!我还是第一次听说这种工作。你看,你确实太没有组织观念了。”

“可我并没有失控呀。”

“你看,拒绝承认就是一种失控。没错,这个城市里有七百多万人,茫茫人海,但是杀人凶手只有一个。我并不指望你能马上抓住罪犯,但是我希望,作为一名探长,你能够深思熟虑地去做事情。我也知道,你不擅长跟人合作,你很固执,你认为你是专家。但是,不管你有多聪明,现实中也容易受到一些其他因素的干扰,比如,主观主义、疾病和个人问题,从而失去客观的判断。虽然我承认,你一直都很努力。

检察官停了一下,又接着说:“我知道,你和你妻子之间一直有些不愉快,这个我能理解。”

阿卡迪沉默,这还算什么问题吗?

“作为我的探长,你们就是我的门脸形象,尽管每个人的情况不一样。你确实是最聪明的一个,所以你必须了解这一点。”

紧接着,雅姆斯科伊又很果断地说:“你一直做得很辛苦,马上就是假期了,但你还是没有什么进展。现在我命令你,马上准备一份工作总结,写清楚到目前为止关于这项调查的各方面的详细情况。”

“好吧。可就算我什么都不干,这份总结也得准备几天时间啊。”

“那你就专门花时间准备这个总结吧。不过,在总结中不要涉及国安部门,如果你写了那些东西,我相信谁都不会理你的。如果总结真的涉及他们,连检察院都不知道该怎么办。所以,该怎么做,你懂的。”

阿卡迪知道他在下逐客令了,但还是说:“检察官,我想知道,这份总结是不是准备交给下一个接替我查案的人?”

雅姆斯科伊依然坚定地说:“我希望你能有合作的意识。只要愿意真诚合作,谁做什么都是一样的,不是吗?”

阿卡迪坐在打字机前,准备写总结了。

面前的墙上挂着一幅画,画中戴着白色帽子的列宁把端着的杯子放在膝盖上,正坐在公园的椅子上休息,双眼神秘地凝视远方。

好像也没有什么总结可写,因为奥斯本和柯威尔的身份鉴定也不能写进去。那么,对于下一个接替他工作的人来说,这份总结无异于在告诉他,自己没有进行什么调查工作。是的,他就是想让那个新来的人重新开始。

尼基金探长拿着一瓶酒和两只玻璃酒杯进了门,脸上恰如其分地透出对阿卡迪的怜悯。

“我刚听说你的事,你为什么不早点去找我呢?”他把伏特加倒进杯子里,“你别把什么事情都藏在心里。我会想办法的,我好歹还认识几个人,都是能办事的。来,喝点酒!当然了,虽然说我们和你现在的级别不在一个水平上,但是我相信,你还能东山再起的。”

很明显,阿卡迪现在对他们没什么用了。其实,这些情况早些时候就有了苗头的,列文、雅姆斯科伊,甚至伊莉娜都曾经提醒过他。他现在才知道,自己站错了队。也许,他应该选择正确的道路,正确的道路至少在表面上可以让他和他们保持长期和谐。

尼基金继续说:“我不会忘记你的。我们的制度最优越的地方就在于不会让任何人失业!相信我,一切都会过去的。”说着,他往前探了探身子,问道:“你觉得卓娅知道后会怎么样?”

阿卡迪本来在闭目养神,听到这句话不由得睁开眼睛。他不知道为什么尼基金要到这里来,事实上,他之前根本没有真正听尼基金到底在说些什么。不过,他这位从前的指导老师,肥头大耳、头脑灵活的机会主义者,向来喜欢到他跟前晃悠,这给他留下了深刻的印象。一些人死了,一些人被解职了,而尼基金总是适时地像贼一样地“关照”他们。

这时电话铃响了。阿卡迪接起电话,是外交部的回复。对方告诉他,在1月和2月没有圣像或者其他宗教性质的东西出口过。但是,有关部门曾经把一个宗教箱子作为礼品送给了赫尔辛基的共产党艺术委员会,为此还出具了特别许可证。箱子从莫斯科空运到列宁格勒,在那里转乘火车,经过维伯格,最后到达芬兰。这个行程是在2月3号定下来的,托运单上写的名字是汉斯·阿芒,从属于里瑟鲍尔德国共产主义青年团俱乐部。箱子很大,而且是阿芒亲自送去的。

阿卡迪给芬兰共产党机关打了个电话,国际长途打去找人应该不会有假的。在电话里,他得知那个所谓的艺术委员会一年多以前就解散了,而且没有听说过要接受赠送的什么宗教箱子,也没有运来过这种东西。

尼基金主动问道:“需要我帮什么忙吗?”

阿卡迪从办公桌最下层的抽屉里取出一支马卡洛夫半自动手枪,这支手枪是他当上探长之后才有的,他还从没用过。现在他从枪把上退下弹仓,又从子弹盒里取了八发子弹,压进弹仓里,然后把弹仓装了回去,给枪上了膛。

尼基金问:“你想干什么?”

阿卡迪举枪瞄准了尼基金,把他吓了一跳。阿卡迪说:“我是个胆小的人,但是如果你和我在一起,我会更怕的。”

尼基金知趣地走了。阿卡迪穿上外套,把手枪装入上衣口袋中,也走了出去。

回到家的时候,伊莉娜直往他的身后看,似乎在看他有没有带人来。她说:“我还以为你带人来抓我了。”

他走到窗前观察外面的情况,然后说:“为什么你总认为我要抓你?”

“早晚有一天你会的。”

“别忘了,他们要杀你,是我救了你。”

“明白,他们是要杀我,而你是要逮捕我,你是个探长嘛。”

现在看上去,她穿的这件衣服很合身。她光着脚在房间里轻轻走动着。他自己现在也不得不怀疑,普里布鲁达是不是早就占用了楼下的房子,已经开始监听他们的动向了?

房间被伊莉娜打扫过,显得整洁干净又空空荡荡,而她是房子里唯一的色彩。

她说:“虽然你现在让我躲在这里,可是这仅仅是你生活中的一天。如果有一天有人来敲门,你还是会把我交给他们的。”

阿卡迪想问她为什么没有逃走,但是他又忍住没问。因为,其实,他怕她真的走了。很怕。

她继续用她那圆润又略带轻蔑的声音和阿卡迪说话了:“探长,我想,你对我们的生活一无所知吧?所以,你又怎么可能调查得清楚我们的死亡?你就靠阅读杂志上的文章以及伊尔库茨克的民警告诉你的情况来办案,你觉得就可以调查清楚吗?你问过我,像瓦莱丽亚这样的犹太姑娘为什么会爱上波罗金这种罪犯?而波罗金,他这么聪明,又怎么会被奥斯本给骗了?如果换了是我,如果他们对我作出许诺,你觉得我会受骗吗?”

她用手掌摩擦着手臂,一边走一边继续说:“我家第一个到西伯利亚的人是我爷爷,其实他只是一个工程师,来自列宁格勒自来水厂。他并没有犯法,但是当时的政策觉得,所有的工程师都是破坏分子,所以他就被流放了。他在西伯利亚五个不同的集中营做了十五年苦工,然后才获得了在西伯利亚的自由,但是他必须永远待在西伯利亚。他的儿子,也就是我父亲,是个教师。因为我爷爷是被流放的,所以他连反法西斯的志愿军都参加不了。同样的,我父亲的国内护照被拿走了,他也永远不能离开西伯利亚。我母亲是位音乐家,本来在基洛夫剧院工作,但是因为我爷爷是流放者,所以我母亲的工作权利也被剥夺了。”

“瓦莱丽亚家里又是什么情况呢?”

“他们一家来自明斯克,她的父亲是位犹太教师。因为他们那里的街区居委会有一个指标要求逮捕‘老犹太人’,于是他们全家就被逮捕,从而遭到流放，成了西伯利亚人。”

“那么，柯斯佳呢？”

“他待在西伯利亚的时间就很长了。在他曾祖父那一辈的时候，就因为杀人罪被沙皇流放至此。后来他们一家都为那里的劳改营工作，他们和放鹿人合作，专门抓捕逃犯。当犯人逃出来企图穿越冻原的时候，放鹿人会最先发现并告知波罗金一家，然后他们就装作像是要帮助犯人逃跑的样子，非常友善地和他们闲聊，谈他们自由之后的计划。然后，他们会趁这些逃犯睡着的时候，下手把他们杀了。不过，不管怎么样，他这样做至少曾经给过这些犯人一丝希望。可是你呢？你连这一点希望都给不了。”

“真残忍。”阿卡迪说。

“看来你还不够了解我们，你不是西伯利亚人。奥斯本了解我们。”

她的言辞很犀利，但是她看他的样子好像又觉得他可能并不是自己所说的那种类型的人。

“就靠抓逃犯，波罗金一家人能活下来吗？”阿卡迪问。

“他们和放鹿人还有其他买卖，而且他们也做非法的黄金生意，还要设置陷阱捕猎。”

“抓什么动物呢？”

“紫貂和狐狸。”

“就算抓到紫貂，他有办法去卖吗？他可是个土匪呀。”

“在伊尔库茨克，他可以交易给别的人，让他们去卖。每件生貂皮可以卖 100 卢布，他只收九折的钱，自然会有人买他的。”

“现在，养貂已经有集体农场了，还需要设陷阱去抓吗？”

“别提了，集体农场太乱了。紫貂是需要吃新鲜肉的。而在西伯利亚给集体农场提供鲜肉的费用很高，而且还随时有断货的可能。一旦鲜肉供应中断，农场的人只好去肉店里买，这种事经常发生。这样的话，养一只紫貂，要比买一只多花掉国家一倍的钱。但即便是这样，国家仍然让集体农场去养貂。因为紫貂皮可以用来赚取外汇，所以生产的任务指标也一增再增。”

“既然这样,那捕猎过来再买的确划算一些。不过,有多少人会去捕猎呢?”

“假如50米开外的地方有一只紫貂,你知道应该射击它的什么位置吗?只能是眼睛。否则,这张皮就算糟蹋了。但是,很少有人有这样的本事,而且谁也比不上柯斯佳。”

他们一边说话,一边吃香肠、面包,喝咖啡。

阿卡迪觉得,自己现在就是在捕猎。因为,他要不动声色地把她引到自己的射程里。

果然,伊莉娜又说话了:“除了莫斯科,我们还能去哪里?去北极吗?还是中国?其实只要离开西伯利亚,西伯利亚人就是在犯罪。所以你真的太不了解我们了,你不知道我们有多想逃离这个国家。现在,你虽然在调查两个西伯利亚人的死因,但是我不信你只是为了他们才不辞艰险来做这些。因为,我们自一出生就已经死了。”

“是谁告诉你这些的?为什么你要这样说?”

“你知道什么叫西伯利亚困境吗?”

“不知道。”

“就是如果两种办法都只能冻死,你会选择哪一种?我记得有一天,我们在湖上破冰钓鱼的时候,有位老师掉下去了。虽然他并没有完全沉下去,水只漫到他的肚子,但情况真的很糟糕。因为,他如果继续待在水里,三四十秒钟之后就会冻死,但是如果他跳出来,他会马上被零下几十度的低温给冻成冰块。我记得他是一位体育老师,是教职工中唯一的当地人,大家都很喜欢这位年轻人。当时,我们站成一圈,拿着渔竿和鱼饵,围着他掉下去的那个冰窟窿。那时天气很好,气温大概在零下40度。他的妻子是位牙医,没有跟他一起来。他抬头看着我们,我永远也忘不了他的眼神!在水里待了不到五秒钟,他就爬出来了。”

“那后来呢?”

“后来他冻死了,还没站起来就冻死了。但重要的是,他出来了!他没在那里等死!”

夜色让她的脸色更显苍白了,眼睛在夜光中也越发暗淡。

“说到西伯利亚困境，我也给你讲个故事吧。”阿卡迪说，“正如你所说，奥斯本要多少箱子都是可以买到的，莫斯科城中就有几十个货源可以买到宗教座椅、箱子和圣像。而且高洛金已经为他准备了一只。可他居然还要冒险和两个被通缉的逃犯打交道，这是为什么呢？为此，他还需要编造一些谎言来欺骗他们。那么，你觉得柯斯佳和瓦莱丽亚能够给他什么东西是别人给不了的呢？”

她耸耸肩：“你问我我怎么知道？你还说过有个美国留学生叫柯威尔的被带到了俄国，奥斯本为什么要冒险做这些？实在是太离奇了。”

“这个很好理解，因为柯斯佳需要有个真人来证明：奥斯本确实能够把人带进来又带出去。柯威尔的作用就在于此。作为一个美国人，柯威尔的确很傻很天真。而柯斯佳和瓦莱丽亚也没有想到奥斯本竟然会去加害一个美国人。”

“那柯威尔就愿意乖乖地来吗？除非他认为自己还能自由地出去。”

“美国人都觉得自己很了不起，其实奥斯本也一样。对了，他有没有奸污瓦莱丽亚？”

“她不是那种……”

“其实她很漂亮。奥斯本虽然说俄国女人很丑，但是瓦莱丽亚应该能够吸引他的注意，在伊尔库茨克皮货中心的时候他应该就已经注意到她了。柯斯佳知道这些吗？他们是不是本就打算让这个有钱的美国人上钩呢？”

“如果你要这样说的话……”

“这就是他们要献给奥斯本的东西吗？就是满足他的性欲？难道是柯斯佳把自己的女人推到了奥斯本的床上，说，和他睡一晚上不会伤害我们的感情，让我们引他上钩，把他的钱都弄过来吧！事情会是这样的吗？那么奥斯本杀死三个人是因为他反应过来，知道自己被戏弄了？”

“你太无聊了。”

“在雪地里的时候，柯斯佳和柯威尔离奥斯本不远，然后他们被奥斯本杀害了。当时你的朋友瓦莱丽亚还活着，但是她好像没有打算呼救或者逃跑。所以说，这就是真正的西伯利亚困境，对吗？而且这也暗示出一种可能:柯斯佳和柯威尔的被杀是她和奥斯本合谋的。在此之后,她就和她的柯斯佳从此分手了,她将跟着那个来自纽约的商人离开。奥斯本可能告诉过她,他只能带走一个人。所以,作为一个聪明的女人,她作出了最有利于自己的选择。这是她和奥斯本共同策划的谋杀案,所以她怎么可能呼救呢?也许她正幻想着和她的美国情人手挽手出去逛街吧?"

"闭嘴!"

"你可以想象一下当时的情形。当你的朋友发现奥斯本要杀死自己的时候,她其实是很诧异、很恐慌的,但是已经太迟了,她无法再呼救。那个美国人如此残忍,而他曾经的许诺又是那么令人难以拒绝,一个天真的女孩就这样被他杀害了。如果她不是共谋的话,当她的男朋友和无辜的外国人在她面前被杀死的时候,她为什么会不逃跑呢?这是很难理解的。所以,她是自找的。"

阿卡迪脸上挨了一巴掌,他尝到嘴里有血腥的味道。

"现在你终于相信她已经死了,你打我就是因为你已经信了。对不对?"

这时,门外突然响起了敲门声,有个男人的声音在门外喊道:"伦科探长!"

阿卡迪看看伊莉娜,她摇摇头,他也没听出是谁。

门外的声音又响起来了:"探长,我们知道你在这里,也知道这里还有一个女人!"

阿卡迪从自己的大衣口袋中掏出手枪。他看到她的眼睛盯住了手枪。其实自己也不愿意开枪,不想杀人,但更不想在自己的家被人杀,尤其是在这样一个家徒四壁的地方。他示意伊莉娜走进卧室。那么他接下来应该怎么做?是像间谍那样把房门射穿呢?还是像特警那样一边开枪一边冲出去?结果他都没那样做,只是悄悄走向墙边,然后在房门旁轻轻用闲着的那只手打开门锁拉开了一条门缝,对着门外的人说了一声"请进"。

当他感觉到门外的人抓住门把手时,他便突然拉开了房门。一个人影踉踉跄跄地跌了进来。他马上抓住这个人的胳膊,顺势绕在来人自己的脖子上，用枪抵在对方脑袋上，把来人的帽子都弄掉了。

阿卡迪踢了门一脚，把门关上，叫那个人转过身。来人身材魁梧，满脸雀斑，大约二十二三岁，一副醉醺醺的样子，还龇牙笑着，好像挺为自己的发现感到自豪。原来是尤里·维斯考夫，就是维斯考夫上诉案中的那个维斯考夫，小餐馆中老维斯考夫夫妇的儿子。雅姆斯科伊曾经在最高法庭为他辩护过。

"明天我就去要西伯利亚了。"维斯考夫从呢子防风外衣里掏出一瓶伏特加酒，"想和你喝两杯。"

两人拥抱了一下。阿卡迪趁机把枪藏了起来。这时，伊莉娜从卧室走出来了。

"你放出来之后，我们还没见过面吧。"阿卡迪说。

"本来早就该来感谢你的，"维斯考夫把自己掏出来的两个杯子倒满了酒，"但是出狱之后事情太多了，实在没顾上。"

他只带来了两个杯子。虽然阿卡迪的厨房里还有两个，但阿卡迪意识到他是有意把伊莉娜排除在外的。他看见她犹豫不决地走回了卧室。

阿卡迪举杯时问维斯考夫："你认识她?"

"不是很熟。"他回答，"今天我接到了她的电话，她来问你的事情。所以我第一个给她讲的就是你怎么帮我保命的。你是苏维埃司法系统中的英雄，完全名副其实。我还讲了很多你的英雄事迹。"

"我没说要你来这儿。"伊莉娜说。

"我又不是来看你的。我只是个铁路工人，不是反苏分子。"维斯考夫转身背对着伊莉娜，有点开玩笑的样子。然后他颇有诚意地把手放在阿卡迪的胳膊上说，"赶紧赶走她吧，她就像毒药一样。她凭什么打听你的事？在这个世界上唯一一个帮助过我的人就是你。如果不是他们这些不同政见者，好多的好人就不会像我父母那样遭罪。明明真正捣乱的只有那几个人，可是他们会连累一大帮老实人，而且也不是每次都有你这样的人来帮助我们。"他再次看了看伊莉娜，阿卡迪也发现了他到底在看什么。他的视野里出现的是伊莉娜和卧室里的那张床。"看来毒药都是很诱人的，我说得对吗？当然了，都是男人，我可以理解。不过你办完事之后还是把她弄走吧!”

他只顾着说话,差点忘了自己手里还举着杯子。两人碰了一下杯:“为西伯利亚!”然后维斯考夫又瞪了一眼伊莉娜。阿卡迪喊了一声“干了!”两人将杯中酒一饮而尽。阿卡迪也借机解放了自己被维斯考夫抓着的胳膊。

嘴里的伤口被酒精烧的生疼,阿卡迪问他:“你到底要去哪里?去做什么?”

“我要去新贝加尔线上做工程师。”维斯考夫当初不愿意做这个工作,但是现在,“薪酬待遇是原来的两倍,假期是原来的三倍,还给一套房子住,冰箱里有很多美食。虽然那里也有人盯着我们,但是比这里自由多了。我将要开始全新的生活!我会在树林里盖自己的小屋,可以打猎。你相信吗,我原来已经被判为杀人犯了,现在居然又可以打猎了!看看吧,那个地方真的很不错。等我有了孩子,再等到他们长大的时候,我的生活就完全和现在不一样了。也许一百年之后,我们会对莫斯科说,你爱谁谁,我们有自己的家园了!你看,这不是很棒吗?”

“是的,祝你好运!”

道别和祝福的话该说的都说了,维斯考夫这才走了。一分钟之后,阿卡迪看了看下面的院子,维斯考夫顶着大风有点艰难地走出了院子,其他一切如常,没有什么动静。天色越来越暗,屋顶上的云中有浓浓的雨气,窗户被风吹得发出了声响。

他看着维斯考夫消失在视线中,然后对她说:“我说过不要用电话,你为什么要给他打电话?”

他努力地想让自己镇定,但是却感到她的身体在发抖。窗玻璃映出她的脸,她脸色苍白。刚才来的如果不是维斯考夫,而是别的什么人,她可能会死在这里。

他在窗玻璃中也看到了自己的影子。自己到底在做什么?几个月前,他一心工作救了维斯考夫的命。但是现在,他唯一需要的只是伊莉娜。事实就是这样,他已经太迷恋她了,连喝了酒的维斯考夫都能看出来。

以前,阿卡迪对生活没有什么欲望,也没有什么值得他要求的。或者说,因为生活太枯燥了,所以在这种枯燥乏味而阴郁的生活当中,她的出现成为他生活里唯一的亮点,甚至连他都被点亮了。

"他看出来了。"阿卡迪说,"他说的没错。"

"什么意思?"

"我在说我自己。没错,我对你的朋友没兴趣,对奥斯本杀人的动机也没兴趣。其实我根本没有在调查案子,我做的所有事情都只是为了留下你,跟你在一起。"他很惊诧自己居然说出这样的话,他甚至觉得说话的人不是自己,"毫无疑问,从我第一次见到你开始,我就想和你在一起。以前,你觉得我不是个合格的探长,其实我确实也不是。今天,你用了我的电话。就算他们以前不知道你在这里,现在也会知道了。因为我的电话一直在被监听。现在,我保护不了你了。说说吧,你接下来打算去哪里?"

他转过身,坦然面对着伊莉娜。好一阵后,他才看见她手中正握着自己那支藏起来的闪着幽暗微光的手枪。不过她什么也没说,把枪又放了回去。

"如果我说我不走,又能怎么样呢?"

她走进卧室,脱下衣服,赤身裸体站着:"我不走了。"

她美好的身体泛着柔和的光。她的手自然下垂,一点也不想遮掩自己的身体。当阿卡迪向她走去时,她的嘴微微张开,眼睛也大睁着。他摸到了她的皮肤。

然后,他们紧紧地贴在了一起。在吻她之前,他抱住了她。这是他们身体的第一次亲密接触,她很自然地迎合着他,大汗淋漓。他们热烈地拥吻在一起,她的手紧紧搂着他。他的嘴里有伏特加的酒味,有血的腥味,现在还有她那甜蜜的味道,他突然觉得有些不真实了。他们晃动着,最后一起躺在地板上,她用双腿紧紧缠住了他。

"你是爱我的。"她说。

缠绵之后,他们一起躺在床上。他看着她的乳房随着心脏的跳动而颤动着。

她把手放在他的胸脯上说:"你的确是爱我的。我第一次见到你的时候，就有这种感觉。但是我现在还是挺恨你的。”

窗外的细雨敲打着窗户。他轻轻抚摸着她那洁白的小腹。

“你做的事情的确挺讨人厌的，不过我这人不记仇。”她说，“现在你已经在我心里了，所以这些都不重要了。我觉得你好像已经在我心里好久了。”

因为四周可能有人监听，所以在这种担心下他们的感觉更加敏锐了。他抚摸着她依旧坚挺的乳房。

“你冤枉瓦莱丽亚了，”她说，“瓦莱丽亚是没有地方可以逃的，奥斯本很清楚。”她轻轻摸着他的头发，“你相信我吗？”

“我相信我误会了瓦莱丽亚，但是，其他的事情不好说。”

“比如呢？”

“你知道瓦莱丽亚和柯斯佳为奥斯本做了什么吗？”

“我当然知道。”她说，“但是我们现在还是敌人。”

她知道他想问什么，她一眼便把他看穿了，但是她还是什么都没有说。他静静地待着，心里却像被一石击碎的水面一样，思绪滚滚。

沉默良久，他拿出围巾，让它飘落在她身上：“给你的。”

“为什么给我这个？”

“因为你在地铁里把原先那条弄丢了。”

她笑了：“需要的可不止一条围巾呀，我需要衣服、外套和长筒靴。”

“可是我现在只买得起围巾。”

黑暗中，她仔细看着围巾，想要分辨出它的颜色。“应该是一条非常漂亮的围巾吧。”她说。

她顿了顿，又接着说：“如果撒谎才能有从这里逃出去的机会，那么再荒唐的谎言也无所谓的；但是，如果永远没有逃出去的希望，那么，不管是明白怎样的真理，都没用。”

15

熟睡中，接到一个惊慌失措的电话，阿卡迪起身穿衣出门。伊莉娜正睡得香，阿卡迪起身之后，她把一只胳膊放在了他刚才躺着的地方。

阿卡迪开车绕了一大圈后，才把车停在一处街角。威廉·柯威尔上了他的车。阿卡迪告诉他要在路上停一下，去看望一个朋友。

“我的时间不多了，只能再在这里待四天。昨天我又浪费了一整天来等你，所以今天你必须告诉我，谁是杀我弟弟的凶手，不然我就杀了你。”

阿卡迪笑了笑发动了车，开着车一边走一边说：“想杀我的人很多，你得排队。”

他们来到谢拉费莫夫大街 2 号二楼的那所公寓，门上没有锁，还贴着布告，这已在阿卡迪的预料之中。他敲了敲门，开门的是一个抱着婴儿的老太太，嫩嫩的婴儿那光光的脑袋上甚至能看到细微的血管。老太太斜眼看了看阿卡迪的身份证件。

“我以为这套公寓被封了呢，”阿卡迪说，“一个星期前有两个人死在这里，是房主和一个民警。”

老太太看看阿卡迪，又看看柯威尔，说：“我除了抱孙子之外，别的事情都不关心。不管怎么样，一套这么好的房子，总不能一直空着吧？大家都缺房子呢！”

阿卡迪再次检查了一下公寓，高洛金的东西都不见了，地毯、留声机和成堆的服装都没有了。现在这里只剩下一张沙发床，一只废纸板箱和一套有些古韵的旧茶具。看上去，这里根本不像是之前命案发生的现场。

阿卡迪问老太太：“你有没有见过一只箱子，就是教堂常用的那种，会不会在楼下的储藏室里？”

“那种箱子有什么用？你自己找找吧。我们是不会要的。住这里的都是好人。”

老太太怀里的婴儿受了惊，小眼睛瞪得大大的，直往老太太身上钻。阿卡迪朝他微笑了一下，小家伙居然也咧嘴笑了。

然后他说："你说的没错，大家都缺房子，干吗要让它空着呢！"

离开公寓之后，阿卡迪独自去了一座小教堂，这座教堂位于谢拉费莫夫街头附近。他在那里见到了米沙。在相当长一段时间以前，以文化复兴之名，很多教堂都被重新命名为"博物馆"了，包括他们现在见面的这一座。教堂的外墙已经破旧不堪，阿卡迪推开门走进教堂，里面一片漆黑。他擦燃火柴点上蜡烛，终于看到了米沙的脸。同时还能看到的是，教堂中央有四根柱子，圆屋顶上的天窗破了，天花板的图案已经模糊了，雨水正顺着柱子往下淌。这里曾经应该镶满了基督圣像和天使像。但是现在，一切都变得破败不堪，在烛光下黯然失色，成了一片摇晃不定的黑影。屋顶的百叶窗上有鸽子停留，受到惊扰的它们正在挥动翅膀。

米沙说："你来得真早。"

"是娜达莎出事了吗？为什么不约我到你家去？"

"你早到了半个小时。"

"那意味着你也早到了这么久。你到底找我做什么？现在可以说了吧？"

米沙的样子有些反常，看起来很邋遢。刚才让柯威尔在外面的车上等着，现在幸亏他没有进来。阿卡迪再次问："娜达莎要来吗？她怎么了？"

"是卓娅。她的律师是我朋友，所以我见过她的起诉书。你知不知道你们的离婚案审理安排在明天？"

"不知道。"阿卡迪一点也不奇怪，一副无所谓的样子。

"平时有很多人觉得你对党的态度有问题，但是，这个在法庭上不会被提及，因为你是探长。可是我呢？"米沙说，"以前你跟她谈过我的事，她居然把我说过的那些话写进了起诉书里。我可是个律师啊！如果在法庭上被人知道我的这些情况，那我的前途就完蛋了。"

"真抱歉。"

"哎，算了，你从来就不是一个好党员。我曾经帮过你很多次，但是现在，你即将把我给害了，所以你得帮我。一会儿卓娅的律师会到这里来见我们，你得跟律师说，我没有说过任何反党的言论。也许你跟卓娅也这么说过，但是我没有听见。现在你得当着我的面告诉律师这些。你看，你是帮她呢，还是帮我？"

"那你觉得我应该帮你呢，还是帮她？"

"拜托了，老朋友。"

"应该是'最好的朋友'。你放心吧。其实，就算在法庭上真的说了那些也没有关系，谁会认真去计较呢。我还有事，得先走了。"

"那你能帮我这一次吗？"

"行，你告诉我他的名字，我给他打电话。"

"不，他马上就到这里了，他要在这里见我们。"

"他办公室或者家里的电话呢？"

"现在打过去也没用，他在路上。"

"难道你们非得在教堂里说这个事情吗？"

"不算教堂，是博物馆。好了，最多等半个小时。他还说这个事情不能让其他人知道，只能直接找委托人的丈夫谈。他这也是在帮我的忙。"

阿卡迪想起柯威尔还在车上，于是说："我不能等半个小时那么久。"

"我保证不会等到那么久。求你了，我要是能自己解决就绝对不会来求你的。"米沙抓住阿卡迪的衣袖，"再等等行吗？"

"行吧，就一小会儿。"

"放心吧，不会太久的。"

阿卡迪靠在一根柱子上，却正好接到了滴下来的雨水，他赶紧躲到一边。他用烛火点了一支烟，然后一边抽烟一边在教堂里走动。现在，眼睛渐渐能够适应教堂里黯淡的光线了，在黑暗中他能够看到教堂里已经破旧的画，大概光线暗的时候看这些旧画的效果更好吧。画上的很多人物都有翅膀，纤细又灵巧，但他认不出谁是天使。教堂里的圣坛和大部分圣像已经被人偷走了，只留下一些坟墓似的坑洞。现在阿卡迪更加适应这个黑暗的环境了，他能清楚地听到一只老鼠跑过去的声音，还能听出水滴是什么时候离开圆形屋顶再滴落敲打地板的。教堂里温度很低，但在烛光中,他看到米沙的头上居然出汗了。米沙紧紧地盯着那扇关着的门。

“你还记得我们小时候的事情吗?”阿卡迪突然说话了,米沙被他吓了一跳,“我们大概十岁的时候曾经去过一座教堂,你还记得吗?”

“不记得了。”

“当时你为了向我证明世界上没有上帝,所以把我拉到了那儿。人们正在教堂里做礼拜。你突然走到他们身后喊了一声:‘上帝是不存在的!’我当时吃了一惊,你吓到我了。教堂的人们也很生气。你当时居然接着又喊了一声:‘要是真的有上帝,让他打死我好了,打死阿卡迪好了!’我当时很害怕。但是我们并没有死,那时候我觉得你是世界上最勇敢的人。然后,我们大摇大摆走了出去。你想起来了吗?”

“没有。”米沙摇摇头。但是阿卡迪能看出来,他已经想起来了。

“说不定当时就是这座教堂。”

“不,不是的。”

阿卡迪开始看另一面墙上的图画,上面隐约是个坐着的人像。人像举着一只手,让小天使从手上往上飞走了。下面还有两个裸体的人像,好像是一男一女骑着一只动物,那动物或许是长了两个狗头,或者是一只猪,也或者什么都不是,仅仅是块弄脏了的墙壁。另一侧是一群殉教者在集会。稍远处还有个男的牵了一头驴。所有的画面似乎都暗示着他们好像在密谋着什么。

阿卡迪又说话了:“根本没有律师要来,是不是?”

“他已经在路上了。”

“没有什么律师,你在撒谎。”

米沙把蜡烛吹灭了。阿卡迪用烟头又给自己点了一支烟。

“我怎么都没有想到会是你。我想过很多人,就是没有想到你。”阿卡迪说。

米沙沉默了许久。

“米沙呀米沙。”阿卡迪叹了口气。

从屋顶漏下来的雨水越来越多了,大概外面的雨下得更大了。屋顶的百叶窗透进来的光线还很微弱,但是依稀能够看清米沙的脸,他哭了,泪水一道道地像琴弦一样在脸上流淌。

“你快跑吧。”他抽噎着，小声说。

“到底谁会过来？”阿卡迪问。

“别问了，来不及了，他们要去抢那个人头。”

“他们怎么知道人头的事？”

远处传来了脚步声，阿卡迪把烟掐灭，一边往后退一边拔出了枪。米沙站在原地没有动，显得很无力。有只鸽子正在一个残缺的洗礼盘中梳理羽毛，然后它抖掉身上的水，拍着翅膀飞向屋顶。

“你还好吧？”阿卡迪问米沙，“我们再联系？”

米沙点了点头。

阿卡迪沿着墙壁悄悄走出了门，离开教堂。外面的雨下得正欢，那些顶着报纸、打着雨伞的人们不得不加快脚步。柯威尔已经在车里等了他许久，有些不耐烦了。

“阿卡迪，我们曾经去过的那座教堂，其实我常常会想起。”米沙自言自语。

阿卡迪发动了车迅速逃离了教堂附近。

前面的路已经被水淹了，他们只好又从高尔基公园绕道过去。快到民族学院的时候，阿卡迪发现一辆黑色的伏尔加亮着灯缓缓驶了出来。他认出了车上的司机，自语道：“米沙，谢谢。”然后，他驶过民族学院，围着这块区域转了一圈之后，又往回开了，和那辆伏尔加始终保持着一个街区的距离。

柯威尔问他：“你这是要干什么？”

“跟踪前面这辆车。你在下一个红灯时下车吧。”

“我真倒霉。”

“前面的车里有个克格勃，他把我复原的死者的头给偷走了。”

“那还不赶紧把他抓起来，把头抢过来？”

“我得跟着他，看看他把这颗头送给谁。”

“之后呢？你下一步的计划是什么？”

“带人把他们抓起来，因为他们这是盗窃国家财产，妨碍检察院办公。”

“你不是说他们是克格勃吗？那你怎么能逮捕他们？”

“依我看，他的所为不是克格勃的正常行事方式。如果克格勃想要接手调查这个案子，他根本就不需要偷走证据。而且，如果是克格勃的正常流程，他们会把高洛金的公寓封上一年，那才是他们的风格，但是刚才我们去看的那个公寓一直开着。另外，公园里的尸体如果真的与克格勃相关，那他们死了一天之后就会被‘发现’，不至于耽误这么长时间。因为对于克格勃来说，只要有邀功的机会，他们是绝不会放过的。所以我想，这次的事情应该是克格勃的一名少校和他的几个下属军官私自搞的，而他们的目的是为了保护某一个人，赚那个人的钱。还好，莫斯科检察官不归克格勃管，而我目前依然是检察官的探长。好了，你该下车了。”

阿卡迪在萨多维亚马戏场附近的红绿灯前停下车，前面的伏尔加跟他隔了三辆车的距离。伏尔加的司机正是那个刀疤脸，就是在地铁里企图谋害伊莉娜的那个。他身边的副驾驶座位上好像放了东西，因为他不时低头去看。不过，他的后视镜调得不准，所以看不到有车在跟踪。阿卡迪心里想着，这个人做梦都不会想到有人会跟踪自己吧。

“算了，我跟你一起去吧。”柯威尔伸了个懒腰。

“行啊，挺好。”

绿灯亮了，阿卡迪继续跟着往前开。他以为伏尔加车会左转，去市中心的普里布鲁达办公室。但是汽车却向着相反方向走了，开上了出城的大街。街上挂着很多旗帜，有的旗帜上写着“勇往直前”。在隔了伏尔加三辆车的距离里，阿卡迪继续跟踪着。

柯威尔问他：“你确定是他偷走了那颗头吗？”

阿卡迪说：“就算别的事情我不能确定，但这件却是唯一能肯定的。不过我现在更想知道的是，他们是怎么知道这颗头的事情的。”

他继续跟着伏尔加车往前走，路过了伊兹梅洛沃公园。那辆车似乎的确是想往城外开。街上的车辆越来越少，阿卡迪拉大了一点他和伏尔加车间的距离。现在，他们向北拐上了外环路，这是市区与农村的分界线。阴沉沉的天空中出现了降雨云和闪电。突然，他们在公路边上看到了很多重型运兵车，还有坦克和弹药车——士兵们在准备五一节的游行了。

他们接近迪米特洛夫公路了，路上的车更加稀少。为了防止被伏尔加发现，阿卡迪放慢了车速。伏尔加车开上了出口的坡道。阿卡迪关掉车前灯，也跟着上了坡道。值班民警例行检查了他的公务车牌后，挥手放行了。他现在离伏尔加车的距离大概有200米。

现在，他们离莫斯科市越来越远了。前方出现了树林，路面也变得颠簸。伏尔加车在起伏不平的路面上行进，一会儿能看见车尾灯，一会儿又消失在路面上。

"这是哪里？"柯威尔问他。

"银湖。"

"你刚才说那个人是个克格勃的少校？"

"对的。"

"那我觉得他不会是我们要找的关键人物。"

前方的白蜡树和花椒树挡住了一湖春水。再往前走就是别墅区。他们开着车经过了一座木桥，银湖就在桥的左边。湖上的冰已经渐渐地化了，聚集了大群绒鸭的湖中冰岛还在。他们一直远远地尾随着伏尔加车，路过了一座座院落、凉亭和射箭的靶场。

阿卡迪让车熄火滑行，上了一条小路。小路的尽头是一间密封的屋子，屋子的门窗都用木板钉死了。再往前走就是一个苹果园了，苹果树没有人修剪，乱枝疯狂地长着。最后，阿卡迪把车停在了湖边。

"怎么不走了？"柯威尔问道。

阿卡迪以食指放在嘴唇上示意他不要说话。两人悄悄下了车。不远处传来另一辆车上的人下车后的关门声。

"是不是找不到你想找的人？"柯威尔问。

"现在找到了。"

因为下雨，脚下的路有些湿滑。树林那边好像有人在说话，但是阿卡迪听不清楚。他在布满了树叶和碎石的小路上，蹑手蹑脚地往前走着。

树林那边的说话声比先前大了一些，听起来似乎两个人达成了某项协议。说话声停下来的时候,阿卡迪也停下了脚步。突然,说话的声音又响起了,这回感觉更近了。他连忙卧倒在地上,爬到旁边的一处低矮的树丛里躲起来。在前面大约 30 米的地方,他看到了那辆黑色的伏尔加车,停在一起的还有一辆卡伊卡轿车。伏尔加车上的那个脸上有疤的男人,居然和检察官安德烈·雅姆斯科伊站在一起!刀疤脸抱着一个箱子,而检察官的穿着和阿卡迪上一次来访见到他的时候一样。雅姆斯科伊说话的声音很小,阿卡迪完全听不见,但即便如此,他还是能感觉到检察官说话时的威严。雅姆斯科伊用一只手搂着刀疤脸,带他走上了那条通往湖畔的小路。阿卡迪记得那里,他曾经在那儿吹过铁皮喇叭来召唤绒鸭。

阿卡迪穿过灌木丛,在和他们保持着一定距离的位置继续跟踪。树林里有一些散乱的柴堆,阿卡迪上一次没有注意到。而现在,刀疤脸就在一个柴堆边等检察官。雅姆斯科伊走进了那间小屋。阿卡迪还记得,那里挂着喇叭、饲料桶和死绒鸭。现在,雅姆斯科伊出来了,手里还拿着一把斧头。刀疤脸打开箱子,拎出一颗人头,就是安德烈叶夫为瓦莱丽亚复原的那颗完美得近乎活人的头。他们把头放下来,瞪大眼睛看着。这个死过一次的人即将在这里第二次被毁灭。

检察官抡起斧头,朝着人头狠狠砍了下去,那个头顿时被劈成了两半。他志得意满地竖起这两半头颅,又准确地劈成了四半,然后,他还不放过它们,继续又劈又剁,把小块剁成了小碎块,又用斧头平滑的那端把碎块砸成粉。他们把粉末放进箱子,刀疤脸抱起箱子,将里面的粉末倒进了湖里。检察官又从地上捡起两块圆圆的东西,那是瓦莱丽亚的玻璃眼球,他把它们装进自己的口袋。刀疤脸装了些木材在空箱子里,雅姆斯科伊又捡起了地上的假发,两个人沿着小路回到了别墅。

柯威尔一直默不作声地跟着阿卡迪,看着这一切。阿卡迪说:"我们走吧。"

柯威尔已经知道是怎么回事了。"你应该记得,我观察过你的办公室,"柯威尔说,"我知道这个检察官。你赶紧逃命去吧!"

"我还能逃到哪里去?"

两人回到苹果园。这时,雅姆斯科伊的别墅上空冒起了烟。看来他们开始烧东西了,阿卡迪想,如果站得足够高,那他还能闻到头发被烧焦的味道。

"是谁杀害了吉米,现在可以告诉我了吧。"柯威尔说,"你们根本抓不了他,因为没有证据。现在,你跟死人没什么两样,你对整个案子都是无能为力的。只能由我来跟进了。"

阿卡迪靠着树干坐下来,点上烟,一边抽烟一边用手遮住烟火,防止被雨浇灭。他说:"如果杀人凶手是纽约人,你觉得你能圆满地为你弟弟报仇么?"

"这个不用担心,我是警察,知道怎么保护自己。我直到现在还在帮助你呢。"

"不,"阿卡迪的身子往后一靠,"你不是在帮我。"

"怎么?我不是告诉过你关于我弟弟的腿部的线索吗?"

"你只告诉过我,他一条腿是瘸的,他现在已经死了。别的我什么都不知道。比如,他聪明吗?勇敢吗?幽默吗?关于你家吉米的情况,你告诉得太少了。"

柯威尔站在阿卡迪前面,看上去比树还魁梧。雨水打湿了他的肩头,又滴落在地上。"算了吧,伦科。现在检察官已经插手了,会有别人接手这个案子的,这事与你无关了。告诉我,凶手是谁?"

"你不喜欢你弟弟么?"

"我不想谈这个。"

"那你愿意谈什么?"

柯威尔抬头望天,又低下头看着坐在地上的阿卡迪。他的手先攥成拳,然后又缓缓地伸展开,似乎在给自己做什么决定。他再次看了看雅姆斯科伊的小屋。阿卡迪不知道他到底想干什么。

"我恨吉米,"柯威尔说,"我这样讲,你会不会觉得奇怪?"

然后他继续说:"在你的思路里,如果我恨他,就不应该在他死后满世界地跑,绕了地球半圈来到这儿为他找凶手,对不对?我记得,我们在汽车修理厂的时候,你拿出了他的指纹卡,那种卡片只有警察才有。那说明,他曾经被你们逮捕过,对吗?"

柯威尔笑了一下,把手插进衣兜:“伦科,我上车等你吧。”

他弯下身子,一阵风似的消失在树林中。他虽然身材高大,但行动起来却很轻巧,几乎没有声音。阿卡迪松了口气,终于摆脱这个兼职伙伴了。

现在,他开始再次思考事情的经过。雅姆斯科伊,这就是真相。但是知道真相的时候往往一切都来不及了。再回想此前的种种,为什么雅姆斯科伊让他阿卡迪来调查案子而不是让别人来?为什么他要让阿卡迪见奥斯本?现在看来,高洛金和帕沙也不是普里布鲁达的人杀的,这个克格勃没有足够的时间安排一切。反倒是雅姆斯科伊有好几个小时的时间可以弄走箱子,并安排人杀了他们。雅姆斯科伊显然知道瓦莱丽亚的头被复原的事,这是阿卡迪亲口对他说的。现在看来,最笨的人就是他自己,阿卡迪·伦科。盲目的傻瓜探长!伊莉娜说得对,他是个傻子。

这时,雅姆斯科伊和刀疤脸从别墅里出来了。雅姆斯科伊换上了平时穿的棕色制服和外套。趁他锁上别墅的门时,刀疤脸清理了一下衣服上的灰烬。他们离开了别墅。炉里的火大概还在燃烧。

“好吧,”雅姆斯科伊做了个深呼吸,“今晚等你消息。”

刀疤脸敬了个礼,然后开车走了,雅姆斯科伊开着他的卡伊卡跟在后面。他们上了马路,颠簸的轿车的节奏充满动感,似乎在庆祝今天的收获。

等这两辆车都走远了,阿卡迪围着别墅观察了一下。别墅里有四个房间,里面的家具都是芬兰式的。前后门都已经锁了起来,窗户上还有铁丝网。银湖边这些别墅里的贵宾们受到了相当完备的保护,每家的报警系统都直接与当地的克格勃工作点连通,还有定期巡逻保证他们的安全。

阿卡迪顺着下坡路来到湖边。剁那颗头的木头桩上残留着一摊粉红的胶泥粉末,中间夹杂着几根长发,旁边还丢弃了一只手套。风正把粉末吹得越来越少。多数都落在了地面的绒鸭粪上。他刮了一下木头桩,居然刮下了些许细微的金片。

看来,高洛金的箱子曾经来过这里。阿卡迪突然想起来,上次自己来的时候,雅姆斯科伊一直催着他去喂绒鸭。原来,那口箱子当时已经在这儿了！很可能就在屋里！这个木头桩上也曾经剁碎过那箱子！不过，那么大的箱子，要想烧毁，还真得费点劲呢。

木柴堆上看不到箱子的任何痕迹。阿卡迪用脚踢动木柴，看到最底下有些银屑、细木针和金针。雅姆斯科伊终有疏漏。

后面传来脚步声，阿卡迪说："柯威尔，这个就是高洛金的箱子，或者，应该叫箱子的遗物。"

"没错。"后面响起的，是一个陌生的声音！

阿卡迪惊觉地抬起头，来人居然是伏尔加车里的刀疤脸！他举枪对准了阿卡迪。是短管TK式手枪，这支枪，阿卡迪在地铁里已经见识过了。刀疤脸说："我忘了一只手套。"

接下来，他的身后伸出一只手，直接打落了他手中的枪，他的咽喉被另一只手掐住。是柯威尔！柯威尔抓着刀疤脸的胳膊和脖子把他推到最近的一棵树上，按住喉咙，拳头雨点般落下来。刀疤脸挣扎着想还手，但是在柯威尔又快又狠的拳头面前，他完全没有机会。

"我们应该跟他谈谈。"阿卡迪说。

刀疤脸的嘴里已经开始往外淌血，脸和眼也肿了。但柯威尔丝毫没有停下来的意思。

"算了，让他滚蛋吧。"阿卡迪想拉开柯威尔。

但是，柯威尔反手一挥，阿卡迪就被他打倒在了地上。

"你这样是不行的。"阿卡迪又伸手去抓柯威尔的腿。

这回，柯威尔一脚直接踢中了阿卡迪胸口的伤处，阿卡迪疼得不行，一时动弹不得。于是，柯威尔继续狠狠地打刀疤脸，痛快极了。刀疤脸嘴里吐出的血已经呈泡沫状，两腿开始痉挛。阿卡迪想，当小鸟被一只狗死死咬住时，应该就是这样挣扎的吧。刀疤脸的头被打得左右乱转，带着泡沫的血四处乱飞，两脚胡乱地蹬着树。柯威尔的拳头越来越重，刀疤脸的肋骨和内脏应该都被他打坏了，他快不行了。

阿卡迪忍着刚才的痛站起来，拉着柯威尔说："他已经死了。"

柯威尔终于住了手，走到一边。面色灰白的刀疤脸被他一松手，直接跪坐在地，然后俯身栽倒，在地上翻滚挣扎。柯威尔前面用力过猛，此时也重心不稳摔了一跤,趴在地上。

阿卡迪说:“这人不能死的,本来可以问他一些问题。”

柯威尔想用细沙洗洗手,阿卡迪抓着他的衣领,像拖动物一样把他拖到湖边去了。然后,他回到那棵树旁,从刀疤脸的衣服里找到一个票夹、一只钱包、一把弹簧刀和一个军官证。红色的克格勃军官证上写着姓名“伊万诺夫”。阿卡迪把他的军官证和手枪装在自己身上,然后把他的尸体拖到小屋旁。随着房门的打开,一群苍蝇伴着一股恶臭迎面而来。他把刀疤脸的尸体扔进去,重又死死地关上了门。

他们回到了莫斯科。现在,柯威尔开始给阿卡迪细说他弟弟的情况了。

“吉米最初的梦想是当律师,但他很敏感,看到花开花落也会伤春悲秋。后来,他去了罗马,那里的人对法国耶稣会极尽奉承,但不喜欢意大利人。这对他来说倒没太大影响。吉米在那里本可以做神父的,但是,他的志向不止于此,他想当救世主。他既没有强健的身体,又没有聪明的头脑,但是,他居然想要当什么救世主。”

“怎么当呢?”

“天主教徒是当不上救世主的。只有信奉东方瑜伽或者印度教的人才有可能吸引一众信徒,从而让自己成为领袖之神。但是,在天主教是不可能的。”

“不可能?”

“对,天主教的人如果想吸引信徒追随,也许最好的方法就是被驱逐出本教。因为美国的天主教教徒实在太多了。你听得懂我在说什么吗?”

“不懂。”

他们到了郊区的一个公园,暮色中依稀可以看见一座方锥形的碑。

柯威尔接着说:“对于吉米来说,俄罗斯是一块救世主的处女地。他觉得在这里一定可以实现理想,有机会出人头地,而在国内是无法达成的。他在巴黎的时候写信告诉我,他要来俄国,说我们下一次将在肯尼迪机场见面。他还说,他会展开行动,以圣克里斯托弗精神之名。你知道他的意思吗?”

阿卡迪摇摇头。

“他的意思是,他要把有需要的人从苏联带出去,然后在肯尼迪机场召开发布会。因为他太想当救世主了,至少也要当个宗教界知名人士。他来这里的办法也巧妙,找了个跟他长得有点像的波兰学生,也可能是捷克学生,相互交换了护照,用别人的护照回到了这里。这个对于他来说一点也不难。他说过,教堂就是用类似的办法从波兰搞到大批《圣经》的。吉米会讲俄语、波兰语、捷克语和德语,事情不会太麻烦。但是,就算在这里不被抓住,他来了也很难再出得去啊。”

“你说他在美国无法实现理想,是什么意思?”

“在纽约,一些犹太年轻人曾经袭击过那里的俄国人。而吉米,他就跟那些犹太人有关联。开始他们只是写写抗议的标语,后来又在信中寄炸弹,发展到后面,他们开始在苏联的航空班机上安放管状炸弹,还用枪射击苏联使团的驻地。警察局有个部门,人称‘红场’,专门监视犹太人的这类激进分子。我们卖过一批雷管给他们,当时是吉米来交易并收货的。”

“雷管一定有问题。”

“没错,零件都不全。那天上午,我到他的住处去劝他不要参加了,但是他不听。我一怒之下就把他摔在床上,打断了他的小腿。他因此而没去成,这才捡回一条命。因为后来犹太人安装雷管的时候炸弹爆炸了,所有参加的人都被炸死了。是我救了吉米。”

“然后?”

“‘然后’是什么意思?”

“其他的犹太人一定觉得是你弟弟出卖了他们。”

“对。所以,我把他送走了。”

“他从来没有机会向朋友解释?”

“我不许他回来,否则就拧断他的脖子。”

他们来到和平大街,雨下得越来越大。街道上随处可见被人们扔掉的报纸。

“在纽约还发生过一件事，”柯威尔拿过一支烟，“有个黑人，是个珠宝抢劫犯，不过除了抢劫，他还会用刀把人刺伤，借此来获得快感。作为一个警察，我得想办法治他。于是我从他的一个受害者那里借了一枚戒指，找到他后，扔到他身后，趁他回身的那个瞬间，我在他来不及反应时抓住了他。这混蛋挣扎一番后，拔枪就打我，但是没打中，反而被我一枪毙命。这个事情发生在黑人集聚区。当时，他的手枪被围观的人偷走了。所以，无法证明他开过枪，而且他又是在去教堂的路上被我打死的，他就成了殉教的英雄。那阵子，第 125 号大街上到处都是义愤填膺的黑人和反战的白人在游行，也包括吉米和他的伙伴们。他们打着标语，上面写着‘缉拿杀人犯基尔威尔警官！’不说也知道‘基尔威尔’这种奇葩的谐音名字是谁起的。虽然吉米从来都不承认，但我能查出来。”

莫斯科河河水上涨了，河面上的冰化得差不多了，只剩下最后一些碎冰。

“他还给我起了些奇葩名字，”柯威尔说，“他喜欢叫我以撒，他的哥哥以撒。”

阿卡迪去了民族学院，告诉安德烈叶夫，那颗人头被毁了。然后，他在安德烈叶夫那里给米沙的家里和办公室都打了电话，但是无人接听。他又打给天鹅，天鹅告诉他，已经找到柯斯佳、瓦莱丽亚和詹姆斯·柯威尔住过的房子。带天鹅看房的女人告诉他，她曾经每天卖新鲜的鸡和鱼给这三个人。

阿卡迪和柯威尔立刻赶去看这个房子。房子位于留布林斯基地区的工厂和市郊环行路之间。周围的一切都显得熟悉，阿卡迪觉得自己似乎来过这里。柯威尔则一脸恍惚，沉默着。

回来之后，两人在一家工人饭馆喝酒。柯威尔一边喝伏特加一边又开始讲他的弟弟。这一次，他用了另一种神情和语调，简直像换了一个人。他回忆自己教吉米滑冰、开车、给箱子镀金、跟修女打交道，教他去阿拉加什河，教他棒球本垒打的技术。他还回忆起他们兄弟俩安葬抚养他们长大的俄国老太太的往事。这些故事一个接着一个，阿卡迪有的能理解，有的理解不了。

“我还想说,你知道我是在什么时候才真正了解你的吗?”柯威尔说,“在饭店里,就是你在我的房间向我开枪的时候。你移开了枪口,其实你本来可以打死我,但是你不想这么做。如果换了我,也会是一样。”

“我现在想这么做了。”阿卡迪说。

夜半时分,阿卡迪送柯威尔到大都会饭店附近下了车。柯威尔醉醺醺地走了,他已经喝得两腿发软,步履蹒跚。

阿卡迪也很快回到家里。

伊莉娜在等他。她抚摸着他,温柔而动情,仿佛在说,进入我吧,相信我吧,我不会伤害你的。

阿卡迪睡着之前,脑海中最后想起的是餐馆里柯威尔的一段话。当时,阿卡迪问柯威尔,他和他弟弟有没有用陷阱捕猎过紫貂。柯威尔这样回答道:

“没有。捕过松貂。松貂主要在缅因州和加拿大出没,非常稀有。猎捕松貂的办法是,用螺旋钻在树干上钻一个很深的洞,八英寸吧,然后在洞里放些鱼肉,最后在树干上敲进去两只长长的铁钉。钉子构成的角度是:两只钉子的顶尖正好在洞内六英寸的地方几乎碰在一起。这就是诱捕的陷阱了。松貂很机警,它们爬树速度快,闻到肉味就会爬上去,钻进洞里吃鱼肉。洞里有钉子,但是为了吃肉,它们的脑袋会挤过钉子尖,这样,它们就上钩了。吃到肉之后,它们想退出树洞,但是,这时候它们是朝着钉尖相反的方向在退,越使劲往后,钉子就扎得越深。最后,它们往往因为失血过多而死,甚至有的松貂连脑袋都会被撕扯下来。松貂越来越少了,因为随时都有被诱捕的危险。”

16

凌晨 4 点,阿卡迪给乌斯特库特的亚库茨基侦探打了个长途电话。

“对,我是亚库茨基。”对方说。

“我是莫斯科的伦科探长。”

“哟,你终于打电话来了。”那边说。

阿卡迪闭上眼:“紫貂靠吃什么为生?”

“你打给我就是问这个? 你自己找本百科全书学学不就知道了?”

“波罗金的衣服上沾有鸡血和鱼血,他曾经每天都买这些动物。”

“嗯,紫貂和水貂都要吃鸡和鱼。但是,人也一样可以吃啊。”

“人不会每天吃。”阿卡迪说,“你们那里有没有紫貂被偷过?”

“从来没有。”

“加工貂皮的集体农场有没有发生过什么异常情况?”

“没有。只是 11 月份有场火灾,在巴尔古津山的一个农场,当时烧死了五六只紫貂,不过都是能看到的。”

“它们烧伤严重吗?”

“都烧死了。不过我也说了,都是能看到的,这种损失可以评估。巴尔古津山的紫貂是最有价值的貂,火灾之后我们做过调查,但是不能证明是因为谁玩忽职守造成的。”

“解剖过它们的尸体吗? 你能确定它们产自巴尔古津山而且是被火烧死的? 它们确切的死亡时间就是发生火灾的时间么?”

“探长,我确定,能证明。我相信除了你,没有谁会问我这种问题。”

挂掉电话之后,阿卡迪穿上外套,去了坦干斯卡亚广场。他用公用电话打给米沙,但是米沙家里没人。他又给天鹅和安德烈叶夫打了电话,然后回到家。伊莉娜还在卧室沉睡。他背靠卧室的墙站着,一边凝视着她,一边思索。

接下来他应该怎么办？是向检察长揭发莫斯科市检察官吗？说他是个杀人凶手？这样说管用吗？证据呢？人家一定以为他疯了，直接把他抓走，交给检察官处理。那么？找克格勃？更不行。奥斯本是克格勃的人。而且更糟糕的是，自己身上还背着一条克格勃特务的命，柯威尔也真是的。

伊莉娜的身上披上了一层薄薄的阳光，她静静躺在浅蓝色的床上，缓慢而均匀地呼吸着，温馨诱人。他深深地、目不转睛地望着她，似乎要把她刻到自己心里。太阳升得更高了，把她的发丝染成了金黄色。

世界真小，仿佛是一粒尘埃，只因为她的呼吸，就被吹拂得飘忽不定；世界又真大，大到彼此难以触及，竟然差一点放走了她让她被人杀害。他知道，自己可以救她，保护她，但最终仍将失去她。

她醒了，看到自己的衣服被他放在了床角。房间里传来咖啡的香味。

“怎么？”她问，“不想我留下来了吗？”

“我想听听奥斯本的事。”

“阿卡迪，我不是讲过了吗？”她赤裸着身体坐了起来，“关于奥斯本的那些事，我有自己的看法。好吧，就算我曾经不信任你，或者错怪了你，那又如何？如果我的朋友瓦莱丽亚真的安全离开了这里，我可以揭发那个帮她的男人。但是现在，她死了，我做什么都于事无补了，不是吗？”

“我们走。”阿卡迪把衣服扔给她，“你对死亡一向这么随意吗？好，我带你去见见死人。”

他准备带她去化验室。路上，伊莉娜一直在看他。他知道，她感到困惑了。自己又恢复了探长的严肃面孔。

他们到了法医的化验室。阿卡迪从柳金上校那里取走了一个封好的证据袋和一个空的纸袋。柳金看着伊莉娜，眼神中透出欣赏。今天的伊莉娜穿的仍是那件阿富汗夹克，但是，新围巾和小配饰在她身上显得相得益彰，让她更漂亮了。

从化验室出来后，伊莉娜仍然对阿卡迪的行为表示不理解，她有点生气，但是这种生气就像是小情侣拌嘴之后的感觉。封口的袋子里，一股奇怪的味道窜了出来，弥漫在整个车里。很难分辨出那是一种什么样的气息,那气味若隐若现,但是它真实地存在着。她终于忍不住打开车窗,让外面的冷风吹进来。

他们又来到安德烈叶夫的工作室。从车上下来之后,她觉得呼吸顺畅了很多。在工作室里,她对陈列的各式人头很感兴趣。阿卡迪去找安德烈叶夫,可惜他不在。

阿卡迪穿过陈列室,与伊莉娜迎面相对。

伊莉娜拍了拍陈列伊凡人头的橱窗:"你就是让我来看这个?"

"不,我想找安德烈叶夫教授,但他不在。你应该听说过他,一个不错的男人。"

"没听过。"

"你是学法律的,你们的专业课上会讲他的作品。"

伊莉娜不置可否地耸耸肩,然后走到人类学家的工作台前继续观赏。她一会儿看着那张傻傻的嘟着嘴的脸,一会儿看着生气地瞪着眼的那张脸。旋盘上还有一个没有完成复原的尼安德特人的头盖骨。伊莉娜看得饶有兴致。

"明白了,"她摸着头盖骨没有被胶泥覆盖的部分,"安德烈叶夫在复原他们。"

"没错,"阿卡迪走到她身边,"这个是他留给我的。"

说着,他手里多了一个捆着带子的粉色彩饰圆纸板盒子,样式很旧。

伊莉娜说:"好吧,的确,我听说过安德烈叶夫。"

当阿卡迪拎着盒子向她走去时,盒子不稳当地晃动着。

几乎每一个学法律的学生都知道安德烈叶夫,更何况伊莉娜这种曾经的优秀学生。他们离开工作室,驱车沿着高尔基公园行驶。那个密封的袋子里渗出了越来越浓郁的气味,后排座位上的盒子里也在咯咯作响。伊莉娜几乎要窒息了。那气息似乎是……死亡的气息。

"阿卡迪,我们现在去哪儿?"伊莉娜忍不住问。

"一会儿你就知道了。"他回答得很简洁,像在回答被审判的犯人。

他没有向她作任何解释,也没有一丝温存。他没有握她的手,也没有任何安慰。他告诉自己,作为一个探长,该狠心的时候必须狠心。

一辆车满载着士兵与他们擦身而过。伊莉娜直直地看着前方。他知道她在努力控制自己，否则注意力就会集中到那个样式老旧的盒子上。在驶过一段颠簸路面的时候，盒子被颠得晃动了一下，似乎有东西要跳出来说话。

“你等着就行。”他说着，把汽车打了个急转弯，盒子又晃了一下。伊莉娜有一阵短暂的战栗，紧紧地缩在座位里。

他们路过了轴承厂、拖拉机厂、电厂、纺织厂，每个厂的上空都飘荡着欢庆五一节的红旗，上面绣着金色的标语，金色的月桂叶。远处，浓浓的烟雾正从一排排烟囱中升起来。他们继续往前走。他觉得，她应该知道目的地了。

接下来的一个小时，车上的两人都没有说话，他们从市区开向郊区，路过了老住宅区，路过了各种农田，路过了老土崖和公共汽车的终点站。现在，他们已经来到了远郊，见到了低矮的房子。那里有歪歪扭扭的栅栏，有套着绳索的山羊，有穿着汗衫和长靴的洗衣女人，还有敷了泥墙的教堂，独腿的男人，横穿马路的黄牛，劈柴的农夫。终于，他们开进了一个院子，院子里堆放着大捆向日葵杆。院子里有一间旧房，房子的窗户已经沾满了灰。房子后面有一个茅厕，一个铁棚。

他叫她下了车，自己也把后排座上的袋子和纸盒拿下来。走到房门口的时候，他从一只纸袋中掏出三个钥匙环，这些是从河里打捞出的提包里找到的。三个钥匙环上各挂着一把钥匙，三把钥匙看上去模样差不多。

“一切都在按既定的方向发展，对吧？”他问伊莉娜。

钥匙正好可以打开这扇房门。门一开，里面就散发出一股霉味。他们进了房间，阿卡迪戴上手套之后才按动开关，把灯打开，房间里唯一的一盏灯亮了。这里像冬天一样冷，还散发着兽类的腥臭味。伊莉娜站在里面开始颤抖。

房子结构很简单，正屋之外有一个里间。里间作为睡觉的地方，被隔成两部分，放了几床毛呢被子。房子有四个窗户，都装了百叶窗，上着锁。房间里有一张桌子，三把样式各异的椅子。一只箱子里放着乳酪，但是已经发霉了。房间里还有只奶瓶,已经被冰撑破。墙上贴着一些从书刊上撕下来的圣像,墙角乱七八糟的放着瓶子,装着颜料和清漆。还有一些破布、刷子、穿孔机和画笔。壁橱里放着一些衣服,有两套男式的,一个中号,一个大号,还有三套相同的小号服装。地板上的鞋也横七竖八地摆着。

阿卡迪知道伊莉娜在想什么,他说:"没错,这就像是一个坟墓,这里一直都是这样的。"

三个老式的军用皮箱放在墙边。阿卡迪翻出钥匙依次打开了箱子。第一个箱子里有内衣、袜子、《圣经》和一些宗教走私品。第二个箱子装了内衣和盛着金粉的小玻璃瓶,还有避孕套、一支老式左轮手枪和一些子弹。第三只箱子里放的就是女人的东西了,内衣、珠宝饰品、香水、化妆品和旧洋娃娃,还放着一些照片,是瓦莱丽亚的,大多数是跟波罗金的合影,只有一张是和一个大胡子男人照的。

"这位是他的父亲吧?"阿卡迪拿起照片让伊莉娜看,她没说话。他合上箱子说:"柯斯佳住这里的时候一定警告过周围的人,不许他们突然闯进来,对吧?"这时他注意到了睡觉处用的隔板,于是继续说:"柯斯佳这个人一定不好相处吧,如果不是没办法了,他不会跟另一个男人住在一个房间的。不过,貌似我们俩也是这么住的,……伊莉娜,你为什么没有反对呢? 告诉我,他们究竟在这里为奥斯本做什么?"

她小声说:"你不是已经知道了吗?"

"那只是猜测。我需要证据,需要有人告诉我。"

"我办不到。"

"你会说的。"阿卡迪把盒子和袋子放在桌子上,"我们彼此都需要对方的信息,来解开一些秘密。我想知道瓦莱丽亚和波罗金到底为奥斯本做了什么,你想知道瓦莱丽亚现在的情况。我们各取所需,很快就都会知道的。"

他环顾房间四周,这个房间真的太小了,就像一个密实的纸箱,里面还装着三个活人。因为性别的原因,也为了起居方便,还隔了一床薄薄的单子。而且这里实在很冷,情况太糟糕了。

房间的灯光很暗,伊莉娜看上去脸色很不好。阿卡迪从她的眼睛里也看到了自己的形象——一个满头乱发的瘦削男人立在一个粉色盒子后面,有些邋遢,有些敏锐,又有些兴奋。太可笑了,他居然成了雅姆斯科伊的傀儡。一开始,伊莉娜就看出了这一切。不过,他相信自己仍然有这个能力去救伊莉娜,把她从雅姆斯科伊和奥斯本的手中拯救过来。

阿卡迪拍了拍手,接着说:"故事发生在一个黄昏,高尔基公园里还飘着雪,美丽的皮货分拣工瓦莱丽亚、西伯利亚土匪柯斯佳和美国青年柯威尔,他们正跟着美国来的皮货商奥斯本一起溜冰。过了一会儿,他们到树林里一处空地休息,顺便吃点东西,林中空地离人行道有五十多米。"阿卡迪说着,拉过椅子摆了摆位置,"他们站在这里。假设这是柯斯佳,那么这就是柯威尔,瓦莱丽亚在中间。来,伊莉娜,你站在这里,"他把她拉过来,"你现在是奥斯本。"

"不,求你了,别再说了。"伊莉娜哀求。

"我只是想把事情跟你讲清楚。"阿卡迪说,"可惜现在我们没有伏特加和雪茄。不过,我们可以想象一下当时的热闹气氛。当时现场有三个人相信自己即将获得全新的生活——其中两个人可以得到自由,逃离这里;而另一个人将获得鹊起的声誉。这不是一次普通的野餐,这应该是他们互相庆祝的盛宴。他们都以为你——也就是奥斯本——会告诉他们怎么逃出去。然而,你自己心里很清楚,几秒钟之后你就会送他们去见上帝。"

"我……"

"你真正关心的根本不是什么宗教箱子,谁都能给你搞到那东西,连高洛金都可以给你准备。所以,如果他们三个只是帮你走私了一口箱子,你还不会想到要杀了他们。就算害怕自己牵扯其中,你也可以通过克格勃来撇清自己。反正,在那里你的朋友会把你保出来的。但是除了箱子,那三个人还为你办了另外一件事,而这件事情,你是永远都不希望他们讲出来的。他们最好能永远闭嘴。"

"你凭什么这样跟我讲话。"伊莉娜说。

"雪下大了,"阿卡迪继续说,"他们喝了伏特加,都有些微醺的醉意。

你连被驱逐的美国人柯威尔都可以自由地带进俄国，所以他们都很信任你，把你当作救命恩人。现在，第一瓶酒已经喝完了，你们又开了一瓶。作为一个有钱人，你是很大方的，带了满满一包伏特加、白兰地和各式美味食品。大家你一言我一语地称赞着你，并且相互道贺，气氛真的很热烈。现在滑冰场上的音乐也变得激昂振奋起来了，是柴可夫斯基的《1812年前奏曲》。你举起了提包，好像在里面找什么。然后你又提了一瓶伏特加出来，装着喝了一大口，递给了柯斯佳。柯斯佳比你喝得更多。而瓦莱丽亚现在已经喝得有点醉了，她一只手拿着面包，另一只手拿着奶酪，没有手可以拿酒瓶了。也许她正在幻想着，一周以后她会在哪里？穿什么衣服？有暖和的房子住吗？总之，她再也不用回到西伯利亚那个地狱了，等待着她的将是天堂般的生活。柯威尔也频频举杯，他虽然有一条腿是瘸的，但是仍然穿着溜冰鞋。现在，他想到他的宏图大志即将实现，一激动，喝得更多了。”

“雪下得更大了，音乐声也更大了。你提议再喝一瓶，因为大家都还在兴头上。于是你拿起提包又在里面摸，你摸到了酒瓶，也摸到了手枪。然后，你的手在提包里打开了手枪的保险。柯斯佳是最喜欢喝酒的人，于是你转身对这位著名的土匪微笑了一下。”

阿卡迪一抬脚踢倒了一把椅子，也就是那把代表柯斯佳的椅子。随着椅子倒地的咣当的声响，伊莉娜惊愕地颤抖了一下。

“不错，”阿卡迪接着说，“自动手枪的声音很小，又是从提包里开枪的，加上当时有音乐声和风雪声，大家就更不容易听见枪声了。刚中枪的人可能还没有流血，至少其他人看不见血迹。所以瓦莱丽亚和柯威尔很奇怪，为什么柯斯佳会倒在地上？在他们的心目中，你是个救世主啊！不可能伤害他们的。现在你转身对着那个美国小伙子，手中的提包也渐渐靠近了他。”

一滴泪从她的脸上轻轻划过，掠过面颊上的淡斑。

“不要动感情，听我说完。”

阿卡迪说着，踢翻了第二把椅子，就是那把代表柯威尔的椅子。他说：“就这么简单。现在只剩下瓦莱丽亚一个人了。她看到柯斯佳和柯威尔都死了,但是她根本不想呼救,也不想逃跑。你知道,杀了柯斯佳就等于杀了她,你是愿意让她马上得到解脱的。”说到这里,阿卡迪打开了那个密封起来的袋子,他从袋子里拿出一件黑色的衣服,衣服上已经沾满了泥土和血迹,左边胸膛的位置有个小洞。伊莉娜看看开着的壁橱,又看看衣服。阿卡迪知道,她已经认出了这件衣服。“现在瓦莱丽亚任你摆布,你想怎么杀她都行,她不会动的,她欢迎那射来的枪弹。所以,你可以让枪口离她的心脏更近一些。‘砰’,现在你把她也杀了,”阿卡迪让衣服自由飘落在桌上,“如此残忍。他们三个就这样死了,没有人发现。音乐声还是很大,天上继续下着雪,这些尸体很快就会被雪埋起来。”

伊莉娜不停地颤抖。

“他们应该已经死了,”阿卡迪说,“但是你的事情还没有结束呢。你得把所有的证据都消灭掉。那个美国小伙子镶过几颗外国假牙,所以你需要补两枪,毁灭能够辨别他身份的证据。你又在柯斯佳头上打了一枪,这样,民警们就会以为他是头部中枪以致死亡的。但是,死者的指纹怎么办呢?好办!你拿出早就准备好的大剪刀,把每个人的手指头都剪了下来。脸又该怎么办呢?这样的天气,他们会结冰,所以,不可能就这么烂掉的,也不会有小动物来把脸咬掉。其实,这对于你来说也很简单,因为你有专业的技术。你割开了他们的脸,把他们脸上的皮整个扒了下来,首先是柯斯佳,然后是柯威尔,最后是美丽的瓦莱丽亚。多么利索!有几个皮货商有胆来干这种勾当?然后,你又把他们的眼珠全挖了出来。这样,一切可能辨明身份的东西都被你弄走了。你把这些皮肉连同杀人工具装进了提包,一起扔进了河里。你总算事半功倍地除掉了三条生命,你完成了你的任务,志得意满地回到了酒店。最后,你坐飞机顺利地回到了你的国家。看上去你的杀人案策划得非常完美。”

“现在,你想起来了,和三个死者有关系的还有一个人,她是瓦莱丽亚最好的朋友,就是她鼓动瓦莱丽亚逃离这个国家的。她的生活中充满幻想,她只要相信瓦莱丽亚已经活着逃走了,那么这里的生活无论如何乏味、危险而又令人厌恶,她都可以忍受,因为她觉得瓦莱丽亚已经自由了。她就是靠着这样的幻想在支撑她活着的每一天。但是,你还是想杀了她,因为你不想她知道关于瓦莱丽亚的任何真实情况,她也就再不可能告发你。你真是把俄国人看透了。”

伊莉娜浑身抖得更厉害了,他觉得她可能马上就会倒下。

但是,他还是继续说:“现在,让我们聊一聊这个事情的关键吧,瓦莱丽亚在哪里?”

“你怎么可以这样?”伊莉娜说。

阿卡迪换了一种语气:“我们是一个落后而愚昧的民族,一直都是。但是,我们的国土上也有一些人才,他们有独特的天赋。你读大学的时候一定听说过安德烈叶夫教授,你也见过他的作品。通过头骨去复原死者的脸,这方法说来简单,其实非常辛苦,是一件很困难很需要耐心的工作。每一块肌肉、皮肤、眼睛,都需要认真在颅骨上重造,没有一点原貌的印象来作参考。这是十分精细的工作,别的国家没有这个。而安德烈叶夫是这方面的权威。”阿卡迪说着,突然打开了桌上那个圆纸盒,“你不是想知道瓦莱丽亚去哪里了吗?”

伊莉娜说:“我知道。阿卡迪,你不愿告诉我就算了。”

“她在这里!”

阿卡迪开始慢慢地从盒子里往外提那个头颅。她先看到了一些黑色卷发缠在他的手指间,正从盒沿上方冒出来。接着,他手中的头发拉紧了,一个皮肤白皙的前额升了上来。

“阿卡迪!不!”她用双手捂住了眼睛。

“看看吧!”

她仍然不敢睁开眼:“阿卡迪!是的,你说得没错,瓦莱丽亚在这里住过。你赶紧把它放回盒子里!”

“你说的瓦莱丽亚是谁?”

“瓦莱丽亚·达维朵娃。”

“除了她还有谁?”

“柯斯佳·波罗金,和柯威尔。”

“是那个叫詹姆斯·柯威尔的美国人吗?”

“对。”

“你在这里见过他们吗?”

“他们一直都在这里,瓦莱丽亚也在这儿,否则我不会来的。”

“你跟柯斯佳关系不太好吧?”

“对。”

“他们在这里做什么呢?”

“做箱子,你知道的。”

“给谁做?”问到这里,阿卡迪自己都紧张得屏住了呼吸。

“奥斯本。”她说。

“奥斯本是谁?”

“约翰·奥斯本。”

“是那个叫约翰·奥斯本的美国皮货商吗?”

“对。”

“他们跟你说过他们是在给奥斯本做箱子?”

“说过。”

“他们只是给奥斯本做箱子吗?”

“不是。”

“你有没有去房子后面的栅栏那边看过?”

“看过一次。”

“那你应该也见过他们从西伯利亚给奥斯本带的东西了?”

“没错。”

“请把你刚才的话重复一遍,你见过他们从西伯利亚带给奥斯本的东西?”

她说:“我恨你。”阿卡迪关掉放在盒子里的袖珍录音机,把人头放回盒子。伊莉娜放下捂住眼睛的双手说:“现在,我把实情都告诉了你。”

这时,一直等在门外的天鹅进来了。

阿卡迪说:“这个人会送你回去,你跟他走,不要再去我家了,那里不安全。谢谢你对我侦查工作的协助。你们现在就得走了。”

虽然嘴上这样说,其实他非常希望她能理解他,希望她能坚持留下来。如果她坚持了,他一定不会让她走的。

她果然在门口停了下来，然后对他说："我听说过关于你那位将军父亲的传言，他曾经拿德国人的耳朵当战利品，人们说他是魔鬼，从来没有谁听说过他的俘虏脑袋是完整的。但是，和他相比，我看你才是真正的魔鬼。"

说完之后，她坐上天鹅的老式济斯轿车走了。

阿卡迪绕到了房子后面的铁棚。他用死者的一把钥匙打开了棚子的门锁。刚走进去，脸就被什么东西给碰了一下，原来是一根悬吊着的栓着电线的横杆。他拽了一下电线，横杆上亮起一串大功率灯泡，房间里顿时宛如白昼。墙上有个计时器，他拧了一下，便听到轻轻的咔嗒声。他发现随着计时器上时间的变化，这串灯的光亮也在发生变化。原来，计时器能使横杆慢慢旋转，能转近180度，可以模拟12个小时的日照情况。还有一根绳子挂着两只紫外线灯，整个房间没有窗户，密不透风。

从墙边一座圆形砖熔铁炉的遗迹可以看出，棚子已经有了些年头，显得特别破旧。两只大笼子几乎占满了整个棚子，而每个笼子都用木板隔成三个小间，每个小间里又放了只木制笼子。大笼子带着铁丝网，底部接触地面的部分还有石头和水泥块压着。看来，不管是什么样的动物，只要落到这里，谁都别想跑出去。

两个大笼子之间有条凳子，上面还能看见鱼鳞和动物的血。

凳子下面有一本书，上面是祈祷文。真是难以想象，柯威尔和波罗金，他们俩居然可以在这件事情上合作。当时的情景一定是这样的：柯威尔在向上帝祈祷，波罗金则忙着把周围看热闹的人赶走。

他从一只笼子的铁丝网上摘下几根细细的毛发，又在地上拾了一些粪便。

回到房间，他又把墙角那三只箱子里的衣物装在空着的证据袋里。当他想把袋子放到桌上时，结果弄翻了盒子，那个人头又滚了出来。其实，这根本不是瓦莱丽亚的头，这只是一个塑料模型，只有一张脸的轮廓和假发。这是安德烈叶夫上课的时候用来展示的。所以刚才，伊莉娜看见的只是模糊的半张脸。

真正的瓦莱丽亚的头，已经被雅姆斯科伊碾成粉末，烧成了灰烬。安德烈叶夫能证实,检察官曾打电话向他询问了这颗人头的事,并派刀疤脸拿走了它。其实反过来想,这也是一件好事,只有这样,阿卡迪才会去想怎么才能既让伊莉娜真的相信瓦莱丽亚已死,又不让她看到朋友真正的头颅。他知道,因为恐惧,她不会仔细去辨别这是个假的。在绝望中,他急中生智欺骗了她,虽然是为她好,救了她,但是现在看来,她也已经深深地误会了他。

他回到乌克兰饭店,在门厅正好看见汉斯·阿芒走出电梯,阿卡迪赶紧坐在大厅的椅子上,用一张报纸把脸遮住。这是他第一次看见奥斯本的这位同伙,这个人长得很瘦削,短发,薄嘴,脸色苍白而憔悴。这副人不人鬼不鬼的样子看起来有些吓人,不过看上去没有奥斯本和雅姆斯科伊那么阴险。他走了之后,阿卡迪才进了电梯。

他以为办公室里没有人,结果却看到费特侦探坐在办公桌旁,用枪对准了他。

他吓了一跳,然后笑着说:"费特!真不好意思,我都差点忘了你这个人了。"

费特也吓得浑身发抖,他说:"我还以为是他回来了。他刚才在等你,然后接了个电话就走了,他的枪还在我这儿。"

阿卡迪看到房间里的椅子倒在地上,抽屉被拉开,满屋的东西乱七八糟。前几天他们还在这里谈笑风生,现在竟然成了这个样子。他突然想起来,这个地方是雅姆斯科伊安排给他们的,那么,这里会不会被他装了窃听器?或者有人在偷听?管他的,反正自己也不会待太久。他在地板上的东西里找了找,发现能够证明奥斯本和阿芒有罪的所有磁带和文字记录都不见了。现在手上只剩下阿卡迪保存的2月2号通话的那盘录音带。

费特的情绪缓过来了一些,他说:"他闯到这里,拿走了那些东西,而且还把我关在这儿,因为怕我给你报信。"

"你才不会呢。"

阿卡迪从一堆杂物中找到一本航空时刻表,上面可以查到从莫斯科的谢列梅捷沃机场起飞的所有国际航班都飞走了。五一节前夕只有一班飞机离开莫斯科,是泛美航空公司的夜航机。奥斯本和柯威尔回国的飞机就是这班。

地上有一个打开的包裹,是叶甫根尼·蒙代尔从商业部寄来的一些材料,里面有老蒙代尔的英雄事迹的详情和嘉奖令的照片,还有一份冗长的事迹报告,签字时间是 1943 年 6 月 4 日。怪不得费特只拆开邮包看了一眼就扔在一边了。阿卡迪本来想把它扔掉,突然在最后一页上认出了一个签名,那是调查此事的军官的签字:A.O.雅姆斯科伊少尉。事隔多年,字迹都模糊了,而且复印得不太清晰,但是阿卡迪还是能够看得一清二楚。看来,雅姆斯科伊在年轻的时候就与奥斯本相识,他们已经有三十多年的交情了!从那时候起,他就已经开始庇护这个美国人了。

"还有件事,你可能还不知道吧?"费特试探着问。

"什么事?"

"一小时前,检察官办公室在全市范围内发布了一个警报。"

"什么警报?"

"说是抓杀人犯。在离谢拉费莫夫大街不远的博物馆中,一个叫米高扬的律师被杀了。现场发现的香烟上有你的指纹,"费特拿起电话开始拨号,"你要不要和普里布鲁达少校解释一下?"

"不用了,"阿卡迪把电话听筒挂掉,"看来笑到最后的往往是被忽略的人。他不但能活下来,还会把此前种种编成故事来欺骗世人。"

"你在说什么?"费特听不懂。

"我得提前行动。"

萨维罗夫斯基车站是个平凡的车站。这里的旅客一半是权贵阶层和有钱人,只坐舒适的正班列车。一半是劳工,得去挤临时列车。这些劳工全都签订了合同,有的要去北边,在矿上干活,有的去得更远,远到北极圈去了。等待他们的是热辣的蒸汽和凛冽的寒冰,如果拉货的马车坏了,他们还得肩扛手举地运输矿石。他们可能会因为瓦斯爆炸被炸死,可能因为矿井塌方被压死,也可能因为严寒被冻死。为了得到一双保暖的鞋或者手套，他们连杀人的心思都会有的。到了矿上，他们的国内护照会统一被收起来，所以一切幻想都将破灭。他们将在人们的遗忘中生活三年，对一些人来说，如果能熬过来，那简直就是奇迹。

阿卡迪一只手抱着证据袋，一只手按着口袋里的手枪，随着人流挤进了一节装满矿工的车厢。车厢里飘着各种各样的味道，各种陌生的脸在看他。每个人的行李都打成捆带在身边。他们浑身脏兮兮的，很邋遢。这些人基本上都有过犯罪的经历，当然只是在某个地区而不是全国作案，所以作为惩罚，他们都被拉到了北方的矿井。这是一群罪犯、无赖、混混，很难对付。他们可以从任何一个陌生人的身上抢走鞋子、衣服或是手表。阿卡迪在下铺找了个地方待着。

站台上，最后一群劳工被民警推上了车。车厢里的空气太闷了，让人窒息，就算已经待了一会儿，稍有适应，阿卡迪还是受不了。车外的乘务员恐怕都巴不得这趟列车赶紧开走吧。通过车窗，阿卡迪突然看到了丘金探长，他正在和乘务长争执。他给乘务长看了一张照片，想去列车里找照片上的人，但是乘务长没有同意，摇了摇头。如果要抓一个逃犯，在其他地方都好说，但是，这列车上几乎全部都是逃犯，怎么抓呢？丘金挥手示意身边的民警上了车。挤挤攘攘的车厢里有人在唱歌：

“莫斯科再见！”

“爱情再见！……”

对上车来搜查他们的民警，劳工们很不乐意，因此搜查工作进行得很困难。劳工们破口大骂：“打扰我做什么？我现在去的地方是地狱！”他们完全不配合民警的搜查，还往民警身上吐痰。但是民警无法用暴力来解决这件事，因为能够去地狱里做三年苦工的人都不是省油的灯，而且民警的人数实在太少了。最终，他们还没搜到阿卡迪所在的车厢，就被劳工们赶了下去。列车长推开丘金，其他的乘务员也开始打手势，列车终于开走了。乘务长和丘金从窗前一晃而过。

窗外的风景不断变换着，有烟囱，有工厂，已经到了城郊了。抵达下一站的时候，列车并没有停，列车加速运行，鸣着汽笛，在站台民警面前快速开过了。莫斯科，再见！阿卡迪做了个深呼吸，这里的空气实在太糟糕了。

这列火车可以算是目前最肮脏最破旧的列车,车里已经没有什么东西可以再被破坏了,因为已经被破坏得差不多了。人们在车里也是接踵摩肩,完全没有活动空间。最后一节车厢是列车长的地方,大概还有二十个小时这列车才能到达列宁格勒,列车长也不得不忍受这趟漫长的旅行。不过还好,他好歹有专门的车厢,里面有自己的茶汤壶、面包卷和果酱。而阿卡迪他们只能抽烟喝伏特加。车厢里云蒸雾罩。有个人请他喝酒,他喝了几口之后回赠给对方一支烟。

请他喝酒的是北高加索的奥赛特人,他长得又矮又胖,留着小胡子,黑黑的皮肤。

"这种火车上有时候也会被安插奸细,"他告诉阿卡迪,"有可能他们还要把你抓回去。你说我们要不要抓住奸细,把他打死?"

"这列火车上不会有的,你要去的地方本来就是那帮人安排的。"

奥赛特人恨恨地说:"没错,你他妈的说对了。"

车轮隆隆地转动了整整一个下午和一个晚上,他们经过了一站又一站。伊克萨,德米特罗夫,韦立尔基,萨维洛沃,卡拉辛,卡西恩松科沃,克拉斯尼基乔姆,佩斯托沃。如果不喝酒,车上的时间就更难打发了,毕竟他们要去一个可怕的地方待上三年。车厢里有各个民族的人,来自亚美尼亚的贪污犯,来自土耳其的路管员,来自圣母玛利亚园林的诱拐犯,还有来自雅尔塔的俊酷舞男。

舞男盘问他:"你在上衣里藏了什么东西?"

这种问话就像是猎人在问他的猎物。如果柯威尔在,谁也不敢这样问他。阿卡迪的口袋里装着自己的身份证,还有被柯威尔打死的那个克格勃军官的军官证。

他说:"这是我从黑海带的一些小尖刺。"

他喝着高浓度的浓缩茶。在劳改营里,一个饿极了的劳改犯只需要喝几杯浓缩茶就可以再兴奋地干上三天。而现在,阿卡迪喝这种茶的目的是保持清醒,他不能睡过去,否则他的东西马上就会被偷走。在浓缩茶的刺激下,他觉得自己浑身发肿,心脏也开始急速地跳动。但是,他还必须沉下心来想一下:是谁杀死了米沙?凶手会不会是阿芒?检察官办公室为什么要发警报?雅姆斯科伊竟然敢动用民警来搜查,难道他也已经去过三个死者住过的地方,而且毁灭了一切证据?或者他是不是已经料到阿卡迪无论如何都要逃脱追捕?又或者会马上宣布他是精神病患者?不过,也许他已经是了。

心脏跳得更猛了,他又喝了几口伏特加,现在有种血脉偾张的感觉。车上有人带了半导体收音机在听广播,里面正在说符拉迪沃斯托克的五一节准备工作。

一个老工人说:"我们去的是铁矿,还好。如果去金矿会更糟糕,从矿井出来的时候,他们每次都会往你的肛门里插清洗器。"

这时,收音机开始广播巴库的五一节准备工作。

奥赛特人告诉阿卡迪:"我家就在那里。我不过是意外地杀死了几个人……"

"干吗跟我说这些?"

"你长得像个好人。"

现在,全国上下都在做五一节的准备工作。车窗外面一片漆黑,什么都看不见。但是,透过车窗玻璃开的那条缝,阿卡迪似乎闻到了翻耕土地里泥土清新的味道。

他的脑海里又响起了米沙的说话声,就好像他还没有死,正在点评车厢里的人:

> "我们是为了共同的事业团聚在一起的,就像联合国一样,对吗?看看这个亚美尼亚人吧,他怎么还不减肥呢?或者,把他自己分成两个也行啊!这样工资还可以发双份呢!再看看这个舞男,他脚上穿的这双棕色皮鞋大概是这辈子最后一次穿吧!真可悲。阿卡迪,我觉得你现在也都快疯了,对吧?"

火车在一个小镇上停了下来,需要加水。小镇只有一个车站和一条街。车上的人已经喝光了伏特加,他们下车涌进了小镇的商店,把店里的东西洗劫一空。当地的民警只能望着,束手无策。然后,这些抢劫者又回到车上,列车开走了。

列车又经过了卡博扎,契沃那加,布多戈斯克,科尔皮诺和列宁格勒。没错,已经过了列宁格勒了。芬兰湾迎来了新一天的清晨,列车开进了一座城市。黎明的阳光洒落大地,但是,对于这列车上的苦命乘客们来说,整个城市都是阴霾的。

现在,列车进站了,这里是芬兰车站。阿卡迪还没等车停稳就跳下了车。他挥动着那个刀疤脸的红色克格勃军官证出了站。站台广播里正在播放歌曲,还有一天就是五一节了。

17

列宁格勒往北100公里的地方就是苏联和芬兰的国界线，火车轨道穿过这条线，伸向远处的平原。国界线的两端都有火车转车站、海关仓库和无线电发射台。在苏联一端，地上的雪很脏很黑，因为苏联列车用的煤都是质量低劣的煤，而芬兰的列车烧柴油，所以那边的雪干干净净，一片洁白。

阿卡迪的身边站着苏联边防巡逻站的指挥官。在他们俩前方的芬兰区域，一名芬兰少校正走向50米之外的芬兰边界警卫站。

苏联指挥官吐了口唾沫说："这帮人简直跟瑞士人一个鼻孔出气，他们总是把所有的煤灰扫到我们这里。"说着，他整理了一下自己的红领章。这位指挥官的眉毛长得很好看，但是鼻子是歪的，脖子又很粗，"该死的，他每个月都问我这箱子是干吗的？我怎么知道？"

阿卡迪用手拢着划燃的一根火柴，给指挥官和自己点上烟。旁边一个苏联哨兵警觉地监视着对面铁轨的情况。他背着冲锋枪，就像管道工人背着修理管道的工具，每当他变换动作时，冲锋枪就会发出咔咔的声响。

指挥官告诉阿卡迪："你是一个来自莫斯科的探长，在我们这里就算是最有权威的人了。"

阿卡迪说："我可没有用权威来命令你的意思。但是你知道，莫斯科都在过五一节，我如果再不来，等他们走完流程，我这个案子不知道又要变成什么样子了。"

边界那边，刚才那个芬兰少校领着两个哨兵进了海关仓库。远处，山脉平缓地伸向芬兰湖泊地区，而这里是一片平坦的地带，种着各式低矮灌木，实在很适合巡逻。

指挥官又开始说话："在这里，常常有走私的人把咖啡带到国内，还有黄油，或者是外汇。你知道的，这些钱在外汇商店可以用。但他们总是把好东西从国外带到国内，国内却没有什么好东西带出去，这简直是丢人。哦，你这么大老远的过来，案子一定很棘手吧？”

“这里的确是个好地方。”阿卡迪说。

“确实清静，你可以先放松一下，别去想案子的事情。”指挥官从夹克里拿出一只长颈的瓶子，“来点吗？”

阿卡迪接过瓶子：“好吧。”他喝了一口，是带着体温的醇香白兰地，肚子里顿时暖和了起来。

“搞边界警卫工作真不是一般人干的事。其实你应该很清楚，我们在这里守护的是一条想象中的边界，太憋闷了。长期待在这里，要么发疯，要么被外面的思想洗脑，不然为什么会有那么多人自己都想越过边界呢？按说这样的人抓到之后应该被处决，但是我只想送他们回国重新洗洗脑。探长你明白吗？如果有人从莫斯科来，没有任何证件，单凭对我们说一些好听的话，就企图让我们相信他。对这种人，我也很想给他洗洗脑。”

阿卡迪看着指挥官的眼睛：“没错，我要是你，也会这么干。”

“好吧，”指挥官拍了拍阿卡迪，“我们继续说说那个讨厌的芬兰人吧。那个人是个共产主义者，就算你把他扔下油锅里炸了，他也还是芬兰人。”

芬兰那端的海关仓库的门开了，那个芬兰少校拿着个信封走了回来。

指挥官问：“我们探长没说错吧？”

少校把信封扔给阿卡迪，一副嫌恶的样子：“箱子里被隔成了六个部分，里面全是小动物的粪块。但你怎么知道的？”

阿卡迪问：“你看到这个箱子的时候，它就是在集装箱外面吗？”

指挥官说：“没有，是我们从集装箱里拿出来的。任何包裹都需要先在苏联境内打开。”

“从来没有检查过箱子里的东西吗？”阿卡迪问。

芬兰人说：“我们两国的关系一直不错，干吗要检查？”

阿卡迪又问他：“从海关仓库里领物品需要办什么手续？”

“这个好说，仓库里一般也没太多东西。这里的东西通常会直接有火车运送到赫尔辛基。领这些东西需要身份证、所有权证明文件和进口税收据。你看,我们都没有安排专人守仓库大门。但是如果有人想进仓库偷箱子,我们是能看到的。为了两国的睦邻友好关系,芬兰和苏联有协议,不会在这里留守太多军人。你明白了吧?好了,现在我该下班了,我回家的路还很远呢。”

“是回去过五一节吧?”阿卡迪说。

“错了,是过五一节的前夜,安息日。”

阿卡迪从边境附近的维堡机场乘飞机飞到了列宁格勒,然后登上了飞往莫斯科的航班。这班飞机上大多数人都是来休假的军人,这些军人一个个都喝了酒,飞机上一片醉意。

阿卡迪开始整理证据袋,里面放着他的调查报告,边境指挥官的说明,装了动物粪块的信封,柯斯佳藏身地小屋笼子上的皮毛取样,三个受害人放在小屋里箱子中的个人物品,伊莉娜在小屋里的证词录音带,还有2月2日奥斯本和阿芒通话的录音带。在袋子外面,他写上了总检察长那里的收信地址。这时候,空姐开始给大家发食物了。

再过几个小时,奥斯本和柯威尔就要登机离开苏联。阿卡迪更清晰地意识到,奥斯本把出入境的时机安排得何等巧妙!柯斯佳的箱子里装了六只西伯利亚紫貂,在莫斯科装运之前,阿芒给它们注射了麻醉药。对小动物的麻醉可能只能维持三四个小时,不过这已经可以让它们飞到列宁格勒了。到了列宁格勒之后,再让箱子出境就要用火车了。因为国际航班的行李要用X光检查,这是会被发现的。而就算是自己开车走,这里的货物也会被海关拦下来检查。只有火车是最稳妥的。阿卡迪已经看到,在苏联和芬兰的边境,他们根本不会仔细检查。箱子放进芬兰的海关仓库不会有人看守,所以奥斯本完全能够进去把箱子偷走。但是,芬兰人不是说了么,进仓库会被人看见的。那他到底是怎么把紫貂带走的?难道他的外套上做了专门装动物的袋子?当然,更大的可能性是,芬兰的哨兵里面有被他买通的人。总之,他这个人做任何事情都有钱开路,似乎很方便。而且,就算是真的被查,他也有办法把自己从这件事情中撇清。

在高尔基公园,柯斯佳·波罗金、瓦莱丽亚·达维朵娃、詹姆斯·柯威尔都已经死了。那六只巴尔古津山紫貂也已经被奥斯本运走了。

飞机到达莫斯科的时候，太阳已经落山，天色渐渐暗了下来。

阿卡迪在机场的邮局寄出了他的证据袋，就算把放假的时间算在里面，他的报告在四天以后也可以到达总检察长的手里。

阿卡迪回到自己家，在黑暗中穿上探长制服。制服是海军蓝的颜色，肩章上点缀着四颗上尉级别的黄铜五角星。金色的帽带上镶着红星。周围的邻居都在看电视，声音很嘈杂。他开始修整自己的脸。电视里传出五一节前夜保留节目的声音，那是在克里姆林宫大会堂演出的《天鹅湖》。在高昂的前奏之后，主持人开始向晚会上尊贵的客人们致敬，不过客人的名字他就听不清楚了。他把手枪带在身上出了门。

他等了20分钟才上了一辆出租车。明亮的灯光下，街上到处都是飘扬的彩旗，迎风招展的样子就像扑火的飞蛾。街边的大楼上悬挂着巨幅的红色标语，街上也拉着横幅。出租车开得太快，映入他眼中的只有一些片段的字样："列宁万岁！""英雄的工人……""崇高的……""光荣……"

出租车进不了红场周围的街区，阿卡迪把身上仅有的几个卢布交给司机，下了车。他徒步走到了斯维尔德洛夫广场，正好看到了威廉·柯威尔，后者正从大都会饭店往外走。他穿着棕黄色的雨衣，戴着短沿花呢帽子，拎着皮箱走向一辆旅行车。汽车边上已经有十几个美国人在排队了。柯威尔也看到了阿卡迪，但是冲他摇摇头。阿卡迪停下来看了看四周，到处都有民警在活动。这时一辆汽车开出来，明亮的车灯照在他身上，他真的不能再待下去了。柯威尔再次示意他，看向每个有民警的方向，意思是让他快走。这时，苏联国际旅行社的司机也走出了饭店，扔掉烟头，叫游客们上车了。

站在广场上，阿卡迪最后向柯威尔高喊了一声："奥斯本——"是的，这就是凶手的名字。

威廉·柯威尔太想知道这个名字了，但是他没有听清楚阿卡迪到底在喊什么。如果他还想再听一遍，除非他能把广场上所有巡逻和监视他们的民警杀死，把所有增援的民警都解决掉。但是，就算他变身超人也做不到，对方人多势众啊。

旅行车上也在播放《天鹅湖》舞曲，柯威尔最后一个上车的时候，阿卡迪已经走了。

捷尔仁斯基广场上布置着用鲜花堆成的斧头和宇宙飞船巨型景观，五一节上午的游行大军会经过这里。阿卡迪跳上一辆运兵车经过了广场，摇曳的探照灯让克里姆林宫的高墙也被照得似乎晃动了起来。

克里姆林宫的一侧停着很多黑色的轿车，排成了一条黑亮的长队。有卡伊卡轿车，还有济尔轿车，后者是接送主席团成员的，这种车安装着天线和钢板装甲。在街上和广场上，有很多民警在护卫和巡逻。阿卡迪在车路过高塔附近的时候跳下了运兵车。有个克格勃军官带着疑问走向了他，他大胆地迎上去，故作镇定地说，他有份电报要交给总检察长。虽然他穿着制服，又有证明身份的证件，但还是不免紧张。点烟的时候，他的双手居然有一点发抖，他努力控制着。

探照灯发出的一束束光柱射向天空。阿卡迪避开灯光，穿过大街，走进了沙皇骑术学校建筑的阴影中，在那里依稀可以看到大会堂的房顶一檐。眼前开过了一辆克格勃的车，车里在播放华尔兹圆舞曲，看来《天鹅湖》的表演已经接近尾声了。即便在他走过的这段阴影路程中，也能发现有人在巡逻。现在又开过来一辆克格勃的车，这次，收音机里发出的是热烈的掌声。看来，芭蕾舞演出已经结束了。

奥斯本是要急着赶去机场的，所以演出结束之后，他没有安排应酬官方的例行接见。但是演员的多次谢幕，观众的献花，衣帽间不可避免的拥挤，这些都是要花时间的。所以停在外面的轿车司机们也不着急，慢慢向车走去，等着客人们出来 。

现在客人们依次出来了。先是一队中国人，然后是穿着制服的海军官兵，还有几个西方人在谈笑风生，接下来是一群非洲人，乐手们以及拿着花的女引导员。阿卡迪还看到一个有名的写讽刺小说的作家。轿车载着客人们离去。在第一波拥挤之后，现在大会堂前的桥上又空空荡荡了。阿卡迪继续留在这里。

终于，他的视线中出现了一个优雅的身影，这个身影轻快地穿过三一门走到了桥上。没错，奥斯本终于来了！他正在戴手套，前方就是一群表情警惕的便衣和一排开着车门的小轿车。这群便衣一边扫视出场宾客的情况，一边向四周观望。奥斯本穿着一件正式的黑色外套，戴着一顶貂皮帽子，这顶帽子就是他曾经说过要送给阿卡迪的。现在，近处的车已经发动引擎等他上去了，他径直朝车走过去。突然，他看到了一个原以为不该会出现的人——阿卡迪！

阿卡迪能看出来，奥斯本看到自己的时候很吃惊，但是在那个瞬间之后，他又迅速控制住了自己的情绪。他们现在就站在轿车的两侧，隔着一辆车的宽度。

奥斯本又恢复了他那充满感情而又礼貌的微笑："探长，你该不是来取帽子的吧？"

"说对了。"

"那你对案子的调查？"

"调查结束了。"阿卡迪回答。

奥斯本点了点头。阿卡迪又打量了一下他那穿戴考究的身体，他的五官和俄国人的区别果然很大，现在他的表情就像木头雕塑一样僵硬。而奥斯本的眼睛也在阿卡迪的四周搜寻，他一定是想确定有没有人跟阿卡迪一起来。现在，他心中有底了，阿卡迪的确是一个人来的。

于是他说："探长，我现在必须赶去机场了。一个星期之后，阿芒会送你一万美金作为酬谢。如果你有其他的需求，别的货币也行。总之，具体的事情汉斯会办好的，包你满意。当然，如果你能彻底搞垮雅姆斯科伊，又能让我不受牵连，那么我愿意考虑把更多的酬劳给你一个人。恭喜你了，你不仅幸免于难，而且获得了更多的别的机会。"

"为什么跟我说这个？"阿卡迪问。

"因为你不是来抓我的，你没有证据。如果你真的是来抓我的，我应该已经坐在克格勃的汽车上被送往卢比扬卡监狱了。我了解你们俄国人的办事方式。现在，探长你只有一个人，而周围全是我的朋友，没有一个是你的人。"

现在，那些等待的便衣还没有意识到奥斯本还在这里耽搁着。他们只是不耐烦地催促普通客人赶紧走，不要挡住了这些贵人们的轿车。

奥斯本接着说："你想在今晚，在这个地方，抓一个西方人，而且没有克格勃签发的命令，也没有向检察官汇报，你甚至一个人都不带，你认为你自己就能抓得了我吗？现在你只是一个被通缉的杀人犯，你自己都会被抓起来关进收容所，而我是不会耽误回国的航班的，他们会等着我。所以你来找我，只能是为了钱，对吧？你已经让检察官腰缠万贯。"

阿卡迪拔出手枪，放在左边的臂弯里，只有奥斯本看得见那黑洞洞的枪口。他说："你错了。"

奥斯本看了看四周，虽然便衣很多，但是他们的注意力都不在这边。

"雅姆斯科伊早就告诫过我，你就是这样的人。你不要钱的，对吗？"

"对。"

"所以你是来抓我的。"

阿卡迪说："我是来阻止你的。我现在要做的，就是让你把今晚的航班耽误了。然后，后面的事情就好办了。我们今晚先坐你的车随便走走，明天我们会出现在某个小城的克格勃办公室，他们不知道该怎么处理，因为这些人都怕事，所以他们会打电话请示上头。是的，小城镇里的人害怕遇上事关重大的案件。他们会对我有所防备，但对你这么一个西方人会很客气。不过，这也于事无补，因为我们的流程总是很复杂，很琐碎。他们会接到各种电话，让那些笼子接受各种检查，还有个箱子会运过来。总之，只要你今晚无法登机，后面的事情，你的所有的计划就都会被打乱。所以，今晚这个时间真是太关键了。"

奥斯本沉默了片刻，然后问道："昨天谁也找不到你，你到底去哪里了？"

阿卡迪没有回答。

奥斯本说："我猜你昨天是去了边境，因为你什么都知道了。"说着，他抬腕看了看表，"不行，时间不多了，我得去赶飞机了。"

"那我就一枪打死你。"

"没用的，这样你马上也会被打死。"

“没错。”

奥斯本执意伸手去抓门把手，阿卡迪则抬起枪口开始扣动马卡洛夫手枪的扳机。

奥斯本赶紧松开门把手：“你这是何苦呢？你不应该为了讨好苏维埃法律来对付我，你这样太不值当了。其实，这个世界上什么东西都是可以用钱换的，不单是人，也包括你们的国家——用世界上最便宜的价格。你为什么要这么笨？有什么事值得你去送死？是为了其他人吗？比如，伊莉娜·阿萨诺娃？”

说着，奥斯本慢慢地从自己的上衣口袋里拿出一块围巾，围巾上有红白绿三色的复活节彩蛋装饰图案。没错，这是阿卡迪送给伊莉娜的围巾。奥斯本说：“生活总是比我们想象的更复杂，也更简单。你很诧异，是吗？”

“这东西为什么会在你手里？”

“让我们把事情弄得简单一点吧。探长，我们来做一笔交易，用她来换我。我告诉你她的位置，她现在时间不多了，你已经没有时间怀疑我有没有在说谎。现在，你告诉我，行还是不行？”

奥斯本把围巾放在车顶上，让阿卡迪拿过去。阿卡迪用左手拿起围巾嗅了一下，围巾上确实散发着伊莉娜的味道。

奥斯本说：“你现在明白了吧，其实我们只是各取所需。为了我们自己的需求，我们都会牺牲很多。你愿意为了那个女人放弃你的生命、事业和信仰；而我，现在宁可背叛我的同伙，也要赶上班机。我们都得抓紧时间，不是吗？”

小轿车阻滞得越来越多了，附近的便衣挥手催促奥斯本上车。

“你到底同意还是不同意？”

阿卡迪已经没有第二个选择。他把围巾塞进制服口袋里：“告诉我她的位置。如果我相信你，我就会放过你，否则我还是会打死你。”

“没问题。她在莫斯科大学游泳池附近的花园里。”

“再说一遍！”阿卡迪身体前倾，拿枪对准了奥斯本，手指在扳机上加着压。

“莫斯科大学，游泳池附近，花园里。”

奥斯本下意识地定了定神，本能地准备迎接这颗即将打出的子弹。他的眼睛盯着阿卡迪的眼睛，这是探长第一次正视他的眼睛。他的眼神里只有兽性，就像一只野兽在往外窥视，里面没有恐惧。

阿卡迪把枪放回上衣口袋：“我需要这辆车，你坐车队的下一辆车吧。”

奥斯本小声说了一句：“我爱俄国。”

“回你自己的国家去吧，奥斯本先生。”阿卡迪钻进车走了。

此时的校园里也是灯火辉煌。聚光灯照亮了高层建筑和校园上的夜空。学校的大楼里空荡荡的，因为大学生们也出去过五一节假日了。校园里的花园有 500 米宽连接着学校的两端，一直延伸到列宁山下。五一节前夜的灯光把整个花园都映照成一片轻柔的深绿色。一条蜿蜒曲折的小径从远处巨型喷泉的位置延伸出来，在树篱和雕像群间盘绕，又消失在另一端的云杉林中。一个长长的水池正对着莫斯科河前面的花园，水池喷洒的水柱被彩灯照得五颜六色。

他放过了奥斯本，因为聪明的奥斯本利用了伊莉娜的围巾揭穿了自己的感情。不过，阿卡迪可以肯定，奥斯本没有说谎，伊莉娜就在这里。这是个精心布置的陷阱，他们正等着自己上钩呢。

灯光的盛会在持续了半个小时之后渐次暗淡了下去，水池里的彩灯也熄灭了，喷出的水柱慢慢平息下去，校园的大楼和尖塔倒映在渐渐平静的水面上。整个大学都变得安静了。

阿卡迪藏在旁边的树丛里等待着。现在，奥斯本应该已经坐飞机走了吧。而水池的另一头正慢慢走过来两个人影。

走到一半的时候，人影摔在了地上，打碎了水面的倒影。阿卡迪赶紧拔出手枪冲了过去。他看清楚了，是阿芒跨在一个趴在水池边的人的身体上，而被他压住的人正挣扎着从水里想要抬起头——是伊莉娜！阿芒再次把她的头按了下去，她的手向后抓扯着继续挣扎，阿芒紧紧拧住了她的头发,想让她老实下来。阿卡迪大喊了一声,这个德国人抬起头来,阿卡迪再次看到了他人不像人鬼不像鬼的脸。阿芒松开了伊莉娜。她吃力地从水中爬起来,靠在水池边止不住地呕吐,湿湿的长发挡住了她的脸。

阿卡迪命令阿芒:"给我站起来!"

阿芒仍然跪在地上,呲牙冷笑。阿卡迪突然觉得自己的短发下面接触到了一个还有点热气的金属东西。

有人向阿卡迪身后靠近了一步:"现在不用站起来了吧?你,把枪放下。"是雅姆斯科伊!

阿卡迪只得照办,雅姆斯科伊把另一只没有握枪的手搭在他的肩头。阿卡迪看到了他粉红色的指尖。

"别这样。"他对雅姆斯科伊说。

"为什么不呢?"检察官说,"如果当初你听我的话,现在就没这些事了。但是如果你脱离了控制,牵连到了我,我就不得不这么干。这不仅仅是为了我自己,也是为了我们检察院。这件事情上没有什么正误之分。你确实很聪明,又有能力,这一点我还是相信的。"

这时候,阿芒站了起来,悄悄向他们靠近。

检察官继续说:"我还以为,看在我曾经是你学生的份上……"

说着他突然抱住了阿卡迪,同时,阿芒朝着阿卡迪的腹部一拳打了过来。他表情怪异地收回拳头之后,阿卡迪低头发现自己的腹部已经被插上了一柄匕首,他顿时觉得身体一阵发冷,渐渐透不过气来了。

检察官接着说:"我还是很诧异,你居然真的能够来到这里。不过也好,我就不用到处找你了。你知道吗?其实你完全没有威胁到奥斯本。"

阿卡迪爱莫能助地看着伊莉娜,无力极了。

检察官假意开导他:"你必须承认,其实我一直在帮你。除了你父亲的名声之外,你什么也没有损失,因为你本来就什么都没有。没有老婆孩子,没有政治觉悟,也没有前途。你还记得吧,我曾经跟你谈过反弗伦斯基主义运动的事情。如果真的搞起来,你一定是第一个下课的。这么多年来,我一直都在提醒你,但是你从来都不听劝,这次的事情也是如此。

现在,你知道这是什么下场了吧?你怎么不坐下呢?相信我,这样更舒服些。"

雅姆斯科伊和阿芒同时往自己的后方退去,好让阿卡迪倒下。阿卡迪觉得膝盖颤抖得厉害,快要支撑不住了。他想把匕首从身体里拔出来,但是这把匕首好像很长,总也拔不完似的。他心想,一定是德国货。现在,匕首拔出来了,一股热热的东西也从他的身体里流了出来。然后,他突然发力,倒转匕首,猛刺向阿芒的腹部!刺入的位置和刚才阿芒袭击他时一模一样。这股猛然发出的劲让两个人都跌进了水池里。

他们同时从水里站起来,阿芒想把他推开,但阿卡迪还在死死地用匕首往他的深处猛插,并不断变换着位置。检察官沿着池边跑来跑去,想找个合适的角度开枪。但是两个人扭打得太紧,几乎抱在一起,挣脱不开了。突然,阿卡迪向后倒下,把阿芒一起拽进了水底。在水中,阿芒卡住了阿卡迪的脖子。阿卡迪倒在水底往上看的时候,阿芒的脸是扭曲变形的,一会儿分开,一会儿合拢,不停地抖动着,一次比一次模糊。然后,模糊不清的阿芒成了一片黑色的云,渐渐松开手,离开了阿卡迪的视线范围。

阿卡迪把头抬出水面,张着嘴大口呼吸。阿芒的身体也和他一起浮上水面。这个德国人死了。

"不许动!"雅姆斯科伊这样命令的时候,阿卡迪事实上的确也动弹不了了。

现在,检察官举起枪瞄准了他,"砰"的一声,枪响了。声音在空旷的花园中震耳欲聋。但是,阿卡迪却没有看见意料中的检察官的枪口上因为开枪而闪现的亮光。他只看见检察官的帽子飞了,他光光的脑袋上好像盖上了另一顶锯齿形的红帽子。鲜血顺着检察官的额头流了下来,他满脸是血。握着枪站在检察官身后的人,居然是伊莉娜!她又开了一枪,检察官的耳朵被打掉了。第三枪直击检察官的胸口。虽然检察官竭力保持身体平衡,不让自己倒下去,但是,第四枪响了,他终于一头栽进水中,沉入水底。

伊莉娜跳进水池,想把阿卡迪拉上来。当她把他沿着水池的内壁扶起来的时候,雅姆斯科伊突然从他们身边的水中站了起来,他没有看见他们俩,然后又重新重重地向后倒下,倒下的时候高喊了一声:“奥斯本……”

他渐渐沉入了水底,消失在黑暗中。他那最后的喊声在阿卡迪耳边回响了很久很久。

沙图拉

Shatura

1

他觉得自己此时已成为一个通道，一边是进入身体的血液和葡萄糖，另一边是排出身体的血液和废物。他的意识在恍惚中度过，每隔几个小时就会清醒一下，然后，再被护士注射吗啡，继续恍惚，在床上呆呆地望着那些脸色灰白的人打理他。

记忆中，自己杀过一个人，那场厮杀残酷异常。那么，他是怎么到这儿来的？现在是什么身份？他已经什么都不知道了。他有点担心，但并不太忧虑。他用了很多时间观察这里来来往往的人，医生，护士，还有门口两个穿着便衣的人。似乎曾经有一次，有一群人来看过他，其中包括总检察长，他们都站在他面前，好像在研究他，但是最终，他们神色沮丧，似乎什么结论也没有，只是叫医生一定要让病人活下去。好像边防巡逻队的队长也来过，是为了来辨认他，但是他当时正在大出血，无法集中注意力。

再后来，他觉得自己被绑在了病床上，四周有一个半透明的塑料罩围着。其实，被不被绑都无所谓，反正他的双臂也没什么用，但是那个围着他的罩子似乎让他更清醒了。他觉得医生注射的吗啡开始减量了。白天，他能模糊辨认周围的颜色和事物，到了晚上，心里的恐惧也显得特别真实。这种恐惧感对他来说非常重要，因为他心里明白，他还处于麻醉状态中，大多数感觉都幻觉。当一个人在大多数时间都处于恍惚时，这种真实的恐惧是难能可贵的。

现在，还是不断会有针剂注射到他的身体里，他依然在痛苦的地狱徘徊，唯一的现实就是等待。他知道自己也在被等待。

“伊莉娜！”他大喊。

接下来，他听到有人从椅子上站起，向他跑过来，然后揭开了他的塑料罩。他闭上眼，用力举起了被绑着的手臂。顿时有管子被扯断了，胳膊上的伤口重新开裂，鲜血汩汩而出。同时门外传来了越来越多的脚步声。

他听到一个护士恼怒的声音："我说过不要碰他！"那个护士压住他的静脉，重新给他扎上导管和绷带并固定好。

"我们没碰他。"解释的声音。

"那难道是他自己弄的？"护士的声音更加愤怒，"他都还没恢复意识呢。你们看你们整的这个烂摊子！"

他还是闭着眼睛，想象着他们一边争吵一边擦着床单和地板上的血的情景。不过现在，地上常常有一摊血对他们来说也很正常吧，他们应该早就麻木了。他听见了他们不再争论，都开始埋头清理。

他现在更关心的是，伊莉娜在什么地方？她都对他们说了些什么？

他听到一个擦地板的人在小声说："管他呢，反正早晚都会被枪毙。"

他还记得，他们在大学的花园里杀了人。早在警察赶到之前，他就已经告诉了伊莉娜怎么应答他们。伊莉娜必须说自己没有杀人，雅姆斯科伊和阿芒都是阿卡迪杀的。她还应该说她知道高尔基公园死的那三个人，她的录音里也提到过这个，但是她并不知道他们叛逃和走私的事，她也是受骗的，她没有犯罪。如果伊莉娜说到这个份儿上还是不能让他们相信，阿卡迪就只好在为自己辩护的时候说这些都是他编造的。这样，伊莉娜才能一直是一个受害者的角色，她才有机会得救。

第一次审讯开始了，他躺在那里听着自己被指控的罪行，这些罪行听着很耳熟，跟他控告奥斯本和雅姆斯科伊的基本相同。他看到床前坐了三个人，他们都戴着消毒口罩。不过，他还是认出了普里布鲁达少校的胖脸。

三个人中最靠近他的人说："你快死了，我们希望你死之前能够替那些无辜的人脱罪。你曾经很优秀，我们也将记住那个优秀的你。现在我们需要你为雅姆斯科伊检察官澄清，他曾经那么真诚地帮助并提拔过你。你的将军父亲老了，身体也不好，你应该让他安安静静地离开这个世界，不是吗？现在，用你的实际行动抹掉这段耻辱，以清白的良心去迎接自己的死亡吧。如何？"

"我死不了的。"阿卡迪说。

这就是第一次审讯。现在医生来到他的面前,摘掉了塑料罩子,让他直接沐浴在阳光里。医生说:"你表现得非常好。"

"怎么个好法呢?"

医生很认真地告诉他:"匕首刺穿了你的肠胃和隔膜,还把你的肝脏割了个口子。不过还好,用匕首刺你的人没有刺穿你的腹部动脉。你恢复知觉的时候,血压低得几乎没有,而且我们当时还要防止你被感染,又要给你输抗生素,又要给你做引流,把你体内的废物排出来。还好,遇刺前的 24 小时内你都没吃东西,否则你的消化道一定会被感染的,那样我们就救不了你了。恐怖吧?是不是很神奇?看似一点儿不起眼的食物有时候居然关系到生死。你真是很幸运的。"

"的确很神奇。"

第二次审讯又开始了。这一次来了五个戴口罩的人,他们轮番轰炸,问得他不知道该如何回答。不过,不管多少人讲话,所有的问题他都只对着普里布鲁达一个人回答。

有一个人说:"有个女人,就是那个叫阿萨诺娃的,把一切都坦白给我们了。她说,所有的事情都是你和美国人奥斯本策划的,你对付检察官是为了掩护奥斯本。"

他对普里布鲁达说:"我交给总检察长的报告在你那里。"

"曾经有很多人看见你在不同的场合跟奥斯本谈过话,包括五一节的前夜。但是你不但没有抓他,反而跑到大学里去,跟那个女人一起把检察官杀了。"

"我的报告在你们那里。"

"你屡次约见奥斯本是什么意思?按常理来说,侦查员调查的过程必须汇报给检察官知道并记录下来。所以,如果你找奥斯本是为了调查他,那么你应该汇报给检察官,让他记录下来。但是很遗憾,检察官的记录里从来没有提到过你在调查奥斯本。如果你真的向他汇报过,他为什么没有和国安部联系呢?"

“我的报告在你们手里。”

“无所谓,那些报告除了证明你有罪之外,什么都证明不了。那既不能证明西伯利亚的紫貂被盗,也说明不了紫貂是怎么被运出国的。”

“我能说明。”

他的回答终于变了一次主题。从这些人的言语中,他已经知道自己被无端指控了。他们指控他贪污堕落,为了钱而与奥斯本合谋杀人,因为他的离婚就可以说明他的堕落。他们说他曾经找奥斯本要过一顶奢华的帽子做礼物,还向阿萨诺娃提出了无礼的性要求。他还被指控与奥斯本合作是为了对付自己的同事。同时,他还殴打过一位区委书记——那是他前妻的朋友,这足以证明他野蛮的性格。此外,有一个叫詹姆斯·柯威尔的外国间谍跟他有关联,这是间谍的哥哥威廉·柯威尔证实了的。还有一名克格勃军官在检察官的别墅里被他杀害。据说阿萨诺娃还交代,他与死去的女土匪达维朵娃也发生过不正当关系。因为他的将军父亲的背景,他变得心理变态……总的说来,他们说的这些好像都已经是既成事实。面对所有的羞辱和恐吓,听到这一切的阿卡迪只是对普里布鲁达一个人说:去读他的报告。

普里布鲁达保持了沉默,他的沉默往往很有威慑力,可以威胁到很多人,他也经常因此而自鸣得意。现在,沉默的他不知道又在想什么招数了。阿卡迪还记得,在高尔基公园发现尸体的那天,普里布鲁达也匆匆赶到了现场。但是直到今天,他都不知道这位少校到底目的何在?他看着普里布鲁达,后者则用坦诚的眼神告诉他,在真相水落石出之前自己将继续保持沉默。

现在,病房里的卫兵撤掉了,房间里安了台电话机,但是电话铃从来没响过,也没人用它打电话。阿卡迪判断,这是一台窃听器。他第一次被允许进软食的时候,听着餐车被推着走在路上的声音,他又分析出,这层楼的其他房间都是空的。

那五个人还是每天审讯他两次,他继续重复他单调的回答。这样的情形又持续了两天。后来,他突然想明白了一个问题。

他打断他们的话说:“雅姆斯科伊跟你们是一伙的。他本来是个克格勃,你们让他当检察官是为了卧底。结果,他背叛了你们,现在他已经暴露了,而且你们也被他耍了。所以你们必须找我来当替罪羊。”

除了普里布鲁达,其他四个人都惊了一下,面面相觑。普里布鲁达在继续打量阿卡迪。

阿卡迪忍着痛苦笑着说:“还是雅姆斯科伊说得对,谁都不能不接地气呀。”

“住口!”

五个人走了。阿卡迪躺在床上回忆着检察官曾经跟他讨论过的关于司法机关权限范围的问题。现在再来想这些话,突然觉得特别有意思。那五个人没有再回来。卫兵重新出现了,他们把五把椅子挪到了墙角。

现在,他已经被允许可以拄着拐杖单独行走了。他走到窗口,发现自己身在六楼,附近公路边上有一座糖果厂。他意识到这是离列宁格勒路几里远的布尔什维克糖果厂,但是以前他从来不知道这里还有医院。窗户是紧锁的,打不开。

一位护士走进来告诉他:“请不要自残。”

其实,他压根没有想过自残,但是他好想闻一下工厂里飘过来的巧克力的香味。似乎这种香味可以给他足够的慰藉,不然他就很想哭。

是的,他最近常常无助到想哭。大概一方面是因为日常的例行审讯让他紧张。一般来说,审讯的人都会在审讯过程中用他们集体的意志力,去摧毁犯人一个人的意志力,用各种方法狂轰滥炸,让犯人相信那些莫名其妙的指控,从而审讯者能从犯人这里得到他们想得到的东西。

另一方面,他想哭大概是因为他的孤独处境。没有人来看他,他也不能和护士、卫兵交谈,不能听收音机。他只能单调地看着公路上的车,以及一些设备上的标记。现在,他所有的精力都用来分析那些审讯者的话,通过他们说的那些相互矛盾的东西来判断伊莉娜的情况。她肯定没有死,也没有把一切都供出来,她知道他也没有。否则,这些人的审讯一定会更加单刀直入,比如,直接问,他为什么要隐瞒她知道走私活动的事?

他是什么时候把她带到自己家的？在那儿发生了什么事？而不是现在这般模棱两可。

审讯暂停了一天，然后，他看到了尼基金。一脸狡黠的尼基金看着他，深深地叹气，表达他对自己的同事兼学生的失望。

尼基金说："一个月前你拿枪对准了我。现在你终于安分多了。"

"是吗？我现在不知道自己的样子，我又没有镜子。"

"那你怎么刮胡子呢？"

"他们送早餐的同时会送来剃须刀，用完之后跟餐具一起拿走。"只要可以跟人说话，哪怕是跟尼基金说，阿卡迪也能感觉到自己有很多话想说，有很多情绪想表达。况且，几年前尼基金担任凶杀案探长时，他们私人关系一度甚好。

尼基金拿出一个信封："我不能待太久了，我那边还忙乱着呢。我只是把这些东西拿过来给你签字。"

信封里装着三份辞职信的副本，写着辞职的原因是因为个人健康问题。阿卡迪在上面一一签了字。尼基金的表情很难过，好像马上就要哭出来似的。

尼基金小声说："我觉得你让他们很难办。曾经你就是审犯人的人，所以他们要审你似乎比较困难。"

"也许吧。"

"别谦虚，你很聪明。不过，当初我记得我劝过你，但是你没有听我的。我当时应该态度更坚决些，是我不好。现在如果需要我做什么，请尽管说。"

阿卡迪坐了下来，突然感到异常疲倦。对于尼基金的来访，他居然感到温暖和感激。而现在，尼基金看上去也完全没有要走的意思。

尼基金提议说："你想问什么问题吗？尽管问我吧。"

"伊莉娜……"

"怎么？"

阿卡迪觉得自己有点神志不清了，很难集中精力，他好像想把所有秘密都倒出来灌进充满同情的尼基金的耳朵。就在尼基金来之前,有个护士刚给他打了一针。

尼基金又说话了:“我能帮你。”

“我没有告诉他们……”

“你接着说。”

阿卡迪突然感到一阵头晕恶心。尼基金把他那肉球般的手放在了阿卡迪的手上。

尼基金说:“你现在需要的是朋友。”

“护士……”

“不,她不是你的朋友。刚才,她为了让你说实话,给你用了药。”

“我知道。”

“你什么也别对他们讲。”

阿卡迪猜,他们给自己用的是钠氨。

“用药量还不小呢。”尼基金说。

阿卡迪很诧异,他似乎能猜到自己心里在想什么。

尼基金又解释说:“这种药的药力真的很大,你很有可能在药力的作用下失控。”

阿卡迪大声说话,试图让自己保持清醒:“我不需要辞职信,你干吗要带来?”

尼基金说:“看来你真的没有看清楚。”他拿出信封,“你再看看。”

阿卡迪眯着眼重新看了他刚才签的东西,上面居然是自己被指控的那些供词。他说:“我签的不是这些东西。”

“可是我看见你签了,上面还有你的签名呢。不过没事,”尼基金一边说一边把信撕掉,“这些东西我也不相信。”

阿卡迪很感激:“谢谢!”

“我陪你一起对付他们。别忘了,我以前也是审犯人的,而且很优秀。”

阿卡迪当然没有忘。尼基金向前靠近了他一些,然后小声说:“我不得不提醒你,他们想杀死你。”

阿卡迪往门的方向看了一眼。这个门很薄,应该不太隔音吧。

尼基金接着说:"如果你死了,伊莉娜怎么办?谁了解实情呢?"

"我有一份报告……"

"这份报告根本救不了她。如果你死了,她会寂寞的。为她考虑考虑吧!"

阿卡迪心里想的是,她大概根本不会知道他死的消息吧。

"你得让她知道其实还有我是值得信任的。现在,你应该把所有的实话都告诉我。"

阿卡迪想过,他们的确想杀了自己。他们可以注射针剂,也可以把自己推下楼制造跳楼自杀的假象。总之,那时候他就死了,没有可能逃脱。那伊莉娜该怎么办?

尼基金的脸上堆起笑容:"别忘了我这个老朋友,我是愿意帮助你的。你应该相信我。"

现在,刚才打的那针开始起作用了。阿卡迪感到恍惚,他听到走廊里好像有人在喘气,而自己的脚好像也飘离了地面,眼前是一具具飘荡的尸体,那些尸体穿着纸做的拖鞋,也准备递给他一只……他感到自己已经严重精神错乱,快要无法连贯地思考了。真的要把一切都说出来吗?不行,他一定要努力控制自己。在麻醉药的作用下,他的汗水一阵阵地渗出来。他挺直双膝,紧紧并拢,仍然止不住地浑身发抖。他用手捂住眼睛和耳朵,努力让自己不说话。为了伊莉娜,他真的想把一切都说出来。但是,他一直在记忆和幻想间挣扎着思考,这个尼基金,现在这个一脸笑意的尼基金,真的是他认识的那个城府颇深的人吗?不,他一定要弄清楚到底谁才是值得信任的人。

尼基金又说话了:"我是你唯一的朋友。"

阿卡迪抬起头,药物的作用已经让他痛苦异常,泪水流得满脸都是。在又一阵难熬的痛苦之后,他觉得自己好些了。于是,他把手伸出来做了一个举枪射击的姿势,瞄准了尼基金。

尼基金问:"你这是干什么?"

阿卡迪知道,自己的药力还没过,一开口就会说出实情,但是他现在心里有数了。他想到尼基金刚进来的时候，提到自己曾经举枪瞄准了他，现在，自己得再次用这个办法判断尼基金。于是他举起假想中的枪，朝尼基金开了一枪。

尼基金又说："我们是朋友啊。"但这次，语气有些迟疑。

阿卡迪继续假装开枪，再装子弹，再开枪。经过一阵赌咒发誓后，尼基金安静了下来。他终于表演不下去了。他恢复了本来面目，退到床边，又继续往后退，然后迅速拉开房门，逃走了。

2

夏天到了,关押阿卡迪的地方换成了乡间的一所房子。这是一座奢华的旧式贵族别墅,有法式门廊和白色的圆柱庭院,有玻璃暖房和车库,外面还有网球场,远处则开辟了一个小型简易机场。阿卡迪的一日三餐仍然受到监视,但是至少,他可以在监视范围内随意走动了。

普里布鲁达和两名审讯人员在第一个星期就来到了这里,他们带来了一个邮袋,以及只有在莫斯科才能买得到的新鲜食品。

审讯,仍然是一天两次的审讯,地点是在暖房。这一次的两名审讯人员中,有一个是精神科医生,很善于提问,他的专业对于在审讯中直击犯人内心具有非常重要的作用。

第三天吃午饭的时候,阿卡迪在花园里遇到了普里布鲁达,他正在擦自己的枪。阿卡迪走到他对面坐下来,他反倒吃了一惊。

阿卡迪问他:"你为什么一个人在这里?"

普里布鲁达回答:"我没有审问你的义务,他们才是审讯专家。"此时,看到普里布鲁达的阿卡迪居然感到有些欣慰。因为,阿卡迪已经习惯了他那双难看却透着诚实的眼睛,少校至少是诚实的。

"那你为什么要到这里来?"

"我愿意。"

"你会在这里待几天?"

"跟那些审你的人一样。"

"你带的换洗衣服不多,时间应该不会太长吧。"阿卡迪说。

普里布鲁达一边点头,一边继续擦着他的枪。太阳晒到他的背上,他开始出汗了。但是他连袖子都没挽,仍然在专注地做着自己的事。

阿卡迪又问:"如果你不是来审讯我的,那你来这里做什么呢?"

少校擦好了枪,又麻利地把枪里的装置一件件退出来。阿卡迪总觉得，退下了配件的枪就像是一个没穿衣服的瘸子。

“难道说你的任务就是来枪毙我？这个也是你愿意的，对吧？”

“你说得好像我们是在草菅人命。”普里布鲁达又把子弹一颗颗地从弹夹里退出来。

“那是因为你们本就习惯于草菅人命。如果你换身干净衣服就要枪毙我，我这样说又有什么不对？”

其实，阿卡迪觉得普里布鲁达应该不会杀他。虽然少校显然是愿意这样做的，而且也不断准备着，但是这件事情不会那么快发生的。次日，普里布鲁达和另外的审讯者驾车去了机场。阿卡迪走路跟着他们去了。当他到达机场的时候，恰好看见普里布鲁达正在跟飞机里的审讯者激烈争吵。然后，飞机飞走了，被抛下的普里布鲁达又坐回了汽车。司机问阿卡迪是不是也要上车，阿卡迪说天气好，还是自己走回去吧。

于是，阿卡迪就真的走在乡间小路上了。这一片乡野地势平坦，只偶尔有些起伏。清晨的阳光照在他身上，把他的影子拉得修长，而阳光下树木的影子就显得更长了。不过这里很荒凉，树木很少，偶尔能看见一丛野草或一堆碎石。野草中散布着各式各样的花，还有鲜亮的小蚱蜢。阿卡迪躺下来，在草丛中惬意地休息。他知道自己还在他们的监控中，反正他也没打算跑出去。

现在，他又回到了自己被软禁的地方，并且和普里布鲁达在一张桌上吃饭。穿着一身脏衣服的少校显得很烦躁，阿卡迪一直在观察他。这也难怪，一个即将被枪决的人总会对枪毙他的人充满好奇。而且，他现在不知道自己什么时候会被枪毙，所以就有更多时间来研究他未来的行刑人。

“你准备怎么枪毙我？是打前面还是后面？头还是心脏？”

“闭嘴！”普里布鲁达这样回答。

“室外还是室内？我倒觉得浴室是个好地方，至少清洗起来很方便。”

普里布鲁达开始往杯子里猛倒果汁。这里不允许喝酒，而阿卡迪是这里唯一一个不想喝那东西的人。监视他的轮班卫兵们一会儿打排球一会儿打乒乓球，他们会一直折腾到深夜。

“伦科，你现在不是探长了，你什么都不是，所以赶紧给我闭嘴。”

“既然我什么都不是，我凭什么听你的命令呢？”

话一出口，他就觉得这句话似曾相识，曾经伊莉娜也跟他说过这样的话。看来，人的转变只在一念之间啊。他问普里布鲁达：“少校，以前有没有人想杀你？”

“除了你还能有谁？”普里布鲁达没吃饭，推开椅子走了。

因为烦躁，少校开始到花园里去干活了，他只穿着汗衫，裤管卷到大腿上，尽情把自己的烦躁发泄在花花草草上。

他自言自语：“现在只能种红萝卜了，就这样吧！”

阿卡迪站在门廊里问道：“你的任务期限有多久？”他顺便眯着眼睛看天，寻找从莫斯科归来的飞机。

普里布鲁达回答：“不要把它当作任务，这是一种享受。你不明白，这里的土壤有一种特别的味道，不要来打扰我。”

少校折腾泥土的姿势让阿卡迪又想起了高尔基公园的那个夜晚，他扒拉尸体的时候也是这个姿势。阿卡迪也想起了克里亚兹马河案件的死者。而现在，他居然和案件最大的嫌疑人一起待在这里聊天、种地。

普里布鲁达主动说话了：“审讯暂停了，因为雅姆斯科伊受贿的罪名已经坐实了。他有个库房是专门存放死绒鸭的，他们把他的别墅翻了个底朝天，最后才在那个库房下面找到了他受贿的钱。其实他不缺钱的，我就不明白了，他还要这么多钱做什么？”

“我也不知道。”

“我一直都说你是无辜的，我为我准确的直觉感到自豪。费特侦探是根墙头草。而你，宁可违背检察官的命令，也不愿与他同流合污。按理说，一个资深的侦查员是不应该违背检察官的命令的，但你还是坚持做了你自己，因为你当时太想把我扳倒了。很多人都觉得你跟雅姆斯科伊是一伙的，不然你为什么要咬他一口，说他在受贿呢？一定是因为分赃不均！但是其实，你是个坚持原则的人，你跟他根本就不在一条战线上。我太了解你了，为了你的原则，你会不顾一切地置人于死地。你是个十足的伪君子。”

"哦,怎么说?"

"不管我枪毙谁,你都会说我是刽子手。但其实,我只是执行命令。弗拉基米尔监狱里的人跟我一点关系都扯不上,我为什么要枪毙他们?因为他们是国家的敌人,枪毙他们是我的任务!很多事情都不可能既合理又合法,所以,我们生活在这个社会上,需要很高的情商去寻求平衡。你一定猜得到我是奉命行事。但你却老是在我这里找茬,心心念念想要弄死我,仅仅是因为我执行了我的任务,你就要杀我。你说,你不是小人,谁是?我没有开玩笑,而你也得承认,任务是任务,私利是私利。"

"好像是这样。"阿卡迪让步了。

"所以,其实你知道我当时是在执行任务……"

"你执行的是秘密任务。"阿卡迪说。

"不管是什么任务,如果我不去执行,你觉得会怎样?"

"被组织开除,得不到亲人和朋友的理解,而且再也享受不了任何特殊的待遇。房子车子没了,孩子们也接受不了良好的教育,你再想去找别的工作也很困难。再说了,那些人就算你不去杀,也总会有人去杀他们的,这就是你的实际情况。而我和你不一样,我没有老婆孩子,也不太在意房子车子。"

"你说的很对。"

阿卡迪抬头望去,一架喷气式飞机正在天空翱翔,身后拖着长长的烟雾。阿卡迪想着,只要这个飞机不扔炸弹炸他就什么都无所谓。普里布鲁达还在挖土种东西。对,只要自己还活着,伊莉娜也会活着的。

"如果我是无辜的,也许你就用不着枪毙我了"

少校没有停下挖土的动作:"世界上没有绝对的无辜。"

又是审讯。飞机带来了越来越多的审讯者,还带来了食品和普里布鲁达的换洗衣服。审讯的方法也各式各样,有时候直接用药物控制,有时候还是心理战术。审讯者来来往往,频繁地更换着。当他们不在这里的时候,普里布鲁达就会换上他的园丁衣服,把抢挂在附近的木桩上,继续挖土种地,他种下了一些小红萝卜、莴苣和胡萝卜苗。

他告诉阿卡迪:“我得种深一点,今年夏天会很干燥,我能感觉到。”

阿卡迪有时候会长时间地围着他种的地散步,普里布鲁达就会一直跟着他。

阿卡迪说:“你放心吧,我不会逃走的。”

他身后的少校说:“这里不安全,沼泽地太多,你连往哪里迈步都不知道!”

“我又不是马,再说了,我要是掉进去,你不是更省事吗?”

普里布鲁达突然笑了,笑得很开朗,很大声,这是阿卡迪第一次听到他这样的笑声。不过,他的担心还真不是多余的。因为药力的关系,阿卡迪经常散步的时候看不清路,动辄撞在树上,需要有人带路。还有几次,因为药力的作用,他一出门就开始呕吐。审讯的过程就像是用最原始的办法给人洗脑的过程。在这个过程当中,审讯者不断重复,使出浑身解数要让犯人接受一个新的灵魂模式,犯人极可能在不知不觉中丧失掉自己的灵魂。阿卡迪努力往前走,希望通过这种有氧运动冲淡体内的毒药。现在他和普里布鲁达一起坐在了树荫下。原本普里布鲁达喜欢坐在太阳底下,阿卡迪好不容易把他劝了过来。

普里布鲁达笑得很奇怪,他说:“今天可能是你的最后一天,只剩下最后一个审讯者了。”

阿卡迪闭上眼,没有说话。随着温度的升高,四周传来阵阵夏虫的叫声。

普里布鲁达问:“你愿意埋在这儿吧?哎,别说这个了,真难受。我们走吧!”

“收拾你的花园去吧。”阿卡迪仍然闭着眼睛,盼着少校快点走。

“你会恨我吧?”普里布鲁达沉默了一会儿,这样说道。

“我没那工夫。”

“怎么会呢?你有的是时间嘛。”

“药力减弱的时候,我希望能清醒地思考一些问题,没时间操心你的事。就这样。”

“为我操心?难道你不知道我会枪毙你?”

“放心,你不会的。”

“我很放心。”普里布鲁达突然换了一种语气,大声而焦躁地说,“我一直盼着这一天。你疯了才会那样说,伦科。别忘了在这里谁是老大!”

阿卡迪沉默着往前走,他听着田野上鸟儿的叫声,计算着一些东西。根据短程安东诺夫客机在天空飞过的固定次数和朝南的飞行方向,他可以判断出,从这里飞行一小时就能够到达莫斯科郊外的多莫多沃机场。那些审问他的精神科医生都是从莫斯科的赛尔布斯基克格勃医院过来的,所以,他断定伊莉娜一定在那里。

普里布鲁达仍然很焦躁,他怒气冲冲地问:“你到底在想什么?”

“我觉得,以前我就是想得太少了,现在应该及时补救。虽然我暂时还是不知道应该想什么,但是至少我能肯定,你想要扭转我的思想是不可能的。”

“神经病。”普里布鲁达一本正经地说。

阿卡迪站起来伸了个懒腰:“少校,你要不要去草地坐坐?”

“当然,你明知道我想去。”

“这么说,你还是挺讲道理的嘛。”

“什么?”

“走吧!我是说你得证明你是讲道理的人。”

“我干吗要证明这个?你到底在搞什么?神经病!”

“证明自己讲道理,难道不对吗?”

“难道我本来不是那样的吗?”

“所以你需要证明一下呀!”

“行,我杀了你就能证明我是个讲道理的人了。也能快点结束这一切。”普里布鲁达说。

“很好,那我们走吧。”阿卡迪向住地走去。

这一天的审问又开始了。新来的审讯者是位曾在检察院的一次会议上发表过讲话的医生,他喜欢把手晃来晃去。

在审讯快结束的时候,他这样对阿卡迪说:“我告诉你,你和那个叫阿萨诺娃的女人都有问题。你们虽然和雅姆斯科伊他们没有直接关系,但是也绝对脱不了干系。你曾经是个探长,而她曾经是个嫌疑犯,我知道,你们想迷惑我们,蒙混过关。你们俩一定有足够的本事来骗我们,但我要告诉你的是,那是没用的,你们高估自己了!你们的愿望和幻想都是不切实际的!你们因为遇到一点挫折就仇视政府,不相信大多数人会帮助你们。甚至你还是探长的时候,作为一个公务员,已经有了这种仇视的情绪。在你们的观念中,个人主义胜过了集体智慧。可以确定的是,阿萨诺娃是有阶级仇视情绪的;不过你的出身是非常正统高贵的,虽然政治上有些问题,但是仍然在重要岗位上工作。可你呢?在工作中居然违抗你的上级,还伙同这个女人,向我们隐瞒了很多事实。她和奥斯本到底是什么关系?你和那个美国情报员威廉·柯威尔之间又是怎么回事?为什么你把奥斯本给放走了?真相就在你这里,但是你不说。其实,我们用新的药品一定可以让你开口的,但是已经没必要了,因为我们已经掌握了真相。接下来就到了惩处你的时候了,你将成为一个典型,接受最严厉的处罚。现在我没有什么新问题想问你了。不过,明天上午,我还会继续审问你,然后就回莫斯科。所以你自己好好想想,有什么新情况要交代,抓住明天上午最后的机会说出来,否则你就再也没有机会了。"

第二天,普里布鲁达又开始浇水种地了,阿卡迪在旁边协助他。他们疏通沟渠,构筑小水坝,把节余出的一桶水小心翼翼地倒入这条菜园灌溉渠中。欢乐的水流沿着渠坝不断改道流灌,让整个菜园都得到了滋润。阿卡迪感慨地说:"这简直就像是一条尼罗河。"

普里布鲁达摇摇头:"这片地实在太干了,简直是旱灾。我们还需要更多的水才行。"

"国家安全委员会的私人农田里的水怎么会干呢?我敢保证不会。"

"你可真逗。我以前在农场干过,我能预感有旱情会发生。当然,说实话,我当年参军就是为了不在农场里继续待着。但是,我骨子里就是个农民,所以对于旱灾的来临会有感觉的。"

"这个怎么感觉得到?"

"我的喉咙连续三天都干痒干痒的,这就是个征兆,说明灰尘一直飘在空中,空气太干了。除此之外,还有其他办法可以感觉。"

“什么办法?”

“倾听大地的声音。真的,大地就像一面鼓,你可以通过听它的声音来预测天气的状况。如果鼓皮又热又干,那么鼓声一定会更响亮。大地也是一样的。所以你听,”普里布鲁达猛地跺了一下脚,“现在,地里就像空了一样,这说明地下水变少了。”他继续跺脚,越跺越欢乐,然后两个人都笑了。他继续说,“看,这就是我们农民的哲理,你听见土地的声音了吗?别以为城里人什么都懂!”说着,普里布鲁达一边跳舞一边踢水桶,直到把水桶踢翻,把自己绊倒在地,他继续大笑着。

阿卡迪把他扶起来:“少校,我觉得你该是患上神经病了,应该去看看医生。”

普里布鲁达突然止住笑:“马上就是你的最后一次审讯了,你不打算去吗?”

“不去。”

“好吧,那我走了。”少校不再看他。他穿上衣服,放下卷起的裤腿,擦掉鞋上的泥迹,然后把身上的尘土掸干净。这时,他看到自己的枪和枪套还挂在菜园子中间,那菜园刚被水浇了个遍。

看到他的迟疑,阿卡迪说:“我去帮你拿过来吧。”

“我自己去。”

“算了吧,你都穿好鞋了,我还光着脚呢。我去吧。”

少校还没反应过来,阿卡迪已经踩着菜园的泥土,把枪和枪套取回来递给了他。普里布鲁达沉默着接过枪后,突然用枪口顶住了阿卡迪的头,大喊道:“谁让你碰我的枪的?你真的不知道这是什么地方吗?!”

后来,阿卡迪再没有和普里布鲁达在菜园里干过活。这里的水供应不足,菜园子也渐渐干了。天气一直晴朗,庄稼已经枯萎了。人们大敞着门窗,总盼着什么时候有一丝风带着雨吹过来。

卓娅来了。她比起之前瘦削了很多,尽管强颜欢笑,但还是能看出她的眼神中透出痛苦。

卓娅说:“审判长让我们更慎重些,还没有最后判决,所以事情不是完全没有改变的余地。”

“什么意思？你想改变决定吗？”

卓娅坐在窗前，用手帕扇着风。她的头发似乎变得稀疏了，人也苍老了许多。金色的发辫披在头上就像一顶假发。

她接着说：“我们，的确，曾经感情不和。”

“对。”

“可能我也有问题。”

阿卡迪想笑，卓娅说这个话的时候很生硬，那神情就好像在探讨什么理论。

她说：“你的状态看上去没那么糟糕。”

“这个地方挺养生的，我也没什么别的事情可做。他们好几个星期没审讯我了，接下来我会是什么情况还不知道呢。”

“莫斯科现在很热，你待在这儿正好。”

卓娅接着告诉他，虽然他们已经不可能再回莫斯科工作和生活了，但是，有人可以替他们安排，能让他们长时间团聚，甚至可以在附近的小城市让他们俩当教师，重新建立完整的家庭。

阿卡迪说：“不必了，我们事实上已经解除婚姻关系了，也互不相爱了，所以我们的将来与彼此无关。”

卓娅不再扇风了，她呆呆地看着阿卡迪换了一副审问式的口气：“是因为另一个女人吗？”

“卓娅，你快走吧！我不想害你，请你赶紧离开这里。”

卓娅突然火冒三丈，语气变得刻薄起来：“不想害我？你知道你对我做了些什么吗？施密特不要我了，而且他还要把我调走，当然这也不关他的事。我的党证也被收走了，不知道那些人要干什么。是你毁了我！你从一开始就打算这样毁了我，是吧？你以为我真的很愿意到这来找你？”

“当然不。所以，你能到这里来，我感到很意外。”

卓娅双手捂脸，抽泣了一会。然后，她放下手，睁着一双湿润而又明亮的蓝眼睛，再次强颜欢笑说道：“其实我们的婚姻当中只是出现了一些小问题，当时我不太理解。但是，我想，这些是可以解决的，我们还能重新开始。”

“不,算了。”

卓娅抓住他的手,小声说:“我们已经很久没有在一起了,今晚,我可以留下来。”

阿卡迪掰开她那因为运动而变得粗硬的手指说:“不行。”

她狠狠地用指甲抓了一下他的手:“我恨你!”

晚饭前,卓娅被他们送走了。她那变色龙般的表演让阿卡迪觉得扫兴而又厌恶。

那个晚上,阿卡迪在对伊莉娜的思念中醒了过来。除了窗外的满天繁星,屋里其他地方全是一片漆黑。他赤裸着身子站在窗前。放纵一下吧,哪怕和床单的轻微接触,也会引起他一阵快慰的冲动。但是,如果他就此放纵,伊莉娜的形象就会消失在他的脑海中。现在,他眼前仿佛出现了伊莉娜的幽灵。这幽灵飘荡着在窗外徘徊。他透过玻璃似乎也能感觉到她身体的温暖。只有她能点燃他生命中的激情。

她不属于世俗的普通生活,因为她是一朵出淤泥而不染的莲,又怎么可能在世俗的拥挤和嘈杂中过着平凡的日子?她的脸上闪耀着英气,一向光明磊落,从不苟且偷生。她永远都不属于凡尘俗世,这是阿卡迪以一个探长的辨识天赋所能读懂的。但是,他还是不能完全读懂伊莉娜,因为他觉得她身上充满了未知。她就像来自另外一个星球,他只能远望、跟随,并愿意为了她改变自己的信仰。

在过去的几个月里,在一次次审讯中,为了对付那些审讯者的引导,他让自己处于一种半死不活的状态。这种时候,示弱是必需的,但是这毕竟是一种没有生机的状态。而现在,当伊莉娜的形象出现在他窗前的时候,他觉得自己浑身充满了力量,获得了新生。

接下来的一个月,由于干旱的原因,火灾从天而降,泥炭火开始在平原上蔓延。先是北方的地平线上一连几天布满了火烧后的浓重烟雾。有一天下午,送给养的飞机没着陆就返航了。第二天,南方的地平线也遭了殃。消防车过来了,消防队员们接到命令要放弃这所房子。不过,因为火灾已经阻断了很多道路，大家都几乎没有退路了，所有走得动的人都必须加入灭火的战斗。

真的，这就是一场战斗。阿卡迪、普里布鲁达和卫兵们都加入了。在距离房子三十公里的地方，八百名消防队员也在奋战着，运水车也来了。房子里的人组成了一支拿着铁锹的预备队准备战斗。但是，阿卡迪他们刚刚穿过一道火巷进入战斗，队伍就散了，因为障碍太多，有许多灌木丛都被火烧起来了，而且风四处乱吹，让烟雾的方向常常突然改变，把人呛到，让人睁不开眼，所以队伍就更容易分散。人们跑来跑去，连滚带爬，最后都不知道该往哪里去。有的人衣服被烧焦，奔跑着，四处寻找可以栖身的地方。还有些用铁锹铁铲扑打着火，为自己开辟一条新的逃生通道。在一起参加战斗的二十多人里，阿卡迪现在只认得普里布鲁达了。

这里一片树林燃烧的速度可能会很慢，也可能会突然像火炬一样燃烧起来。火势很难预料也很难控制，火的大小取决于地面泥炭的因素。阿卡迪这时候突然意识到，他离沙图拉城已经很近了，因为那里曾经建造过革命后的第一座发电站，而泥炭就是发电站的燃料。现在，大家对灭火更没有把握了。大地本身就是很容易被点燃的，扑灭过的土地有时候一点火星就会重新燃烧起来。在经过一块被烧空的地面时，一台挖掘机陷了下去，释放出了甲烷，甲烷的爆燃和高温烤得摇摇欲坠，大家都咳出了鲜血和灰尘。直升机从上空掠过，投下大量的水，然后水和火碰到一起，散发出令人窒息的烟雾和蒸汽。人们被熏得泪流满面，互相抓在一起，什么都看不见。

这里的泥炭太多了，火情很难控制，越是冲在前面的人危险越大。大家都不知道应该往哪里去躲了。烟雾中，参与灭火的车辆和设备也开始燃烧起来，人们混乱的叫喊声从各个方向传来。在一截土垅前，阿卡迪看到普里布鲁达已经被熏得一脸漆黑，筋疲力尽地坐在地上大口喘气。少校木然地抓着手枪，用微弱的声音在向阿卡迪喊话，阿卡迪几乎听不见他在说什么。

普里布鲁达表情很痛苦："你赶紧去逃命吧，这是个好机会。你可以从这里的死者身上随便拿一个身份证走，也许你能幸免于难。我们的任务是要抓住你，也肯定能抓住你。但是现在，你是有机会逃走的。”

“那你呢？”阿卡迪问。

“我不会在这儿等死的，我不是胆小鬼。”

话虽这么说，其实他现在已经像一只任人宰割的猪。一堵堵烟墙随着风压了过来，阿卡迪觉得普里布鲁达不会杀他，但是如果他们继续留在这里，就都会被烧死。

车辆，树木，太阳，他们面前除了烟雾，什么都看不见了。普里布鲁达干咳着说：“快跑吧！”

阿卡迪背起少校，冲往左边的道路，只有这里依稀可见最后一条逃命的生路。

背着人的阿卡迪走得很艰难，常常被绊倒在地，所以很快就弄不清方向了，但是他知道不管怎样都不能停下来，否则一定会在这里被烧死的。直到这时，他才意识到自己居然有幽闭恐惧症，在这种环境当中他几乎张不开嘴，好像被一只手牢牢地摁住了，两肺紧张地抽动着，吸纳着哪怕一丝一毫的氧气。现在，他真的快走不动了。烟雾合围了过来，两个人深深地陷入其中，眼睛也睁不开，但是阿卡迪仍然强迫着自己往前走。再走二十步……再走十步……五步……最后，他们一起跌进了一条水沟。这是一条一人深的咸水沟。沟底残存着一层薄薄的带着辛辣味的积水。普里布鲁达嘴唇已经变得乌紫，阿卡迪让他仰躺在水里，来回晃动他。他终于醒了过来，但仍然觉得难受。

阿卡迪扶起他，两人顺着水沟往前走，越来越多的热灰余烬落在他们身上，把衣服烧出一个个小洞。沟底渐渐升高，他们走到了尽头。在烟雾中，阿卡迪判断他们又回到了早上出发的地方。这里所有的灭火设备都已经被烧得开裂、翻倒，被烧死的人的尸体像小山一样堆积在烧焦的田野中。阿卡迪从两具尸体上取下几只完好的水壶，再扯下自己的衬衣做了两个防毒面罩，用水浸了浸，套在普里布鲁达和自己脸上。烟雾又逼了过来，他们忍着各种不适，继续往前走。

是的，他们必须一直走，要赶在烟雾前头，不能停下来。有一次阿卡迪在一个矿坑边上跌倒了，普里布鲁达回过头来，赶紧把他的手抓住，他才没有落到矿坑里。他们继续走,看到沿途的田野被烧为灰烬,这里的一切都变成了一片焦土。但是,这场大火造成的灾难和人们的真实伤亡情况是不会有媒体报道的,人们仅仅能够在莫斯科附近地区的报纸上看到这样的消息——因为风吹余烬而引起了这场火灾。

最后,他们走到一排烧焦的木桩旁边。普里布鲁达看看四周说:“前面已经没有路了,到处都是烟。为什么把我带到这里来?你看,远处的火还在烧,把树都烧起来了。”

“没关系,烟雾离得远了,天黑了,那些是星星。我们已经安全了。”

他们住的地方没有被火烧毁。几天后,一场大雨彻底扑灭了大火。于是,这里的卫兵们又开始按时打球,然后又有飞机给他们送来吃的喝的。总检察长也来了。

他没脱雨衣,说话时低着头,两手背在身后:“你到底要强硬到什么时候?你不过是个探长而已,道理已经跟你讲得够多的了。实话告诉你吧,我们现在已经完全掌握了阿萨诺娃与外国间谍奥斯本、叛国分子波罗金和达维朵娃的阴谋。我们也知道你跟阿萨诺娃的关系。但是你到现在为止还是什么都不交代。作为一名探长,你这是对祖国的侮辱!我告诉你,任何人的忍耐都是有限度的!”

一周之后,塞尔布斯医院精神科医生又来了。不过这次,他没有再给阿卡迪做精神分析,而是跟普里布鲁达去了菜园。阿卡迪在楼上的窗口看到医生在对普里布鲁达说什么,但是似乎少校不听,两个人发生了争执,最后医生还是在坚持。他打开皮包,给普里布鲁达看一根针,那根针非常粗。他把皮包交给少校,然后立刻回了机场。一会儿,少校也不见了踪影。

下午,普里布鲁达邀请阿卡迪一起去采蘑菇。天很热,他穿着短大衣,带了两块印花大手帕装蘑菇。

他们走了近半个小时,来到一片茂盛的灌木林。这片灌木林没有被当时那场火灾烧过,所以,那场大雨让干燥的大地上长出了新草、鲜花和很多蘑菇。林子里百年老树长得枝繁叶茂,地面上覆盖着青苔。采蘑菇的时候，人们总是不知不觉地就被那些树、花和昆虫所吸引。蘑菇也像有了生命一般，在大地上闪烁着，像要躲起来似的。蘑菇有些什么类型呢？应该按照它的颜色、形状来分类，还是按照它的吃法来分类呢？应该单独吃还是就着面包，就着酸奶，或是就着伏特加吃呢？应该就着什么口味的伏特加吃呢？醇香的？茴香的？还是樱桃味的？总之，蘑菇里的学问还真大，花一年时间都不一定能弄清楚呢。

普里布鲁达采蘑菇的时候很兴奋，阿卡迪则在仔细观察他。他的身子很结实，前额低平，棕发，大鼻子，双颊微鼓，典型的俄罗斯人样貌。他的衣服裁剪得不好，不过他也不在意。林子里的阴影越来越浓，天色渐渐暗了，阿卡迪突然意识到，晚饭时间已经过了。

普里布鲁达说："没事，我们采了这么多蘑菇，明天可以吃蘑菇宴了。"然后他一边打开大手帕，展示里面的各种蘑菇，一边给阿卡迪讲解每种蘑菇的吃法。"让我看看你采的！"

阿卡迪打开自己的手帕，把里面包着的蘑菇拿给普里布鲁达看。他采的蘑菇又细又小，不是白的就是绿的，在阴影中发出暗淡的光泽。

普里布鲁达惊了："你是疯了吧？这些都有毒！"

"反正医生已经叫你杀了我。来的路上你没有下手，那就是要在回去的路上执行了？你是在等着天黑吧？天黑了是不是更好下手呢？你是要朝我的脑袋开一枪呢，还是在我的胳膊上扎一针？其实，毒蘑菇应该来得更快吧。"

"你闭嘴！"

"明天没有什么蘑菇宴了，明天我就得死。"

"他没有命令我，只是建议。"

"他也是克格勃的人吗？"

"和我一个级别，是个少校。"

"他给了你一只皮包。"

"我已经把它埋了。我从来不用那种方法杀人。"

"什么方法并不重要。他已经建议你了，其实就是命令你。"

"我要见到书面命令才执行。"

“你？”

“当然是我。怎么，你不相信？”

“书面的命令也很可能明天就到了，那个时候杀我和现在杀有什么区别？”

“我们内部有分歧，医生的决定太草率。我要求必须见到正式的书面命令。”普里布鲁达踢开那些毒蘑菇，“我和你一样，是人，不是刽子手。”

回去的路上，普里布鲁达变得沉默寡言，看上去比阿卡迪还要忧心忡忡。阿卡迪在黑夜中做着深呼吸，思考着身边这位老对手的所作所为。普里布鲁达说他需要见到书面的指示才会杀阿卡迪，但是，他刚刚接到命令的时候却冒险没有执行。对于阿卡迪这样的戴罪之人来说，早死晚死都是一样。但是对于普里布鲁达来说，这个可不一样：他拒不执行命令，这将为他的职业生涯抹黑。

“金星！”阿卡迪指着远处一颗明亮的星星，“少校，你是从乡下来的，一定认识这个。”

“你现在还有心情看星星？”

“那边是北斗七星，”阿卡迪指着天空继续说，“那个是天王星，上面是双鱼座，远处还有水瓶座，真是个神奇的夜晚。除了火灾那天，今晚是我第一次在晚上离开那个院子。哦，那边是金牛座。你看到了吗？”

“你早先应该去当个星象学家！”

“对极了。”

两人继续往前走，谁都不说话了，只听得到他们踏在烧焦的大地上的脚步声和走过草地时的刷刷声。大院出现在远处，发出一片昏黄的光。阿卡迪看到有人从院子里跑出来，带着手电筒和来复枪。

他说：“我们两个都违规了，少校。我是被人拖下水的，而现在我又害了你。下一个，你又将去害谁？”

普里布鲁达说：“我想搞清楚一件事，如果一年前我们就认识，你会不会相信我？”

“你指的是克里亚兹玛河杀人案的事？”

“是的。”普里布鲁达看着阿卡迪，语气诚恳。

远处传来了喊声，不过阿卡迪听不清在喊什么。他沉默着，普里布鲁达也沉默了许久，然后又说了一句：“也许，如果当时我们就是朋友，一切就不一样了。”

脚步声渐渐逼近了他们。阿卡迪转向声音传来的方向，手电筒的强光照射着他的眼睛。阿卡迪说：“一切皆有可能。”

一个卫兵顺势用枪托打晕了阿卡迪，另一个卫兵对普里布鲁达说：“有新客人找你，情况有变。”

3

十月,阿卡迪被送到了列宁格勒。他被带到毛皮大厦的一间阶梯教室。讲台上坐着五个身穿军装的克格勃军官:一个将军四个上校。毛皮大厦像个巨大的博物馆,里面充斥着一股腐肉的味道。

将军用不无嘲讽的口气说:“他们告诉我,这是一个动人的爱情故事。不过,我倒宁愿这是纯粹的为了民族利益而发生的故事。”

“阿卡迪·瓦西里叶维奇,你现在所处的位置,每年都有来自世界各地的人在此花费巨款购买苏联的毛皮。在毛皮出口方面,我们一直处于世界领先地位。我们的水貂皮不如美国,猞猁也不多,绵羊皮更是普通,我们之所以能保持领先地位,真正的原因是:我们有紫貂。如果按克计算,一克紫貂皮比一克黄金还要珍贵!如果苏联失去了对紫貂的垄断地位,你觉得政府会怎么做呢?”

阿卡迪说:“奥斯本只有六只紫貂。”

“你的无知实在让我感到诧异。因为你,我们已经死了太多的人,莫斯科市检察官,德国人阿芒,国安部的军官,还有军人,他们都因你而死。你却如此无知!”将军若有所思地理了理自己的睫毛,接着说,“奥斯本真的只有六只紫貂吗?我们已经确定,有商业部副部长蒙代尔的协助,以及已故的老蒙代尔的帮忙,美国人奥斯本在五年前就骗走了七只紫貂。那些紫貂是莫斯科附近集体农庄的普通紫貂。老蒙代尔觉得奥斯本培养不出高质量的紫貂。所以,后来奥斯本才找到了小蒙代尔,费尽心思弄到了巴尔古津山的极品紫貂。这是蒙代尔交代的,我相信他说的是真的。”

“叶甫根尼·蒙代尔现在在哪里?”

“他心理素质不好,自杀了。现在的重点是,五年前,奥斯本就已经有了七只普通紫貂。我们按照每年50%的增长率估计,现在他应该已经繁殖了五十只,这还算是保守估计。这次他和柯斯佳合作,又得到六只巴尔古津山的雄性紫貂。这样繁殖下去,按同样的增长率计算,五年后,他会有两百只高质量的紫貂,十年后就是两千只!到那时,苏联就会彻底丧失紫貂的世界垄断地位。伦科公民,你想过为什么到现在你还没死吗?"

"伊莉娜还活着吧。"

"对。"

阿卡迪顿时明白,自己不会再回到那个乡间院子里去了,也不会被杀了。他说:"那么,现在你们是想利用我们了。"

"不错,我们需要你们的帮助。"

"她在哪里?"

"你喜欢旅行吗?"将军换了一副温和的口吻,仿佛这样说就不会引起别人的痛苦一样,"去美国看看吧。"

纽　约

New York

1

美国给阿卡迪的最初印象就是海上的一片灯光闪耀,油船上流动的灯光和拖网渔船夜间捕鱼的灯光。

年轻的韦斯利先生有修长的身形,头发不多,但气质温文尔雅。他穿着考究的蓝色三件套套装,身上散发着一股石灰和薄荷混合的香味。但是,他的动作与他的气质极不相符,整个航行途中,他不是跷腿抽烟,就是胡乱摆动,跟阿卡迪说话也爱理不理。

在飞机上,他们俩单独占据了一段机舱。而飞机上的其他乘客主要是出国旅游的音乐家,他们一路上都在讨论中转站免税店里便宜商品的优势,比如手表和香水。但阿卡迪是不被允许在中转站下飞机转悠的。

韦斯利用英语和阿卡迪说话:"你知道什么叫'义务'吗?"

从飞机舷窗里往下看,模糊可见地面有大片大片的田野蔓延着。

"怎么,你想帮我?"阿卡迪问他。

韦斯利用一副坦诚的语气说:"现在,这是联邦调查局的行动,意味着我们要对你负责。"

"什么意思?"

飞机已经飞入了美国境内,机舱里顿时热闹起来。乘客们看到,地面上有很多大房子,周围的街道上全是轿车。

"问得好,"韦斯利往扶手的烟灰缸里弹了弹烟斗嘴上的灰,"引渡罪犯处理起来相当麻烦,尤其是跟美国和苏联相关的时候。如果再有点什么问题,我们将面临更大的麻烦。'麻烦',你知道吗?"

飞机快要在纽约着陆了,突然下降的失重感让人产生了一种加速的幻觉。大家渐渐看到了地面上如蛛网般的密密麻麻的公路。真令人诧异,这里居然有这么多的路,而且,路上居然有这么多的车和人,到处都是川流不息的繁忙景象。

阿卡迪这样回答韦斯利："'麻烦'的意思，就是最好这个事情不要发生，否则就是麻烦。"

"没错。"

现在，大家渐渐看到了繁华的购物中心、大街和码头，还有耀眼的光束，甚至连路边牌子上写的"感恩节大促"字样都能看到了。飞机已经越来越接近地面，阿卡迪望着窗外，眼前闪过一片绿茵茵的球场，一方碧蓝的游泳池，还能看到一座房子的门口亮着灯，一位美国人正在抬头看天。这是阿卡迪看清楚的第一个本土美国人。

韦斯利接着说："我来告诉你我们不想碰到的麻烦吧——你不能叛逃。如果你的这次行动是肩负着克格勃的使命的，那你可以叛逃，到我们这里，你将获得庇护。举例说来，这架飞机上的其他人都可以叛逃。"

"如果其他人都不叛逃，就我一个呢？"

"那就不行。"

飞机打开了起落架，引起了一阵抖动。阿卡迪在观察韦斯利的笑容，但看不出他是严肃的还是在开玩笑。于是试探地问："你在开玩笑吗？"

韦斯利说："当然不，这是法律。任何叛逃的人如果想长留美国，他们的案子必须由联邦调查局确认。但是，你的情况已经被确认为不能定居在美国。"

说得绕来绕去的话让阿卡迪觉得这个人表达有些问题。他说："可是我并不打算叛逃。"

"如果这是真的，调查局很乐意对你负责。"

阿卡迪还在观察这位特工，以前从没有和这样的人接触过。面前的韦斯利表情丰富，显得人情味十足，但是，阿卡迪觉得也许他城府很深也说不定。

"你要是真想叛逃，也只能找我们。"韦斯利说，"投奔别的人，最后也会被送到我们这里来。而我们对你的处理方式只有一种——遣送回国。所以，当你已经在我们手里，就别再想叛逃过来了。明白吗？"

飞机继续滑翔，越过一排排幽暗灯光下的房子和街道，然后在一个海湾上空绕了一圈。海上的灯塔如群星般闪烁，岸上也有无数灯光辉映着射向广袤的天空。乘客们发出一阵安心且由衷的赞叹声。

阿卡迪说:"那你是不愿意帮我了?"

"这没问题,我尽力。"韦斯利说。

飞机着陆了。

当飞机滑行到泛美航空公司终点站时,地面的迎宾通道上,美国音乐家们已经带着各种乐器、礼物和食品夹道欢迎,而刚下飞机的俄国人则故意表现出不屑一顾的神态。他们陆续从阿卡迪和韦斯利身边经过,但是所有人都假装没有注意到他们俩。

所有的乘客都走了,韦斯利才带着阿卡迪从工作人员通道走下了飞机。发动机还在轰鸣,飞机尾部的红灯仍在闪烁。它是不是马上就要飞回莫斯科了?阿卡迪正想着,韦斯利拍了拍他的肩,示意跑道那边,接他们的车开过来了。

他们没有经过美国海关检查,轿车直接带着他们离开机场,上了高速公路。

"我们跟你的人已经达成了共识。"韦斯利和阿卡迪都坐在轿车舒适的后排座位上。

"我的人?"

"克格勃。"

"我不是克格勃的人。"

"对,克格勃也那样说,他们那样说倒在我意料之中。"

路边有一些被丢弃的轿车,看上去都有了些年头,就像古代战争留下的残骸,有一辆的车身上还写着"免费游览波多黎各"。路上,各式各样的车正在狂奔,开车的人也是形形色色。往前看去,宽敞的大路直通天际,和他在飞机上看到的一样,令人惊叹。

"你们跟克格勃达成了什么共识?"

"只要你不叛逃到美国,我们调查局就可以受理这次行动。"韦斯利回答,"但如果你真的要叛逃,你也必须找我们,而我们,是不可能允许这样的事情发生的。"

"我明白了,正因为他们说了我不是克格勃的人。所以,我越说自己不是，你们就越觉得我是。”

“不然他们还能怎么说呢？”

“不过，如果你们真相信我不是克格勃的人，事情会不会不一样？”

“那当然！这么说，难道克格勃说的那些都是真的？”

“他们说什么了？”

“说你犯了杀人罪。”

“还没经过任何审判呢。”

“对，他们也说没审。你真的杀人了？”

“是的。”

“所以，你完了。美国不可能接受罪犯移民。美国移民法除了对犯法的侨民可能会宽松点，对别的人都很严格。不过你也很奇怪，竟主动向调查局承认自己杀了人。”

韦斯利以为阿卡迪还会提出些更难缠的问题，但是阿卡迪没有再说什么。轿车驶入通往曼哈顿的隧道，绿色的灯光下，警察们正在警戒。钻出隧道之后，轿车开上了一条比刚才略窄的大街。街上的路灯发出苍白的光。远处的地平线上已经可以看到朦胧的光线。

韦斯利主动说话了：“我刚才只是想说明一下你的情况，你很特殊，在这儿既不合法又不非法。目前对你没有定论，所以刚才我说的话只是针对你一个人，权当立规，这是你的人要求的。你有什么抱怨就等以后去找你们的克格勃理论吧。”

“我能见到克格勃？”

“见不到，我不会允许的。”

轿车在二十九街转角处的一家旅馆前停下了，旅馆的门罩上写着“巴塞罗那”。韦斯利将一把钥匙交给阿卡迪，钥匙上挂着写有旅馆名的塑料牌。阿卡迪准备接过来时，韦斯利又握紧了钥匙，他顿了一下说：“钥匙上有她的房间号，祝你好运。”

阿卡迪一个人下了车，他突然有种莫名其妙的眩晕感。推开旅馆的玻璃门，他走过铺着暗红色地毯的门廊，路过粉色的大理石圆柱，来到旅馆大厅。大厅的黄铜枝形吊灯下坐着一个眼睛下面有疤的男人，他站起来朝门外的韦斯利挥了一下手里的报纸,再看了看阿卡迪,就又坐下了。阿卡迪进了电梯,电梯门上刻着两个字:“滚蛋”。

他要去518号房间,在五楼走廊的尽头。路过513号房间时,他发现房门开了一条缝,等他回头细看时,门又关上了。他继续朝前走,终于,518号房间到了。

阿卡迪打开门走了进去。黑暗中,他能感觉到她在床上坐着。但是,他看不清她的样子,也看不见她穿的什么衣服。他只能依稀感觉到,她光着脚坐在那里。

现在,她说话了:“是我逼他们带你来的。开始,他们说要杀你,为了你,我答应跟他们合作。但是后来我发现,如果你不来,就真的只有死路一条。他们不带你来,我连这个房门都不出去……”

她抬起头,满眼是泪。阿卡迪心里激动不已,我们是真正属于彼此的啊。他动情地抚摸她的双唇,她低呼着他的名字,享受着他的抚摸。突然,他看到了旁边桌上的电话。天哪,雅姆斯科伊在监听!不,应该是韦斯利。他把电话线扯断了。

然后,他回到她身边,轻声问:“你从来没有告诉他们,到底是谁杀了雅姆斯科伊吗?”

她的脸更瘦了,似乎把大眼睛衬托得更漂亮。

她问他:“他们居然以为你和雅姆斯科伊是一伙的?”

房间里的床很舒适,地毯也比别处柔软。她侧身躺在床上,抱着他,吻着他:“给你。”

阿卡迪的心脏狂跳着:“我们终于如愿了!”

她悄声说:“我们就要自由了。”

他笑了:“活着真好!”

2

韦斯利带着三名调查局的人来到他们的房间,给他们带了一纸袋咖啡和炸面圈当早餐。伊莉娜正在盥洗室换衣服。

雷恩是三名调查人员中的一位,这位墨西哥人身板小,行事利索:“纽约警察局的联络官是柯威尔中尉,对吗?”

韦斯利说:“不,他是以私人身份介入的。有点个人瓜葛。”

乔治——就是阿卡迪第一天在旅馆大厅见到的那个脸上有疤的男人——说话了:“我听说那个人神经兮兮的。”他一边说,一边用一个小火柴盒剔牙齿。他有个外号叫“希腊人”。

韦斯利故作高深地说:“想了解这个人,就得了解当代纽约社会演进的历史和警察部队的内部传统。没有背景知识你就无从理解,其实柯威尔一直想重振‘红色班’。”

“红色班?”阿卡迪问。

一阵尴尬的沉默之后,韦斯利礼貌地开了口:“纽约警察局有一块‘红色区域’,设有一个特别组织,每十年换一个名字,曾经用过的名字有‘激进局’‘公关’‘公共安全’,现在叫‘安全调查’。不过不管叫什么名字,他们都属于‘红色班’。柯威尔中尉负责红色班的俄国分部,而你就是个‘红色’分子。”

“那么,你们是干什么的呢?”阿卡迪问,“为什么是你们带我来美国?我又要在这里停留多久?”

又是一阵沉默,最老的特工艾尔开口换了一个话题:“柯威尔的弟弟出了点事,他因此而被红色班扫地出门。现在他弟弟死在莫斯科了。柯威尔又重新回到红色班。”

“柯威尔想要以我们为代价恢复红色班的名誉。”韦斯利说,“本来我们也可以考虑给他这个机会,因为我们和警察局的关系还不错。但是,就算给了,他也会在背后整我们。当然,我们也在背后整过他们。”

艾尔掸了掸掉在肚子上的炸面圈的糖:“十年前,红色班的优秀侦探阻止了犹太人对苏联大使馆的袭击。还有一次,有几个西班牙人想要炸掉自由女神雕像,最终也是因为红色班的出色工作,才使得他们的计划没能得逞。”

“没错,”韦斯利说,“他们的工作成绩是有目共睹的。马尔科姆·埃克斯遇刺的时候,红色班也参与了营救。哦,马尔科姆的保镖就是红色班的密探。”

雷恩问道:“那后来呢?”

韦斯利说:“后来就发生了水门事件。”

乔治接着说:“他们也受到了牵连。”

一阵同情的沉默之后,艾尔又解释说:“在水门事件的审讯中,有个叫约翰·科菲尔德的人是为尼克松作证的特别助理,他是一个专门负责雇人做暗事的家伙,也是红色班的人。尼克松总统当选前,他是总统的保镖,后来就跟着总统进了白宫。他同时还介绍了红色班的一个老朋友过去,那人叫托尼·乌拉辛维兹。”

乔治问:“是暗中侦查马斯基的那个胖子吗?”

“对,他专门为总统连任选举委员会做事。”

乔治说:“想起来了,这家伙经常在腰带上挂个公共电话的硬币盒,特搞笑。”

艾尔叹了口气说:“红色班的辉煌就是从水门事件之后开始没落的。政治风向变了。”

乔治说:“政治风向经常变来变去,搞不懂。”

阿卡迪问:“那我跟红色班有了牵连,岂不是我们都是罪犯了,你们难道不怕我们?”

见没人理阿卡迪,雷恩插嘴问了一句:“红色班现在具体做什么?”

韦斯利看了一眼阿卡迪说:“追踪非法侨民,比如海地人和牙买加人。”

乔治说:“真可怜。”

韦斯利也叹了口气:“红色班过去真是盛极一时啊！他们曾经掌握过数百万人的档案,他们的独立指挥总部在公园大街,而且跟中央情报局有合作,进行过秘密训练。”

“中情局?”乔治说,“也就是那会儿。现在再那样做,红色班就要算非法组织了。”

苏联大使馆来了两个人,尼基和卢里克。他们名义上是来看阿卡迪的。这两个人穿着考究,举止优雅,跟阿卡迪原来见过的克格勃都不太一样,似乎被美国化了一些,谈吐间平易近人,有着美式的幽默。但是,他们粗壮的腰还是隐瞒不了自己的苏联人特征,那里的人小时候土豆吃了太多了。

尼基给阿卡迪点燃一支烟:“我们用英语谈话吧,这样更方便些。现在我们执行的是一项缓和行动,由两国的情报人员合作缉拿凶手归案。接下来我们要审问这位夫人。”

阿卡迪用俄语问:“你们为什么把她带来这里?”这会儿伊莉娜离他们还有一段距离,听不见他们在说什么。

“请用英语说话。”卢里克说。他比尼基略高一点,头发是红色的,人们喜欢叫他“里克”。“这位夫人是应这边调查局的要求而请过来的,他们有问题必须得问她。对于美国人来说,共产党分子和西伯利亚土匪的话都不足为信,你明白吧。引渡罪犯也是件很敏感的事。”

尼基看着韦斯利:“尤其是引渡一个有广泛人脉的人,对吧,韦斯利?”

“没错,他在两边的朋友都很多。”这句话让在场的情报人员都笑了。

卢里克对阿卡迪说:“你现在的日子应该过得不错吧。我看这边的同行对你挺好的,给你找了这么个安静的地方,风景好,住得也舒服。从这里看出去,你可以看到帝国大厦的楼顶,多壮观！另外,你一定希望让这个女孩过得好吧？所以,你应该劝她冷静下来,和我们好好合作。这样大家就都好过了。”

尼基说:“而且你还有新的机会。回国之后,也许你会被中央委员会直接安排新的工作。还可以得到你的新房子。你运气真好!”

阿卡迪问:“你们到底想让我做什么?”

卢里克回答："就像我说的那样，让这个女孩过得幸福。"

韦斯利补充道："还有，别再问我们问题了。"

卢里克附和了一句："没错，别再问了。"

尼基说："我不得不提醒你，现在你已经不是探长了，只是个苏联罪犯。你没有被枪毙仅仅是因为我们需要你。所以你必须相信我们，只有我们才是你的朋友。"

"柯威尔在哪里？"阿卡迪问。

韦斯利抬手示意谈话中止。这时伊莉娜从盥洗室出来了。她穿着开胸的丝绸衬衣和一条黑色的裙子，戴着一串华贵的琥珀项链，棕色的秀发用金别针高高盘起束在一侧，手腕上还戴着一只金手镯。看着她现在的样子，阿卡迪惊呆了。这些华美的衣裙穿在她身上是如此的好看！而她右脸上的浅蓝色疤痕，也让她用化妆品轻轻遮住了。现在，她如此完美。

韦斯利站起来："好了，我们走吧。"其他人也站起来，拿起自己的外套和帽子。艾尔从衣柜中取出一件紫色的裘皮长大衣，为伊莉娜披上。那是件紫貂皮大衣，阿卡迪能认出来。

离开的时候，伊莉娜对阿卡迪说了一句："放心吧。"

"我们会尽快派人来把这个房间的东西修好。"乔治指着电话说，"这个是旅馆的财产，不要乱动。"

"没错，私有财产，"尼基搂了搂韦斯利的胳膊，"这是自由世界最让我喜欢的一点。"

他们带着伊莉娜走了，阿卡迪观察了一下房间。房间里的东西看起来都很梦幻，地毯是软的，床上带夹层的包绒床头板是软的，咖啡桌的木纹塑料板也是软的，手指一按，就会凹陷下去。

乔治和雷恩很快又返回了房间，雷恩修好了电话之后就走了。乔治又逗留了一会儿。阿卡迪继续转悠，他发现这台电话只能接听不能拨出，而盥洗室的天花板上还有一只话筒。此外，电视机的底座是用螺丝钉固定在地板上的，通往走廊的门则从外面反锁了。

乔治从这里出去的时候，门还没有完全关上就又被另一只手推开了。

乔治向门外的人抗议道:“这个人是受联邦调查局保护的。”

“我是警察局联络官,有义务调查你们弄来的这个俄国人。”门口站着的人是柯威尔。

阿卡迪在房间里跟柯威尔打了个招呼:“你好!”

乔治警告说:“中尉,这是我们调查局的行动。”

柯威尔推开乔治:“别忘了,这里是纽约!”他身上的穿着和阿卡迪在大都会饭店见到他的时候一模一样,只是褐色的雨衣换成了黑色。他又喝酒了,脸上泛着红潮,见到阿卡迪更显得异常兴奋。他用他那敏锐的双眼迅速打量着整个房间。跟联邦调查局的人相比,他实在太不儒雅了。

他不怀好意地笑着回了阿卡迪一句:“妈的,是你呀!”

“没错,就是我。”

柯威尔脸上的表情变得很复杂,既高兴又咬牙切齿:“伦科,我真是被你害了。你怎么不早告诉我奥斯本是凶手?如果我早些知道,在莫斯科就可以把这个事情了结了,比如神不知鬼不觉地制造一起事故,让他直接从这个世界上消失,你还继续当你的探长,这不很好嘛?”

“好吧,确实是我害了你。”

乔治开始对着房间里的电话说话,居然没拨号就能通话。

柯威尔指着乔治的方向说:“他们把你划入危险人物的范畴。你打死了自己的上司,杀了阿芒,而且还在雅姆斯科伊的别墅里杀了一个人,他们认为你是杀人狂。你得注意点,说不定哪天他们就把你给杀了。”

“但我现在是受调查局保护的。”

“你需要注意的就是他们,跟他们在一起不一定就是安全的。比如说,你要是跟扶轮社的人在一起,就可能随时被杀死。”

“扶轮社是什么?”

“算了,不说这个了。”柯威尔在房间里不停地走来走去。

“你瞧瞧,他们给你安排了一个什么地方?看看这个地毯,这个墙纸,这里简直就是个温柔乡!他们是在诱惑你。”

阿卡迪改用俄语说:“刚才你说你是联络官?那你应该很清楚整个的情况了。”

柯威尔仍然说英语:“对,我是联络官,所以是他们的重点关注对象。你真是害死我了,你从来没告诉过我凶手就是奥斯本,但是你跟谁都可以讲出我的名字。现在我被你害了,你是被她害的,而她又是被谁害的呢?”

“你这话什么意思?”

柯威尔接着说:“我对你挺失望的,没想到你会到这儿来,会参与这些事。”

“参与什么?你指的是引渡犯人的事吗?”

“引渡?这是他们的原话吗?”柯威尔吃了一惊,然后开始哈哈大笑。

三个此前未曾露面的调查局的人冲进来,协助乔治把柯威尔弄走了。柯威尔因为一直在笑,所以也无力反抗,只能束手就擒被他们弄出房间。

然后,房门又被反锁上了。阿卡迪试了一下,打不开。门外两个守着他的人也厉声命令他不许乱动。

他开始围着屋子踱步。从门到沙发,再到衣柜和梳妆台;从浴室到床,再到窗口和电话机柜,他用脚步测量房间的宽度。房间的主色调是粉红,配上橄榄绿色的地毯和蓝色的壁纸,墙上的粉色花朵暧昧地开着。盥洗室里有奶黄色的梳妆台。浴室里有一个浴缸和淋浴喷头。房间里有两把椅子,一张木纹的塑料咖啡桌,一台电视机,一个废纸篓和一只已经开裂的桶,床上则铺着紫红色的床单。

柯威尔刚才的态度让阿卡迪不解,在莫斯科的时候他们好像已经达成了某种默契,但是在这里,默契似乎又被打破了。不过,不管怎么说,柯威尔是坦诚的,韦斯利就虚伪得多。阿卡迪希望能再次见到柯威尔,把他的态度搞清楚。

他一个人在房间里走来走去,心情有些焦躁。阿卡迪拿起还带着伊莉娜体香的衬衣,紧紧贴在自己脸上。

金黄色的阳光普照大地,天空万里无云。

阿卡迪透过窗户往右望去,最远能够看到麦迪逊大街对面的招牌,上面写着“幸福时光”。一家出售中国油纸伞的商店正对着旅馆,商店上方是一座13层的办公大楼。视野的左边能看到旧教堂的墓地,里面野草丛生。大街上落叶飘零。

大街对面办公楼的外墙上爬着常春藤,5 楼一处窗户里,一位工作人员正在紧张地打字,有个穿着工作服的男子在打电话。办公室的走廊里,有手推车在供应咖啡。另一间正对着阿卡迪的房间的办公室里面有两个黑人正在刷漆,一个手提式收音机似的东西放在窗台上,有手提箱那么大。

窗玻璃上结了一层水汽,阿卡迪的手在上面留下了一个轮廓印。

午饭时间,艾尔给阿卡迪送来了三明治,他打开电视机问阿卡迪:"你喜欢看体育节目吗?"

"不太喜欢。"

艾尔说:"这场比赛不错,值得看看。"

这是比赛吗?阿卡迪看了一会儿后觉得这根本不是比赛,只不过是一群选手在猜一堆诸如烤面包机、电炉之类的东西分别值多少钱。这种竞猜根本不需要动用任何智慧和体力,只要够贪心,就有猜对的机会。这种节目反映的观念之单纯,令人瞠目。

艾尔见此无奈地说:"你应该是个真正的共产党员吧。"

这一天,阿卡迪不时都能觉察到对面大楼的窗台上出现的不明监视者的踪迹,虽然那看上去更像是一些模糊的时不时移动了位置的阴影。

黄昏时分,伊莉娜带着一堆东西回来了,她笑着把一包包东西扔到床上。阿卡迪的焦躁顿时烟消云散,房间里的气氛重新变得生机勃勃。不过,情到浓时情转薄,两人似乎有千言万语要说,一时又不知从何说起。

"阿卡迪,我想你了。"

他们用叉子吃着她买回来的简单食物:配了蛤肉和调味酱的实心面条。太阳已经落山了。阿卡迪突然意识到,自己这辈子还是第一次像这样住在异国他乡吃着异国风味的饭菜呢。

伊莉娜把自己给阿卡迪买的衣服拿给他看。这些衣服做工考究,款式新颖,对于阿卡迪来说自然是从来没见过的。他们认真检查了衣服的质量,又一件件搭配好,然后伊莉娜把头发挽起来,一本正经地给他当模特一一试穿。

阿卡迪问:"我的形象就是这样吗?"

她一边走猫步一边顶着男式礼帽说:“不是,这是美国人阿卡迪。”

她继续昂首阔步地来回做着展示动作。阿卡迪突然关上了灯:“我爱你。”

“我们会幸福的。”

阿卡迪开始解她试穿的大衣的纽扣,然后扯开她的上衣,吻她的胸、脖颈和嘴。伊莉娜头上的礼帽掉下来,滚到了桌底。她干脆脱掉了衣服,站着和阿卡迪一番云雨。他们就像第一次在阿卡迪家里那样,甜蜜,激情,而且更加深刻。

夜色笼罩,房间里的所有物品和色彩渐渐都消失在黑夜中。

现在,他们躺到了床上,他再一次抚摸着伊莉娜。她的身体变得更酥软了,她的指甲留长了,涂了指甲油。但她柔软的双唇,她修长的脖颈,她坚硬的乳房,还有平滑的小腹都还和以前一样。而且她还是喜欢用牙齿咬他。

她牵起他的一只手说:“在监狱的时候,我常常想象着你的手,我能感觉到它的存在,只是看不见而已。这样就算你不在我身边,我至少能感觉到自己还活着。开始,他们说你已经把一切都坦白了,因为你是探长,你不能不说。但是我觉得他们在撒谎,他们又问我你的精神是不是有问题?我说你头脑清醒得很。他们又问我你有没有犯法?我说你是世界上最诚实的人。后来他们的态度彻底转变了,对你不再有恶意。我也更加爱你了。”

“其实我犯法了,”阿卡迪压住她的身体,“在那边,我是罪犯,在这边则是囚徒。”她迎合着他:“轻点。”

她带来的一台微型半导体收音机里一直在播放打击乐的声音。房间里,拆开的纸盒和试穿后的新衣服堆得遍地都是。

伊莉娜说:“不要问我在这里待了多久,也不要问发生了什么事情。我只能告诉你,一切都变得不一样了。我曾经梦想的地方就是这里,我来到这儿了,现在我还把你也弄过来了。你千万不要再问我这是为什么。阿卡迪,我爱你。”

“他们说过,再过几天,我们就会被他们送回去的。”

她热烈地吻着他，小声说："不会的，我们可以不用回去。就一两天时间，事情就能解决好。"

她用指尖抚摸着他的脸，继续说："你会被这里的阳光晒黑，留着大胡子，戴上大头巾，我们一起开车去流浪。在这里，每个人都可以有轿车。"

"如果要去流浪，买匹马不是更好吗？"

"在这里，你真的可以买到。"

"我想去西部，有一片自己的牧场，像印第安人一样生活。或者，做一个土匪也行，就像波罗金那样。"

"去加利福尼亚的好莱坞也可以呀！我们可以有一栋海边的小屋，屋前有草坪，我们还可以在草坪上种树。我可以一直穿着游泳衣，再也不会有下雪的天气，真好！"他抚摸着她的大腿："什么都不穿也好。"房间有窃听器，所以他们只能这样有一搭没一搭的说话。他不能再问她一些重要的问题，她也恳求他什么都别问。总之，现在一切都还很不确定。他继续说："我们可以有自己的马，把它拴在我们种的树上。"

伊莉娜给自己点上一支烟："事实上，在莫斯科的时候，不是奥斯本想弄死我。"

"什么？"

"害我的人不是奥斯本，而是检察官雅姆斯科伊和德国人阿芒。奥斯本并不知情。"

阿卡迪发怒了："谁说奥斯本不想害死你？有两次他都想杀死你，我还在场，你都忘了吗？"

"韦斯利。"她小声说。

"撒谎！"他又用英语说了一遍："韦斯利在撒谎！"

伊莉娜用手捂住他的嘴，换了个话题："时间不早了。"尽管他怒气冲天，但她却没受影响，继续保持着好心情。

阿卡迪开始烦躁起来，他又问："你为什么要把脸上的斑痕遮起来？"

"因为美国有化妆品。"

"苏联也有，但是你在那儿从来没遮过。"

"在苏联，遮不遮都无所谓。"她耸耸肩膀说。

"在这儿就有所谓了?"

伊莉娜也生气了:"那是自然! 这个伤痕是苏联给我留下的,我为什么要用苏联的化妆品遮住它? 但是,美国的化妆品就没问题! 我愿意用美国的化妆品去遮盖它。苏联的一切我都不喜欢! 如果有什么手术能把我脑子里关于苏联的所有记忆全部除掉,即使要切开大脑,我也愿意!"

"那你让我来这里做什么?"

"因为,你爱我,我也爱你。"

她止不住地颤抖,说不出话来。他紧紧抱住她,深深自责自己刚才的火气。他并不清楚这些,也无权争辩。但他明白,伊莉娜为了自己,她付出了很大的代价,让他到了美国,是她救了他。现在他们俩都是罪犯,想要活下去,必须互相配合。他捡起刚才滚到地上的弗吉尼亚香烟,送到她的唇边,两人一起轮流品尝着。恋爱中的人真的很敏感,一提起被遮的伤疤,她就会觉得很受伤。

他说:"我只是希望你不要认为奥斯本从来没想害你。"

"现在,这儿所有的情况都和以前不一样了。"她又开始颤抖,"你别说了,我不能回答你的任何问题。"

他们开始坐在床上看电视。屏幕里的人正在草坪上看书。突然,一个拿着水枪的年轻男子从灌木丛里钻了出来。看书的人惊得差点儿跌倒,手里的书掉进了旁边的游泳池。他说:"你吓我一跳! 本来这书就看得我很紧张,你还来整我? 幸亏这书不值钱。"

阿卡迪笑了:"这是契诃夫的剧本吗? 我们第一次相遇的时候,你们也在拍这样的镜头。"

"不是。"

接下来,屏幕上的场景发生了变化。拿枪吓人的男子后面跟来了一群穿游泳衣的女孩。旁边出现了伴奏乐队。原来,这是一个舞蹈剧序幕。

"没错,这不是契诃夫的。"阿卡迪说。

"挺好看的。"

他最初以为她在开玩笑,但他慢慢看出来,其实她是真的觉得电视里的东西很吸引她。不过,吸引她的不是剧情,而是屏幕中的蓝色游泳池,灌木丛边的汽车,快车道上景色高速变幻而形成的马赛克……屏幕上有她最喜欢的东西,他却找不到。现在,电视里有个女人在哭泣,不过,伊莉娜还是没有注意情节,而是在看那个女人的衣服、戒指、发型以及房间的装饰。

她转过头,看出阿卡迪似乎不太高兴,于是说:"阿卡迪,我知道你觉得这一切都不真实,但我告诉你,这些都是真的。"

"不,不是的。"

"是真的,而且是我一直向往的。"

阿卡迪妥协了,他闭上眼睛,把头靠在她的膝上:"那样的话,你值得拥有这一切。"电视机里传来声声低语和阵阵狂笑。

伊莉娜身上的香水味是他觉得陌生的。俄国没有几款香水,而且香味都很普通。卓娅最喜欢的品牌是"莫斯科之夜",算是俄国香水里的高端品牌,后来一度以斯大林女儿的名字命名,直到这个女儿和印度人私奔之后,"莫斯科之夜"的名字才又改了回来。

"阿卡迪,请原谅,我对这一切如此向往。"

她的声音中带有忧虑和不安。他安慰道:"为了你,我也可以向往这些。"

他们关掉电视,拉开窗帘,在窗口透了透气。为了让她重新高兴起来,他打开了她买的收音机,里面正播放着一支桑巴舞曲。于是,他们牵着手在地毯上翩翩起舞。他拉着她,让她不停地旋转。她高兴起来了,两只眼睛都睁得大大的。他们又拥抱在了一起。

"我们是被抛弃的人,在哪个国家都不能登陆。"

"我们自身就是我们的国家。"她说。

"没错,"阿卡迪指指壁纸上的花、收音机和黑暗中的窃听器,"我们有自己的森林、民族音乐和特工。"

3

阳光中,一只棕色的蜘蛛被映照成了白色。

一大早,韦斯利和尼基就带走了伊莉娜。

蜘蛛结网的白丝还悬在半空。

刚才韦斯利走的时候随口问了他一句:“你们俄国人习惯早上起来空腹吸烟吗?”

现在,蜘蛛爬到了房角的一张网上。阿卡迪从来没有注意过那里居然还有蜘蛛网,直到早上它被日光照得闪闪发亮,他才看见。是的,蜘蛛一直都是太阳的追寻者。

刚才分别的时候,伊莉娜用俄语对他说了一句:“我爱你。”

蜘蛛还在匆忙地结网。几乎没有人注意这样的小生灵,但它们结出的网堪称完美无缺的艺术品。

阿卡迪也用俄语回复了伊莉娜:“我爱你。”

俄国的蜘蛛和美国的会是一样的吗?它们结网的方向是一样的吗?它们也和人一样要打理清洁自己吗?

尼基走的时候说:“走吧,今天是个重要的日子。”

这句话让阿卡迪不安。

蜘蛛有没有思想呢?

楼下的人行道上挤满了穿着考究的往来人群,阳光照在他们的背上,开始一分一秒地计算他们的工作时间。

阿卡迪在想:“伊莉娜到底在这里待了多久?衣柜里她的衣服为什么这么少?”

现在的莫斯科应该已经下雪了吧。这样的阳光对于莫斯科来说,简直是难能可贵。

透过窗户望出去,对面办公大楼的人们又开始干着各自的活计。办公室职员在接打着电话，或是在办公桌上埋头忙碌。油漆工则继续刷墙。

艾尔给他带来了吃的，有火腿奶酪、三明治和咖啡。阿卡迪同他搭讪，问他喜欢哪些美国作家。杰克·伦敦，还是马克·吐温？艾尔耸耸肩。约翰·斯坦贝克，还是约翰·里德？纳撒尼尔·霍桑，或是雷·布莱伯利？“我知道的只有这些了。”阿卡迪说。艾尔没有跟他多谈，直接走人了。

阿卡迪打开电视机，电视上播放的大都是去污剂、除臭剂和阿司匹林的广告，中间穿插着简短的新闻和电视剧片断。他开始试着用发针撬锁，电视机的声音正好可以盖住撬锁的声音。这是一把制作精良的锁头。

现在是中午了，街对面的那些办公室空了，大概人们都吃饭去了吧。人行道上，有阳光的地方总有人，他们拿着纸袋子，站在阳光下吃东西。纸袋子在楼与楼之间随处飘落。

楼下很嘈杂，好像随时都有人在扔东西，有人在砸东西。这座城市好像不停地在被颠覆，又在被创造。街上的轿车五颜六色，仿佛是孩子随意涂鸦的玩具。来来往往的人们都拎着很多纸袋子。看来，这些人似乎都有钱，不仅有钱，而且有东西可买，并且他们需要买很多东西。

杰克·伦敦的文字里有关于阿拉斯加的剥削，马克·吐温的文字里有谈到农奴制，斯坦贝克记载了经济危机，里德写了他眼中的苏联，霍桑谈到宗教狂，布莱伯利涉及了未来星际间的殖民主义。哎，我其实只了解这些，阿卡迪想。

阿卡迪洗了个澡，穿上新买的衣服。这些衣服穿在身上显得合体而且优雅，但是他自己的鞋子顿时显得寒酸了。他突然想起了尼基和卢里克手上戴的表，那都是劳力士牌的。

衣柜里放着一本《圣经》和一本电话簿。阿卡迪在电话簿上找到了犹太人和乌克兰人两个组织的地址，他把这一页撕下来，折好后塞进自己的袜子里。

楼下的大街上，穿着制服的警察正在指挥交通，维持安全秩序。这里的出租车是黄色的。鸟是灰色的。

伊莉娜窝藏过嫌疑犯波罗金和瓦莱丽亚，在走私案里还会受牵连，而且她早就知道雅姆斯科伊是个克格勃。如果还在苏联,等待她的会是什么样的结果?

卢里克来了,顺便给阿卡迪带来了几小瓶伏特加。

他说:"我想让你知道,我不是个不讲情理的人。我也是乌克兰人,而且我的红头发就是因为我有犹太血统。所以,其实,我跟各种各样的人都能聊。回到眼下的情况,我们有了一些新结论。不过我有一种感觉,这一次的案件属于整个犹太复国主义阴谋的一部分。"

"奥斯本又不是犹太人,会跟犹太复国主义扯上什么关系?"

"可是达维朵娃是拉比的女儿。"卢里克说,"美国的毛皮零售业主要是被犹太主义者的公司垄断的,可以说,他们是引进紫貂的最终获利者。那个死去的詹姆斯·柯威尔也跟这里的犹太恐怖分子脱不了干系,而那些恐怖分子杀害过无辜的苏联使馆人员。你听明白我在说什么了吗?"

"我和伊莉娜都不是犹太人。"

"你再好好想想吧!"卢里克说完就转身走了。

艾尔把所有的小酒瓶都收了起来。

阿卡迪坚持道:"我真的不是克格勃。"

艾尔觉得有些尴尬:"或许吧。"

"真不是。"

"无所谓了。"

天黑了,伊莉娜还没有回来。对面的办公楼里,早已人去楼空了。教堂里正在做夜祷告。大街上的妓女们正忙着把男人勾引到旅馆中。

一个小时后,街上的路灯全灭了,远处的世界一片漆黑,近处街上的人影好像黑夜里的动物,变得充满妖气。

阿卡迪还在想,为什么见面的时候柯威尔一直在笑呢?

阿卡迪已经见识过各式各样的特工,所以,当他在这里新见到一个陌生的特工时,也觉得很正常。这个穿得一身漆黑、戴着鸭舌帽的人是来带他离开旅馆的。他们坐电梯下了楼,出了大厅,来到二十九街,再穿过第五大街来到一辆大轿车前。一路上都没有人阻拦他们。阿卡迪被让进后排座,他这才意识到带他来的人是司机。他们的车转上第七大街往南走,穿街走巷地到了一个卡车停车场。一路上路过的店铺和橱窗里的模特都在彰显着这座城市的奢侈生活。现在,司机让阿卡迪下车,带他进了一个空电梯,来到四楼。走出电梯就是一个大厅,对面屋角的小型摄像机的灯光照亮了整个大厅。此时,大厅的尽头有一扇门打开了。

司机说:"进去吧。"

这是一间长长的工作室,光线昏暗,里面摆着各种各样的工作台,上面都挂着东西。这些东西在昏暗的光线中看不清楚,过了好一会儿,阿卡迪才分辨出原来是很多的紫貂皮和水貂皮,还有一些其他的兽皮。房间里弥漫着奇怪的酸味。透过房子中间的灯光,阿卡迪看到前面有一个人——没错,那正是约翰·奥斯本——正在将一张兽皮摆到工作台上。

奥斯本问阿卡迪:"你以前知道朝鲜人卖毛皮的事吗?猫皮和狗皮。居然有人买这些东西,真让人吃惊。"

阿卡迪没有回应,他沿着过道向那张工作台走去。

奥斯本说:"你看,这张毛皮看起来没什么特别,但是能卖到一千美元。这就是巴尔古津山紫貂!我想你现在应该对这个很专业了。再走近些,你就能看到貂身上的白毛。"阿卡迪往前走了一点,奥斯本拿出一支小手枪对准了他:"可以了,就这么近吧。这张毛皮可以做成一件漂亮的长大衣。这种大衣至少值一万五千美元,而这样的毛皮在这里大概有六十张。可是,你觉得买这个跟买猫皮狗皮有什么不一样呢?"

阿卡迪没有继续往前走。他说:"这个你心里最清楚。"

奥斯本的脸偏进了灯光的影子里:"那你就听我说吧。这座大楼以及附近的两条街是全世界最大的毛皮交易市场。其实,这张皮和猫皮狗皮相比并没有太大的区别,就好像伊莉娜和其他女人的区别也不大,还有你跟其他俄国人也没什么区别。"说着,他举起灯,灯光射向阿卡迪,阿卡迪被照得什么都看不见了,只好举起一只手遮住光。奥斯本接着说:"你看起来状态不错,探长,这件衣服穿在身上显得格外精神。我为你能活着而感到由衷地高兴。"

"是感到由衷地惊讶才对吧?"

"也有那么一点惊讶,我承认。"奥斯本放下灯说,"你有一次对我说,就算我藏到莫斯科河底,你也能找到我。当时我不信你的,现在看来,你说得很对,我得信。"

奥斯本放下手枪,点了一支烟。阿卡迪几乎已经忘了这个人的样子,不过,现在奥斯本就站在他面前,他关于奥斯本的记忆又重新复活了,比如,他的纯金烟盒、打火机、戒指、表带、袖扣,还有他眼神中琥珀色的光芒和一贯迷人的微笑。

阿卡迪说:"我是个罪犯,你是个杀人犯,美国人为什么要让我们见面?"

"让我们见面的是俄国人。"

"什么?我们的人?为什么?"

奥斯本说:"你自己看看吧,你都看到了什么?"

"毛皮。"

"除了毛皮,我还想跟你说点别的。这里有蓝水貂皮,白水貂皮,纯水貂皮,蓝狐皮,银狐皮,红狐皮,雪鼬皮,猞猁皮,宽尾羊羔皮,还有巴尔古津紫貂皮,这间屋子里的毛皮价值超过了两百万美元。而第七大街上,这样的工作间还有五十多个。这个问题和杀人无关,和紫貂有关,一直都是关于紫貂的问题。我想告诉你的是,我并不是一开始就想为了貂皮去杀人,其实我很乐意看到那三个人帮了我之后,能够去另一个国家安安静静地过日子。可是我实在没有办法。那个叫柯威尔的小子一定要把这个事情公开,他狂热得像是中了邪,还说回到纽约就召开发布会公开他的经历。也许他不会一开始就在发布会上说起紫貂的事,但是我不能保证他一直不说。为了和世界上历史最悠久的紫貂垄断权做斗争,我一直努力了很多年,也冒过很多次险,所以,我不能容忍一个自我膨胀的宗教狂热分子毁掉我多年的努力。至于那个土匪柯斯佳嘛,我承认我是无所谓的,把他杀了也就杀了,因为如果他来了,肯定会一直敲诈我的。但是,对瓦莱丽亚,我还是有点后悔的。"

"你当时犹豫了?"

“没错,你说得对,对她开枪之前我确实犹豫过。现在把这些告诉你了,我居然觉得有点胃口了。”他兴奋起来,“我们去一起吃点什么吧?”

他们乘电梯下楼,来到停车场,坐上车,开上了美洲大道。街上已经是车水马龙,沉睡的纽约正在醒过来。四十八街两边的办公大楼很气派,可以与加里宁区媲美。

到达五十六街的时候,汽车停了下来,奥斯本带阿卡迪走进一家餐厅。餐厅经理和奥斯本很熟络,直接把他们带到一张铺着红天鹅绒的餐桌前。这里的每张餐桌上都放着新鲜百合,墙上挂着法国印象派的油画,水晶枝形吊灯映照着粉色的桌布。餐桌旁,服务生正在殷勤地为不多的几位用餐的客人服务。阿卡迪这时候特别希望韦斯利或者警察能闯进来,把奥斯本抓走。奥斯本问阿卡迪需要点什么,阿卡迪谎称不饿,既不点喝的,也不点吃的。奥斯本就为自己点了几道菜。银制的餐具在餐桌上闪闪发光。阿卡迪想,应该用这些刀子刺穿他的心脏。

奥斯本说:“大量的俄国流亡者来到了纽约,他们打算去以色列,但是却只到了罗马,于是索性调头来到了这里。我尽力帮了他们中的很多人,因为他们中的一些人对毛皮很有研究,可以在我手下做皮毛方面的事情。但不是所有人都能够受到我的帮助,比如那些只想当服务生的,我就帮不了。你有认识谁家在招服务生的吗?”

奥斯本一边喝着金色的葡萄酒一边说:“你真的不要喝点?俄国的流亡者实在是太多了,数不胜数,很多人都非常可怜。但是在这里的现实是,苏联科学院的候补院士只能在学校扫地,或者去做点翻译的工作。他们住在皇后区贫民窟很窄的房子里,连坐车的钱都没有。当然这也正常,不可能每个人都能像索尔仁尼琴那样。不过,不管怎么样,我觉得我在自己的国家还是为促进俄国文化的发展作出过贡献的。我发起过很多文化交流活动,这你应该是知道的。”

“你曾经向克格勃告密,供出了几个舞蹈家,他们现在怎么样了?”阿卡迪问。

“就算我不告密,他们的朋友也会告密的。这就是苏联,每个人都会告密,从幼儿园开始就会了,没有谁能够把自己撇得干干净净。你们觉得这个叫做'警惕性',好吧,这个说法倒是挺好听的。不管怎么样,做任何事情一定得付出代价。我的本意是促进美苏友好交流,带一些苏联艺术家到美国来。既然如此,你们的文化部就会要求我供出我要带的人,所以我只得透露给他们几个会叛逃的人。不过,被我告密的人都是些艺术水平不高的,真正高水准的人,我还是会珍惜的。你看,这就是我以我的高标准对俄国舞蹈事业的发展作出的积极贡献。"

"没错,你的手不脏,只是上面沾满了鲜血。"

"我们还在吃饭呢,说话注意一些。"

"好吧,那你说,你作为一个杀人犯,而且还跟克格勃有牵扯,联邦调查局怎么能允许你在这里出入自由?"

"探长啊,你动动脑筋,自然能想明白的。"

阿卡迪开始在脑海中拼凑逻辑,刚开始的时候有些模糊,后来就慢慢地想明白了其中的逻辑性与合理性。如果说一开始他还抱有一丝希望,那么现在,他是彻底绝望了。

你是调查局的间谍,准确的说,是双面间谍,同时向克格勃和联邦调查局提供情报。

奥斯本笑了:"你的确比任何人都聪明。如果我只给克格勃提供情报而忽略了调查局,那我不是太傻了吗?你一定觉得失望,因为看来俄国和美国都一样坏。但是克格勃和调查局就是这样开展工作的。调查局还需要一些卧底去帮他们获取情报,不过那种事情我是不干的,我只是给他们提供一些小道消息。不要小看这些消息,联邦调查局对这些消息非常关注。同样的,小道消息在莫斯科也一样受重视。胡弗总统当年做事很小心,当时曾经有一个克格勃潜入了调查局的中央档案馆,但是,总统害怕泄露消息,都没敢动这个部门。我现在比较乐意为纽约的调查局工作。因为,最优秀的人都在纽约,而且他们都是可爱的中产阶级,跟他们打交道很愉快,他们跟我打交道也一样。他们知道,我既不是黑手党,也不搜刮他们的钱,而不管什么时候他们个人遇到了经济上的困难,我还可以帮助他们。比如,我经常花重金给他们的夫人买衣服。"

阿卡迪想起了奥斯本送给雅姆斯科伊的水貂皮大衣和紫貂皮帽子。

"我和所有的人一样,都是爱国的,"奥斯本一边说,一边跟旁边餐桌上的人打了个招呼,"或者更确切地说,我比那些粮食公司的董事长更爱国,比那些跨国酒厂的老板更爱国,也比那些做国际运输贸易的人更爱国。可以说,我比任何人都爱国。"

看着奥斯本慢慢享用美食,阿卡迪饿得不行。

"你真的不要吃点吗?"奥斯本说,"味道很不错呢。或者喝杯葡萄酒?不喝?你真奇怪,什么都不吃不喝。"他一边吃一边接着说,"在以前,俄国的逃亡者到美国之后通常会开饭店。那时候,他们能做出各种各样的美食,斯特拉果夫的牛肉、基辅的雏鸡、薄烤饼和鲍子酱鲟鲍冻。但是这早已成为历史。现在逃亡来的人根本就做不出这么精致的东西,他们连对什么东西好吃的判断力都没有了。俄国的烹饪技术是被共产主义毁掉的。你看,现在还有这么大一件杀人案。"

奥斯本又从糕点车上拿了咖啡和点心,点心上涂着泡沫奶油。

"你真的不要尝点吗?你们的前检察官雅姆斯科伊要是看到这些,一定是狼吞虎咽地吃完这一小车的。"

"他是个贪婪的人。"

"没错,他就是这种人。为了一点小事,比如引荐,或是曾经的一些轻率的小事,多年之后我都还得给他钱。他知道我不会再回苏联了,所以想最后敲诈我一大笔,不然,你不可能在浴池见到我。每一次当我觉得你跟他不是一路人的时候,他又会靠近你,把你向前推一下。他说你是个优秀的探长,这倒是真的。其实雅姆斯科伊很聪明,只是太贪了。"

吃完饭,他们离开餐馆,在街上步行。奥斯本的轿车缓缓地跟在他们后面。他们曾经在莫斯科河边步行,当时也有一辆车跟在后面,情景如此相似。过了几个路口,他们走到了一个入口耸立着骑马者雕像的公园。这里应该是中央公园吧,阿卡迪想,他们要在公园里杀了自己吗?应该不会,如果要杀他,奥斯本在自己的工作室里更好下手。现在,肚子更饿了,阿卡迪吸上一支烟,抑制着这股饿意。

奥斯本也点上一支:"你那俄国人的倔脾气会害死我们的。你知道他们为什么恨你吗?"

"谁?"

"雅姆斯科伊。"

"检察官?他为什么恨我呢?"

"还记得吧,因为一件向最高法院的起诉,他的照片还上过《真理报》。"

"没错,是维斯考夫的起诉。"

"正是那场起诉毁了他。本来克格勃应该派他们的将军担任莫斯科检察官的,但是雅姆斯科伊做了检察官,那是因为他被克格勃利用来进行有关罪犯权利的宣传,以此制造打击检察系统的把柄。因为那次起诉,克格勃可以这样给检察官安上罪名,说他诋毁苏联法律,或者搞个人崇拜。这样说非同小可,一旦被扣上这个帽子,就有可能引发一场大规模的运动。总的说来,毁掉他的就是那个起诉案,而你,正是那个案子的核心推动者。"

阿卡迪心想,在美国纽约的中央公园,一位莫斯科市前任探长终于知道了为什么死去的莫斯科市检察官那么恨自己。奥斯本没有说错,阿卡迪想起在浴室的时候,雅姆斯科伊跟大家谈论关于发动弗伦斯基主义斗争的情景。原来,这项斗争不是针对阿卡迪的,而是针对雅姆斯科伊来的!

远处传来音乐声。那边的溜冰场上,人们在彩灯下滑冰的样子隐约可见。

奥斯本说:"你可以欣赏一下公园的雪景。"

"是啊,现在下雪了。"

"我喜欢雪。"奥斯本实话实说。

在路灯和车灯的映照下,雪花飘舞着。

奥斯本接着说:"你知道我为什么喜欢雪吗?我从来没有跟任何人说过。其实,我喜欢雪,是因为它能够把死人埋起来。"

"比如高尔基公园?"

"不,我说的是列宁格勒。第一次去苏联的时候,我是一个满怀理想的年轻人,就像那个死去的柯威尔。为了理想和事业,我付出了太多的精力。在战场上,我必须跟上俄国人的进军步伐,而且还有其他事情要做,每天只能睡四个小时,饿肚子是常事。有时候,我不得不去克里姆林宫求见斯大林的秘书,请求他们补充一些给养给我们的那些要开进列宁格勒的车队。只有在那时候,我才能刮刮脸,换身干净衣服。围攻列宁格勒的战争是一场了不起的战役,是人类历史的转折点。当时我的任务是尽可能延长那场大屠杀的时间。我们也真的做到了。列宁格勒死了六十万人,城市还是没有攻陷。那场战争打得很艰难,有可能早上攻陷的一条街,晚上又被抢回来;也有可能一年前被攻破的地方,一年后才夺回来。就是在那场战争中,我喜欢上了雪。两军停止射击的时候,俄国的扩音器鼓动德国人向自己的军官开枪;德国的扩音器则叫俄国人开枪打向他们的儿童,他们说,打死他们也总比让他们被饿死强。甚至还有人直接喊:'安德烈,你的邻居把你的女儿给吃了!'这些话让我很难受。因为我的职责就是给城内运送食品。所以,当几名德国的军官被俘之后,我和蒙代尔给他们送了巧克力和香槟,还请他们在野外吃了一顿。当时,我们以为他们可以被释放,然后回到德军中为我们做宣传,让人们都知道他们在城里吃得有多好。结果,我们遭到了他们的嘲笑。他们说,这一路上发现的尸体就足够他们宣传的了。他们特别觉得美国人给俄国人供应给养太可笑了。他们问我,是不是真的以为靠飞机空投或者雪橇运送的这点粮食就能让一百万人活下来?你们就没有更好的办法吗?难道还没得出结论吗?所以,他们这样一提醒,我想出了更好的办法——开枪打死他们。但是我毕竟得出了结论。"

离开公园后,他们坐上车驶上了第五大街,这里是普通人与富人区的分界线。林立的楼房里,天花板上的枝形吊灯发出耀眼的光彩;穿制服的门卫们肃立在楼前的伞盖下。轿车在一栋楼前停下了,奥斯本带着阿卡迪走了进去。电梯司机把他们送到 15 楼,走出电梯之后只看到一个门,奥斯本打开门,把阿卡迪请了进去。

借助窗口透进来的光线,阿卡迪看出这是一个大公寓。奥斯本按了一下电灯开关,但是灯没有亮。他说:"今天电工来过,可能还没有安好。"阿卡迪穿过门厅随意进了一个房间,里面摆着餐桌和椅子。旁边有间书房,书房里只有一只装着电视机的包装箱。阿卡迪观察了一下,这里一共有八个房间,但是现在都还比较空,看上去可能还有更多的东西会搬进来。房间里弥漫着一股熟悉的香气。

奥斯本带他来到卧室的落地窗旁,这里可以俯瞰整个公园,风景异常美丽。头上的天空乌云密布,近处是灰暗的湖水和池塘,还有公园周围公寓的齐整栅栏,远处现在只能看清白色的椭圆形溜冰场。

奥斯本问:"这里怎么样?"

"有点空。"

"没错,不过在纽约最关键的是风景。"奥斯本又拿出一支烟,"我把巴黎的沙龙卖了,要重新找地方投资。在这里投资一套公寓看起来还不错。说实话,欧洲没有这里安全,做生意的人必须首先保证自己的人身安全。"

"什么生意?"

"紫貂生意。还好我已经弄到了一些,撤回来也没什么。"

"紫貂在哪?"

"在美国。美国毛皮兽类的饲养地大多集中在五大湖一带。不过我也可以把它们运到加拿大去。加拿大是世界第二大国,他们想要查的话会比较费劲。或者,我还可以把紫貂运到宾夕法尼亚州的马里兰,那里也有一些优质的饲养场。到了春天,这些貂就要生产了,它们都是用巴尔古津山紫貂配的种。一旦顺利繁殖,我就会有更多的紫貂。所以俄国人才急于跟我交易。"

"你跟我说这些干什么?"

奥斯本走过来跟他一起站在窗前:"我可以救你。你和伊莉娜。"

"你原来不是想杀她吗?"

"不是我,是雅姆斯科伊和阿芒。"

"你有两次想杀她,我都在场。"

"我不否认你是个英雄。但是探长你别忘了,是我告诉你去大学救伊莉娜的。"

"你设下圈套让我去那里,好让我被他们杀死。"

"但是最终,我和你救了她。"

"她的三个朋友被你杀了,就在高尔基公园。"

"我的三个朋友也被你杀了。"

阿卡迪身上泛起一阵寒意。他觉得奥斯本神经不正常了,或者他就不是人,他简直是用钱雕出来的。其实现在房间里只有他和奥斯本,没有第三个人,这里离街面也很远。如果他不想再听他说这些废话,完全可以杀了他。

这个想法好像被奥斯本察觉到了,他抽出手枪:"我觉得我们应该相互原谅,通力合作。因为,我们在某种意义上是同类人。这件事情怪只怪雅姆斯科伊,或者说俄国革命,或者其实也不关他们的事,有些东西是在我们的骨子里的。来,你好好看看这个公寓吧。"

他们沿着走廊又进了一个房间,透过这个房间的窗户也可以俯瞰公园。房间里有梳妆台、梳妆镜、一把椅子和一个床头柜,还有一张没有整理的大床,那股熟悉的香味又来了。

"梳妆台的第二个抽屉,你打开看看。"奥斯本说。

阿卡迪打开抽屉,看到里面放着男人用的新内衣和袜子。他说:"这么说,有人要搬来了吗?"

奥斯本没理会他的话:"你再打开衣柜右边的门。"

阿卡迪拉开柜门,看到十几件夹克和运动裤挂在衣架上。虽然光线昏暗,他还是能看出这些衣服和他过去的穿着款式很接近。奥斯本说:"这是给你的礼物。"

衣柜的另外一扇门也被拉开了,里面装满了衣服,有睡衣、内衣和毛皮大衣。柜底还摆满了女式靴子。

"对,是有人要搬进来了,"奥斯本说,"你和伊莉娜。我会雇用你们。当然不是白用,我会给你们丰厚的报酬。这所公寓是我名下的,我已经付了第一年的押金和保险金。你们将开始全新的生活,这是任何一个纽约人都梦寐以求的生活。"

到底怎么了? 这里很不对劲。阿卡迪心想。

"你不想让伊莉娜死吧?"奥斯本问,"我跟俄国人说了,用我的紫貂跟他们交换伊莉娜和你。之所以做这笔交易,是因为我需要她;而换你的原因是,如果你不在,她是不会来的。”

“我不会跟你共享伊莉娜。”

奥斯本说:“我们已经在共享了。不论在莫斯科,还是在这里,我们都在共享。还记得吗?在莫斯科,有天早上你在她家外面跟她说话的时候,我就在她床上。在这里,昨晚你们睡在一起,但是今天下午,她是跟我睡的。”

“就在这里?”阿卡迪睁大眼睛看着皱巴巴的床单,他突然觉察到了什么。

“你不信吗?”奥斯本说,“你这么聪明,为什么要吃惊呢?如果伊莉娜不帮我,我怎么能找到詹姆斯·柯威尔、瓦莱丽亚和柯斯佳?还记得吧,有一阵她是躲在你家里的,但是你们居然没有被发现,你不觉得奇怪吗?其实我们当时根本就没有去找你们,她早就从你的房间里给我打电话了。你去芬兰边境的时候,她就在我们手里了。不是我去找的她,是她来找的我。你这么聪明,不会想不到,只是这些问题你从来不敢好好思考吧,因为你已经知道了最终答案。现在我告诉了你真相,你一定很生气。不过,现在,所有的调查都结束了,我会保证你的安全的。我用紫貂交换了你和她,这个事情就算了结了。俄国方面,他们会把你们俩编进犹太籍,免得还要处理一些遗留的麻烦事。”

奥斯本放下枪:“其实你来不来,对我而言都无所谓。但是如果你不来,伊莉娜就要回去。她一直向往这里,但是,她居然为了你又威胁说要回去。现在,你来了,我也很开心。一切终于完美了。”他从床头柜里取出一瓶酒和两只酒杯,“你看,多有意思啊,我们一个是杀人犯,一个是侦查员,我们对彼此的了解是最深刻的。你的任务就是调查案件,给人定罪。而你在还没有见到我的时候,基本上就已经锁定我了,对吧?当我从你手中逃走的时候,你居然反过来难住了我。在这个案子的问题上,我们两个一直都是如此紧密相连啊。”

他把两个杯子都斟满了酒,递给阿卡迪一杯。

“杀人犯与侦查员共享一个女人,我们的关系是有多么亲密,就连在爱情上都是同伴!来,让我们为伊莉娜干杯吧!”他举起酒杯。

“你为什么要在高尔基公园杀人?”

“你调查过,应该知道原因。”奥斯本仍然举着酒杯。

“我已经知道你的杀人手法,可是,原因呢?”

“原因你也知道啊,紫貂。”

“你为什么要紫貂?”

“赚钱。这还用我说吗?”

“你已经很有钱了。”

“我希望赚得更多。”

“就为了得到更多钱?”阿卡迪问,他把杯中的酒倒在地毯上,画出了一个螺旋形,“奥斯本先生,你不是一个正常人,你是一个杀人上瘾的生意人。你是个白痴。伊莉娜只是卖身给你,但是对我,她是献身!作为一个生意人,你总是希望得到肉体,但是你也知道,仅仅得到肉体是没有意义的。我们会暂时依靠你,但是谁也不知道哪一天我们就逃走了。那个时候,你就失去了紫貂,失去了伊莉娜,你将一无所有。”

“这么说,你就是答应接受我的帮助了?”奥斯本说,“今天已经星期三了,星期五我就跟苏联人交易。你和伊莉娜,换紫貂,你愿意我来救你们吗?”

“好吧。”阿卡迪说。他现在顾不了太多了,只有奥斯本能救伊莉娜。如果他们真的得救了,还可以逃跑。那个时候就由不得奥斯本了。

“那么,干杯吧!”奥斯本说,“在列宁格勒的时候,我煎熬了一年才知道,为了生存,人们需要付出多大的代价。而你才到这里两天就转变了观念。我想,过几天你就会变成纯粹的美国人了。”他一饮而尽,“明天很美好,我很憧憬。我也很高兴,获得了一个新朋友。”

阿卡迪独自乘电梯下楼,事实的真相把他折磨得心灰意冷。这就是真相,伊莉娜是个娼妓!她跟奥斯本上过床!甚至,为了离开苏联,她也许还跟别的男人上过床!这个女人的两条腿,难道就像翅膀那样容易分开吗?她用冷漠、责骂、热情和亲吻欺骗了阿卡迪,她骂他是白痴,接着又让他当了白痴。更糟糕的是,其实他一直都知道这些,时时刻刻都知道。

爱她越深，对她的了解就越多。现在，自己和娼妓又有什么区别？他已经不再是探长，也不再是犯人了。他又想起了高尔基公园的死者，还有帕沙，他们又算什么呢？原来，一切都不过是骗局。在第一个骗局中，他迫使普里布鲁达接过了这个涉外的案子；第二个骗局中，自己得到了伊莉娜；而第三个骗局中，他让奥斯本得到了她，而他们又都受制于奥斯本了。

电梯的门开了，他走出大厅。“我成了奥斯本的伙伴了。”他自语道。刚来到人行道，一辆轿车就开到他跟前，他麻木地钻进车里，驶向旅馆。不管怎么样，他依然爱着她，宁可不顾高尔基公园的死者，她一路卖淫来到美国，他也要继续卖身，帮助她待下去。他们真是绝配。他把头懒懒地靠在座位上，看着窗影里颤抖的雪花。她曾经恳求过，不要问她任何问题。所以，他就真的不问，于是什么都不知道。她有多少个衣柜？她在纽约到底待了多久？

他的思绪又回到了过去。他不曾屈服，也没有透露过任何信息。但是，克格勃和调查局都知道伊莉娜和奥斯本的事。很明显，这肯定是伊莉娜自己告诉他们的。再往前想，她跟奥斯本在一起有多久了？还有别的男人吗？应该没有吧，不然奥斯本为什么会引以为傲呢？

汽车穿过百老汇大街的时候，他看到了电影院门前帷幕上的小丑，看到了广告牌上写着的“实况直播”，看到了戴金色假发的女黑人和戴红色假发的女白人，还看到了时代广场每个角落警觉的警察。灰烬般的雪花在人群上空飘落，只在闪耀的广告牌周围映出斑斓的光雾。

伊莉娜应该还是爱他的吧。为了他，她都可以放弃留在美国。他还记得在电影制片厂看到她的时候，她穿得很朴素。如果奥斯本说的是真的，他们两个早就上过床了，而她，却不肯接受奥斯本的礼物，只接受过唯一一份大礼——美国。而阿卡迪能送她什么礼物呢？除了一块廉价的头巾，什么都没有。只有奥斯本给得起美国这样的大礼，也只有奥斯本愿意把真相告诉阿卡迪。

美国，俄国；俄国，美国。美国似乎是人们实现梦想的巅峰，但是，真正的希望在这里会落空吗？这里会不会有梦想落空的人呢？梦想会不会成为一种虚幻？阿卡迪想着，如果他早就知道伊莉娜和奥斯本的事，他还会来这里吗？不会吧。可是，其实他心里早就知道他们两个有这些事啊。到底是谁在幻想？他自己吗？

假如自己愿意，伊莉娜宁可回到俄国。是的，连奥斯本都这样说。

他们两个上床的时候又是什么样的呢？伊莉娜，奥斯本；奥斯本，伊莉娜。他能想象出他们俩在床上缠绵的情形，像蛇一般的缠绕。不！他们三个！像蛇一般缠在一起。

车停在路边的时候，阿卡迪从刚才的思绪中回到了现实。这时，车两边的后门突然被人打开，两个黑人探身进来。一支左轮手枪顶住了阿卡迪的头，持枪者的另一只手上拿着侦探徽章。后座与司机间的玻璃格被拉了下来，阿卡迪发现柯威尔坐到了司机驾驶位上。

“司机呢？”阿卡迪问他。

柯威尔龇牙笑道：“有个坏人击中了他的头，把车偷走了。你好，欢迎来到纽约！”

阿卡迪和柯威尔再一次坐在一起吃肉喝酒。柯威尔就着威士忌啤酒大口吃了几个热牛肉三明治。黑人侦探贝利和罗德尼在对面桌喝着朗姆酒和可口可乐。不过，坐在柯威尔对面的阿卡迪却无心吃喝，也没有感觉到自由。他脑海里一直浮现着的还是公寓大床上凌乱的床单。他表情呆滞，似乎对柯威尔毫不关注。

柯威尔也不介意，他解释道：“即便奥斯本承认自己杀了人，即便他说，‘2 月 1 日下午 3 点，我在高尔基公园枪杀了他们，是我干的，我高兴那么做。’他也不会被引渡。因为，就算是有正派的律师接手这个案子，这场官司也得拖上五年。你看，五年初审，五年起诉，最后他还可以到联邦法院上诉，花钱买个审判未决。就这样，输赢未定，十五年已经拖过去了。紫貂是要交配的，它们虽然不像水貂那样易于繁殖，但如果按这样拖下去，拖上十五年，那么繁殖出的紫貂足以毁掉苏联的紫貂垄断地位。这相当于失去了五千万美元的外汇。所以，按照正常的流程引渡他是不可能的。那么，用别的办法？要么是杀了他，偷走紫貂，要么就真的没什么办法了。美国的调查局会保护他，苏联人又不知道紫貂藏在哪里，所以只能做交易。奥斯本玩弄了克格勃,现在又跟他们谈交易,其实仍然是在欺骗他们。就这一点而言,这家伙真算是条美国好汉。而你呢,你算什么?俄国颠覆分子?好吧,但即便如此,我还是会帮你的,伦科。"

柯威尔和他的两个黑人侦探看上去粗鲁得像强盗,和莫斯科民警的气质很不一样。不过,他们很谨慎地把抢来的轿车放在几个街区之外。

"如果你在莫斯科的时候能帮我阻止奥斯本就好了。现在,你已经帮不了我了。"

"我可以救你的。"

"是吗?"阿卡迪在心里苦笑了一声。如果是在昨天,他还能相信柯威尔的话,但是现在,他黯然道,"你有紫貂吗?没有紫貂你怎么救我?"

"我没有。"

"那你就真的救不了我。我本来也不抱什么希望。"

"别管那个女人了,交给克格勃,让他们处置吧。"

阿卡迪揉了揉眼睛。让伊莉娜回俄国,自己留在美国?太荒谬了。

"不行。"

"我的计划就是这样的。"

"那算了,你的好意我心领了。"阿卡迪起身准备走了,"送我回去吧!"

"等一下,"柯威尔拉他坐下,"再喝一杯吧。"他给阿卡迪的杯子里倒满酒,又从口袋里摸出几袋花生米扔在桌上,"你急什么?调查局都可以让你去见一个公认的杀人犯,我再借用你五分钟又能怎么样呢?我还是个纽约警察呢!"贝利和罗德尼好奇地看着阿卡迪。他们俩个子都很高,皮肤黝黑发亮,都穿着浅色衬衫,系着浅色领带。

阿卡迪不置可否,一口喝干了杯中的酒,他问:"杯子怎么这么小?"

"这是教士故意设计的,用来惩罚人的小伎俩。"接着,他又笑着对两个黑人侦探说,"去找个碗来装花生米吧。"于是贝利转身到柜台找碗去了。

"你为什么不喜欢联邦调查局?"阿卡迪问。

柯威尔收敛起笑容,严肃地说:"从工作角度来说,因为调查局从来不调查,不管是什么案件,他们就只知道用密探来对付别人。他们总是找一些精神病患者或者职业杀手来当密探，这类人危险而又毫无信用，简直就是嬉皮士。而这些密探如果被捕，绝对会把自己人供出来。调查局想听什么，他们就说什么，不知道的就编。你看，这就是联邦调查局。作为真正的警察，我们会亲自去调查情况，不惜弄脏自己的手脚乃至涉险。而联邦调查局的人只会坐在办公室里，衣冠楚楚地靠着收买密探来做事情。”

“并不是每个告密的人都是嬉皮士。”阿卡迪小声说。他想起了米沙，于是他猛喝了一杯酒，甩掉了这一影像。

“这些污点证人作完证之后，就会被转移到其他地方，换个身份生活。如果他们又接到了杀人的任务，杀完人还可以被转移，有人被转移的次数多达五次。因为他们有告密的功劳，所以很容易得到完全的豁免。你根本抓不住他们，他们受到的宽恕比总统还多。知道了吧？调查局的人从来不用自己做事，就知道利用这些人。”

贝利从柜台回来了，带回一个木纹塑料碗，放下碗，他又转身出去了。柯威尔打开袋子把花生倒进碗里。

阿卡迪说：“奥斯本承认他自己就是调查局的密探。”

柯威尔抬头望着天空：“是的，我知道。而且我还知道，终有一天，奥斯本能够进入联邦调查局，他的仕途一片光明。他去过克里姆林宫，去过白宫，一直跻身于上流社会，他跟各个队伍都关系密切。他也能收买和出卖任何调查局的人。所以，他想做的事情，真很难有做不成的。”

“他为什么不考虑中情局？”

“他是个聪明人。中情局的情报来源太多，单是俄国就有一百多个人。而调查局不一样，他们被迫关闭了驻莫斯科的办事处，有价值的只有一个奥斯本，奥斯本提供给调查局的消息也就更值钱了。”

“但他只会提供小道消息。”

“小道消息正是他们所需要的，这样他们就可以去跟议员们咬耳朵。比如，莫斯科某高官长了梅毒，再比如，肯尼迪兄弟又出了什么花边新闻……议员们就是想听到这些消息，正是这些东西支撑了联邦预算。只不过现在，情势反转了，奥斯本要收回他曾经付出的代价，他要求调查局保护自己，他还要光明正大地混下去，不打算像其他告密者那样换个身份生活。所以,他抓住了调查局的软肋,可以威胁到他们了。”

阿卡迪吃完花生米,给自己的杯子再倒了酒:“不管怎样,他必须把偷走的紫貂交出来!”

“哦?那你说,假如是克格勃偷走了紫貂,苏联政府会交出来吗?告诉你,在美国,他就是英雄。”

“他是杀人凶手!”

“他说你才杀人了。”

“我又不是克格勃。”

“可他现在倒说我是。在这个特殊时期,我跟你都里外不是人。”

柯威尔的黑人侦探回来了,对他说了一句让阿卡迪听起来莫名其妙的话:“他们没有放他,正打算以酗酒和破坏秩序罪拘留他,一个小时后提起公诉。”

阿卡迪趁此时候仔细看了看贝利和罗德尼:“这两个人是不是曾经在我旅馆对面的办公室待过?”

柯威尔对两个侦探说:“你们看,我说了嘛,他可不是一般人。”

他们离开酒吧,贝利和罗德尼先走了。柯威尔带着阿卡迪步行穿过几条僻静的街巷。柯威尔把他们经过的这个区域称之为乡村。一路的街灯十分明亮,雪下得不大,夜间的空气很清新。走到巴鲁街的一座三层楼的砖房前时,他们才停了下来。楼前院子里爬满了藤蔓,门口的台阶是大理石的。不用说阿卡迪也知道,这里就是柯威尔的家。

“在夏天,这里简直就是一个紫藤的王国。”柯威尔说,“我们曾经收留过一个俄国房客,过去也用过不少俄国人,比如那个照顾我的老太太。她是一个啰唆的老太太。”

“以前,调查局经常派人监视我们,就在这儿坐在车里日夜守着,还窃听我们的电话,盘问每一个进过这扇门的人。家里有个无政府主义分子吉米,你根本想象不出这地方是种什么样的氛围。吉米在小屋顶上放了炸弹,为了与上帝同在,他又住到了最顶层,还在那里设了祭坛,摆上十字架和圣像。后来,他放在屋顶的炸弹爆炸了,大家都受了伤,包括吉米和我在内。”

“那这个地方你还敢住啊?”

“反正这个国家哪里都不安全。对了,我们现在要去找个人。”

柯威尔开着一辆蓝色的车,车里收拾得很干净。他们的车沿着瓦里克街南行,柯威尔一路漫不经心地和遇到的巡逻警车打着招呼。阿卡迪突然想到现在韦斯利一定发觉他失踪了,旅馆里肯定是一片慌乱吧?会不会有警车在到处找他?会发布紧急通缉令吗?有人会怀疑到柯威尔头上吗?

阿卡迪说:“我有一件事情搞不懂。就算奥斯本是个重要密探,调查局作为司法机关也不应该这么明目张胆地让我跟他见面呀!”

“别的城市都有规矩,但是纽约没有。在纽约,就算有外交官撞了你的车,奸污了你的老婆或是打死了你的狗,他仍然可以大摇大摆地回去。在这里,到处都是特权、豁免、例外,警察局基本没用,充其量是个扫垃圾的女佣。”

汽车继续在纽约的黑夜中行驶,阿卡迪兀自在想象中为这里的景色添加上各种莫斯科的元素。柯威尔说:“不过,这一次对你的处理,调查局的态度的确很奇怪。他们明明有更安全的公寓,却把你安排在巴塞罗那旅馆。不过,这对我倒是很方便,我可以让我的两个侦探设法接近你。但是我不得不说,他们这个安排实在很可疑。这可能说明了一点,韦斯利不想把你到纽约的事情在调查局留下记录。奥斯本跟你怎么说的来着?他提到过什么交易吗?”

“他跟我只是随便谈谈。”阿卡迪很自然地撒了谎,就好像突然换成了另一个能言善辩的人在和柯威尔交谈。

“如果我没猜错的话,他应该把他和那个女人的事告诉你了吧?能让别人痛苦正是他的快乐之源。我可以帮你对付他。”

车子驶入了曼哈顿区中的一片低矮的公用楼房群。这些楼房里既有殖民主义时代的建筑,又有现代建筑。现在这个时间,只有一座大楼还灯火通明,这座楼占据了一段街区,是一座斯大林哥特式的建筑,不过装饰没有莫斯科的那般奢华。楼前耸立着一块光滑的墓碑。柯威尔把车停在了前面。

“这是哪里？这时候还在工作吗？”阿卡迪问。

“这是墓地，”柯威尔回答，“现在夜间法庭正在开庭。”

他们进了那栋建筑的大门，来到一个走廊，很多乞丐聚集在这里。乞丐们的破衣烂衫完全遮不住身上的各种伤痕，他们满脸冷漠和怀疑的神情。在莫斯科，通常乞丐会集中在火车站，或者在被民警大队集中驱赶的路上。而在这里，乞丐们占据了整个走廊。走廊上有一个用废料堆就的简易询问台。走廊的一边贴满了长长一串审讯时间表，另一边是一排铝制电话。两个穿着破外套提着皮箱的老人一直目不转睛地盯着阿卡迪。

柯威尔解释道：“他们是律师，可能以为你是来找律师的。”

“他们难道还看不出来谁会是他们的潜在顾客吗？”

“进门之前他们也分辨不出谁是顾客。”

“他们接待顾客也应该在办公室吧？”

“他们的办公室就在这里。”

柯威尔拉着阿卡迪穿过人群走进一个房间。阿卡迪马上意识到，这就是一间法庭。这么晚了，居然还有法庭在开庭。

法庭上只有一位法官坐在一张高台后面，身后的木板上刻着“信上帝”，上面还挂着一面塑料美国国旗。在一张略矮的桌子后面，坐着速记员和另一名工作人员。辩护律师们在里面走来走去。法庭上被起诉的罪犯大多数是黑人，各种年纪的男女都有，而律师全是白人青年男子。

法庭前面站着一排别着警察徽章的男子，他们的神情中充满厌恶。被告们坐在后排，同时坐在后排的还有混进来打瞌睡的乞丐。整个房间都被睡眠笼罩着，疲惫可以征服任何暴行和固执的心态。法官、罪犯、律师，每个人的脸上都透着冷漠。阿卡迪的身边，一位年轻女子抱着小孩安静地坐在那里。这里的卫兵偶尔会赶走几个打呼噜的人，以便保持法庭的安静。罪犯被叫到桌前的时候，他的辩护律师会小声和法官交谈，然后法官开出一个价，有时是一千美元，有时是一万美元。法官和律师就这样低头商议着，全然不理会周遭。阿卡迪意识到，原来这个法庭的庭审就是讨价还价。通常，五分钟甚至只要一分钟就可以定出一个案子的价钱。在莫斯科，酗酒案也是这样处理的，可这里处理的都是些犯了抢劫和伤害罪的人。等下一个罪犯的名字被念到的时候，前一个人已经解决了自己的案子，大摇大摆当着逮捕人的面走了。

“什么叫‘保释金’？”阿卡迪问。

“就是把人从监狱放出来的时候，需要付的钱。”柯威尔回答。

“这样做科学吗？”

“相当不科学，但规矩就是这样。真行啊，他们现在还没把莱兹给我放出来。”

法庭后面，柯威尔跟几个熟识的侦探相互打了声招呼。他们大都和柯威尔一个风格，高大结实，不修边幅，和那些衣冠楚楚的调查局人员相比的确气质不同。一位侦探指着一个站在法官面前垂头丧气的被告说：

“他犯的是强奸罪，在巴特立公园因为强暴一位妇女被抓获的。当时，抢劫缉查班的警员以为那个女的已经被奸污了，所以就定成了强奸案。后来又以为她差点被杀死，所以又交给了我们负责凶杀案的。结果，其实她既没被强奸又没被杀死，所以最后还是要交给负责抢劫案的。但是那帮人居然下班了！我现在交不出去，如果不交到这里，更不知道该怎么办了。”

“这个人本来心理就有问题，”另一个侦探接着说，“他小时候就恋母，总想着要抢劫那些跟他母亲气质相似的人，所以我们得保护所有那些长相和气质足以使他回想起他母亲的人。”

第一个说话的侦探问：“什么意思？”

“没什么意思，问题就在这里。”接话的侦探耸耸肩。

柯威尔带着他们走出法庭。阿卡迪问：“我们现在去哪里？”

“去监狱把莱兹接出来。你有什么好办法吗？”

他们很快来到了曼哈顿监狱，这座监狱是法庭的收容所。他们进了大门，在路过几间牢房时，看到里面有十几个男人正在等待传唤。这些人看到有人从身边走过，也只是木然地转了转眼睛，没有什么其他反应。柯威尔在一间牢房面前停下了，里面关着一名白人男子，他的脸上有擦伤、酒污和暴晒的痕迹，穿着也很特别，戴着羊毛软帽和露指头的羊毛手套，身上的大衣上有许多口袋，脚上的皮靴满是污泥，左腿还在不停地抖动。

看守他的是一个留着八字胡的侦探和一个穿着军服的年轻瘦子。

"莱兹,准备回家吗?"柯威尔问牢房里的人。

穿军服的瘦子说:"中尉,你现在还不能带走他。"

柯威尔向阿卡迪介绍说:"面前这位是区助理律师,他即将晋升为辩护律师。"接着,他又介绍那个留胡子的侦探:"这是个笨侦探。"

听到这句话,那个笨侦探好像更惭愧了,一脸无地自容的样子。

律师说:"再过几分钟,莱兹先生就要被提审了。"

柯威尔笑了:"说他犯了酗酒罪和扰乱秩序罪?他都已经醉成这样了,你们还想干什么?"

律师有些紧张地回答道:"我们想通过莱兹先生了解一些情况。中尉你可能不知道,最近哈德森湾公司发生了一起盗窃案,罪犯至今没有落网。我们有理由怀疑莱兹先生曾经想卖掉偷来的东西。"

柯威尔问:"有证据吗?"

莱兹在牢房里高喊:"我没偷!"

律师说:"不管怎么样,他现在犯了酗酒罪和扰乱秩序罪,已经被拘留了。中尉,我以前就听人说起过你,我不想为难你。"

"是你抓到他的吗?"柯威尔看着侦探徽章上的名字,"原来你叫凯西,我认识你的父亲吧?以前是有这么个侦探。"

凯西不敢和柯威尔对视,他说:"莱兹被抓进来了,他们需要有个人守在这里。"

"好吧,你是军人,得服从命令,我理解。那你呢?"柯威尔转向律师,"你是缺钱了吗?需要加班了吗?"是不是缺生活费?

律师说:"凯西侦探是在帮我。"

"钱我可以给你,"柯威尔说,"毕竟我和你父亲是熟人嘛。你是个不错的爱尔兰小伙子,除了不会拍马屁。这件事情就到此为止吧。"

律师说:"柯威尔中尉,你一定要在这件事情上与我们纠缠吗?你跟他到底什么关系?这位侦探已经答应做提审官了。现在,莱兹先生已经被抓了,我们应该把他送到法庭……"

"算了吧。"凯西挥挥手走了。

“你去哪儿?”律师质问他。

“我走了。”侦探说完,头也不回地走了。

“等一下!”律师跑去追他,但是没能拦住凯西。

“我看你是不想干了!”律师愤怒地关上门走了回来。

“中尉,就算现在我们控告不了他,我们也不能就这么放他走,事情还没完呢!”

“我现在必须带走他。”

“为什么?中尉,你这是什么话?你影响了我们办案,还恐吓了一位侦探同事,你与区检察院为敌——你做这么多就是为了一个酗酒的人吗?你还算是个警察吗?你居然藐视法庭的权威!”

突然,莱兹疯狂地大叫起来:“这就是全部的意义!”在他还没开始发出更多的尖叫时,柯威尔和阿卡迪径直把他拖走了。他的叫声已经吓到了很多人,柯威尔不得不把他的嘴捂上,阿卡迪继续拖着他往前走。这是阿卡迪遇到的第一个酒臭熏天的美国人。

他们把他弄上车,柯威尔开车在麻尔伯利街上找了家熟食店,买了一品脱威士忌、一品脱红葡萄酒和几袋坚果。柯威尔说:“这里的法律禁止在熟食店里买酒,所以,越是这样,从这里买的酒喝起来越是别有一番滋味。”他把红葡萄酒递给莱兹,莱兹把酒喝光之后,很快昏昏睡去。

阿卡迪很不解:“我们这是在干什么?把他弄来有什么用?现在韦斯利和调查局一定在找我,还有克格勃!你为什么要这么干?你会有大麻烦的!”

“我为什么不能这么干?”

两人喝着威士忌吃着坚果。柯威尔看来对自己的表现很满意。阿卡迪问:“你到底为什么要这样?”

柯威尔说:“没什么特别的理由。我带你逛逛吧!”

“如果他们发现你跟我在一起,会怎么样?”

“管他呢,总之你不会有什么损失的。我们先把莱兹送回去。”

后座上,一身污秽的莱兹睡得正香。好吧!阿卡迪心想,这一天过得实在很漫长,反正他现在也不想见伊莉娜,就跟着柯威尔耗着吧!

“不会有损失是什么意思?”阿卡迪问。

“他是我的人。”

柯威尔开车驶上了运河街。他问阿卡迪:“我就没弄明白,你这样的人是怎么当上警察的呢?”

“你说的是侦查员吧?”

“就是警察。”

“好吧,警察。”话一出口,阿卡迪发现自己居然在附和着柯威尔,好像怕他似的。他接着说,“我小时候亲眼见过一个案子,可能是自杀,也可能是他杀。”说到这里,他突然感到很吃惊,原本侦查员都墨守成规地训练过如何回答特定的问题。比如,此时参照侦查员前辈的经验,他应该回答,规劝懒汉和破坏分子、保卫革命,等等。但他居然说出了这件事情,本来他不应该说的。不过,现在他很想倾诉,于是他继续说,“战争刚结束的时候,大家都愿意说实话。但是后来,说实话的人越来越少,连受害者自己都不敢说实话,怕带来麻烦。只有侦查员可以调查处理案件,也能够获得人们的信任,所以可以说实话。”

说到这里,他问了一句:“我表达清楚了吗?”

“你尽力表达吧。”

“好吧,那我再说一些事情吧。一个晚上,有位知名的演员叫妻子从车上下去,让她把路面的玻璃挪一下,妻子下车之后,他就开车轧死了妻子。有个女孩,还是个共青团员,都快结婚了,有一天把她的爷爷奶奶捆在床上,关严了门窗,把煤气打开,然后自己出门参加晚会去了。一个著名的农学家居然杀了一个来自莫斯科的风流女人。这些事情的发生真是让人始料未及,这些人也实在堪称奇葩,连他们杀人的原因都很变态。开车轧死妻子的男人不愁找不到新老婆,放煤气毒死爷爷奶奶的女孩是因为不愿意婚后和老人一起生活,而那个杀死了女人的农学家只是因为不愿意和她一起离开自己的村庄。这些事情没有人报道,但经手处理的我们是知道的,不但如此,我们还要把这些案件的发生数量艺术地处理一下。”

“意思是,把凶杀案发生的数量少说一些?”

“对。”

柯威尔把酒瓶递给他:“这样有意义吗?我们干这行,只不过是因为个人兴趣。在美国,很多年轻人都是因为他杀而死。在这个复杂而混乱的社会,一出门就有被杀死的危险,还不如在家里看电视,至少也是在研究一种艺术嘛。说起电视,其实当演员也不错,有的人一出生就成了影视明星,当然不是每个人都有这样的运气。其实最好运的就是那些演员,他们可以在镜头里扮演一手拿啤酒一手搂女人的警察,加上有汽车追逐情节的动作场面,还可以做点特效。电视镜头多精彩啊,有了这些,普通人就不会在乎现实生活中的缜密谋杀了。好莱坞的那些演员才是真正的警察,而我们这些真正的警察却被人视作滑头、骗子。”

他们的车已经驶过哈德逊河,来到新泽西一侧。阿卡迪回望曼哈顿岛,在无数灯柱的尽头,两座白色的高塔伸向夜空。阿卡迪想到韦斯利可能以为自己已经叛逃了,心里居然有一种快感,好像在挑战某种未知的语言。

阿卡迪说:“在苏联,我们公开化的意识还比较落后。不管是官方的还是非官方的事故或者案子,我们都会保密。大家都不愿意说实话。连证人都撒谎。有时我在想,我们的证人应该比杀人犯还怕侦查员吧。我以前对天文学感兴趣,觉得宇航工作很有意思。但是突然有一天,我想当侦查员了,对于宇航工作的兴趣就丧失了。我想,人们之所以对另外的星球感兴趣,是因为它们离我们太远。不过,对一个离我们的现实生活不太远的凶杀案,人们会更感兴趣的。”

阿卡迪说得口干舌燥,喝了一口威士忌,看向车窗外,“苏联没有多少路标,不像这里。”外面高速公路上的路标标注着:肯尼迪干线,贝永。“在苏联,如果不知道路是通向哪里,最好是不要上路。”

“我们在这里都依靠路标,因为我们不看地图。如果没有路标,我们根本不知道自己在哪里。”

两人喝光了威士忌,阿卡迪把空瓶子轻轻放在车内的地上。他突然说了一句:“你曾经有个女人?”

“她叫妮娜。”柯威尔说,“她到死的那一天都没能成为美国人。对于美国,她只爱一样东西。"

"什么东西?"

"约翰·加菲尔德。"

"这个人是谁?"

"这个人比你还要无产阶级。"

"这算是表扬吗?"

"一直到死的那天,这个人都是个伟大的情人。"

"还是说说你弟弟的事情吧。"

柯威尔保持了很久的沉默,只是开车。阿卡迪也没有催他,只是看着公路上的白线飞驰而过。

"我弟弟是个讨人喜欢的处男。我们的生活状况不是很好,父母去世之后就更糟糕。牧师们常常请他吃饭,然后给他讲耶稣,讲天堂。但是我经常弄坏他拿回来的圣杯,他深信那是他通往天堂的护照。我还逼他去看马克·吐温和伏尔泰的书,这简直要把他逼得崩溃。后来,我居然还让他去了苏联。我犯下的错误真是不可原谅!"

他们已不知不觉地开到了贝永。这里的夜晚灯火通明,如同白昼,沿途可见众多的镀成银色的油罐和蒸馏塔。

"以前,我和吉米经常一起到缅因州的阿拉加什去钓鱼,我们也常常能满载而归,有梭鱼、鲑鱼和鲈鱼。你有没有划船钓过鱼?我们在冬天也经常开着车去那儿,在冰河里钓鱼。在冰面上砸一个洞再把渔线和鱼饵放下去。"

"没错,西伯利亚就是那样钓鱼的。"

"去的时候哪怕天上下着雪都没事,反正有酒嘛,喝了就会暖和。还有小木屋,里面的火炉烧着木炭。小鹿也会在附近活动。这个季节,没有几个人会在雪中打猎,除了樵夫和美籍加拿大人。说到这个,我看你的英语说得比他们还好。"

他们驶过奇尔文科河上的大桥。桥下,油船正在向着大海航行。

"斯塔腾岛到了,"柯威尔说,"我们又回到纽约了。"

"不是曼哈顿吧?"

“不是曼哈顿。曼哈顿离这里还远得很。”

他们继续往前开，路过了一排房子和草坪上的一个石膏圣像。

柯威尔问：“如果真的有机会，吉米能把那些人带出去吗？阿卡迪，你老实告诉我。”

阿卡迪想起了埋在高尔基公园雪中的尸体，他们就那么摆在那里，根本没有逃跑的意思。他也想起了那所肮脏的木头房子，当柯斯佳压住瓦莱丽亚身体的时候，吉米·柯威尔还在读《圣经》吧？但是阿卡迪又撒了个谎，他说：“当然能，吉米是个勇敢的人。”

柯威尔过了一会儿才说：“说得对。”

他们路过了一座桥，又经过了一条狭长的水域，路标上标注为亚瑟基尔运河。现在，车又开进了新泽西州。一个个码头排列在运河两岸，码头上有很多的拉纤船和炼油厂的火炬。阿卡迪觉得方向已经发生了变化，月亮从他的右边转到了左边，现在应该是在往南开了吧？纽约那边是不是已经在找他了呢？也在找柯威尔吧？伊莉娜会怎么想呢？

“我们到哪里了？”

“马上就到了。”柯威尔说。

“你的朋友莱兹到底是住哪里？这里看上去很荒凉啊。”

“这里都是沼泽地，”柯威尔说，“以前还有苍鹭、鱼鹰和猫头鹰出没，晚上青蛙的叫声也烦死人。”

现在，他们开进了工业区，两边都是工厂。未填平的沼泽地在车灯的照射下呈现出各种各样的颜色，像个黏糊糊的调色板。

柯威尔说：“你别担心，我会帮你对付奥斯本的。”

阿卡迪想着，真荒唐，其实自己和伊莉娜已经开始接受奥斯本的救助了。这样看来，奥斯本活着也是对的。哎，真的太荒谬了，怎么会这样想呢？

坐在后排的莱兹突然坐起来吼了一句：“在这里转弯！”看来他醒了。

于是，柯威尔一个急转弯，驶上了一条通往基尔的沥青路。

阿卡迪说：“除了你和奥斯本，越来越多的人都被牵扯进了这件事情。”

“你不就是说调查局吗？在别的地方他们也许能保护奥斯本，但是，这里是纽约。”

“不，我说的不是调查局。”

“那就是克格勃了？放心，克格勃也想杀他。”

“停车！”莱兹又喊。

他们下了车，送莱兹回去。脚下的沼泽延伸向远方，顺着它可以看到远处高速公路上流动的车灯。他们跟在莱兹后面，脚下的泥土路软软的，一踩就是一个坑。

莱兹突然回头说：“我不是小偷，你们看着！”

附近几个院子里的狗开始叫起来，叫声此起彼伏。莱兹现在完全清醒了，又恢复了精神。他冲向一间小屋，打开小屋的门，然后点上一盏煤油灯，请阿卡迪进去看看。

阿卡迪有些迟疑，自从来到美国，这还是他遇到的第一个没有灯光的地方，这种环境让他感到无助。

他问柯威尔：“你为什么带我来这儿？”

柯威尔说：“我要救你。你所在的巴塞罗那旅馆到处都是妓女，简直就像一个妓院，我们进出这种地方是不会有人监视的。明天晚上，我让贝利和罗德尼在你楼上的房间等你。到半夜的时候，他们会把一个梯子吊放到你的窗外。你和那个女的穿上衣服，准备好之后敲天花板，他们会用货运电梯送你们下去。然后你们从地下室里逃走。这个行动不复杂，也就是上楼，进电梯，然后逃出去。红色班会安排好一切的。”

“你说什么？”

“红色班。这些你不是都已经知道了吗？”

“你怎么知道？”阿卡迪突然想到，“原来你们也在我房间安了窃听器，你的两个侦探在对面楼就是在做这个事情，他们在窗户上放的是无线电接收器！”

“想要窃听你动静的人又何止是我？”

“其他偷听的人不是我的朋友。而你作为我的朋友，你说说，你都听到了些什么？真的是为了帮助我吗？很抱歉，可能我说的话不中听，但是我还是想知道，奥斯本带我去了他的公寓，你们在附近都做了些什么手脚？那里晚上停电了，也是你们干的吧？你们在那套房子里安了无数窃听器，连卧室都没有放过，对吧？你们还真忙啊！"

"听我说，我做的一切都是为了保护你。调查局和克格勃是串通好了在引诱你上钩呢。"

"你胡说！你看看你是怎么保护你弟弟的吧，你打断了他的腿！还有，你非常清楚奥斯本、伊莉娜和我之间的事情。"

"但是我真的能救你。我能让你们安全地逃出去，也许一直到第二天早上，韦斯利都还不知道你们不见了。我安排了一辆车，等在离旅馆几个街区的地方，车里给你们准备了钱、新身份证和地图。这里离缅因州大概九个小时车程，我给你们留着那间小屋，还有吉普车、溜冰鞋和步枪。那里离加拿大也不远了，如果你们还觉得不安全，可以直接去加拿大。"

"你是在开玩笑吧，你根本救不了我们。"

"如果吉米当时就这么做，他也会成功的。明白吗？他还可以帮助那两个俄国人。现在，我用这个办法来救你，也等于是帮吉米了却一个心愿。不然，他就死得太没价值了。"

"他已经死了，一切都没有价值了。"

"别跟我坚持了，就让我来救你吧，我们是朋友啊！"

"不，我们不是。现在我要回旅馆了。"

"等一下！"柯威尔抓住阿卡迪的胳膊。

阿卡迪挣脱开去，走向汽车。"你得按我说的去做。"柯威尔又抓住了他。

阿卡迪一拳打在他的脸上，把他的嘴唇打裂了，鲜血流了出来。阿卡迪没有想到自己的这一拳打得这么用力，有点吃惊。但是，柯威尔还是没有松手。

阿卡迪再次警告他："放开我！"

"不行，你一定要……"

阿卡迪又给了他一拳，柯威尔流的血更多了。阿卡迪心想，接下来柯威尔一定会还手了，他那双铁拳和凶狠的踢脚一定会把自己打得半身不遂的。不过,阿卡迪上次在高尔基公园和他对抗时还是学了点东西。这一次,他们可以好好的比划一下了。柯威尔不就擅长这个吗?他就是这样帮助他弟弟的,不是吗?

阿卡迪喊道:“还手啊!我们原来不就是这样开始的吗?”

柯威尔还是没有放手:“不。”

阿卡迪再次挥拳,把柯威尔打得跪在地上:“怎么不还手?”

“求你了。”柯威尔竟然跪在地上央求他。

“你放开我!”阿卡迪喊着,无力地垂下了双手,“根本没有什么小屋可以让我们逃走!你知道的,就算我们能躲上十年,只要他们没有弄到紫貂,还是会来杀了我们的。只要没有紫貂,我们就没救了。你别给我讲那些虚无缥缈的东西,你根本救不了我!”

“那就试试看吧。”柯威尔说。

阿卡迪看了看小木屋,等在门口的莱兹已经被他们俩刚才的动作吓到了。

“看看里面。”柯威尔说。

莱兹举起了油灯。阿卡迪弯腰钻过一道低矮的门进了小屋。屋子里散发着一股浓烈的腐臭味。屋子没有窗户,四面的墙和天花板还用塑料薄膜、报纸和碎布钉了个严严实实。屋子中间有一个大火炉,上面放着一只平底锅。

莱兹后退了一步说:“我没有去偷窃,你听得懂我说英语吧?我是用网捕捉的。我以此为生。”

屋子角落里有一只橘色的柜子,上面摆着脂肪罐头和药箱,药箱里有很多药。

“麝鼠的味道好,毛皮也是不错的。很多人都喜欢穿麝鼠皮做的外套。只是,人们常常被它的名字搞糊涂,不知道它究竟是什么。每个星期我都能弄到十几二十张到城里去卖,日子过得很滋润,我哪里用得着去偷人家的?”

莱兹一边说一边在屋子里转悠,向他们展示自己不多的捕猎工具。昏暗的光线下,阿卡迪只依稀辨认出铁盒里装的丹宁醋和凡士林,还有蹚水用的长筒靴和一张网。

“这些都是我用来设陷阱的,没见过吧。看看,这个和水貂皮完全不一样。我就是因为不太知道,才拿到城里去问问,想弄清楚。”

晾衣服的绳子上挂着麝鼠皮,房顶上还挂着一些连皮带肉没打理干净的羊皮。

“市场上有个人说,这个不是美国产的,应该是你们苏联的东西。但是,我想申明,这东西真的不是我偷的,是我捉到的。不信我带你们去一个地方,到了那儿你们就明白了。我是无辜的。我的日子过得挺不错的,我干嘛要去偷。我才不愿意惹麻烦呢。如果那东西是你们的,那就是你们的吧。”

阿卡迪继续观察这里的东西,他看到有一个钩子上挂了一张毛皮,这张毛皮比麝鼠皮更长更窄,黑色的光泽中泛着蓝,摸上去有一种特别的霜一样的感觉。尾巴上的毛发呈圆形,又浓又密,皮子质地很精细。有一只爪子几乎被折断。看来,这只小动物曾经拼命挣扎过。

——没错,这就是一只紫貂!

莱兹对柯威尔说:“明天天一亮我们就动身去那儿,我有个秘密是关于那张毛皮的。我会告诉你们我在哪里搞到那张皮的。那个地方还有很多呢。”

阿卡迪回到旅馆的时候,韦斯利已经气急败坏。他默默地跟着韦斯利、乔治和雷恩走进电梯上楼。

“我们真的准备要全城搜寻你了。柯威尔中尉真是疯了,居然抢了一个平民司机的车。他能保证你的安全吗?不过,我一想到伊莉娜小姐还在我们手里,我就觉得不用担心了,她在就等于你在。所以,我们只需要耐心地等你回来。现在你不就回来了吗?你到哪儿去了?”出了电梯,乔治和雷恩推搡着阿卡迪往前走,他愤怒地挣开了他们。他们回头看韦斯利,韦斯利说:“你们轻点吧。”

阿卡迪一个人走完走廊里剩下的路回到房间。艾尔还守在那里。阿卡迪把他推了出去,关上房门,然后用椅子把房门顶上。

伊莉娜躺在床上,表情中透出恐惧。他从来没有见过她如此恐惧的表情。她穿着绿色的丝绸睡衣,长发披散在肩上,手臂露在外面,卸了妆的脸上,淡蓝色的斑痕露了出来。阿卡迪突然紧张起来,他暗暗骂了自己一声白痴,然后坐到床边,极力控制着自己颤抖的双手。

"你在莫斯科的时候就和奥斯本上过床,在这里你们还在继续。那张床我都见过了。我希望听你亲口向我坦白这些。你是不是曾经有一次想要告诉我?"

"阿卡迪。"她怯怯地说,声音小得几乎听不见。

阿卡迪质问道:"一个男人你嫌少是不是?还是说奥斯本能给你的东西我给不了?或者说你是遇到了什么特别的难处?你到底想怎么样?告诉我!他的性能力很强吗?这样一个双手沾满了鲜血的刽子手,居然还能够引诱你!现在,我的手上也沾满了鲜血,但不是你朋友的鲜血,这血是我朋友的!"

他举起手让她看,手上还留着柯威尔的血。看到她胆怯的反应,他接着说:"这样还不够,对不对?只有像奥斯本那样千方百计想干掉你,那才够刺激,是不是?如果不是你愿意,你为什么会跟一个杀人犯上床?"他抓起她的头发,把她整个头都拽了起来,"那样你是不是感觉更爽?"

伊莉娜小声说:"你弄痛我了。"

"好吧,看来你不喜欢这个,"他松开她的头发,"刚才的原因可能不是理由。那么是因为钱吗?的确,钱这个东西非常吸引人。奥斯本把他准备给我们的公寓让我参观了,里面有那么多东西,我们将过上多么优渥的生活啊。但是这一切都是你的功劳!你以你朋友的生命为代价换来了这些!怪不得你一到这里就有这么多的礼物!"他摸着她睡衣的领子,"这个也是礼物吧?"他一把撕破她的睡衣。他看到她左乳房上的脉搏在恐惧地跳动着,这是他们做爱时他抚摸过的地方。他用手轻轻摸着她的小腹,这是他的枕头,也是他和奥斯本两个人共同的枕头!

"你这个婊子。"

"我说过,只要能够把你带到这里,我什么都可以做。"

阿卡迪说:"对,现在我来了。跟你一样,我也成了婊子。"

他抚摸着她,心里说不出是什么滋味,既愤怒又无力。他强迫自己转到一边去,这个动作突然让他泪如雨下。他对自己说,我凭什么要哭,哭也应该是把她杀了之后。但是,不管怎么想,眼泪就是止不住地从眼眶里流出来,热乎乎的咸味一直蔓延进嘴里。

伊莉娜在他身后说:“我告诉过你,只要可以来这儿,我愿意做任何事。不管你信不信,这是我说过的话。瓦莱丽亚和其他人的事,我并不清楚。我很害怕,我也不知道我应该在什么时候向你坦白我跟奥斯本的事情。难道在我爱上你之后吗?还是在我躲进你家之后就应该告诉你?很抱歉,阿卡迪,爱上你之后,我不知道该如何告诉你了。我确实是个婊子。”

“在莫斯科的时候,你跟他上过床。”

“只有一次。那次我答应跟他睡,他就可以带我离开苏联。那天你出现过,那时候我还以为你是来抓我的。”

阿卡迪举起一只手,然后又自己放了下来。

“来美国之后,你还跟他上过床。”

“也只有那一次。睡过之后,他就同意让你也过来了。”

“为什么?这里是你的梦想,你要自由,要自己的房子和好看的衣服……你还要我来做什么?”

“在苏联的时候,他们就想杀了你。”

“也许吧,但是我不是没死吗?”

“那是因为我爱你。”

“为什么不把我留在那边?在那里我会好受些。”

“但是我不好受啊。”伊莉娜说。

阿卡迪的眼泪还在肆意地往下流。他没想到自己会如此伤心,又竟然会有如此多的眼泪。还记得那天在校园里,阿芒的匕首插进了他的腹部,那是唯一的一次,他的身体里流出了那么多的液体。没想到,今天的痛苦不比那天少。

伊莉娜从床上坐起来,撕破的睡衣从她身上滑了下去。“如果我们留在那边,我们都会遭殃的。”

有人在监听吗？阿卡迪蓦地怀疑房间里的床下、沙发里、药箱中都布满了小耳朵！低垂的窗帘则是丑陋的眼皮。他猛地起身把灯关上，把窗帘也闭上。

在黑暗中，伊莉娜说道："如果你真的想回去，我跟你走。"

他再也忍不住了，滚烫的泪水喷涌而出，就像泉水从泉眼中不断地喷出来。他突然想起了经营小饭馆的维斯考夫一家。老头子端着鱼子酱微笑着，露出满口假牙，老伴在一旁不说话，但是面露喜色。

他说："他们一定会杀了你的。"

"无所谓，你干什么我都跟着你。"

他跪在床边："为什么要为了我去卖身？"

伊莉娜说："除了这个，我还能用什么去换？我卖身不是为了换衣服靴子，我是为了逃走，为了活着！我并不为此感到羞耻。如果不这样做，我才会羞愧呢。做了这个，我就没有遗憾了。"

"可是，你跟奥斯本……"

"是的，我跟他上了床，但是事后，我不像其他女孩那样觉得下流。我只是觉得痛，很痛，像是被剥了一层皮。"

她让他把头靠在自己的双乳之间，他也伸出胳膊，搂住了她。他厚厚的衣服已经湿透了，他脱下衣服猛地扔在一边，像是扔掉了一段记忆。

他想，至少他们还有这张床。虽然，可能其他的一切都不属于他们，但眼下这张床属于。还有被撕破的睡衣，浸污的外套和这无边的黑暗。经过这一劫，他们似乎爱得更深了。本来已经疲惫不堪的他们，现在，在这异国的夜晚，在这张属于自己的床上，他们恢复了生机。

伊莉娜还在甜甜地睡着。

之前已经约好了，早上，莱兹会带柯威尔去看紫貂。

回来的路上，柯威尔说："养紫貂的地方是阿瑟溪。之所以把貂藏在这里，多少有点'最危险的地方就是最安全的地方'那个意思。很多人觉得紫貂应该在养水貂的地方，一般人想不到在这里会有紫貂。再者，在自己的眼皮子底下养紫貂，就不用老是依靠别人打电话来汇报情况了。另外，紫貂要吃新鲜的肉，而纽约是世界鲜肉之都，从这里送出鲜肉，送到哪里都不会有人管。所以在那个地方养貂，几乎不可能有人发现。唯一可能出的状况就是，紫貂自己从笼子上的洞里逃了出来，那它就有可能被人抓住并卖掉。不过，这种事故只出过一次，而唯一的那一次，曼哈顿的某位皮货商叫来了警察。而我就是处理该事件的警察，由此，我知道了紫貂的下落。所以，阿卡迪，你是很幸运的，我能帮你搞定一切。”

下午，贝利和罗德尼会到阿卡迪楼上的房间去躲着。天黑之后，等街上没人的时候，阿卡迪敲敲天花板，楼上就开始行动。他们会从楼上放下梯子，让阿卡迪和伊莉娜爬上去。那时候，对面办公大楼的人都下班了，他们应该会走得神不知鬼不觉。货梯把他们直接送到地下室。他们从后门出去上车，车上有柯威尔为他们准备的现金、钥匙和仔细标注过的地图。等他们走了之后，柯威尔会联系克格勃，向尼基和卢里克提供奥斯本想要达成的交易：用紫貂交换伊莉娜和阿卡迪。那时候，阿卡迪已经安全地逃走了。克格勃的选择不多。一旦联邦调查局发现他们逃走，奥斯本和克格勃的交易就做不成了，奥斯本就会把紫貂藏起来。为了得到紫貂，克格勃会愿意跟柯威尔交易的。

阿卡迪一边抽烟一边思考。伊莉娜现在对一切都还一无所知，他们的话会被窃听，所以他不知道怎么向她说明逃跑计划。她现在一定还对奥斯本抱有希望，指望着他用紫貂来换他们俩的命。阿卡迪想着，也许他不需要把整个计划向她和盘托出，到时候，只要让她跟着自己走就是了。她明不明白没关系，只要他们能安全地上车逃走。

现在，一切就靠柯威尔和莱兹了。但是，莱兹这个人可靠吗？他喝醉了酒会不会误事？如果奥斯本发现跑了一只紫貂，他会不会把藏紫貂的地方换了？调查局的人会不会一直监视着他们，让他们没办法从窗口逃走？另外，柯威尔为他准备的美国车他能驾驭吗？为他准备的地图准确吗？逃走之后，会不会有人因为看到他们长得像俄国人从而认出他们是逃犯？在异国他乡，一切都充满未知。

但是他知道，至少奥斯本是不能相信的。他是最了解奥斯本这个人的，连伊莉娜和柯威尔都不如他了解。为了把紫貂从苏联带出去，奥斯本已经付出了很大的代价，如果他能够让这些紫貂顺利繁殖，他就成了美国的英雄。他唯一犯下的罪恶是在高尔基公园杀了人，而跟此事息息相关的人只有伊莉娜。他在莫斯科的时候就想杀了这个女人，其实现在他杀心还在，而且还多了个阿卡迪。奥斯本的计划应该是这样，他先把尼基和卢里克引到错误的地方去换貂，一旦调查局不再保护伊莉娜和阿卡迪，奥斯本就可以杀了他们。阿卡迪已经猜到了这一点，只是，奥斯本的时间会比他们的计划晚一天。

他吐出的烟雾在天花板上散开，就好像思绪在云中漂浮。伊莉娜还在沉睡，她的脸紧紧贴着他的胸，似乎要把自己揉到他的身体里去。阿卡迪把烟头扔在地上踩碎。

在入睡之前，他也开始幻想：柯威尔的小屋是什么样子？他们应该要多储备一些菜和香烟吧？他虽然不太喜欢打猎，但是钓鱼也不错呀。他们在那里还可以怎么生活？他希望伊莉娜能够给自己讲她的生活、她的故事，然后，他也讲自己的故事。他想象不出他们能在那里住多久。奥斯本会去找他们吗？其实他也不那么愿意见柯威尔，他还想多看些美国作家的书呢。小屋里应该有电灯，收音机，是不是还应该有发电机？他们还可以打理出一个花园，在花园里种点土豆，再一边听音乐一边种花。到了夏天，他们可以去游泳，秋天可以采蘑菇。

入睡之后，他做了一个梦，梦见自己站在克里亚兹玛河的岸上。通往河岸的长台阶上挂着中国式的宫灯，河里有一只被芍药染红的旧木船，船上放着橘色的油桶。

他看到很多人，有作曲家，有参谋，应该都是来做客的客人，这些人离开码头上了岸。然后，他看到了自己的父亲。父亲正和几个朋友坐在一只小船上，小船在河中央转圈，父亲拿着刀跳下了水。

水下一片漆黑，但是他能清楚地看见母亲。母亲穿着那件最漂亮的白色衣裙，悬在水中，身体垂直倒立，一只手伸向河底的方向。他们把她捞上了船，她的手腕上套着绳索，还有被刀砍过的痕迹。这是阿卡迪第一次看见死人。他母亲很年轻——他父亲是功勋卓著的将军，她却很年轻。

在梦中,他痛苦地分析着案情,他觉得杀死母亲的人就是父亲。前几个星期,她一直都开心地和大家跳着舞,只是当她一个人待着的时候,样子有些奇怪。阿卡迪觉得,母亲身体健康,游泳技术高超,不可能被淹死,但是,也没有什么证据能说明她是被人推下水的。后来,阿卡迪明白了,是她自己把绳子拴在河底石头上的。那年夏天,她每天都搬一块石头到旧船上,把石头投入河底。终于,在那一场晚宴上,她走出去,跳水潜到石头上系着绳子的地方,把手伸入滑扣,让自己被牢牢地系在水中……

那时候的阿卡迪还很小,对整党肃反一无所知。在那次运动中,工程师、军队和诗人都遭到了肃整。梦境中,灯笼突然变成了妖怪,他陷入了一种恐慌,慈祥的叔叔突然成了叛徒,女人们突然一片哭号之声……照片一张张地出现,又一张张地被烧毁……母亲实在受不了,所以让自己也离开了这个世界。她让自己的尸体悬在水中,就是对世人的嘲讽。父亲受不了那样的嘲讽,所以不顾一切地要砍掉那根绳子,并且说她的死是场事故甚或是谋杀。

母亲在漆黑的水中飘荡着,看上去像是一个惊叹号,在无声地控诉着。但是,在她把自己沉入水底的时候,她是在寻求一种解脱,至少是在梦幻中的解脱……

4

阿卡迪醒来时，窗外正在下雪，雪花旋转着，飘舞着，包裹了整个房间。他看到韦斯利、乔治和雷恩都穿着厚外套，站在他的床边。昨晚用来顶住房门的椅子已经倒在地上，看来他们是破门而入的。雷恩手中提着一只箱子，乔治拿着手枪。这时伊莉娜也醒了，拉过被子盖在身上。

"这是干什么？"阿卡迪问。

韦斯利说："穿衣服吧，该走了。"

"去哪里？"

"到交易时间了。"韦斯利说。

阿卡迪不解："奥斯本的交易时间是明天。"

韦斯利说："提前到现在了。"

"这不可能。"

"情况有变。"

伊莉娜抓着被子坐起来："阿卡迪，没关系的，我们今天就自由了。"

韦斯利说："只要你们按我说的做，现在就能获得自由。"

"你是说现在去见奥斯本？"阿卡迪问道。

"难道你不愿意？"

乔治说："下床吧。"

阿卡迪说："你们先回避一下，我们要穿衣服。"

"不行，"韦斯利说，"我们得看着你们，保证你们没有做什么小动作。"

"你们在这里，她怎么下床穿衣服？"阿卡迪抗议道。

乔治举起枪对准了阿卡迪："她不下床，我就杀了你。"

伊莉娜抓住阿卡迪的手："好的，我穿。"

韦斯利说："抱歉，我们只是例行的预防性措施。"

雷恩打开他带来的箱子："这个衣服是给你们的。"箱子里有两套已经准备好的衣服。

伊莉娜赤裸着下了床,走到窗前。

雷恩对伊莉娜说:“尺寸应该很适合。”

“伦科同志?”韦斯利抬手示意阿卡迪也下床。

阿卡迪下了床,他看着伊莉娜。他身上的脂肪几乎没有了。和普里布鲁达在乡下种地的时候锻炼出了些肌肉。他赤裸的身体上,上次受伤留下的疤痕还在。乔治举起枪瞄准了疤痕。

阿卡迪问:“怎么?你准备现在就要杀我?”

韦斯利说:“只是担心你们在衣服里放不该放的东西,我们是例行公事。”

他们把为伊莉娜和阿卡迪准备的衣服一一递给他们。

伊莉娜把这些美国人当作空气,从容地穿着衣服,好像房间里只有她和阿卡迪。

韦斯利继续解释道:“其实,我也很紧张。”

伊莉娜说:“我们来美国之后,这还是第一次看到雪。”

一切都很合适,正如雷恩所言。阿卡迪穿戴完毕,又伸出手,准备取自己的手表。韦斯利递给他一块新的。

他把表给阿卡迪戴上:“现在正好是6点45分,我们该走了。”

伊莉娜说:“我要梳一下头。”

雷恩把自己的梳子递给她:“用我的梳子。”

阿卡迪问:“我们现在去哪儿?”

韦斯利说:“一会儿你就知道了。”

阿卡迪暗想,柯威尔有没有找到紫貂呢?下这么大的雪,他会不会找不到?于是他说:“我想给柯威尔中尉留言。”

韦斯利说:“行,交给我吧。”

“我的意思是给他打个电话说一声。”

“那可不行,你们昨天晚上的事情已经够出格的了。你今天还想要折腾吗?”

伊莉娜说:“阿卡迪,打不打电话无所谓吧,反正我们已经自由了。”

"完全正确。"乔治说完,放下了枪,似乎在证明他们现在确实自由了。

雷恩帮阿卡迪穿上风雪衣。

阿卡迪摸了摸口袋:"你们忘记买手套了吧?"

特工们一时面面相觑。

韦斯利打了个圆场:"以后你们自己可以去买呀。"

"以后?"阿卡迪问。

韦斯利说:"时间到了,真的该走了。"

雪下得越来越大。如果是在莫斯科,那些老婆婆们又该要出来扫雪了。他们上了一辆双门轿车,阿卡迪、伊莉娜和乔治坐在后排座,雷恩开车,韦斯利坐副驾驶位。

暴风裹挟着雪花漫天狂舞,整个城市都被风雪所笼罩。扫雪车正在工作,警察挥动着橘黄色的指挥棒疏导着交通,路上的车辆都放慢了速度,艰难地往前走。因为雪天路滑,行人走路也格外小心。车窗很快就蒙上了一层水雾。车上的人都穿得很厚,坐在车里显得很挤,阿卡迪真想挤到韦斯利那儿去放松一下。

韦斯利打开一盒烟,"你吸烟吗?"他问阿卡迪,表情很兴奋。

阿卡迪说:"我记得你不吸烟。"

"没错,"韦斯利说,"这是给你准备的。"

"谢谢了,我不用。"

韦斯利好像突然有点烦躁:"那这些就浪费了。"

乔治把烟接了过去,表情也不太好看。

他们在高架桥下的曼哈顿西城行驶,渐渐看到了远处码头上的船只。

韦斯利问道:"昨晚你跟柯威尔去了哪里?"

阿卡迪没有正面回答:"就是因为这个,你们才提前一天行动的吧?"

"他是个危险人物,你能活着回来真是太神奇了。"韦斯利说完,又对着伊莉娜说了一遍,"他还能活着,真是很神奇。"

伊莉娜握着阿卡迪的手,靠在他身上。偶尔有雪粒从车的天窗缝隙中掉进来。

阿卡迪觉得他们为自己准备的新衬衣很硬,像是套在死人身上的纸质衣服。而且,刚才他们让他抽烟也有那么点“送行”的意思,但是他们忘了买手套。

他在想要不要让伊莉娜知道真相,他很犹豫。记得伊莉娜说过柯斯佳父亲的事,他们追捕越狱逃犯的方式就是冒充猎手跟他们交朋友,和他们一起吃喝、畅想未来,等越狱者沉睡进入美梦的时候就将他们杀死,阿卡迪记得,伊莉娜觉得这样做挺好的。她认为,至少这些人死的时候是带着美好的幻想的,这总比死在残酷的现实中要强。如果连幻想的权利都被剥夺了,那不是太残忍了吗?

而且,万一是阿卡迪自己误会了呢?万一奥斯本是真的愿意为了救他和伊莉娜交出紫貂呢?哎,他觉得自己也开始自欺欺人了。

其实,阿卡迪很清楚,奥斯本一定会开枪的,而且,打死他和伊莉娜有光明正大的理由。非法入侵?苏联奸细?敲诈勒索者?没关系。反正奥斯本在这方面很擅长,他一定可以找出一个冠冕堂皇的理由。与奥斯本相比,这位衣冠楚楚的韦斯利就逊色多了。

他们终于从高架桥下驶了出来,视野变得开阔了,更多的雪花洋洋洒洒地飘下来。伊莉娜兴奋地握紧了阿卡迪的手。是的,她真的太美了。他傻傻地为她感到骄傲。

他们还要走多久?阿卡迪想着想着突然记起柯威尔的两个侦探可以窃听他房间的动静。贝利和罗德尼现在应该已经知道自己的处境了,也许他们正驾车跟在后面呢。另外,柯威尔的计划中,有一项就是要坐船通过运河的,但是现在这样的天气不行。如果他要改变计划,那么他和贝利、罗德尼有可能现在就在一处。

伊莉娜问他:“你在笑什么?”

阿卡迪说:“我发现自己得了一种不治之症。”

韦斯利说:“有意思,你说说看,是什么病?”

“希望。”

“说得对。”韦斯利说。

车终于停了下来。雷恩下了车,在一栋绿色的楼前买了一张票,楼上写有“海事航运部”的字样。阿卡迪往前看到了一片黑色的水域。他们已经到了曼哈顿市区的边缘,旁边就是等候坐船的地方。后面又开过来一辆车,一个女司机下了车,她一只手拿着报纸,另一只手端着咖啡夹着香烟,报纸遮住了她的脸。

阿卡迪问:“万一他们不开船怎么办?”

韦斯利说:“暴风天气的确不能开船,但今天这样的下雪天还好,船应该会开的。我们能准时到。”

一艘轮渡船开了过来,工作人员冒着雪,拿着雨伞和提箱走了出来,开始引导乘客和汽车下船。很快就到了新一轮上船时间,一辆辆汽车开上船。第一排上船的车有三辆,韦斯利的车在中间。他们一直往前开,开到船的另一头停下。不开车的乘客则从另一个坡道上了船。

船很快就满载了。铃声响起,发动机开始工作,轮渡船离开码头,向对岸驶去。

阿卡迪猜测,现在水面的能见度有一公里远。船被水包围着,船和水又同时被飘荡的雪花团团围住。轮渡船驶入静静的雪雾之中,机器噪声似乎也变小了。柯威尔在哪里?他现在怎么样了?阿卡迪又想起了他跑过结冰的莫斯科河的样子。

雷恩打开车窗做了个深呼吸:“我闻到了牡蛎的味道。”

乔治问:“你说什么?”

雷恩说:“这个味道像牡蛎。”

“你是饿了呢,还是欲求不满了?”乔治一边说一边看了一眼伊莉娜,“不要忘了自己的任务!”

轮渡船是橘色的,停车的空当处码放着船锚、粗绳子、管子等东西。内壁上用红色大字写着“车辆驾驶员请注意:熄火,停车,灭灯,禁止鸣笛,禁止吸烟!——美国海岸警卫队”。最前排的车前面有一根缆绳,挡住了车,以免车滑入水里。更前面有一扇大门,门是关着的,但是看上去谁都能打开。

阿卡迪对韦斯利说:“我们出去一下可以吗?”

“这么冷,为什么要出去?”

“看风景。”

“风景确实好看。今天的景色尤其的美，因为一切都看不见，这才更有意思呢。你信命吗？我信。有些人命中注定是见不到晴天的。当然，我同时又是个悲观的人。你知道吗？这艘船的甲板是纽约最有名的自杀地。万一你出去看风景的时候遇到意外怎么办？我必须对你的安全负责。”韦斯利懒懒地歪着头说。

“那我得吸烟。”阿卡迪说。

这场雪来得愈加猛烈，狂风暴雪把船紧紧地包裹了起来，甚至让船的方向有些打偏。船头的缆绳上已经结冰了。

阿卡迪在想，当时，瓦莱丽亚、柯斯佳和吉米·柯威尔知道在高尔基公园等着他们的是什么吗？如果他们不知道真相，那么他们在死亡的时候至少是快乐的。而现在，自己真的要把真相告诉伊莉娜吗？其实，就算她知道了，又有什么用？难道他们还能抵抗三个带枪的特工吗？谁又会注意到他们呢？再者说，伊莉娜会相信他说的真相吗？如果当时也是这种情况，有人把真相告诉给高尔基公园那三个人，他们又会相信吗？

暴风雪继续嘶吼着向西而去。船经过了一座巨大的铜绿色雕像，雕像头上戴着皇冠，手中举着火炬。这是美国的标志性雕像啊，不是美国人的阿卡迪也很清楚。现在，他们已经驶离了雕像，暴风雪也渐渐缓和了下来。

“刚才你看到了吗？”伊莉娜问他。她应该也看到自由女神了。

“是的，但是很快就过去了。”阿卡迪说。

韦斯利走出汽车：“不要到处乱跑。”他上了台阶，很快不见了踪影。

水面依旧波涛汹涌，车辆跟着船一起在晃动。原本站在漂浮的垃圾上的海鸥振翅飞了起来。

现在，阿卡迪发现雷恩在紧张地盯着后视镜，好像在看什么人来了。会是柯威尔他们吗？阿卡迪一边拥吻伊莉娜，一边扫视后面的汽车。船的另一头出现了两个人影，时而清晰，时而模糊，再仔细看的时候却什么也看不见了。不过，阿卡迪还是能分辨出来，这两个人影一个是韦斯利，另一个居然是克格勃特工卢里克。

雪还在下，水中漂着红色的浮标。暴风雪平息之后，小岛上一座小城的轮廓渐渐出现在大家的视野中。这时韦斯利也回来了。

他上车时对伊莉娜说:“我们到了。”

伊莉娜问:“这是哪里?”

韦斯利说:“这个小城叫圣乔治。”

阿卡迪说:“这是斯塔腾岛。”

“没错,就是这里,”韦斯利说,“这里也属于纽约市。”

阿卡迪能看得出来,现在对于伊莉娜来说,这破旧的码头和白雪覆盖的小城已经变成了天堂,开满了鲜花,树林茂密滋长,她应该觉得自己离梦想越来越近了。

水手们在船头上准备停船靠岸,他们把缆绳抛下,把轮渡船系在码头上。船靠稳之后,大门一下子打开了,汽车一辆辆开了下去。

其实,圣乔治是个俄国人的村子。这里的街道已经被积雪掩埋了一大半,到处停的车都很破旧。人们穿着款式单一的衣服。这里没有高楼,小屋的烟囱里正在冒烟。这里有一座肩上佩戴着勋章的英雄雕像。不过还好,这里的商店是可以买到新鲜肉类的。

汽车开上一条大路,开往新的郊区。沿途,他们看到一些房子、教堂和加油站。

现在,他们走的公路正是阿卡迪前一天夜里走过的路。路上的车不多,他们后面还有三辆。阿卡迪看到了尼基和卢里克,暂时还没看到柯威尔的侦探。

挡风玻璃上的雨刮器刮着雪花。阿卡迪能感觉到车外的空气很冷,但是他的胃里还有威士忌的热量,他觉得自己的手臂在出汗。乔治的手心也在出汗,似乎车里的每一个人都很兴奋。

雷恩把车停在运河的大桥前面,熄了火。后面有辆车还在一条小路上艰难地往前开。那条小路沿着运河伸向远方,那里有一片银白的沼泽地,还有一些油罐和运输管路。

阿卡迪觉得关于他命运的可能性正在变少。现在,柯威尔的两个侦探能带给他的那种可能性已经消失。他现在不知道自己将走向何方,但也许,这就是命中注定。

现在,阿卡迪已经完全明白了事情的经过。奥斯本是想把克格勃骗到距离紫貂很远的地方,再把阿卡迪和伊莉娜杀死。但是现在,克格勃跟上了他们,正在向目的地接近。阿卡迪已经看见了,看起来双方的特工都想牺牲掉奥斯本。奥斯本已经为双方做了太多事情,帮了太多忙,也索取了太多利益,所以,他必须死。韦斯利也没有别的办法,奥斯本不愿意像其他密探那样换一个身份隐姓埋名地过日子,这样,调查局不仅要保护他,还要保护整个紫貂产业,这实在太难办了。阿卡迪知道,现在最重要的是平衡,两股力量之间需要平衡,奥斯本会杀了他和伊莉娜,然后,美俄双方的特工人员会杀了奥斯本。

汽车短暂停歇后,又重新发动了。他们驶过了一个栅栏,里面的白雪中站着一匹黑马。伊莉娜与他十指相扣,紧紧依附着他的胳膊。而当年他母亲去世的时候,手指是伸展开的,似乎想抓住更多的东西。他们又经过了一座楼房,楼外面停着一辆卡车,早已生锈,雪地上到处都是卡车的铁锈。

狡猾的奥斯本虽然机关算尽,但毕竟他只有一个人。各式各样的阴谋阳谋就像下雪一样,已经成了这个世界的必需品。现在这场厮杀的结局还未最终呈现,但奥斯本最终会不堪一击的吧。这时,阿卡迪看到远处的田间扔着一些作废的农机配件,一排卷刃的刀也丢弃在那里,已经没有用了。路边,积雪已经压得树枝耷拉了下来。

后面跟着的第二辆车现在已经落后了很远,但是阿卡迪能感觉到,它还一直跟着。

是的,现在他已经知道一切了,但是他又能怎么做呢?他的汗像雪一样冰冷。

雷恩把车开进了一个海难救助站。这里堆满了积雪,还弃置着一些铁东西,比如整条船、船壳和废弃的汽车。墙上到处漆着字,比如“禁止非法侵入”“说的就是你”“小心有狗”等。有间废弃的办公室里面挂着很多牌照。他们进这里来根本没有人制止,车还在往前开。阿卡迪发现雷恩正开着车沿着一条车轮的车辙往前走,好像没有这个车辙他就会迷路似的。看起来,这些车辙印已经留下三四个小时了。但是,在穿过那些铁东西堆成的小山之后,他们见不到车辙痕迹了。现在,他们正在经过一片梧桐树和菩提树林,然后又来到了一片有吊车和葡萄树的田野。穿过树林驶出去的时候,他们又看到了更多被废弃的车辆,这里就像是一个大型废物回收场。

前面有一道用铁链连成的篱笆,篱笆上的铁丝网露出了倒刺,里面围着的近处的树都已经被砍得只剩下一个桩子。阿卡迪分析,这道隔离带应该是带电的,因为篱笆的基座是水泥,水泥柱上又安装了绝缘瓶。但是,他又看到一只小鸟在篱笆和绝缘瓶上来回跳动,看来篱笆不带电。一个电话机箱子上写着"养狗场交货专用电话,小心有狗"。篱笆的门是开着的,他们的车径直开了进去。

这条路迂回曲折地穿进树林,应该是故意如此设计的。在一个拐弯处,车轮的痕迹又出现了,而且分成了两条:一条继续沿道路往前走,另一条则改变方向,穿过了灌木丛。

车开到下一个转弯处的时候,阿卡迪看到一个熟悉的人——是的,那是柯威尔!在一棵大树前,柯威尔高举着一只胳膊,面向他们站着。雷恩在离他一米远的地方停了车。但是柯威尔没有动,只是直直地盯着车里的人。他的帽子斜挂在肩上,已经落了厚厚的一层雪。而他举着的手臂上戴着一样东西,那是手铐!现在手铐上也附着了很多雪。他的脚下躺着两只四仰八叉的灰色大狗。他的外套敞开着,有一卷东西鼓了出来——那是他的肠子,现在也积满了雪。他的胸口有两个红色的窟窿,现在也快被雪盖住了。阿卡迪终于看清楚了,他是被绑在树上的,他脸色苍白,腰和手腕都被绳子捆住了。四处都是血,地上的那些狗已经死了,像是西伯利亚猎狗,但更像是狼。一只狗的脑袋被压扁了。柯威尔的瞳孔已经散开,脸上露出疲惫的神情,好像他将一辈子靠在这棵树上。

雷恩惊呼:"怎么会这样?"

乔治警告:"不要碰他。"

阿卡迪跟着三个特工下了车,又独自上前为柯威尔合上眼睛,扣上外套的扣子,然后吻了一下他那冰冷的脸。

"走吧。"韦斯利说。

阿卡迪走回车里。他看到伊莉娜的脸色也变得苍白,衬得她面颊上的斑痕显眼了很多。他不知道她是不是已经了解了真相?是不是在柯威尔的身上看到了柯斯佳的影子?是不是已经理解了瓦莱丽亚的遭遇?她是不是终于明白,其实不管是在高尔基公园还是在这里,结局都是一样的?

他们身后的树林中有一点动静,有个人从里面走了出来,是拿着枪的奥斯本。第三只狗紧跟着他,那狗的眼圈黑黑的,嘴边还沾着血。

"是他先杀了我的狗。"奥斯本解释道,然后举着枪指向柯威尔说,"他杀了我的狗,所以,我杀了他。"

他说话的腔调好像只是在对阿卡迪一个人说。这个生意人穿着猎人装,戴着猎人帽和猪皮手套,脚上蹬着长筒靴,手中拿着一支手动拉栓的运动步枪,枪上装有瞄准器和精致的木头枪托,腰上别着带鞘的刀。这时,天上已经不再飘雪,四周一片静寂。

韦斯利说:"你好,你的两位朋友来了。"

奥斯本的眼神直盯着死去的柯威尔:"你们说过不会让柯威尔靠近我,要保护我。但是今天,如果不是我的狗,他已经把我给杀了。"

韦斯利说:"但是你没有被他杀掉。现在,也再不会被他杀了。"

"这与你无关。"奥斯本说。

"关键是,我带来了你的朋友,"韦斯利说,"他们都乖乖地在这儿了。"

阿卡迪说:"但是他们也带来了克格勃。"

三个美国特工正要往后走,听到阿卡迪这样说,都不由得停下了脚步。

韦斯利对阿卡迪说:"你这招真是厉害啊。"然后,他看向奥斯本说:"没错,你说得对,俄国人太精明了。但是我认为他现在是狗急跳墙,他意在挑拨离间。"

伊莉娜问道:"阿卡迪,你怎么突然说这些?你会坏事的。"

看来她现在还不了解真相,阿卡迪在心里想着。

奥斯本问:"阿卡迪,你为什么要这样说?"

阿卡迪说:"在轮渡船上的时候,韦斯利单独和一个克格勃谈过话。"

韦斯利狡辩道:"那会儿下着那么大的雪,什么都看不见,哪里有什么见面谈话的事?”

奥斯本问阿卡迪:“你认出谁了吗?”

阿卡迪说:“没有看清楚。”

韦斯利说:“你干吗问他?”

阿卡迪说:“但我认出了一个红头发的克格勃军官,这个标志太明显了。”

韦斯利说:“可惜没有人会相信你的话。”

阿卡迪没再理会他们。他知道,自己正在激起奥斯本的仇恨,而这正是柯威尔所欠缺的情商。侦查员和杀人犯,从死者的两端,他们走到了一起;从同一张床的两端,他们又走到了一起。他和奥斯本真是一个绝佳的组合。对于背叛的人,奥斯本是不会善罢甘休的。而他刚才说的话,已经把自己和奥斯本拉到同一条战线上。阿卡迪已能感觉到,奥斯本如同雪地上的狼一样已准备好了利爪随时出击。真是讽刺啊!他们的这种亲密关系,连伊莉娜都是比不上的。

韦斯利观察着奥斯本,突然,他向雷恩使了个眼色。

奥斯本立马就开了枪。韦斯利的脑袋顿时被打得开了花,身体跪倒在地。雷恩想抽出手枪,但没来得及,奥斯本麻利地退壳装弹,紧接着又开了火。雷恩跌坐地上,他的胸口已经中枪,他无力地慢慢歪倒在地。奥斯本的狗扑向乔治,还没有扑到他身上,乔治就一枪将它击落在地,死了。这时奥斯本的肩上也中了一枪。阿卡迪意识到这一枪不是现场的几个人打的。乔治打了个滚,躲到了一棵树后面。阿卡迪拉着伊莉娜卧倒在雪中。奥斯本趁机逃走了。

阿卡迪听到了乔治追上前去的脚步声,也听到了尼基和卢里克相互喊叫的声音。阿卡迪爬到死去的雷恩身边,把他身上的手枪和车钥匙卸了下来。

伊莉娜说:“我们坐那辆车,快点离开这里吧。”

阿卡迪握着枪,把车钥匙交给她:“你走吧!”

他跑到了树林里,寻找那几个人的脚印。林中响起了枪声和零星的喊叫声。阿卡迪匍匐前进,发现尼基已经死在了雪地里。他的腿呈不均匀的弯曲状，像是一边转身一边倒下的。在稍远一点的地方，阿卡迪发现了奥斯本绕行的脚印。为了避免被伏击，他先往后退了回去。

射击停止了，现在树林里很安静。阿卡迪轻轻地在树木间移动着。他重重地喘着气，偶尔有风把积雪从树上吹下来砸在地上，有时候又会有其他的动静，像是鸟儿呜呜的叫声。再往前就快到树林的尽头了，阿卡迪发现前方篱笆上横着一辆汽车，那是柯威尔的小车。车身的一半穿过了篱笆，被帆布和绝缘物紧紧缠住，车窗的玻璃被打出了一个洞。司机死了，前排副驾驶位坐着的莱兹也死了，他头上流出的血已经干了。

阿卡迪看到了另一个开着大门的房屋，有车轮的痕迹穿过大门开进去，还有很多人的脚印。这里应该就是奥斯本藏紫貂的地方。

这是一个很简陋的长方形房间，大约一百米长、六十米宽。入口处，一个圆形的钢制容器里装着垃圾，旁边是一间养狗的小屋，小屋里吊着一只铁环，铁环上系着三根铁链。车轮的痕迹一直向房子的另一端伸展，奥斯本的车就停在那边。那里有一个一层楼高的水泥仓库，从长度上看，里面应该可以放得下好几台电冰箱，还可以留出一些地方来准备食物和检疫。地上的脚印直奔向装紫貂的笼子。这个大房间里有十个垫高的木制敞棚，每个都有约二十米长。敞棚里放置了两行笼子，每四个笼子排成一排。阿卡迪算了一下，这里加起来应该一共有八十只紫貂。太不可思议了，纽约已经有了八十只紫貂！看来，苏联人低估了奥斯本。关在笼子里的紫貂并不安静，一直在躁动着跑来跑去。这里没有藏身的地方，他看不清紫貂，也看不清奥斯本、乔治和卢里克。他知道自己的枪法不好，所以先跑到了离他最近的一个笼子旁边。

枪声响了起来，他感觉到自己被子弹打中了。很奇怪，应该是先被子弹打中后听得见枪声吧？他踉跄了一下，急忙稳住了自己。刚才弯腰在跑的时候，居然都被子弹打中了胸膛，看来，对方用的一定不是手枪，而是步枪。他躲在敞棚下，肋骨开始发痛。

听到枪声的紫貂也开始尖叫，它们在笼子里焦躁地翻爬，耳朵敏锐地竖着，因为生气，尾巴也向上竖立了起来。受惊的紫貂变得野性大发，它们跳跃的速度很快，嘴里发出吱吱的尖叫声，不断扑向束缚它们的铁丝网。阿卡迪侧躺着顺着一排笼子看过去，看到了两条人腿。突然，那双腿之间出现了一张倒着的脸，看上去特别奇怪。接着，脸的前方出现了一把手枪——那是乔治，他开了一枪，排污槽里溅起一片粪尿，洒了阿卡迪一身。阿卡迪也顾不得这些，抬枪试着瞄准乔治，但是距离太远了，他完全没有把握。于是他滚到了另一只笼子下面，企图离乔治更近一些。他正要拿枪瞄准乔治，突然听到了步枪射击的声音，然后，他看见乔治的腿踉跄着往后退了几步。乔治被击中了要害，他的脑袋耷拉了下来，握着手枪的手也软了，手枪松松地挂在食指上。乔治伸出另一只手，想要抓住什么东西来帮助自己站稳，但是他还在继续退，脚步越发的僵硬，头仍然耷拉着。他撞翻了旁边的塑料罐，罐里粉红色的鱼头和马肉汤洒了一地，乔治倒在了雪中。

"阿卡迪·瓦西里叶维奇。"卢里克在叫他。

卢里克从笼子后面走了出来，站到阿卡迪的身边，手里拿着一支马卡洛夫自动手枪。阿卡迪不知道这个人和自己是不是追捕奥斯本的统一战线上的人。可此人接下来的行动显然说明了他是个六亲不认的家伙。卢里克毫不迟疑地、冷漠地举起手枪瞄准了阿卡迪。他还没有开枪，他自己的后脑勺就中弹了，颅顶的头皮被子弹削了下来。卢里克往前直直地扑进了雪中，再也动弹不得。

阿卡迪侧身往后看，在离他大概六个敞棚远的地方，他看到了奥斯本的腿。他估计奥斯本正在想瞄准他，这对于奥斯本来说不难。他又滚过一个棚子，在距离奥斯本更近的地方站了起来。

绕过两个棚子以及死去的乔治，阿卡迪离奥斯本越来越近了。在下一个棚子旁边，他看到了奥斯本的头和抬起的枪口，他迅速躲进笼子之间的通道。他看到紫貂在笼子里跳来跳去，笼子上有扣锁、记录表和食物投放口。阿卡迪想，只要紫貂一直跑来跑去，自己也一直保持运动，奥斯本就不容易打中他，他就有机会。在足够近距离的射程内，他的左轮手枪里有五六发子弹，足够对付奥斯本的步枪。于是，他一边跑一边用手敲击笼子，让紫貂也不停地蹦来蹦去。他能感觉到奥斯本正举起步枪瞄准自己，但是，现在奥斯本不会开枪，他怕伤到紫貂。

阿卡迪迅速跨过棚子之间的空地，闪身躲入笼子之间的通道并继续敲击笼子，还不时朝紫貂吆喝。紫貂们拖着尾巴跳来跳去，因为受了惊，它们不断尖叫，抓扯铁网，有的甚至吓尿了。有只貂的嘴钻过笼子咬了阿卡迪一口，把他的手咬得血肉模糊。接下来，他的大腿被一颗子弹击穿，他踉跄着倒在了地上。但是，他马上又站了起来，跑过一只空笼子。奥斯本又在找机会瞄准他。幸亏刚才这颗子弹打偏了，否则阿卡迪必死无疑。那只空笼子旁边的通道上放着工具箱和铁撬，原先关在笼子里的紫貂可能已经逃走了。他从棚子的另一端跑出来，正好看到奥斯本也转了过来，准备抓他了。他迅速卧倒在笼子下面的排污槽里，然后向奥斯本开了一枪。但是紧接着，他那条被打伤的腿发出一阵剧痛，引发的痉挛让他的手脚一时都不听使唤。

突然，他听到了一个熟悉的声音——是伊莉娜的喊声！她跟着脚印进了大门，她在呼唤阿卡迪，因为没有见到他。奥斯本喝住了她，叫她在原地不许动。

奥斯本开始向阿卡迪喊话："出来吧，探长，我会让你们走的！快出来！不然我就杀了她！"

阿卡迪叫道："伊莉娜，快跑！"

奥斯本说："伊莉娜，我会放你们走的，你们可以开车走。现在探长受伤了，急需去医院。"

伊莉娜对着阿卡迪喊道："我不会丢下你一个人走的！"

奥斯本说："阿卡迪，相信我，你们一起走吧！你赶紧出来，快点！不然我就杀了她！"

阿卡迪咬牙又滚回到空笼子旁边。他艰难地支起身子拿起铁撬，将扁的一头插进了旁边一个笼子的扣锁环里，然后用力压在铁撬上，扣锁环断开了，笼子门也应声而开。打开了门的笼子里，紫貂静静地看了他一眼，然后就迅速地跳了出去，从通道逃出了棚子，一转眼就跳出了大门。阿卡迪从未见过在雪地上跑得如此快速的动物。它可以用柔软的爪子支撑着自己的身体不断跳跃，尾巴则扫着身后的雪，在雪地上健步如飞。阿卡迪继续重复刚才的动作，把铁撬插进了另一把扣锁中，又压了下去。

“不!”奥斯本喊道。

第二只紫貂从笼子里跳出来时,阿卡迪抓住了它,然后朝奥斯本扔了过去。这时奥斯本正在通道的另一头瞄准他。紫貂被扔过去的时候,奥斯本本能地往旁边躲了一下,还是扣动了扳机。阿卡迪的腿支撑不住了,他再次跌倒在地,同时连开两枪。这一次,他打中了奥斯本的腹部。趁奥斯本还在往步枪的弹仓里压子弹的时机,阿卡迪又补了两枪,这次打中的是奥斯本的心脏,他坐倒在地。第五发子弹打中了奥斯本的喉咙。第六发子弹打飞了。

阿卡迪拖着受伤的腿走出棚子,来到奥斯本身边。现在,奥斯本平静地仰躺在地上,看上去一点也不像是中了弹的人。他的手依然紧握着那支步枪。阿卡迪觉得很诧异,死了的他看上去仍然很平静,他身上的衣服似乎也变得更加华贵。但是,他的确是死了,身体的热量正在慢慢消失。阿卡迪筋疲力尽,他解下奥斯本尸体上的腰带,扎在自己的腿上。伊莉娜走到了他们身边。他又看了一眼奥斯本,这一次,这个杀人犯不可能再有志得意满的表情了。

阿卡迪说:“有一次他说,他喜欢雪。我想,这是真的。”

“我们接下来去哪里?”

“你走吧。”

“我们一起走吧,”伊莉娜说,“我是为你而回来的,我们可以一起留在美国。”

阿卡迪抬起头:“我不愿意留下,也从来没有这样打算过。我到这里来是因为我知道,如果我不来,他会杀了你的。”

“我们一起回家吧!”

“你已经回家了,美国就是你的家。伊莉娜,你已经实现了自己的梦想,成了一个美国人。以前我们在很多事情上有分歧,现在我终于知道根源了。”

“你也是可以改变的。”

阿卡迪轻轻拍着胸口说:“我是俄国人,不管再过多长时间,我都是。”

“不!”她痛苦地摇着头。

阿卡迪忍着痛站了起来,他那条受伤的腿已经麻木了。他说:“别哭!你看着我,我是阿卡迪·伦科,曾经是名探长和共产党员。如果你真的爱我,你就应该知道,我从来就没有哪一点像个美国人。”他喊道,“你说,我哪里像个美国人?”然后,他又换了一种温柔的语气,“难道你还不明白吗?我就是个地地道道的俄国人。”

“我们千里迢迢来到这里,我不能让你一个人孤零零地回去……阿卡迪。”

阿卡迪伸出双手,捧住伊莉娜的脸:“你不明白,我从来就没有你那样的勇气。不管是现在,还是将来,都是如此,我一直都是这个样子。但是,我会永远爱你。”说着,他疯狂地吻她,“你快走吧,快跑!”

“那些紫貂……”

“你快走吧!我知道怎么办。”他推着她往前走,“回去的路很安全。你只要记得,不要去调查局。你可以去警察局或者国务院,哪里都行,只要不是联邦调查局。”

“我爱你。”她想拉他的手。

“你非要我赶你走吗?”他怒道。

伊莉娜无奈地放开他的手:“那我走了。”

“一路平安!”

“好运,阿卡迪。”

她擦干眼泪,理了理她的头发,然后环顾四周,做了个深呼吸:“这种下雪的天气,我应该穿长筒皮靴,你知道的吧?”

“我知道。”

“我开车的技术不错,现在天气也变好了。”

“是的。”

她一步步往前走,十几步之后又回过头来,满脸憔悴,眼眶里渐渐又布满了泪水:“以后我们还能联系上吗?”

“当然,通讯会越来越发达的,不是吗?”

走到门口时,她忍不住又停下了:“你叫我怎么舍得离开你?”

“是我要离开你。”

伊莉娜终于走出了大门。阿卡迪从奥斯本身上找到了烟，他一边抽烟一边听外面的动静。树枝在风中发出轻微的颤响，终于，远处传来汽车发动的声音，伊莉娜走了。紫貂们应该也听到了这个声音吧，它们的耳朵很敏锐。

阿卡迪回忆了一下，这里发生过三笔交易，奥斯本的，柯威尔的，最后是他自己的——只有他回到苏联，克格勃才会让伊莉娜留在美国。他低头看了看死去的奥斯本，又看了看自己。除了他自己，他还能用什么去交换她的幸福？何况，这笔交易还有个前提，他必须把紫貂的事情处理好。

他把奥斯本手中的步枪拖了出来，拄着走回了关紫貂的棚舍旁。现在，紫貂们已经安静下来了，它们的眼睛正透过铁丝网看着外面。阿卡迪不知道步枪里还有多少子弹。他大声喊道："对不起，我不知道美国人会怎么处理你们，但事实证明，任何人都不值得我们信任！"

紫貂们挤在铁丝网上，睁着警觉的眼睛，看着他。

阿卡迪继续说："现在，命运赋予了我这样的使命，我将处理你们的事情。亲兄们，他们将从我身上学到真理。我也会用事实向所有人证明，我们绝不接受虚无缥缈的虚假的梦想！"

说到这里，他的心怦怦狂跳。他几乎听到了它们的心跳声，和他自己一样。是的，他现在已经激动到了极点。

"所以……"

阿卡迪扔掉步枪，再次拣起了铁撬。唯一一条还有知觉的腿支撑着他的身体，他开始笨手笨脚地一个个打开笼子的扣锁。又一只紫貂获得了自由，逃出笼子的紫貂瞬间已经跳到了篱笆的位置。他的动作越来越娴熟，打开笼子的速度也越来越快。一边抽烟一边释放紫貂的他，连身体的疼痛都已经忘记了。每放走一只紫貂，他就激动到不能自已。紫貂们跳出笼子，以闪电般的速度跑向雪地。紫貂跑在白色的雪面上，没过多久，便消失得无影无踪。

天地间只剩下一片白雪茫茫。

（全书完）